十四闕·著

HUOGUO

歸程

完冊

禍國

忽，一个勿一个心，意忘也。
無心之人。

薑花開時，如妳所願

禍國·歸程

目錄

第三卷

今生・蛇煉

天將降大任於斯人也。

總有人在痛苦中掙扎，不甘心就此沉下去，

想要做點什麼，改變世界。

更何況，

這是……她的原罪。

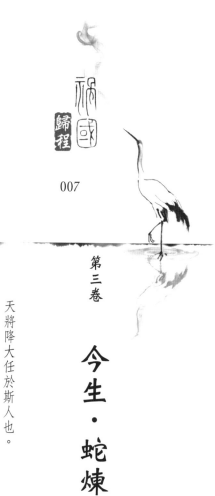

第十九章 行道

秋薑垂著眼睛沉默了許久，最終抬起頭，凝視著風小雅道：「我要回如意門。」

風小雅道：「我陪妳去。」

「不。」秋薑搖頭。「你應該去做更重要的事。不然，怎麼對得起胡九仙幫你設的這個局？」

風小雅一怔。「妳知道？」

「胡九仙不願去程國，故意借快活宴，配合你和頤非演了一場戲。這場戲的結局，是不是玖仙號沉沒，胡九仙雖然獲救但重病不起？他提前一步激女兒離開，甚至放任我做手腳，將胡倩娘送入雲笛之手，也是因為你們早就約好了的。」

風小雅目光閃動。「還有嗎？」

「他還幫你們引來周笑蓮和馬覆，如此一來，程國五個候選者，你們搞定了三個。剩下的楊爍和王隋玉，入程後再見機行事。你跟頤非商量好了，表面上，是你選王夫吸引外界視線，內地裡，是他聯手世家改朝換代。作為交換條件，你甚至要求他幫你監視我、考驗我，或許，還想再次改造我。」

風小雅一笑，滿是嘆息。「妳真是我生平見過最聰明的女子。」

「正如我覺得，只要我當上如意夫人，就能徹底結束如意門一樣；你們覺得，換頤非為程王，才是徹底消滅略人組織的方法。燕王、姜皇后和未來的程王頤非，三王聯手，唯方將會有一番新景象。」

「沒錯。這是我們真正的計畫。」

秋薑閉了閉眼睛，神色卻是難掩蕭索，半晌後，慘然道：「世事如此無常……誰能想到……璧國，竟會搞成這樣……」

昭尹為了一己之私，滅了薛家不算，還打壓姬家，扶植姜家。老狐狸姜仲竟生出姜沉魚那樣的怪胎，當了皇后，得了璧國的權勢。

而被姬嬰看好的頤殊因為脫離如意門控制，變得荒淫殘暴，令程國陷入了更加不堪的境地，倒讓當初姬嬰不看好的頤非，有了東山再起的機會。

秋薑忍不住想，莫非老天見她沒能趕上去年的三王會程，所以特地補償她重新來過？一念至此，她心中突生希望：是啊！雖有無數悲憤、痛苦、遺憾，幸好還有重新再來的機會。

秋薑迅速做出決定：「你們儘管按照你們的計畫走。我先自行回如意門，隨時配合你們。」

「如意門現在不知什麼情況，妳獨自一人太危險，我們一起。」

「不行。帶著你，就什麼都做不了了。」

風小雅的眸光暗了下去，體內不斷跳動的七股內力無比清晰地告訴他——她說得沒錯。他每次動用武功後，都需要大量時間休息，平日裡也要時時刻刻保持平靜，免遭反噬。這樣的他，於秋薑而言，確實是個拖累。

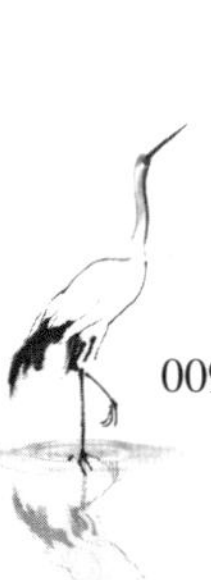

「那帶著我呢？」

船艙中，忽然傳出頤非的聲音。與此同時，艙簾挽起，佝僂消瘦的「丁三三」就那麼笑嘻嘻地走出來，他的腰間重新繫上那根被賣掉的薄倖劍。

秋薑冷冷一瞥，他便收了笑，彎腰開始咳嗽起來，認認真真地扮演好角色。

秋薑真不知是氣還是笑，問：「你不隨雲笛回去處理大事？」

「玖仙號沉沒，雲笛關心弟弟安危，第一時間趕到現場搶救，再載著倖存者們回蘆灣，那裡人多眼雜的，我跟著他，是生怕別人認不出我嗎？」

「那周笑蓮和馬覆怎麼處理？」

「雲家船救了許多倖存者，獨獨找不到周、馬二人，只能向女王請求支援。我那妹妹大概會派她的新寵袁宿處理此事。當袁宿坐著戰艦出海四處尋找時，妳說他會想到周、馬二人其實就在雲家船的密艙裡囚著嗎？」

好計！秋薑認同這一點。最明顯的地方，確實是最容易疏忽的地方。而且，袁宿想必是個棘手的人物，將他從頤殊身側調走，也更方便雲笛行事……

「所以……」

「所以，還是三兒我，帶妳這個叛徒回如意門找夫人，聽候夫人發落。」頤非衝她眨眼一笑，然後看向風小雅。「對不住了，鶴公，你的心肝寶貝還得繼續跟我混。放心，我肯定把她照顧得妥妥當當、平平安安，毫髮無損地帶回來給你。」

風小雅望著他，過了片刻，深深一拜。「多謝頤兄。」

秋薑眼底閃過一絲尷尬。他們兩人這番話，說得好像她還是風小雅的十一夫人一樣，明明是假的，而且已休了。只是……她跟風小雅之間，也確實說不清楚了。

金錢易討，情債難還。罷了。

雲笛很快派了小船來接應，將風小雅、周笑蓮、馬覆和雲閃閃帶走。頤非則操槳划著小船帶秋薑離開。

風小雅離去時，似有萬語千言要說，但秋薑搶先一步道：「我會平安的。你要保重。」

風小雅便沒再說什麼，笑了一笑，揮手而去。

秋薑心中似落了一塊千斤重石，鬆了口氣，回頭，卻見划船的頤非眼神揶揄。

「這算不算是『望君煙水闊，揮手淚沾巾』？」

「分明是——行道遲遲，載渴載饑。我心傷悲，莫知我哀。」她心中究竟是如何想的，不足為外人道也。

秋薑說著就要進艙，卻聽頤非望著廣闊無際的大海，悠悠道：「妳看這悠悠空塵，忽忽海漚，淺深聚散，萬取一收。」

秋薑一怔，腳步下意識停止。

她再扭頭看向頤非時，他不再說話，專心地划起槳來。陽光曝晒，他的面目如被融化，看不出真實表情。不知為何，秋薑直覺地認為，這一刻的頤非，是悲傷的。

一種萬事與他無關，他與喜悅無關的悲傷。

他這樣的人，會因為什麼事而真正的高興呢？得到皇位，成為一國之君後，就會開心嗎？可如果不開心，又為什麼要去爭呢？

也許，是跟她一樣，天降大任，擺脫不了。

是宿命，更是……原罪。

秋薑心中十分清楚，此趟旅程危險重重。但她沒想到的是，第一重磨難，會來自老天。

跟風小雅分別不久，海上的風就變大了。

頤非放下槳，爬上桅杆眺望一番後，開始收帆。

秋薑見他面色凝重，便也出來幫忙，問：「要有風暴？」

頤非嘆了口氣道：「我出海前忘了拜龍王，妳拜了沒？」

秋薑想了想，問：「現在拜還來得及嗎？」

兩人對視一眼，彼此莞爾。

收好帆、藏好槳、封好門，清點一番食物和水後，頤非在角落裡坐下道：「好了，能做的都做了，聽天由命吧。」

「為何不發焰火求救？」風小雅的船應該沒走遠。到雲笛的大船上，總比這艘小船平安些。

頤非做了個掐指算命的動作。「因為我們要等另一艘船經過，算算時間快到了。」

「什麼船？」

頤非看著她，別有深意地說道：「青花。」

秋薑瞳孔微縮。

從燕、宜、璧三國略來的人，都是用青花船偷運到程的。一艘裝一百人的船，因為大多是孩子，往往塞夠了二百人才走。因此船艙裡又悶又擠，再加上缺水少飯，常常有人挺不過去，半路上就沒了。

沒了，自然被扔進海中，屍骨無存。

秋薑忽然想起某件事，一件她以為自己忘記了，但其實一直記著的事。

她的身體不受控制地顫抖起來。

這時一隻手伸了過來，手裡有只酒瓶。

秋薑一愣。

頤非將酒瓶往她跟前又遞近了些，目光中有了然之色。

秋薑便沒再拒絕，接了過來，小船隨著海風搖擺，晃得酒漿也蕩個不停。

「聽說妳以前很愛喝酒。」頤非替自己也開了一瓶，「咕嚕嚕」喝起來。

秋薑注視著瓶中琥珀色的酒漿，點頭「嗯」了一聲。算起來，她已經四年沒有喝酒了。

「那為何不喝？」頤非挑眉。

秋薑垂下眼睛。「我認識的人裡，不要命也要喝酒的人，有兩個。」

「一個是『我』呀！」頤非笑嘻嘻地指了指自己綠色的眼珠，他指的自然是一口辣椒、一口燒刀子的丁三三。

「另一個，是風樂天。」

頤非的笑容僵了一下，他自是知道風樂天是被秋薑殺的。雖然現在被證實風樂天是求仁得仁，但很顯然，這道檻在秋薑心裡還沒邁過去。

其實算算，秋薑恢復記憶不過三天，對她來說，殺風樂天相當於是三天前剛發生的事，確實挺鬧心的。頤非心中有些後悔，當即一把將酒瓶搶回來，笑道：「行了行了，我正心疼要分給妳呢。還是我喝吧！」

秋薑定定地看著他。

看到那樣一個人，頂著丁三三的臉，做出一副沉醉不已的模樣，頗是滑稽。程國的三皇子頤非也好，姜皇后的花子也罷，在世人眼中，他一直是個滑稽的人。秋薑在薛府做丫鬟時，其實是很看不上他這種滑稽的。

此刻，卻品出些許別的味道來。

「我其實很羨慕風小雅。」秋薑忽道：「他有一個世界上最好的父親。」

頤非正灌了一大口酒，聞言詫異地瞥了她一眼。

「妳父不也很好嗎？聽說自妳丟了後，便把藥鋪賣了，到處去找妳了……對了，妳還沒見過他吧？」

秋薑的眼睛又垂下了，看不到裡面的情緒，只是繼續道：「你父程王，暴虐乖僻，常年酗酒，還對如意夫人不敬。」

「有這事？」

「夫人比他年長，又以立王之功自居，因此，見他開始不聽話後，便存了換帝之心。」

頤非脣角一勾，嘲弄地笑了起來。「所謂的一國之君，不過是如意門的棋子，虧我小時候還覺得他是世界上最厲害之人。」

「如意門的略人之惡，是浮在外面的，以損害百姓之益為權貴謀利。而它更深的惡，是……」

「操控時局，玩弄權術，令朝堂忙於內鬥，令皇權無力革新。」

秋薑心中一悸，忍不住看向頤非——他看出來了？

「如意門盤踞程國，牢牢將歷任程王掌控在手。我的父王、皇祖父、皇曾祖父……全

是暴虐之人。為什麼？因為，如意門只選這樣的人為帝。這樣的皇帝才會為了權欲窮兵黷武，無視百姓疾苦。所以，我裝出殘暴放蕩之相，想借他們之力上位，結果……」頤非說到這裡，自嘲一笑。

秋薑將話接了下去。「結果，如意門卻選了長袖善舞、乖巧可人的頤殊。」

頤非直勾勾地盯著她。「為什麼？妳可否為我解惑？」

「因為這個決定不是如意夫人做出的。」

頤非的瞳孔在收縮。「是妳？」

秋薑笑了笑。「我可沒這麼大的權力。是品先生說服夫人，選了頤殊。」

「品先生，就是從目先生？」頤非從風小雅那裡聽過這個人。

「是。」

「他姓品，名從目？」

秋薑的目光閃了一下。「假的。官府檔籍查無此人。」

頤非想也是。正如如意夫人只是代號，這個品先生、從目先生，也只是個稱呼而已。

「品先生為何選頤殊？」雖然最大的可能是品先生跟頤殊也有一腿，但頤非覺得真正的原因應該不是這個。

秋薑猶豫了好一會兒，剛要回答，小船突然橫飛出去，兩人在艙中頓時倒了個個。匆忙中，頤非抓住柱子，反手拉住她，沉聲道：「堅持！」

話音未落，小船又調了個個，就像是皮球一樣被巨浪捲入腹中，再高高拋起，重重跌下。

雖然有所準備，但小船的顛簸還是超出了想像，秋薑只覺胸腹翻滾，幾近暈眩。細想起來，她已多年沒有碰水坐船，武功也荒廢得厲害，早已不復當年的巔峰狀態。

頤非看起來就比她好許多，如此混亂之際，仍能抓住她的一隻手，像是壁虎一樣牢牢吸附在柱子上。

耳裡全是浪撞船壁的匡匡巨響，秋薑覺得這艘小船可能支撐不了多久了。果然，她剛那麼想，船板中間裂了條縫，海水汩汩湧入。

頤非將她往柱子上一按，自行跳下去用早就準備好的木條往上釘，堵住縫隙。然而這邊剛堵住，另一邊又裂開了，眼見越裂越多，頤非突然豎起耳朵。「聽！」

秋薑傾耳一聽，依稀有鳴笛聲。

頤非掐指一算。「來了！」

二人對視一眼後，撞破船壁跳了出去。

果然，不遠處有一艘大船，也在風暴中起伏，但因為船身巨大，所以受風浪的影響較小，看上去處境比他們好很多。

兩人當即拚命朝那大船游去，邊游邊喊：「救命——救命——」

大船上的船員們正在往外舀水，其中一人眼尖，看到了海裡的兩個黑點，忙道：「有人求救！」

「自顧不暇，哪裡管得了？別廢話，快舀水！」另一人訓斥。

頤非一個飛踢，如劍魚般衝向小船，抓住了船壁上垂掛的漁網，當即就往上爬，邊爬邊道：「救人！救人！」

他剛爬上去，訓斥人的那個船員過來，一槳砸在他腦袋上，把他重新砸回海裡。

秋薑一驚，連忙游過去撈起他，重新向大船游去。

「是女人！」眼尖的船員道。

訓斥人的船員繼續訓斥：「那又怎樣？不明身分之人，不能上船的！」

剛說到這裡，一個四十出頭的彪壯大漢走出船艙，沉聲道：「你們兩個，還不幹活？」

「熊哥，海裡有兩個人求救，一個女的。」眼尖的船員連忙匯報。

彪壯大漢熊哥皺眉，趴在船舷旁看向秋薑和頤非。此時風稍小了一點兒，但雨開始下了，豆大的雨點砸在二人身上，如果不救，必死無疑。

訓斥人的船員道：「咱們的規矩是不救人的。」

熊哥看著看著，突然面色大變，反手一巴掌搧在他臉上。「那是三哥！」連忙親自跳下船，將頤非救上船。

「三哥，您怎麼在這裡？」

這時一個大浪打過來，船身一震，頤非推開熊哥撲到船舷邊，指著被沖遠的秋薑道：「快！救她！」

秋薑被巨浪捲入海中後，運氣十分不佳，腦袋撞上四分五裂的小船船板，一口氣沒憋住，頓時全噴了出去。

她拚命掙扎，身子卻一個勁地往下沉。

而且，頭上似乎砸破了口，猩紅色的血霧漂在眼前，她的意識也開始模糊。

不行！不能暈過去！

秋薑拚命往上游。

頭越發疼痛，視線中一片紅色，她到底流了多少血啊？

秋薑實在堅持不住，慢慢地閉上眼睛。

就在那時，一人抓住了她，緊跟著身子一輕，重新浮上水面。

意識昏沉的她將眼睛睜開一線，透過密集的雨幕，看見一雙亮晶晶的眼睛。秋薑本以為那是風小雅的眼睛，但隨即想起風小雅的眼線要更長一些，也不是綠色的；最最重要的是，風小雅眼中永遠不會有嬉笑輕浮之色，他總是那麼沉穩內斂，像個玉雕一樣……

秋薑想了好多好多，但其實不過一瞬，再然後，整個世界就此暗了下去。

「這可是我第二次救妳啦！」

什麼？

「一個人如果救了另一個人三次，那麼那個人的命，就屬於他。」

什麼什麼？

「妳要不想，就記得別再給我第三次機會哈。」

意識昏昏沉沉，這個聲音也聽起來忽遠忽近，扎得腦子一陣一陣地疼。

秋薑有點煩，忍不住呻吟一聲，那聲音便遠去了。

再然後，依稀有溫熱的東西貼上她的額頭、臉龐，順著脖子一路擦下去。對方的動作很輕柔，擦拭的力度也很舒適，秋薑卻一個激靈，猛地驚醒。

視線那頭，替她梳洗更衣的，竟是頤非！

而且他握汗巾的手，眼看就要擦到關鍵部位！

秋薑就那麼睜著眼睛，一動不動，異常冷靜地看著頤非。

「這個時候我不是應該失聲尖叫，再一巴掌打過去嗎？」一個聲音在她的腦中說道。

「這個時候妳不是應該失聲尖叫，再一巴掌打過來嗎？」頤非笑了。但因為易容成了丁三三，貼著膠皮的眼角和唇角紋路被海水泡得發白，扭曲著遮住真面目，呈現出古怪。

秋薑垂下視線，看著那隻距離自己的胸不到一分的手。她的外衫已被脫去，僅剩下一件抹胸，因為溼透了，幾乎是毫無縫隙地貼在身上。分明是尷尬到極點的境地，臉卻像是凍僵了，扯不出任何表情來。

秋薑抬手，接過頤非手裡的汗巾，坐起自行擦拭了起來。

她如此淡定，頤非反而退了一小步，想了想，又背過身，「識趣」地避了嫌。他的眼神投注到門閂上，眸色有些恍惚，像是想起一些往事，一些溫柔的、難以磨滅卻又無法重拾的往事——

若干年前，也有一個少女，在他面前落水。

只不過，那個少女是被他逼著跳下去的。而她落了水後，還是那麼倔強，一聲不吭，既不呼救，也不叫屈。

再然後，他讓琴酒把她救起來。那時候他是個表面放蕩，但心還有點軟的少年，所以將人撈起來後，就交給婢女們侍奉了。只是驚鴻一瞥，見那人窩在婢女的手臂間，素白的臉、漆黑的髮，在刨去高貴強硬的假象後，實際上是個柔弱單薄的小姑娘。

而那種柔弱單薄的模樣，深深印在他心裡。此後再見，對方地位越來越高，離他也就越來越遠。初遇時光宛若一夢，又像是終此一生，無法對任何人言說的奢念。

其實秋薑跟那個人沒有絲毫相像的地方。

那人出身高貴、舉止優雅，是百年世族精心養育的明珠，一朝除塵，可亮天下。而秋薑，出身神祕，是細作組織用毒液灌溉出的毒花，諱惡不悛、鬼神難測。

可是……頤非不知為何，就把二人聯想到一起。

想到這裡，他忍不住回頭看了一眼。

秋薑換上一旁的船員服，正用汗巾一點點絞著頭髮，被水浸溼的髮像是一匹上好的黑緞，在燈光下閃耀發亮。

似乎是被那種亮光震懾到，頤非連忙又轉回頭去，一時間，心頭起伏，隱諱難言，連忙默唸：「她是風小雅的未婚妻，喔不，是風小雅的十一侍妾，喔不，是前十一侍妾……總之，朋友妻，要規矩，少接觸，保距離……」

房間裡靜悄悄的，只有兩人的呼吸聲，輕淺得幾不可聞。

秋薑擦完了頭髮，見頤非還不走，便走到窗邊，打開木窗往外看了一眼。風暴不知何時已停了，他們成功上了青花。

這個大概是船長的房間，不過七尺見方，十分骯髒，有一股常年不洗澡的臭味。

但她知道，這已是青花船上最好的房間了。

「我們進行到哪步了？」

頤非還沉浸在某種詭異的思緒中，被她開口的這句話瞬間敲醒，彷彿一盆冷水潑下來，澆熄了妄念的火苗。

「此船的船長鄧熊，見過丁三三一面，所以認出了我，現在我已接管此船，一切聽我號令。」

如果換一個不認識丁三三的船長，或者是熟悉丁三三的船長，此計都不可成。看來，頤非果然是事先就全部計畫好了的。

「我……想去船底看看。」

頤非的目光閃了閃，沒有阻止，只是淡淡地說了一個「好」字。

秋薑束好頭髮，走出船艙，路上遇見了之前見過的兩個船員。其中一個大概是因為用槳砸過頤非的腦袋，此刻將頭垂得低低的，不敢抬起。

另一個眼尖的船員，則自覺自己有心救他們，算是有功，十分殷勤地上前道：「三哥，兩位有什麼吩咐？」

「去船底看看。」

「是！我們這趟收成不好，您也知道燕國那邊禁令很嚴，我們等了三個月，才收了二十個。熊哥正頭疼呢，怕回去後被品先生責罰。三哥您能不能說說情？」眼尖的船員邊說邊帶路，掀起樓梯口的木板，一股酸腐之氣頓時湧出。

頤非下意識捂住口鼻，卻見秋薑面色不改地踩著梯子走下去。

青花的船艙底部為了能最大程度地節省成本，是不分間的，別說跟走廊都鋪著天竺地毯的「玖仙號」比，就是普通的貨船都比它條件好。被略來的孩童、女人們堆在一起，雖只有二十人，但吃喝拉撒全在裡面，又不通風，臭氣熏天。

秋薑下去時，二十人裡只有兩個孩子抬起頭看，仍保持著好奇之色。其他人全都麻木地歪著睡著，一動不動。

秋薑走到那兩個好奇的孩子面前，一男一女，男童四、五歲年紀，女童八、九歲年紀，應是姊弟，相貌中上。

女童的好奇轉為戒備，第一時間將弟弟護到身後，盯著她道：「妳要做什麼？」

「你們叫什麼名字？」

「關妳什麼事？妳是誰？」

秋薑還沒說話，船員已上前一巴掌搧了過去。「問妳話就老實給我回答！」

女童被一巴掌摑到地上，男童哭了起來，連忙上前扶她。一旁睡著的人們睜開眼睛，有惶恐不安的，有厭煩仇視的，但更多的是木然。

「不許哭！」船員說罷要踹男童。

他踹到一半，頤非咳嗽了一聲，露出不悅之色，緩緩道：「你這是要替老子作主嗎？」

船員惶恐，連忙跪倒。「不敢不敢，我這不是怕哭聲驚擾到這位、這位姑娘嗎……」

秋薑的偽裝在剛才擦頭髮時都卸去了，露出了原來的容貌，看上去不過清秀，不像是三哥的情人，因此船員心中也摸不透她的身分，只能一味恭維。

秋薑掃了一眼船艙裡的人們，再看向兩個害怕抽泣的孩童，什麼話也沒再說，轉身回去了。

甲板上，海風吹散汙濁之氣，吹拂著秋薑高高束起的長髮，她站在船頭，給人一種馬上要乘風而去的錯覺。

頤非走出樓梯口，遠遠站著看了她一會兒，才走過來。「那個女童叫齊福，男童叫齊財，是姊弟，父親死了，親戚們為了霸占家財，把娘兒三個全賣了。娘路上死了，就剩他們。」

秋薑不知想到什麼，笑了一下。「難怪這批都資質平常，原來是買來的。」

頤非明白她的意思。略買、略買，買來的，多是父母親戚覺得最不好的一個。而略人時，販子們可都是朝長得漂亮的下手。正如船員所言，如今燕國官府查得嚴，品質和數量都大不如前。

頤非目光閃動，忽道：「聊聊？」

「聊什麼？」

「妳在如意門這麼多年，必定見過很多天資出眾的孩子，說來聽聽。」頤非看著一望無際的大海道：「我們還要十餘日才能抵達蓮州，再從蓮州走陸路去蘆灣。」

「你從前的隨從們沒告訴你嗎？」她指的是山水、琴酒和松竹。

頤非摸了摸鼻子道：「他們是銀門的，空有一身蠻力，頭腦都簡單得很，哪有別的五寶多彩多姿。我聽說琉璃門，也就是丁三三手下，有各種奇人異事。有一個笑面老嫗，特別擅長接生，遊走於難產的官宦世家間，刺探許多情報，還能神不知、鬼不覺地把嬰兒調包……」

「她叫笑婆婆，但現在已經笑不出來了。」

「為什麼？」

「她的臉上被人用刀畫了個哭臉。」

「誰啊？」

秋薑冷冷道：「我。」

頤非語塞，半晌後，又道：「那……還有一位董夫人，劍法極高，是金、銀兩門所有使劍弟子的嚮往……」

「我殺了。」

「怎麼殺的？」

「陰謀詭計殺的。」

頤非想，當他沒問吧，然後絞盡腦汁地又想出了一個——「對了對了，據說還有一個春娘，是如意門第一絕色，天生魅骨……」

「她骨頭盡斷、全身癱瘓，這會兒，大概已經死了。」

頤非驚道：「不會又是妳幹的吧？」

「是你妹妹。」秋薑的視線始終落在很遠的地方，回答得漫不經心：「夫人派春娘指點頤殊公主房中術。公主學會後的第一件事就是打折了春娘全身的骨頭。」

頤非摸著鼻子，尷尬得問不下去了。

「我給你講幾個？」秋薑忽道。

「好呀好呀！」

頤非一僵。

「有一個人，很能挨餓，最長的一次，二十天沒吃飯，光喝水，沒死。」

「有一個人，很能忍痛，凌遲時，左臂都削成白骨了，還跟行刑的人說『你可片得薄一點，不夠三千片，要處罰的』。」

頤非更僵硬了。

「還有一個人，特別寶貝他手上的八個螺（註1），因為他覺得長大後也許能靠那個找到家人。後來，有一次任務，要冒充另一人，可那個人是留下指紋的，一對比就露底了。怎麼辦？出發前，他把手按在燒紅的火爐上……」

頤非已經完全不知道該說什麼了。

「還有一個人，一緊張就喜歡說話，可主顧想要安靜的侍衛，就被毒啞了送過去。對了，順帶一說，送去各大顯貴家的死士，都是閹人。在他們淨身之前，都要去豬圈親自動手閹一頭豬，因為夫人說，閹過的豬肉才好吃……很多人做完後就自殺了。」

註1　手指上的圓圈紋路。

頤非的眼神變化了。殺人誅心，煉人誅魂，最惡毒不過如是。

「風樂天曾問我一個問題，我現在問問你——三皇子，你覺得，律法是何物？」

頤非張了張嘴巴，想回答律法當然是維護王權之物，但注視著秋薑平靜平淡得幾近空靈的臉，卻說不出來了。

「聽說薛相曾於去年的三王聚會時說過一句話——『帝王之威，不在一言滅天下，而在一語救蒼生』。」秋薑笑了笑，笑容裡有許多滄桑的味道：「不愧是姬嬰看中的……而我覺得，所謂律法，是保護弱者，讓他們有理可依、有冤可訴、有事可平。」

權貴不需要律法，他們有能力擺平很多事。真正叫天天不應、叫地地不靈的人，從來都是普通百姓。

「但如意門裡無冤可訴，將活生生的人剝了骨血、拔了靈魂，煉成厲鬼傀儡，再放出去害人。循環往復，數量越來越多，影響越來越大……身為君王，久居仙宮，若對人間疾苦視而不見，那麼終有一日，人間盡地獄。」

頤非久久沒有出聲。

他忽然意識到，這一趟旅程，其實並不是他幫秋薑尋找記憶回如意門，而是秋薑在幫他尋找回程國的答案。

回程國後，做什麼？報復頤殊？當皇帝？然後呢？當上皇帝後做什麼？跟父王一樣窮兵黷武，跟頤殊一樣縱情聲色，或者在三國的挾持下窩窩囊囊地當個傀儡？

此皆非他所願。

可細問他到底想要什麼，卻又心緒起伏，一言難盡。然而千言萬語，總結起來不過一個「好」字。

希望程國能好。

希望自己能好。

希望所喜歡的、牽掛的、期待的一切……都好。

而這一個好，想得容易，真要施行，難之又難。

「民為貴，君為輕」一語提出已千年，但真正做到了的帝王，又有幾個？真正的繁華盛世，又有幾年？

「妳是誰？」不知過了多久，當頤非終於能說話時，他問了這麼一句話：「如意門教不出妳這樣的弟子，江江一介藥女，也不過童子之智。妳，是誰？」

頤非終於明白為什麼一直以來看秋薑，都感覺只是在看一幅畫了。

因為，秋薑是假的。

她當然不是賣酒人的女兒秋薑。

她也不是如意門的七寶瑪瑙。

她甚至可能不是江江。

江江被擄時不過九歲，雖是個聰明的女孩，但也只是小聰明而已，不會懂得這些大道理。而且進了如意門後，更不會被教導這些跟如意門相悖的東西。

可眼前的秋薑，身為如意門中最出色的弟子，在極盡狡猾冷靜沉著之餘，竟還保留著一腔熱血和善念。怎麼可能？

她是誰？

秋薑的眸光閃了閃。

她是誰？

這麼多年，迷茫時、痛苦時、悲傷時、憤怒時，她都會問自己一句：我是誰？

秋薑注視著眼前的頤非，她還不夠信任他，或者說，答案牽連太大，以至於不到最後一刻，她承擔不起任何暴露的後果。

於是，她沉思許久後，道：「風樂天也這麼問過我。」

頤非皺眉。「然後？」

「然後他獻出了自己的頭顱。你也要如此嗎？」

也就是說，只有死人才能知道她的真實身分？

頤非的心突然跳得飛快，他忽然意識到，自己猜對了。難怪面對風小雅時，她的表情總是很複雜，無論風小雅對她如何情深，都不能令她真正感動。

因為，她不是江江。

「真正的江江呢？」

秋薑撫摸著船舷上的欄杆，下方就是可吞噬萬物的深深海水，多少受盡驚嚇折磨惶恐死去的孩童，被無情地丟下去，就像是丟掉一條死魚一般。

於是頤非頓時明白了。江江，大概是已經死了。

而眼前的這個人，頂替了江江的名字和身分，進了如意門，一路爬到七寶的位置，準備從內部給予這顆毒瘤致命一擊。

她……原本是誰呢？

第二十章　凶途

青花船行十日，頤非在船舷上看雲，一旁的鄧熊陪笑道：「再有兩日就能到蓮州了。這趟真是委屈三哥了。」

頤非裝模作樣地咳嗽起來，鄧熊忙替他披上披風。「風大，三哥還是屋裡休息吧。」

「七主呢？」

這幾日，鄧熊也知道了跟著三哥一起的女人竟是如意門內最鼎鼎大名的瑪瑙。雖聽聞七主出事失蹤的消息，但對著兩人，他仍是畢恭畢敬，當下連忙答：「七主還在照顧那個齊財。」

齊財已病了好幾天，高燒不退。船員們本要將他丟掉，齊福拚命攔阻，驚動了秋薑，這才作罷。

可船上藥物有限，秋薑也只是略懂醫術，幾服藥灌下去，仍不見好。同屋有個婦人也跟著病了，非說是被齊財傳染的。大家一聽，本是麻木旁觀的，也頓時激動起來，紛紛指責這對兄妹，要求將齊財扔掉。

秋薑什麼話也沒說，拿起一旁船員用的皮鞭抽過去，婦人頓時嚇得收了聲。所有人都安靜下來，往後蜷縮。

秋薑抱起齊財，對齊福道：「跟上。」然後帶著二人回了她的房間。

齊福抹著淚，當即跪下了。「姊姊，妳救救我弟弟！」

秋薑淡淡道：「人各有命。妳跟他好好告個別吧。」

齊福大驚。「弟弟他……弟弟！弟弟！」當即抱著齊財痛哭不止。「姊姊，妳救救他，妳一定有辦法的！求求妳！」

「即便好轉，今後的路也苦得很。如此走了，或是解脫。」

「我們不怕苦！我們約好了要一起長大，回家找大伯他們報仇的！他不能就這麼丟下我，不可以，不可以……」

她拚命搖動齊財的身體，然而齊財始終沒能睜開眼睛，停止了呼吸。

秋薑在旁靜靜地看著這一幕，眼瞳深深，若有所思。

齊福哭了一會兒後，放下弟弟，起身狠狠搧了自己兩巴掌，然後收了哭腔，用袖子擦乾淨臉。

做完這一切後，她轉過身，再次跪在秋薑面前，拜了三拜。「姊姊，我叫齊福，我弟弟叫齊財，我娘叫方秀，我爹叫齊大盛。我的仇人叫齊大康、齊大元，還有他們的妻子兒子。」

「妳跟我說這些做什麼？」

「姊姊，我一定會活下去的。如果他日有再見的機會，勞煩妳問我一句『齊大康、齊大元他們都死了嗎』。」

眼前的女童不過八、九歲，臉上還未褪去稚氣，眼中卻已充滿仇恨。

帶著仇恨之人，通常都能忍受不能忍受之事。

但帶著仇恨之人，也將一生陷於阿鼻地獄，再無法觸摸光明。

而人只有帶著光明的希望活著時，才是「生而為人」。

秋薑蹲下身，平視著齊福的眼睛，緩緩道：「好。但我還想再多問一句。」

「什麼？」

「我為妳安葬齊財的屍骨，這份恩情，妳想好怎麼報了嗎？」

齊福一怔。

「報仇之後，記得報恩。」秋薑說罷摸了下她的腦袋，走出房間。艙門合起後，裡面傳出齊福再次崩潰的哭聲。

頤非不知何時來的，就站在兩、三步外，看著秋薑，挑眉一笑。「報仇難，報恩更難啊。」

秋薑沒有理會，繼續前行。

頤非跟著她。「妳打算怎麼安葬齊財？」

他很快就知道了。

秋薑讓鄧熊拆了兩扇艙門，中間架木樁，隔為上下兩層，上層堆滿木屑、棉絮，澆上桐油，把齊財放進去後，推入海中，再用火把將上層點燃。

大火熊熊燃燒，吞噬了男童的小小身子。

齊福站在船頭，望著這一幕，停歇的眼淚再次流了下來。

如此，等上層燒得差不多後，秋薑拴繩跳過去，取了一截燒得最焦的骨頭捏碎，裝入罐中帶回。其他的便跟著燃燒的木筏慢慢沉入海中。

秋薑把罐子遞給齊福，齊福俯身向她深深一拜，然後扭身回甲板下繼續跟其他人待著

了。

頤非道：「妳待她如此特殊，恐是害了她。」

「她若連那些人都應付不了，進了如意門，只有一死。」

「那妳為何不送佛上西，索性讓鄧熊放了她？」

「一個九歲孤女，流落街頭，只會更慘。」

「或者妳告訴她，在如意門好好熬，如意門很快就完蛋了。」

秋薑用一種古怪的眼神看著頤非，忽然伸手摸他的臉。頤非不備，就那樣被她捧住了臉頰，他的心跳快了好幾下。「幹、幹什麼？」

「沒被替包啊……」秋薑嘲弄道：「那今天是怎麼了？盡問愚蠢的問題。」

頤非一怔，捫心自問，自己確實問了一堆傻問題。起碼，不應該是他會問出來的問題。只是，他自己也說不清楚。當發現秋薑不是江江，跟風小雅其實沒有那麼深的命運羈絆後，就忍不住想時常跟她說話——哪怕沒話找話，哪怕被她嘲笑。

為了掩飾這種情緒，頤非用力大聲咳嗽了起來。

秋薑睨了他一眼，繼續看向海面，齊財的木筏已經沉得沒影了。多少人來世上一遭，都是如此結局，未能引起任何改變，便煙消雲散。

為他哭，為他執念，為他繼續奔走的只有他的姊姊。

姊姊……弟弟……溼漉漉的兩個詞。

當夜，海上再次遭遇大風。

鄧熊指揮船員們收帆關門，並刻意來提醒頤非和秋薑：「三哥，七主，這次風暴不小，不到萬不得已，二位千萬不要出來。」

頤非皺眉。「都快到內海了，怎麼還會遇到颶風？」

「月分不好啊，七、八月，龍王怒。龍王這陣子心裡又不痛快了吧……」鄧熊說著又提著燈籠匆匆出去了。

頤非關好艙門，感慨萬千。「這一路，還真是風雨不斷啊。」

秋薑閉目養神，並不想浪費體力。

然而頤非看到一旁有占卜用的銅板，眼睛一亮，當即取在手中搖了六下。「來來來，卜一卦……」

卦象出來是凶，他額頭冒汗，忙道：「啊，我忘了洗手，再來再來。」

洗手再來，還是凶。

「忘了默唸心中所求，再來再來。」

第三遍，還是凶。

頤非試探地把銅錢往秋薑面前遞。「要不，妳來？」

「我不信這個。」秋薑翻了個身，索性背對著他。

「來試一下啦，試一下又不會怎樣，來嘛來嘛來嘛……」

他聲如老花魁當街拉客，聽得人心頭煩躁不已。

為了終止噪音，秋薑只好坐起，接過銅錢搖了搖，落下後，大凶。

兩人彼此無語，你看我、我看你地對視了半天。

頤非眨了眨眼。「妳也沒洗手，不算。來來來，洗個手再來……」

秋薑氣笑了，當即將銅錢往他臉上砸過去，頤非不躲，眼看那三枚銅錢就要砸中他的

鼻子，船身一震，銅錢斜飛出去，擦著他的耳朵落到地上。

頤非卻身子不穩，一頭栽向秋薑。他本想趕緊躲開，但見秋薑下意識伸手來接，目光閃動間，立刻軟綿綿地順勢靠過去。「啊呀！」

秋薑扶穩他，低聲道：「有點不妙。」

「是啊，風暴好大呀。」頤非繼續往她身上黏。

「不是風暴。」

頤非一聽，立刻收起嬉笑之色，坐直了。他打量四周，感應著船身的震動，面色漸變。「搖擺有律，不是風暴，是火藥。」

兩人一個眼神交會，迅速雙雙撲到門前，門卻死死不動，竟是從外鎖死了！

「鄧熊背叛了我們！」

頤非當即去撞船壁，然而木頭碎後，露出裡面一層鐵壁網。

秋薑苦笑。「曾有很多人試圖破船逃跑，自那後，青花船都加了鐵網。」

這時嗆鼻的濃煙從壁縫間源源不斷地擠進來，與此同時，火焰燃燒著外層木板，隔著鐵網燒進來。

秋薑彈出佛珠手串上的鑌絲，試圖割開鐵網，然而鑌絲太細，鐵網太大，燃燒得又太快，眼看根本來不及時，頤非想起腰間還有一把薄倖劍，當即抽出來，狠狠劈過去。

兩人一起努力，終於在熊熊燃燒的火中割出一個缺口，跳了出去。

然而外面也在燃燒，對方竟是將整艘船都用火藥點著了！

秋薑和頤非互相搜尋一番後，發現鄧熊、船員和十九名被拐者都不見了。

「此地已近內海，他們坐小船逃走了。」頤非分析道：「鄧熊故意裝出順從之態，穩住我們，到此時致命一擊，要將妳我都燒死。」

秋薑不說話，神色十分複雜。

「先不想這些，跳海！」頤非伸腿一踹，將一扇窗戶踢落下來，當即抄在手中準備跳，回頭一看，見秋薑還在發呆，便拽了她一把。「想什麼呢？跳！」

兩人一起縱身跳下船。

幾乎同時，又一處火光竄天而起，整艘船從中間一分為二，向兩頭倒了下去。

跳進海中的頤非抓著木板趕緊游，巨大的漩渦一直追在他身後，像是從中間開始燃燒的火苗追逐紙張的邊緣。兩人一口氣游了好久，才敢回頭看，漩渦已將船隻無情吞沒。

若剛才再慢一點兒，此刻兩人就被一起吞了。

頤非趴在木板上，下半身放鬆地泡在水中，抹了把臉上的水道：「果然是凶啊。」

秋薑也趴著一半木板借力，視線仍停留在沉船的方向，神色恍惚。

「妳怎麼了？」頤非終於顧得上問這句話。

秋薑的反應很不尋常，完全失去了以往的鎮定和敏捷，這還是頤非自跟她同行來第一次見她如此失態。

秋薑抿了抿慘無血色的嘴唇，輕輕道：「青花雖屬如意門所有，但他們直接聽命於品先生。夫人若有命令，也需透過品先生下達。」

「所以？」頤非這才知道，如意門居然還是兩權分立的。

「鄧熊不過一小卒，怎敢殺我們兩個？更何況此船造價不菲，給他天大的膽子，他也不敢私自毀損。」

「所以，是如意夫人或者品先生下命殺我們？」

秋薑的目光閃動著，顯然也這麼認為，神色卻不是憤怒也不是迷惑，而是帶了些許難言之隱。

頤非道：「現在還是先想想，是一口氣游回岸去，還是在這裡漂著撞運氣，等船經過？」

夜色深黑，此地臨近內海，出海船隻一般都是白天出航；而回海船隻又不會太多，畢竟蓮州是程國最破落的港口。

秋薑迅速估算一下，此刻海水在往東走，以她的體力應該能支撐到岸，便道：「游！」

兩人便一起托著木板往東游。

夜中的海水格外冷，體力流失比秋薑預想的快許多。而且可能真是應了卦象的大凶，一路上連魚都沒看見，更別提船。

兩人游了一個時辰後已精疲力盡，然而二人心中也很清楚，此時絕不能停，一旦停下，便再也沒法繼續了。因此無人開口，繼續按著呼吸的節奏一點點往前挪。

半個夜月掛在天空，冷淡卻又幾近慈悲地給掙扎中的螻蟻帶來了些許光明。

頤非藉著月色看了眼秋薑的側臉，忽問：「妳最長游過多久？」

「三個時辰。」

頤非剛鬆了口氣，卻聽秋薑又道：「但那是白天。」

而人到夜晚，意志力通常都會打個折扣。

頤非剛要說話，面色陡然一變，動作也停了一停。

「怎麼了？」

頤非很快恢復鎮定之色。「沒什麼，繼續。我好像看見燈光了……」

秋薑望去，前方黑漆漆的海岸線上，哪裡有什麼燈光。但這個時候她也沒有體力和精力辨析，只是繼續咬牙往前游。

游著游著，感覺托著的浮板越來越沉，一開始她以為是自己力竭之故，後來扭頭一看，卻是頤非趴在板上不動了。

她推了他一把，舌頭在嘴裡打了個轉，突然一時間不知該叫他什麼。

她以往見他，稱呼他為花子大人；後來，叫他三皇子；再後來，很長一段時間叫他三兒。直到此刻，才意識到她從來沒有喚過他的名字。

頤非被她一推，瞬間睜開眼睛，眸色有一瞬的恍惚。「我睡著了？對不住……」他當即揮臂加快了速度，然而划幾下又慢下去，最後越來越慢、越來越慢，又閉上了眼睛。

「頤非！」秋薑終於叫出他的名字，再次伸手推他，可這一次，怎麼都沒醒。她伸手去摸他的額頭，發現體溫低得可怕。

「頤非！頤非！」秋薑大急，當即將他撈起，平放到浮板上，然後深吸幾口氣，極力讓自己鎮定下來。

是拉著他繼續游，還是自己游回去，找到船再回來救他？

前者，成功的希望不大，因為她此刻已累得不行，更何況拖一個人前行。後者，怕就怕他隨波漂走或者就此沉沒，再也找不到。

秋薑看了眼已經失去知覺的頤非，伸手探入他衣服中翻了一遍，找到兩個小瓶子。一個瓶子打不開，另一個瓶子裡是救心丹之類的藥，當即餵了他一顆，自己也吃了一顆，然後深吸一口氣，解下腰帶的一頭拴在板上，拉著他繼續游。

他救過她。

風小雅考驗那次不算，上青花船那次也可以不算。但青花船炸裂之時，若非頤非那一拽，她肯定來不及跳。

報仇難，報恩更難。

秋薑想，仇可以不報，但恩，一定要報。

她拚命地游著。

像九歲時，拚命想要逃出高牆；像十二歲時，拚命想要逃出聖境；像十九歲時，拚命想從風小雅身邊逃走……

這麼多年，她一直在拚命。

與天拚，與人拚，與自己拚。

天將降大任於斯人也。雖總用這句話激勵自己，午夜夢迴之際，鮮血淋漓地嚼碎在舌底的卻是三個字——為什麼？

聽說姬嬰曾說過一句話。

「只因當年送走的那個不是我嗎？」

她也有一句話。

「只因為，我是我……嗎？」

為什麼偏偏是她？

為什麼非得是她？

為什麼命運如此待她？為什麼她要順從命運？

為什麼為什麼為什麼？

眼底有酸澀的東西往外溢出，視線模糊，不知是因為汗水、海水，還是其他。

血腥味不停從齒縫滲出，湧上舌尖，再被乾硬地吞嚥下喉。秋薑在迷糊之前，所想的最後一個念頭是——若是有壺酒就好了……

然後她便夢見了一壺酒。

那酒裝在紫砂茶壺中，被她放在托盤上，隨她嫋嫋走進一間書房。

書房裡有很多很多書，一眼望去幾乎看不到盡頭。

一少年坐在窗邊晒著陽光看書，身旁的矮几上，茶和糕點都沒有動。

他看得那麼專注和認真，陽光落在他的睫毛上，金晃晃的。

少年穿著白色長袍，周身如沐神光，乾淨朦朧得像是一場夢境。

她將酒端過去，對他說：「換杯茶吧。」

少年微微頷首，並未抬頭，任由她在一旁將原先的茶潑掉，再沏滿。

她將杯子遞給他。

少年端起來眼看要喝，卻在碰到杯沿的一瞬停了下來，然後揚起暖金色的睫毛，朝她燦爛一笑。「又想騙我嗎？」

又想騙我嗎？

又想騙我嗎？

又想騙我嗎……

這句話一聲聲地從耳際擴散開，逐漸遠去了。

卻有什麼東西被它一起帶走，陷入黑幕。

秋薑醒了過來。

看見金燦燦的陽光，延續著夢境中的燦爛，照在她身上。她身下，是同樣金燦燦的沙子——

沙灘？

全身的骨頭都像是被打碎了一般，疼得眼淚、鼻涕一下子湧了出來。她咳嗽出聲，一邊忍受這樣的劇痛，一邊艱難地掙扎爬起，然後發現，自己果然是在陸地上了。

她記得她游啊游，最後實在沒了力氣，暈了過去。

是幸運嗎？海浪順勢將她沖上岸。那麼，頤非呢？

她踉踉蹌蹌地到處尋找，沒多久，就看到一塊破碎的礁石旁，有件熟悉的衣服。

秋薑跑過去將衣服撩開，露出下面的臉，果然是頤非。只不過他依舊昏迷，呼吸十分微弱。再檢查他的身體，發現他的右腿青腫一片，上面有個被水母螫過的傷口。

昨晚游到一半昏迷，原來是被水母螫了。

秋薑拍打他的臉龐，頤非雙目緊閉，臉色灰白，身體冷得厲害。秋薑一咬牙，把他背了起來。

沒想到頤非看起來很瘦，居然挺沉。她自己本就在海裡折騰一回，五臟六腑疼得要命，再背著他，更是舉步維艱。但即使這樣，秋薑也沒放棄，一步一挪地背著他往前走。

大概走了一頓飯工夫，總算看見遠處有煙。

有煙，就是有人！

她萌生出一線希望，繼續咬牙前行。每走一步，雙腳都像是踩在千萬把刀子上一般，冷汗更是雨一樣嘩啦啦地順著額頭往下流。

好難受！

好難受！

身體在不停地抗議，意志卻越發堅定。

「無論如何。」秋薑瞪著前方的炊煙，心想：「無論如何，我也要走到那裡再停下。」

就這樣一步、兩步、很多步。

炊煙看起來明明近在眼前，卻怎麼也走不到。這時，背上的頤非忽然開口：「放我下來。」氣息很弱，像是隨時都會斷掉一般。

秋薑卻是一喜。「你醒了？」

「把我放下吧。」

秋薑將他的身子往上托了托，答：「好。等找到人家。」

頤非看著她的耳朵，眼神變得深邃而憂鬱。「妳走不到的。」

「誰說的？」秋薑不理他。「我馬上就到了。看到那煙了嗎？再走五十步就到了！」

頤非不再說話。

秋薑輕聲數：「一、二、三……」

她本來已到極限，無法堅持了，頤非的甦醒卻忽然給了她新的希望，變得不再孤獨，因為有了另一個人的陪伴，而可以繼續勇敢前行。

她心中充滿力量。

可她自己並不知道，她的耳朵裡正不停地流出血來，一滴一滴，彙集成行，混合著汗水，一直流進她的衣服裡。

頤非伏在她背上，看著那些鮮紅色的血珠，心底深處，湧起難以言說的悲哀。

他知道，這一幕必將永遠留在他的腦海裡，洗刷過往，變成永恆。終其一生，將再也

無法忘記，有個姑娘，是如何在耳鼻出血的情況下，背著無法動彈的他，一步一步往前走的。

這一幕，跟一年前湖底密道口為他死去的松竹重疊在一起。

頤非的眼睛裡，一片水霧瀰漫。

而這艱難的五十步終於走完了。

一間破破爛爛的茅屋出現在視線中，看在秋薑眼裡，卻比任何華麗的宮殿都要美麗。

「我們到了！」秋薑的嘴唇顫抖著，眼淚不由自主地流下來。「我們到了！終於找到人家了！」她一鼓作氣，背著頤非過去拍門。「有人嗎？有人嗎？」

「吱呀」一聲，茅屋的門開了一線，一個白髮蒼蒼、骨瘦如柴的老嫗探出腦袋，木然地看著她。

「老人家，我們的船在海上遇難了，我哥哥受了傷，妳能不能……」秋薑的聲音戛然而止。她突然發現，眼前的景象變成了紅色。無數紅影瀰漫上來，遮住她的視線，她看不清了。

怎麼回事？

她這才意識到自己在流血，血從她的眼睛、耳朵裡一直湧出來，她咳嗽了一下，吐出一攤血。

「妳能不能……找大夫……」秋薑堅持將這句話說完，並從貼身褻衣的口袋裡摸出最後一片金葉子，塞入老嫗手中。

老嫗看到金葉子，表情震驚。

秋薑說完這句話後徹底無力支撐，將頤非放到地上，扶住一旁的牆喘息了起來。血還

在一個勁地往外流，她想她的五臟六腑大概受了內傷，也不知道這種地方有沒有好大夫，能不能及時得到醫治……

老嫗拿著金葉子沉默了好一會兒，才用一種複雜的神色打量二人，低聲道：「等著。」說罷拄著拐杖蹣跚地走了。

「妳還好嗎？」

秋薑聽見頤非在一旁擔憂地問，便笑了一笑。「死不了的，放心吧。」

那麼多九死一生都挺過來了，這次也一樣。而且他們已經找到了人家，給了錢，有了希望。

秋薑默默地運氣調息，苦苦支撐著。

時間過得異常緩慢，慢得只能思考，卻又因為思考的事情太過複雜沉重而顯得越發煎熬。

為什麼那個人要殺自己？

大本營已毀，如意夫人現在何處？

不知是不是失血的緣故，身體冷得不行，這個時候要是能喝上一壺酒就好了……正當她這麼想時，遠處傳來腳步聲。

秋薑心中一喜，連忙回頭，就見老嫗帶著一個六、七歲的男孩回來了。

「三姥姥，就是這兩人嗎？」男孩好奇而天真地打量他們。

老嫗點頭。

秋薑道：「老人家……」她剛想問找大夫的事，就見老嫗舉起手中的拐杖狠狠地朝她砸下來！

秋薑雖然極度虛弱，但身體還是自然而然地閃躲一下，那一拐杖沒能砸中她的頭，而是砸到肩膀上。

秋薑「噗」的吐了一大口血，怒道：「為什麼？」

老嫗不回答，只是繼續用拐杖打她。秋薑再沒力氣躲避，身上挨了好幾下。幸好老嫗年邁無力，雖使上全身的力，但還能忍受。

秋薑咬牙硬挺著，頤非突然撲過來，將她護在身下，用自己的身體擋住老嫗的拐杖。

男童叫喊起來：「三姥姥，這個男人還活著呀！」

「動手！」老嫗喝了一聲。

男童從屋裡掄出一條木凳，二話不說就往頤非身上砸。

一時間，無論是頤非還是被他護在身下的秋薑，都挨了好多下。

秋薑去摳佛珠，卻發現裡面的毒藥已用完了，十八顆珠子裡只剩鑌絲。她眼中閃過一絲殺意，剛想動用鑌絲，卻被頤非按住。

頤非臉白如紙，對她笑了一笑，輕輕道：「不殺賤民……」

秋薑的手指一顫，鬆開了。

男童砸累了，放下板凳，氣喘吁吁道：「三姥姥，他們怎麼還沒死呀？」

「別殺我們……」頤非軟綿綿地求饒：「我們有很多很多錢……」

「三姥姥說，你們一看就是大麻煩，只有死了才能變成不麻煩。」

頤非苦笑。

秋薑盯著同樣氣喘吁吁的老嫗，沉聲道：「你錯了。我們死了，我們的人會徹查此事，你們絕無僥倖置身事外。」

男童笑嘻嘻道：「唬誰呢？你們死了，往海裡一扔，被海魚吃得乾乾淨淨的，哪有什麼痕跡？」

秋薑看著他因天真稚嫩而越顯殘忍的臉，一時間不知該說什麼。

頤非軟軟道：「真的沒得商量？我們真的有很多很多錢……」

「那就更留不得！」老嫗再次舉起拐杖……

頤非附在秋薑耳旁低聲道：「我纏著他們，妳能跑就跑。」

「我若有力氣，早打趴他們兩個了！」秋薑有些氣憤地說道。

頤非哈哈一笑。「這大概就是傳說中的虎落平陽吧。」

見他這種時候還笑得出來，秋薑也是心生佩服。

「既然都跑不了，那就一起死吧。」頤非說著，將她摟得更緊了些。「死了就不用愁那麼多事了，也挺好的。」

秋薑心中一「咯登」。

確實，於她和他而言，活著都太累了。要做的事情太多、太難、太痛苦，死了反而是解脫。可是，在沉泥中苦苦掙扎那麼久，若在此刻放棄，豈非之前的所有心血全部白費？

有太多太多的不甘心。

不甘心死。不甘心失敗。不甘心被背叛了沒能問個明白。

秋薑的手指深深地摳進土裡，咬牙道：「就算死，也要見到夫人再死！」說到這裡，她積蓄了全身的力量頂開頤非，一把將老嫗撲倒，張嘴咬在她的脖子上。

老嫗痛得尖叫起來。

男童連忙上前搶救，但秋薑咬得極緊，老嫗的驚呼變成了慘叫，鼻涕、眼淚全都湧出來。
「殺人了！殺人了！」男童轉身高喊著跑掉了。
過不多時，他帶著兩人回來。兩人全是老頭，跟老嫗一樣又乾又瘦。
他們上來一起用力，秋薑背上挨了重重兩下，喉嚨一甜，再次咳嗽起來。這一咳嗽，牙就鬆開了。眾人趁機將老嫗從她身下拖走。
老嫗捂著脖子道：「殺了她！殺了她！」
「瀲灩城南容巷的朱家鋪子欠我五十金。你們只要去跟老闆說句話，就能拿到五十金！」地上的頤非突然高聲道。
「別聽他們的，快殺了他們！」老嫗大急。
但兩老頭一聽說五十金，眼睛都直了。一人顫抖著回頭看向頤非。「真的？」
頤非的表情誠懇到不能再誠懇。「你們這就去取，取不到再回來殺我們也不遲。」
「別信，假的！他拖延時間呢！」
「妳不講信用，拿了我的金葉子，不給我請大夫！」秋薑也高聲道：「把妳袖中的金葉子拿出來，給這兩位老人家！」
老嫗頓時慌了，去捂自己的袖子。「什、什麼金葉子？胡說八道、胡說八道！」
兩個老頭對視一眼，雙雙撲過去，一人制住老嫗，一人搜她的袖子，果然從裡面掏出一片金葉子。
二人看著金葉子，目光大亮。
頤非趁機再次加價。「我們很有錢！只要你們不殺我們，要多少給多少！」
老嫗面如死灰。「不能貪啊！不能貪！不殺了他們，他們肯定會找機會報仇，到時候

我們全都有錢拿、沒命享啊！」

「滾！」一個老頭一腳踹在她頭上，將她踢得滾了好幾個圈。「就知道妳這婆子小氣，成日吃獨食，五十金的買賣都不叫我們，也不想想妳自己一人能成嗎？」

老嫗急道：「五十金啊！加我們全村人也成不了！」

兩個老頭對視一眼。老嫗心中一沉，知道自己說錯了話，連忙朝男童喊：「阿棟，快跑！」

男童還在不明所以，一老頭已撲過去將他按住捆了起來。另一老頭則將老嫗捆了起來。

老嫗破口大罵：「你們兩個瘋了？這是要幹……」

「我覺得這五十金我們兩個分就夠了，人越少越好。」老頭說著抄起掉在一旁的拐杖，朝老嫗頭上砸落，只一下，那腦袋就開了瓢，白、紅二色流了一地。

男童剛想驚呼，被木凳一砸，也追著老嫗而去。

這兩人想用拐杖和木凳殺秋薑和頤非，最終反而死在自己的拐杖和木凳下。

幾滴血噴濺到頤非臉上，頤非靜靜地注視這一幕，眸底湧動著無法言說的情緒。

兩個老頭將老嫗和男童的屍體先拖進屋中藏好，再走到頤非面前道：「說吧。去跟朱家鋪子的老闆說什麼話？」

另一人恐嚇道：「你最好別耍花樣，不然，那對祖孫就是你們的下場。」

頤非露出畏懼之色道：「不敢不敢。你們跟朱老闆說三花公子要喝酒，一種名叫相思的酒，取五十金來。」

兩老頭走到一旁嘰哩咕嚕商量了一會兒，其中一個去取金，另一個留下來看著二人。

左右無事，老頭拿了張破漁網來補，粗糙的手指從網線中穿過，卻是十分靈活。

頤非搭訕道：「老人家怎麼稱呼？」

「田。」老頭愛答不理道。

頤非問：「得了五十金後想做點兒什麼？」

這個問到了點子上，田老頭頓時來了興趣。「我就買艘新船，買張新漁網，再包個塘，養點兒鱉！現今這鱉可好賣了，送去酒樓一隻能得二十文！貴人們都愛吃。」

看來此人是個務實派。秋薑想，拿了那麼多錢居然不想著吃喝玩樂。

「送酒樓一隻不過二十，若自己烹製了賣，可高達七、八十。不想自己開家酒樓嗎？」

田老頭被說動，眼睛閃亮，但片刻後又黯了下去。「咱沒那命，不圖那利。」

頤非注視著他骨關節格外粗壯的手指，悠悠道：「你怎知沒那命？」

「我們這種人，每次出海都是把命押上，老天不管，才能活著回來；老天若看你一眼，你便死了……」田老頭說著補完了漁網，佝僂著站起來，回視著頤非道：「我知道你跟我套近乎，想逃。因為你知道，老孫頭拿不到錢回來，你們會死；他拿了錢回來，你們還是會死。我勸你們認命。這塊破地，大家都得認命。」

頤非沉默了。

田老頭出去了，從屋外鎖上門。如此一來，破舊發霉的小屋裡，只剩下秋薑和頤非兩人，還有藏在柴堆下的兩具屍體。

秋薑身受重傷，耳目仍在流血。

頤非身中奇毒，發著高燒。

兩人都已油盡燈枯。

看來不用等老孫頭回來，他們兩個就會沒命。

頤非發了會兒呆，強打精神，轉向秋薑道：「是我拖累了妳。若有下輩子，妳希望我如何補償妳？」

「下輩子……」秋薑的眼神恍惚了一下，然後變得陰沉。「我不想要下輩子！」

頤非笑了。「好吧好吧，那妳就飛上天去當神仙，保佑下輩子的我吧。」

「你想要怎樣的下輩子？」秋薑好奇。

「我想跟母親重逢，有一個寬厚溫柔的父親。不必有錢有勢，哪怕跟這裡一樣窮困，但大家都很努力、很和睦。」頤非看著破舊的茅屋，脣角的微笑越發輕柔了起來。「我從小就跟父親一起出海，帶著比我個頭還高的魚回來送給母親，母親一邊誇我一邊數落我又弄破了衣服，我把魚眼下的葡萄肉割下來，偷偷送去給隔壁最好看的阿花。再長大些，我就娶阿花為妻，生好多孩子，母親一邊喊帶娃好辛苦，一邊讓我脫下衣服給她補……」

秋薑聽著夢囈般的這番話，想著頤非的生平，覺得世事真是諷刺。

頤非雖然幼時吃了很多苦，但畢竟是天潢貴胄，他的前半生各種算計、韜光養晦、玩世不恭，都是為了一件事——爭奪皇位。

奪位失敗，流落異國，投靠姜沉魚，隱忍不發，也是為了能夠東山再起。

此後與她相遇，結伴同行，看他跟雲笛籌謀，步步為營，是個不達目的誓不甘休之人。

然而此刻的他，卻說下輩子要當個平凡人？

這是他內心深處最大的渴望，還是最大的遺憾？又或者，只是一種自我慰藉的假象？似乎有了那樣歲月靜好、馬放南山的幻想，便有力量在這血腥世界中繼續殺戮前行？

秋薑終於開口，聲音平靜：「你在這村子長大，酷吏常來盤剝，程王動不動就加稅，你們一家三口連飯都吃不飽。你母親雖不再遭受丈夫虐待，但會生病，病後無錢醫治，只能躺在榻上等死。大海無情，每次出海都會死人。你父會死，你也會死。就算你不死，隔壁阿花也一心想嫁有錢人，逃離這個破舊貧窮的漁村。你會跟老孫頭和田老頭一樣，一輩子光棍，根本娶不到老婆。」

頤非定定地看著她，輕笑變成了苦笑。「都快死了，就不能讓我做個好夢嗎？」

「我說這些，就是要告訴你，沒有來世，沒有再來一次的機會。不想認命，就得把這一輩子改了！」秋薑說著一個翻身，奮力朝一旁的灶臺爬過去。

現在放棄，就真的完了。

只要還有力氣，就還有一線生機。

活下去！活下去！活下去！

一幕幕畫面從她腦中閃過，全是加入如意門後的。那些殘忍嚴苛的訓練、那些九死一生的考驗、那些必須放棄尊嚴放棄自我放棄一切才能完成的任務，那些只要有一絲軟弱就會被痛苦吞噬的抉擇……她經歷過了那麼那麼多。

憑什麼？憑什麼？憑什麼死在這裡？

秋薑用胳膊一點點地挪動著，努力朝灶臺爬去。

頤非心驚地看著她，看著她被血汙染的脖子、長髮和衣服，看著她眼中強大的求生欲，自己內心深處跟著湧起一股巨大的力量。那力量促使他也翻過身去，朝同一個目標爬過去。

一寸、兩寸……

一尺、兩尺……

他和她終於並肩齊行。

事實上，這一路上，他們一直這樣並肩齊行。

「怎麼做？」

「算好時機，把佛珠燒了，可致人昏迷。」佛珠裡的毒藥雖然沒了，但珠子本身燃燒後即是迷煙。只是如此一來，鑌絲的機關也會失效，但生死關頭，根本沒得選擇。

頤非表示會意，手使勁一伸，拿到了灶臺上的火摺子，遞給秋薑。

秋薑將佛珠取下，塞進灶洞中，然後握著火摺子，終於抓住最後一絲生機，手都在抖。

兩人爬了不過半丈距離，卻似經歷了一場生平最激烈的戰爭，此刻再躺著等待，就有種慶餘生的感覺，不再想死了。

頤非半睜著眼睛，看著頭頂微薄的光，那一絲光，卻令眼前的一切都顯得格外明亮。無論小屋多麼破舊，人心多麼黑暗，可天上的太陽依舊燦爛如昔，照著萬物。

「七兒。」他輕輕地說：「我並不想當皇帝。只是，我想做的一切，只有當上皇帝後，才能實現。所以……」

頤非用最後一點兒力氣轉過頭，看著一臂之隔的秋薑，她看上去蒼白又荏弱，滿是血汙，充滿著不祥的祕密，落在他眼中，卻似頭頂的那一絲光。

「七兒，跟我聯手吧。」

一年前，他曾對另一個姑娘說過這句話。

那時候他以為自己勝率很大，提出這樣的建議不過是錦上添花。

帶著輕佻、帶著試探，還帶著若有似無的曖昧。

最終的結果是——那姑娘拒絕了他。

一年後，他對秋薑說了這句話。

他的希望非常渺茫，成功的可能微乎其微，整個過程充滿變數，甚至他自己都已奄奄一息。

卻含著一顆不值錢的真心。

秋薑會答應嗎？

頤非心中充滿了忐忑。

像過了一輩子那麼久後，他看見秋薑的唇角微微上揚，勾出了世界上最美麗的弧度。

「好啊。」秋薑道。

這兩個字，跟頤非記憶中母親的歌聲交會在一起，那是迦陵頻伽的聲音。

第二十一章 轉機

腳步聲終於由遠而近。

秋薑和頤非對視一眼，強打起精神。秋薑再次捏緊手中的火摺子，就在她準備點燃柴火時，卻意識到不太對勁。

來人會武功！

頤非挪了一下位置，下意識擋在她身前。

就在這時，門被重重踹開。「有人嗎？給我點兒吃的……」一句話沒說完，來人跟屋中的兩人打了個照面，聲音戛然而止。

來人身高不足三尺，衣衫襤褸、頭髮汙穢，顯得十分狼狽，但一雙眼睛又大又亮，有種奪人的美貌。不是別人，正是紅玉。

頤非心中一沉，完了。之前他們沉了玖仙號，紅玉也一起掉進海中。不知為何沒被雲笛的船撈捕到，反而獨自來了這裡。她雖然狼狽但步履輕快，可見並未受傷。他和秋薑卻是強弩之末……

最糟糕的是，丁三三的偽裝在水中泡了太久都沒了，如今的他，是自己的臉。

紅玉打量他一眼，目光沒有停留，掠向他身後。

頤非一把將秋薑的頭壓入懷中，厲聲道：「妳是誰？為何私闖我家？」

「你家？」紅玉烏溜溜的大眼睛掃了一圈，冷笑起來。「住這種破屋的人能穿得起你的鞋子？」

頤非身上穿的衣衫雖又破又髒，一雙鞋子卻是完好的。頂級小牛皮製成的鞋子，出水自乾，確實與這破舊茅屋格格不入。

「你們兩個……私奔呢？」紅玉隨口一猜，心思卻不在二人身上，逕自去裡屋翻找。

「叮零噹啷」一通亂響後，她不悅地走了出來。「怎麼什麼吃的都沒有？」

「那裡。」頤非看向窗外掛著的一串鹹魚。

紅玉皺了皺眉，實在是太餓，還是趴到窗邊摘了一條下來，放入口中咀嚼，然後「呸呸」吐了出來。「又臭又鹹，難吃死了！」

頤非答：「沒有別的了，我們也餓著呢。」

紅玉只好坐下來，硬著頭皮啃著，一邊吃一邊瞪著頤非和他懷中虛弱的秋薑。「你女人怎麼了？怎麼這麼多血？」

「我們坐船私奔，船沉了，漂到此地。本以為能找人求救，沒想到他們反將我們打成這樣，還外出找人去了，說是要賣了我們……」

「瀲灩城這邊，也就周先和紅婆子了。你們這把年紀，周先可不會要。讓我看看你女人的臉，沒準紅婆子肯收。」

頤非立刻緊張地將秋薑抱得更緊了。

紅玉「噗哧」一聲笑了起來。「你們這種小白臉，看似情深義重，其實半點本事沒有，最後還不是讓她跟著你一起吃苦？」

頤非心想，這是在影射那個死了的五兒嗎？

紅玉用腳踢了踢他的腿。「小白臉，想活嗎？」

「想！」

「好，給你兩個選擇。要不，你自殺，我帶她離開，給她點兒錢，讓她可以安安穩穩地過下半輩子；要不，殺了她，我帶你離開這裡，給你榮華富貴。」紅玉一笑起來，巴掌大的小臉顯得越發可愛，說出的話，卻是如此惡毒。

不愧是如意門的人啊。頤非想，換了真私奔的情侶，遇到這種考驗，簡直生不如死。

「我們不選！」頤非故意生硬地回答。

紅玉道：「那就兩個一塊死吧！」說著起身走到二人面前，抬起了手。

「等等！讓我再想想！」頤非開始猶豫。

紅玉本就在等他的這種反應，當即停了下來，笑咪咪地看著。他們越害怕、越掙扎，她就越快活。這些年來，她已經用這種辦法折磨過許多戀人了。

大部分人都禁受不了考驗，選擇犧牲女人。當他們殺了女人後，她就會毫不留情地先閹了他們，再慢慢地凌遲，讓他們在絕望和悔恨中死去。

偶爾有禁受住考驗願意跟女人一起死的，她就找一群人當著他的面姦汙女人，再放他們離開。經歷過的人全都崩潰，瘋的瘋、自殺的自殺，沒有一個例外。

而眼前的這對戀人，又會如何選擇呢？

紅玉一邊遐想一邊期待，整個人很興奮。

頤非沮喪地糾結半天，眼看紅玉就要不耐煩了，這才做出選擇，痛苦地說道：「好吧，殺了她吧！」

又是一個賤男人！紅玉心中冷哼一聲，還沒等她動手，頤非懷中的秋薑已發出一聲尖叫，雙手去掐頤非的脖子。

紅玉頓時興奮地睜大眼睛等著看好戲。

頤非怒道：「妳不是說愛我愛到肯為我死嗎？這就去證明吧！」說著狠狠推了秋薑一把。秋薑的腦袋一下子砸在灶臺上，呻吟著不動了。

紅玉嘖嘖。「看清楚了吧？這就是妳選的男人。」

「她眼光是不太好，但妳也不怎麼樣呀。」前一刻還在痛苦的頤非，這一刻卻笑了。

「什麼意思？」

「聽說五兒生前風流成性，除了妳還有十七、八個情人呢。」

紅玉大怒，當即上前狠狠搧他一耳光。「你再說一遍！」

「他跟我說，最受不了妳這種矮子，所以他另外的十七、八個情人，各個高䠷豐滿、性感成熟……」

紅玉形似稚女，無法長大，是她內心深處最大的痛，如今被頤非以此取笑，當即氣紅了眼，左右開弓搧了頤非十幾個耳光。

身後，似有什麼東西燒了起來，她也沒在意，只是逼問頤非：「你怎麼認識五兒？你是誰！」

頤非咧嘴一笑。「你猜？我不但認識五兒，我還認識妳。我知道妳一直想要當瑪瑙，卻怎麼也比不過七兒……」

紅玉一個激靈，突然明白過來，轉頭看向倒在灶旁的女人。「七兒！」

那人抬起頭，滿是血汙的亂髮中，露出一張平平無奇的臉。

紅玉頓時如墜冰窖，這才認出地上這個虛弱又骯髒的女人竟是秋薑。而一旦她是七兒，所有的東西都開始不對勁了。

她立刻意識到灶裡的火不知什麼時候燒了起來，火苗舔舐著稻草，「劈里啪啦」像是催命的魔音。

「七兒！」紅玉立刻拔出腰間匕首，朝她撲過去。可剛撲到跟前，視線驟然一黑。她連忙咬了舌頭一口，才清醒過來。

七兒詭計多端，身上機關、毒藥又層出不窮，必定是在火裡加了什麼東西。可惡，自己剛才被那賤男人吸引，粗心大意之下沒能察覺她就是七兒……

紅玉又重重咬了自己一口，含著滿口血腥抓著匕首朝秋薑心口扎過去。

頤非試圖阻止，被她一腳踢飛，狠狠撞上柴堆，乾柴四下滾落。頤非趁機將柴火向紅玉丟去。

紅玉的匕首頓時失了準頭，貼著秋薑的腰扎在地上。紅玉咬牙拔出，再次朝秋薑刺去。

眼看秋薑就要被匕首扎中心口，外面突然飛來一道白光，擊中紅玉的手腕，紅玉的手頓時鬆開，匕首被秋薑奪走。

頤非驚喜地喊出聲：「朱爺！」

一個魁梧的大漢從門外快步進來，左眉上的紅色小龍此刻看在頤非眼中，實在是比世界上的任何花紋都要美麗。不是別人，正是薛采的貼身侍從朱龍。

而他肩上扛著老孫頭，手上提拎著田老頭，兩人全都昏迷不醒。

朱龍將這二人扔在地上，伸手一抄，像是老鷹抓小雞一樣抓住了紅玉。紅玉剛要掙

扎，手腳一緊，被他綁了起來。紅玉當即破口大罵，剛罵了一個字，嘴裡被他塞了布團。

朱龍做完這一切後，上前查看頤非的脈象，頤非忙道：「先救秋薑！」

朱龍微一沉吟，轉身檢查秋薑，皺眉道：「他的毒好解，妳的傷難治。」

秋薑注視著朱龍，眼睛裡再次流出了血，含著血的眼淚，想要說什麼，卻一個字都沒說出來。

頤非道：「先離開這裡。」

朱龍點頭。

朱龍是趕著馬車來的，他將頤非抱上車，回來接秋薑時，秋薑指向紅玉道：「把她也帶上。」

紅玉憤怒地「嗚嗚嗚嗚」。

朱龍看著地上的兩個老頭。「他們呢？」

秋薑淡淡道：「我不殺賤民。由他們去吧。」

朱龍不知想到什麼，翹了翹脣角，先將紅玉丟上車，再把秋薑放到頤非身邊。馬車緩緩離開了漁村。

車輪轉動，馬車顛簸，秋薑從簾縫裡看到茅屋越來越遠，眼神複雜。

頤非挑了挑眉。「想報仇？」

秋薑低聲道：「看這地方，不過是普通漁村，這些人，只是以捕魚為生的普通鄉民。在遇到落難的陌生人時，第一反應不是救，而是殺和賣……這樣的風氣，是多少年熏化而成的？而你將來，又要用多少年，才能驅散？」

頤非沉默了很久很久，然後才說了一句：「妳說的……好像我肯定會是一位明君似

的。」

「不是肯定是，而是必須是。」秋薑的神色極為嚴肅，帶了克制和凝重。「為何千百年來，律法要求、文士推崇、百姓呼籲都要明君？因為不是明君，國必死！」

她還有一句話沒說，頤非卻在心裡接上了——「而程國，已經在死的路上了。」

唯方大地，四國分立。燕王雷厲風行，宜王風雅有趣，便是璧國，都有個政見不足但仁愛公正的皇后。唯獨程國，像是一條盤踞島上的龐大貪婪的巨蛇，無情地吞噬一切可吃之物，吃到後來，將自己的尾巴也吞了進去，變成一個蛇環。若不及時解開，必死無疑。

兩人各懷心事，神色都很凝重。

一旁的紅玉看看她又看看頤非，突然「嗚嗚嗚嗚」表示有話要說。頤非便將她嘴裡的布團取了出來。「說吧。」

紅玉道：「她是不是騙你說能幫你幹掉頤殊，扶你當皇帝？她都快死了，你殺了她，我幫你！我——」

她話還沒說完，頤非又將布團塞了回去。

紅玉急得直瞪眼，秋薑不禁莞爾。原本心事重重的氣氛，便因這一笑而煙消雲散了。

無論如何，事在人為。

就像是朱龍的出現一般。

雖然一路諸多波折，但關鍵時刻，總能絕境逢生。

因為，他們彼此擁有這個世界上最可靠的同行者，風雨共濟，生死默契。

馬車馳入一家賣香粉的「朱家鋪子」，在後院停下了。

頤非對秋薑解釋：「我跟小狐狸約好，派朱爺來此隨時接應。本還擔心朱爺比我們晚到，幸好趕上了。」

秋薑注視著這家鋪子，眉頭卻微微地皺了起來。

一旁的紅玉發出幾聲含糊不清的冷笑。

頤非瞥了她一眼。「這般聒譟，為何不殺了她？」

紅玉立刻安靜了。

秋薑淡淡道：「螽斯山倒，夫人的下落還要從她入手。」

紅玉沉下臉，陰戾地盯著她。

秋薑便又道：「不過看著確實討厭，先打暈吧。」

紅玉剛要反抗，脖後挨了一記手刀，頓時眼前一黑暈了過去。

朱龍將她拎下車，鎖進柴房，再抱頤非和秋薑直接上二樓。「說來運氣不錯，剛得知東壁侯就在二十里外的鳳縣，已派人去請。」

頤非大喜，對秋薑道：「太好了，那妳的傷就能治好了！」

「東壁侯？」

頤非剛想解釋，就聽朱龍道：「就是江淮那個不成器的兒子。」

秋薑露出想起來了的表情。「玉倌啊。」

頤非「咦」了一聲：「妳認得他？」

「嗯，知道一些。不過不知他封侯了。」秋薑說著咳嗽起來，又咳出一攤血。

朱龍連忙扶她躺下。「妳睡一會兒吧。」

「此地恐不安全。」

「越危險的地方越安全。放心。」

頤非不滿道：「你們在說什麼？」

朱龍道：「此地本是如意門的據點，香粉鋪的老闆朱小招是頗梨門的弟子。」

頤非驚訝。「那你怎麼選這裡？」

「他去宜國跟製香大師阿鳩婆修習，已近一年沒回來了。此地目前被我們占著，夥計都是白澤的人，非常安全。」

頤非靠坐在窗邊的榻上，見樓下就是大街，街上行人如織，十分熱鬧，滿眼都是不輸蘆灣的繁華，不禁感慨道：「柳腰款款風月地，櫻脣漫漫美人鄉。如此紙醉金迷、歌舞昇平的瀲灩城。」

天還沒黑，路上已亮起了街燈，點點紅光交映，可以清楚看見一家家賭坊、青樓，生意絡繹不絕。

而與之形成鮮明對比的，則是街道的另一面。沒有燈光，茅屋鴿籠般密密麻麻地堆積在一起。狹窄的小路上汙水橫流，許多孩子光著腳跑來跑去；更有裸著上身的粗獷大漢三五成群地行走其中，看見孩子和狗就踢一腳，所到之處雞飛狗跳。

朱家鋪子就像是一道門，分開了兩個世界。

倚在窗邊的頤非靜靜地看著這兩個世界，身體一陣冷、一陣熱，如置身爐上，裹著冰雪一起燉。

回頭看一眼榻上的秋薑，秋薑已睡著了。

她的話卻再次迴響在耳邊。

「這樣的風氣，是多少年熏化而成的？而你將來，又要用多少年，才能驅散？」

他不知道。

甚至在此次回程之前，他並沒有想過這一點。只是這一路上，所見所感，令他不知不覺中有了一些別的想法。

很少的一點兒想法，做起來很難很難。但是，因為一個人的存在，彷彿無論耗上多少年，都可以忍受——只要有妳同行。

頤非想到這裡時，也不知不覺地睡著了。

他做了個夢。

夢見母親在海上，依舊不肯回到陸地上來。於是他站在岸旁，對她道：「我用雪填平這骯髒之地，待春歸之際，草木復生，以碧樹紅花為道，再接您歸來。」

然後，鵝毛大雪紛紛落下。

大雪遮住萬物，天地一片酷寒。他行走其中，只覺又冷又累，放眼望去，滿目蒼茫，找不到路，也找不到前行的方向。

就在這時，他看見了秋薑。

秋薑穿著白衣，本應該跟雪景融為一體，可她的頭髮和眼睛是那麼黑，那麼鮮明地出現在他眼中。

於是他大喜，揮手叫她：「秋薑——秋薑——」

秋薑沒有反應，行色匆匆，走得很快。

他想起來，對了，她不叫秋薑。

於是他又喊：「七兒——七兒——」

可她還是沒有反應。眼看她的黑髮越來越遠，他由歡喜變成了慌亂，連忙追上去。

「瑪瑙？瑪瑙？謝柳？謝柳？阿秋？阿秋？江江？江江——」

可是，無論他怎麼喊，秋薑都沒有反應，再然後，她徹底消失在風雪中。

雪水從鞋底一直滲進來，濡溼他的腳，寒氣一個勁地往上爬，像藤蔓般將他裹了一層又一層。

他忽然意識到——他不知道她是誰。

頤非一下子睜開眼睛，從夢境中掙脫出來。

「醒了？」

一個聲音在身側悠悠響起，頤非扭頭，看見橘黃色的燭火上，一雙手正在烤針。銀針細長，那雙手白淨靈巧、骨節分明。

頤非不由得笑了，熟稔地招呼道：「又見面啦。」

這個正在秋薑榻旁為她針灸的人，正是東璧侯江晚衣。去年他曾作為璧國的使臣來為程王賀壽，結果頤殊貪他秀雅，半夜找他私會，被他斷然拒絕。頤殊大怒，反誣陷他跟程王的寵妃羅紫有染，鬧出一場不小的動靜。不知是不是那次程國之行讓他非常牴觸，他回璧國不久就辭官致仕、遠離朝堂，繼續遊走四方看病救人。

頤非去年見他，便覺此人像棉花，溫暾柔軟，潔白無瑕。看似可以隨意捏搓，但不改其質。

此刻再見，他雖憔悴了許多，面含風霜，但神色堅定，就像是棉花被揉成小球，有了密實的輪廓。

他平生見過妙人無數，其他人包括他自己都是凡塵俗物，唯獨此人超凡脫俗，像個謫仙。

頤非將目光轉向榻上的秋薑，夢境中那種焦慮緊迫的感覺似還殘留在心間，燭影搖曳，令秋薑的臉看上去很不真實。

她……到底是誰？

「她的傷如何？」

「還好。」

「還好是多好？」

「傷勢雖重，但她底子好，又意志堅定，靜心休養半年便能康復。」江晚衣說著收起銀針，起身淨手。

一旁的朱龍看著頤非。「我們沒有半年可以耽誤。」距離九月初九剩下的時間不多了。

頤非注視著燭光下的秋薑，沉吟片刻道：「那就讓她在此養病，我們自己去蘆灣。」

「能放心？」朱龍有些懷疑。「之前她失去記憶，也就罷了。而今，你說她已恢復了記憶，就不該讓她離開視線……」

「你在擔心什麼？」

朱龍看著昏迷不醒的秋薑，嚴肅道：「她畢竟是如意門的人，毫無節操，狡詐多變。」

頤非便輕笑起來。「我知道小狐狸一向多疑，從不輕易信任別人。但她信我，便如我此刻信她。你若真要防著她，不如也防備防備我。」

朱龍皺眉，目不轉睛地盯著他。

頤非微笑地回視著他，須臾不讓。

兩人間的氣氛有點繃，江晚衣揉了揉眉心道：「我先去抓藥了。」說完轉身就走，半點不肯多待。

朱龍低嘆道：「臨行前相爺曾有交代，秋薑若一直失憶，便算了。一旦恢復記憶……」

「如何？」頤非心中微沉。

「看緊她，等他親自前來。」

頤非很驚訝，沒想到薛采竟如此重視秋薑。為什麼？就算秋薑是七兒，是曾經的如意夫人繼承人，但她畢竟失憶多年，如意門發生了很多事，如意夫人自身難保。照理說，現在的如意門分崩離析，就算沒有外力打擊，裡面也是一團散沙，難成氣候。為何薛采這麼不放心秋薑，生怕她恢復記憶？

秋薑恢復記憶也有好幾天了，除了性格更沉悶果決外，並沒有太大的異樣。薛采在擔心什麼？

如果是別人，可能是杞人憂天。但薛采絕不是那樣的人。

也就是說，他的擔憂一定有道理。

會是什麼呢？

這一連串想法在頤非腦中跳動，最終全被他壓了下去。「那你就通知他來。我們九月初五出發去蘆灣，希望他來得及。」

「若來不及呢？」

「若來不及，你留在這裡看著她，我自己北上。」

朱龍權衡了一下，覺得還是秋薑更重要，便點頭接受了這個安排。

頤非覺得手腳有了些許力氣，便起身下榻，蹣跚地走到秋薑面前。

他注視著她許久，最終默默地幫她蓋上被子，吹熄一旁的蠟燭。

睡吧。

不管如何，先養好傷。

這是目前最重要的事。

黑暗中，頤非摸索著回榻上去睡了。一直沉睡著的秋薑卻輕輕睜開眼睛。

清冷的月光透過窗櫺照在牆上，光影交織，邊界模糊，分不出黑白。

她盯著面前的牆，似乎想了很多很多，又似乎什麼都沒有想。

此後的半個月，秋薑跟頤非就在朱家鋪子裡老老實實地養傷。頤非的毒很快就排清了，恢復了活力。秋薑卻一直咳嗽，手腳冰冷，酷暑天還要挨著火盆取暖，恢復得比想像中慢。她卻似一點兒都不急，還變著花樣想吃新的菜餚。

頤非哀嘆道：「我不會做飯！我只會吃！」

「我知道你不會，但有人會。」

「誰？」頤非將猜測的目光落到一旁搗藥的江晚衣身上。

江晚衣愣了愣，道：「我只會煮粥。」

最後，坐在角落裡磨劍的朱龍默默起身走了出去。

頤非驚訝道：「朱爺擅廚藝？」

結論是，朱龍真的擅廚藝！

無論秋薑點什麼，他都做得出來，味道還挺好。

頤非吃了幾口，讚道：「朱爺高才。」

「我已很多年沒下過廚了。」

於是頤非又讚。「寶刀不老。」

一旁的江晚衣忍俊不禁。而秋薑安靜地吃著飯，蒼白的臉上帶著某種恍惚，像是在追憶些什麼。

頤非忍了又忍，還是忍不住，問她道：「妳在想什麼？」

「想四兒和公爹。」

「他們怎麼了？」

「他們都很擅長廚藝。」秋薑說到這裡看向朱龍。「他們都死了。」

江晚衣頓時一口飯嗆在喉嚨裡，趕緊灌了好幾口茶才止住，再看向被「間接詛咒」的朱龍。

朱龍果然不悅地瞪著秋薑。「真對不住了，我還沒死。」

「我明天想吃乾筍老湯鴨。」秋薑放下筷子，一臉冷傲地離開了。

朱龍當即就要摔碗，被頤非連忙攔住。「別跟病人計較，朱爺您多擔待。我去買鴨子，我最會挑鴨子了。」

江晚衣好奇道：「三皇子還會這個？」

「曾跟鴨子一起住過一段時間。」頤非想起當時的遭遇，很是一言難盡。

紅玉一直被關在柴房中，頤非去審問她，她睜大眼睛道：「七兒為什麼不來？叫她來！她不來，我一個字也不說！」

秋薑卻偏偏晾著她，就是不去見她。

紅玉壓著一天天的怒火，嘴上起了好幾個大火包。江晚衣無意中看見了，便搗了藥給她抹上。

紅玉認出他，很驚訝，繼而不屑道：「怎麼哪裡都有你？」

「妳見過我？」江晚衣並不介意她的無禮，敷藥的動作依舊輕柔。

紅玉立刻否認。「沒有。」過了一會兒，又道：「聽說你見人就醫，不管對方是何身分，是好人還是壞人。看來果真如此。」

江晚衣笑了一笑。「妳想知道為什麼嗎？」

「因為你傻唄。」

「在外遊走，難免遇到各種麻煩。若我只治好人不治壞人，那壞人看見我，不會手下留情。可我是個只要你有病就給你醫治的大夫，壞人就會想著日後也許會用上我，便會有所顧忌。」

紅玉一愣。

江晚衣敷完藥，收拾藥箱起身道：「放寬心思，按時吃飯休息，三日後便好了。」

紅玉瞪著他，眼看他就要邁出門檻了，忍不住道：「就算你這次醫治了我，將來落在我手上時，我也不會手下留情的！」

江晚衣沒有回頭，只是隨意地擺了擺手，飄然而去。

紅玉注視著他的背影逐漸消失在拐角處，再然後，被另一張放大的笑臉所取代。

紅玉嚇了一跳，下意識往後一挪——只見頤非不知何時進了柴房，此刻正從橫梁上倒掛下來笑嘻嘻地看著她。

「你要……」她的話還沒說完，頤非已將布團塞回她口中。

「聽見沒有？放寬心思，少說話、多睡覺。」

手腳依舊被捆、嘴巴被塞的紅玉氣得鼻子都歪了。

日子就這麼一天天地過去了，雖說時有磕磕絆絆，但比起之前的危機四伏，此刻的平淡便呈現出難得的安寧。

只是所有人都知道，當薛采來時，這種安寧就會被打破。而打破之後，等待他們的是什麼，誰也不知道。

八月的最後一天，一場颶風登陸瀲灩城。

官府敲鑼打鼓做了提醒，全城戒嚴，家家戶戶閉門不出。從朱家鋪子的二樓窗戶望出去，樓前樓後難得陷入同樣的沉寂。

頤非趕在風來前買了兩大籮筐菜屯著，剛進屋，雨就下了起來，豆大的雨點很快的將窗紙砸破了，眾人不得不找了好些獸皮釘在窗上。

朱龍隔著獸皮的縫隙往外一看，天一下子黑了。

他是璧國人，常年住在璧國帝都，還是第一次趕上這種颶風天，當即皺眉道：「這個要持續多久？會對海上有影響嗎？」

江晚衣端詳一番，答：「看這形勢大概要一到兩天，從東北海上而來。」

頤非露出一個幸災樂禍的笑容。「看來小狐狸的運氣不怎麼好。」薛采此刻應該就在東北海上漂著呢。

的？」

朱龍不可思議道：「相爺是你的靠山，也算你半個主子，他出事了，你有什麼可樂

頤非搖頭道：「這世上還沒人能做我的主子。倒是你，我知道你隸屬白澤，曾是姬嬰的心腹。但你是從哪裡冒出來的？一身本事，怎麼就甘心屈居為奴呢？」

朱龍怔了一怔，臉上閃過很多古怪之色，最後變成了黯然。

頤非從菜筐中摸出兩壺酒，點了一盞燈，拍拍坐榻道：「來來來，颶風聲中話生平，邊喝邊聊？」

朱龍皺眉道：「我不飲酒。」雖這麼說，卻還是過去坐下了。

江晚衣也入座道：「我酒量不怎麼好，就當作陪吧。」

頤非扭頭看向站在窗邊看景的秋薑。「妳來不來？」

秋薑還沒回答，江晚衣已道：「她不能飲酒。」

秋薑挑了挑眉，頤非便不再叫她，逕自替江晚衣和朱龍斟滿了酒，道：「真是令人懷念的颶風天啊。我自飲一杯，你們隨意。」說罷，將酒一口飲盡。

江晚衣舉杯同飲。朱龍盯著琥珀色的酒漿，又看了眼黑漆漆的窗戶。風雨中的小屋，總是能給人一種莫名的安全感，而這種安全感，令人不知不覺放鬆許多。朱龍想了想，最終拿起酒杯輕呷了一口。

頤非注視著杯中酒，講解道：「這酒名『是務』，『唯酒是務』，意思是只有酒是樂趣。聽不到雷聲，看不到泰山，不覺寒暑，忘卻利欲。這世上的雜然萬物，都不過是漂流在大河上的浮萍。」

「好酒。」江晚衣讚了一聲。

朱龍什麼也沒說，默默地又抿了一口。

頤非問：「姬嬰生前喝酒嗎？」

朱龍想了想，回答：「公子偶爾喝。」

「醉過嗎？」

「只醉過一次。」

「那他真是個可憐之人。喝酒最怕什麼？最怕的就是不醉。不醉，喝水喝湯不好嗎？喝什麼酒呢？」

朱龍垂下頭，將杯中的酒一口悶了，低聲道：「他不敢醉。」

「所以我說他是可憐之人。」

秋薑一直靠在窗邊，雙手托腮看著外面的風雨，此刻終於忍不住回頭看了圍燈飲酒的三人一眼，目光最終停在朱龍臉上。

朱龍拿起酒壺替自己倒滿，忽地笑了起來。「可憐？不不不，你們不了解他。公子不覺自己可憐，更不要人覺得他可憐。尤其是你這種人，不配可憐他。」

朱龍是薛采派來接應頤非的，此前在璧國時，兩人打過幾次交道，除了執行命令外，鮮少表露出自己的情緒。因此，直到此刻，頤非才知道他居然看不起自己。

他並未生氣，只是笑吟吟地揚眉道：「喔？我為什麼不配？」

「你喜歡姜沉魚，不是嗎？」

頤非的笑容頓時一僵，莫名有些慌亂地去看秋薑，秋薑本在看朱龍，聽到這句話也似一怔，轉頭看向他。

兩人目光交集，各自無言。

反是一旁的江晚衣詫異地「啊」了一聲。

頤非立刻否認。「沒有的事！」

朱龍呵呵笑道：「你們都喜歡她，可她只喜歡公子！所以，你們有什麼資格可憐公子？」

江晚衣目光閃動，不知想到什麼，低聲道：「確實，『她』也只喜歡姬兄。」說著，也將杯中酒一口悶了。

頤非看著秋薑道：「我真沒有！只是當年想拉攏姜家，謀士建議聯姻罷了，後來也沒成，再說，都是過去的事了！」

秋薑詫異道：「璧國的皇后喜歡姬嬰？昭尹知道嗎？」

她的關注點怎麼在那個上？頤非一時間不知該鬆口氣，還是該失落。

「昭尹當然知道，所以才強行下旨將姜沉魚納入宮中，就跟當年強納曦禾夫人一樣！」朱龍說得怒起，將酒杯握得直響。

江晚衣連忙敲了敲他的手道：「息怒，息怒。都已是過去的事了。」

秋薑再次詫異。「曦禾夫人又是怎麼回事？難道她也喜歡姬嬰？」

朱龍的眼眶不知怎的紅了，怒道：「她本是公子的情人！若不是昭尹，若不是他……」只聽「喀嚓」一聲，那杯子最終還是被朱龍捏碎了，碎片扎了他一手。江晚衣無奈地嘆了口氣，起身拿來藥箱為他處理傷口。

頤非扶額。之前在璧國，他人在屋簷下，處處受縛，沒能掌握多少切實有用的訊息，此刻難得有這麼好的機會，本想藉機從朱龍處套話，查探查探白澤組織的由來和底細，看看薛采手中到底握了怎樣的底牌。結果一向沉穩內斂的朱龍一喝酒就情緒激動，還盡扯些情情愛愛之事……

沒想到，你竟是這樣的朱爺……

但相比朱龍，更令他意外的是，秋薑似對姬嬰生前的感情糾葛十分感興趣，追問不休。

朱龍臉上毫無醉意，但一改平日的冷靜自持，對秋薑有問必答，把姬嬰生前跟曦禾夫人和姜沉魚的事全交代了，最後還紅著眼睨著頤非道：「你問我為何甘為人奴，我回答你——因為值得！能先跟公子，後跟薛相，我阿狗這一輩子，值了！」

「阿狗？」江晚衣詫異。

朱龍一怔，頤非立刻反應過來，「噗哧」一笑。

朱龍「哼」了一聲，拿著杯子走到窗前，對著天空的方向拜了三拜道：「公子賜我朱龍之名，委我凌雲之志，小人此生永不敢忘！唯祝公子天上永安！」

頤非笑著笑著，不笑了，低聲道：「有奴效忠，有小狐狸繼承，還有皇后惦念……我，確實沒有資格可憐你啊，姬嬰。」

風聲嗚咽，彷彿在回應他，又彷彿在嘲笑他。

就在這時，他們聽見了拍門聲，聲音是從店鋪前門傳來的。

四人頓時神色一肅——如此颶風天氣，還有來客？

朱龍當即拔劍就要去開門，被江晚衣攔住。「我去吧。」

四人中，秋薑病弱，朱龍醉酒，頤非是被通緝者，確實只有他最適合出現在外人面前。

江晚衣提著燈籠、打著傘下樓，穿過院子去店鋪開門。秋薑注視著他的背影，不知為

何，表情變得有些凝重。

江晚衣進了店鋪，許久都沒回來。

頤非跟朱龍意識到不對勁，對視一眼。

朱龍隨手挽了個劍花，往牆上畫了一個極其標準的圓，以顯示他依舊手穩，然後道：「我去看看。」

頤非便沒再攔阻。

可是朱龍走後，也許久沒有回來。

頤非的手指敲打著酒杯的杯沿，心中有股不安的預感。他忍不住看了秋薑一眼，秋薑靠坐在窗邊，姿勢、表情都沒有變化，卻讓他的不安越發重了起來。

半晌後，他將杯中剩餘的酒一口喝下，起身拂了一下衣袖。「輪到我了。」

秋薑注視著他，並不說話。

頤非打開門，狂風一下子吹了進來，將他的長髮往後吹拉得筆直。他的手按在門閂上，有些不受控制地戰慄，卻不知是因為冷，還是其他。

他注視著發抖的手指，苦笑了一下。「我這一走，還能再見到妳嗎？」

窗邊的秋薑也被風吹著，原本就沒梳理的散髮全都蓋在臉上，遮住了她的表情。

第二十二章 沒種

頤非等了好一會兒，才聽見秋薑淡淡道：「誰知道呢。」

「那我還是不走了吧！」頤非說著，後退一步，「啪」的將門關上，轉身回到榻上坐下，並搖了搖剩下的酒道：「如此好酒，可不能浪費。」

門一關，風雨都被隔絕在外，那些不祥彷彿也就此被擋在門外。留給小樓的，只有異常的安靜。

秋薑伸手撥開亂髮，露出一雙烏黑的眼睛。頤非覺得自己就像是夜間誤闖密林的路人，被樹梢上的夜鴞盯住了。

他不得不灌了一大口酒，以對抗這種令人備感不安的凝視，然後道：「妳的傷要靜養，如此耗費心力，可是會損元壽的。」

「總有一些事情要做。」

「就不能等上半年？」

「我已經浪費了四年。四年前，一切本該塵埃落定。」

「我不明白。」頤非放下酒壺，直勾勾地望著秋薑。「我真的不明白。妳是已經逃脫樊籠的鳥，為何還要執著地飛回鳥籠？我們都想砸碎它，都想讓妳自由。」

「因為……」秋薑的目光轉向大門處。「逃不掉的。」

被頤非關上的門「吱呀」一聲又開了，風雨呼嘯著衝進來，在地上撲出一個溼潤的人影。那人站在門口，斗篷從頭罩到腳，顯得十分臃腫。

下一刻，斗篷開了一線，一人從裡面鑽出來，挑釁地瞪了頤非一眼。

頤非一看，竟是紅玉！紅玉一鑽出來後，斗篷立刻瘦了下去。

紅玉蹲下身，為此人擦去靴子上的水珠，再踮起腳解開斗篷的帶子，俐落一拉，斗篷立刻服貼地疊掛在她的手臂上。

頤非這才看清來人的模樣，是一個二十左右的年輕男子，穿著一身白衣，戴著一雙綠色手套，皮膚極白，模樣清瘦，身上有種格外和善的氣質。

這是哪裡冒出來的蔥？

頤非越想越覺得蔥這個比喻妙絕，此人高瘦白嫩，加上那對綠手套，可不就像是一根蔥？他一邊想著一邊輕笑出聲：「喲，如此颶風天裡，還會有客人啊。」

「我不是客人。」男子笑了起來，目光柔和，天生三分親切。

「難道你是主人？」

「鄙人朱小招，見過三殿下。」

頤非一怔，他居然還真的是主人！

紅玉在一旁朝他獰笑道：「沒想到吧？天堂有路你們不走，地獄無門非要住在這裡！」

頤非嘆了口氣。「是妳通風報信的？」

「錯！」紅玉的眼睛閃閃發亮，充滿了惡意。「我可沒這麼大的本事。是你的好秋薑報的信。」

頤非看著秋薑，嘆了口氣。「這些天我一直看著妳，妳是怎麼做到的？」

秋薑道：「你不應該找江晚衣為我看病。」

「跟他有何關係？」

「一個大夫，一個很有名的大夫，總是會有很多人留意他的下落。」

紅玉嗤嗤地笑。「畢竟是很多人心心念念惦記著的玉倌嘛。」

頤非也笑了，索性重新回到榻旁坐下，繼續飲酒道：「有道理，如此有道理的話，當喝一杯。」

紅玉見他這種時候了還如此鎮定，心中十分不滿。她就喜歡看人痛苦，對方不痛苦，她就痛苦。因此，她扭頭看著朱小招道：「你還不動手？」

朱小招笑道：「不急。」

「怎麼不急？他們兩個都奸詐狡猾，遲則生變！」

「夫人有三個問題讓我問七主，問完了再走。」

紅玉十分不滿，但只好強忍怒火。「那你快問！」

朱小招走到秋薑面前，卻是左手伸出一根食指，右手伸出三根手指地抱拳行了一禮。

秋薑的瞳孔開始收縮。「你，就是新的四兒？」

「是。」

「東兒她們是你殺的？」

「東兒？」

「薛采府的三個婢女。」

朱小招露出恍然之色，一笑道：「是的。」

「為什麼？」
「夫人聽說七主沒死，出現在璧國的白澤府，便派我去找。但我到時，沒找到您。我便留下信物，希望您來找我，盡快回如意門。」
如此看來，那個風鈴的確是此人刻意留在香香手裡的。她找他，他也找她。只不過當時她失憶了，不明白他的用意。但陰錯陽差的，為了替東兒她們報仇和尋找記憶，她還是踏上回程的道路。
秋薑沉默了一會兒後，淡淡道：「你可以開始問那三個問題了。」
「第一個，品先生背叛。您是否知情？」
秋薑睫毛微微地顫抖起來。
如意夫人練武走火入魔，不得不閉關，門中事宜，暫由品從目聯同如意七寶負責。四年前的草木居中，她設局誘殺三寶，連帶自己也失去記憶。如此一來，如意門等於一下子少了四個負責人。
這是一等一的大事。如意夫人本該出來主持大局，重新規整計畫，但她沒有。她保持了詭異的沉默，任由兩個奏春計畫繼續往前推行。
兩個奏春計畫裡，一個是讓頤殊和羅紫聯手毒倒銘弓，控制程國朝堂，並借為程王賀壽之名，邀請宜國國君赫奕、燕國國君彰華和璧國東璧侯來程赴宴，藉機發動兵變，推頤殊上位。
這個計畫秋薑一開始就知道，雖然中途發生了很多波折，但最終在六月底成功了。
另一個奏春計畫則是用謝長晏將彰華引到海上，將之暗殺，然後扶彰華的孿生弟弟謝知微上位，神不知、鬼不覺地取代彰華。

這個計畫如意夫人沒有告訴她，她隱約猜到一點，但因為失憶，而被迫強行與之斷離。

當玉京的奏春計畫緊鑼密鼓地進行中時，七月，如意門大本營被毀；八月，淇奧侯姬嬰死於意外，再然後，奏春計畫失敗。

如意門至此，可以說是一敗塗地。

秋薑握緊手心，以往想不明白的事情，在這一刻，全都得到了答案——

為什麼草木居的除夕之夜，無人接應她？

因為，原本說好了螳螂捕蟬、黃雀在後，帶她和風樂天的人頭回程國的人，是品從目。

為什麼她被送上雲蒙山那麼多年，如意夫人沒找她？

因為，如意夫人閉關中，品從目控制了一切，沒有讓風聲透露到夫人耳中。

為什麼程國的奏春計畫能成功？

因為這是如意門的大本營，為了麻痺如意夫人，為了狂歡後的鬆懈，品從目還是按照計畫讓頤殊上了位。但頤殊已不是如意夫人當年看中的頤殊，這條美女蛇化龍之後，第一件事就是回過頭狠狠地咬向如意門。

於是，螽斯山倒，大本營滅。

但如意夫人之所以是如意夫人，就在於她還是逃脫了。

她發現了品從目的背叛，逃了出來，然後蟄伏，等待時機。

她任由燕國的奏春計畫失敗，任由自己的一片心血一點點付諸東流。最終，等來了秋薑重新出現的消息。

「我不明白……」秋薑的聲音變得有些沙啞。「品先生，為何背叛？」

「人的欲望無窮，背叛的理由自然千奇百怪。」朱小招倒是不以為意。「所以，七主是不知道囉？」

「我不知道。紅玉一直跟著我，可以證明我也是受害者。」

紅玉立刻「呸」了一聲：「誰知道妳是不是跟品從目商量好的在演戲？」

朱小招則笑道：「您是指鄧熊炸船想燒死您那件事嗎？」

「你知道了？」

「我的人在岸上截住了他，從一個叫齊福的女童口中證實了您在他的船上。」

紅玉還是不滿地嘀咕：「沒準那一船人都是跟她串通好了的。」

朱小招沒有理會她，繼續問：「第二個問題，七主為何救三殿下？」

一旁飲酒中的頤非心想，總算問到這個問題了。他不禁也凝神屏息地看向秋薑。

秋薑回答得很快：「正如你說的，品先生叛變了，頤殊也不可用。如意門需要找一個新的寄主，好修復元氣。」

紅玉立刻睨著頤非道：「我早說了，她只是想利用你！」

頤非燦爛一笑。「只要能讓我當皇帝，隨便利用。」

紅玉氣得說不出話來。

朱小招臉上依舊帶著和善的笑容，如此溫文親切的模樣，讓人很難將他和那個虐殺東兒的人聯想在一起。「那麼第三個問題，七主如何證明自己對如意門依舊忠誠？」

秋薑這一次沉默了很久，才開口：「你們如何證明我不忠誠？」

很多很多年前，一個人曾跟她說：「什麼是好細作？就是妳做的每一件事，都可以既黑又白。想黑就黑，想白就白。」

迄今為止，她在這一點上做得很好。

她所做的一切都可以解釋。畢竟，風樂天是真的被她割下了頭顱；而她也是真的一心一意地想回如意門；再加上品從目確實在追殺她。

品從目跟頤殊是一夥的，所以她就帶著頤非回程來，準備奪回一切。

頤非看似優哉游哉地呷著杯中的酒，心頭卻沉甸甸的，壓著千斤。雖然朱龍和江晚衣恐怕都落入如意夫人手中，但從此番對話中得知：如意門現在內訌，如意夫人想要從品從目那裡奪回令牌，就需要用自己去對付頤殊。所以，身為如此重要的棋子，他起碼是安全的。

從朱小招此番進來，不急著抓他，反而讓他喝酒便可以看出。

可是，秋薑為什麼會在品從目和如意夫人之間選擇如意夫人？借品從目之手一口氣除了如意夫人不好嗎？然後，等自己扳倒頤殊，再去對付品從目，不是更好嗎？為什麼非要執著地回到如意夫人身邊？

失去大本營不得不躲藏起來的如意夫人身上，到底還有什麼值得她去圖謀？

妳到底在想什麼？

妳的心果然是從不對任何人打開的嗎？

風小雅也好，我也罷，那般生死之交，都沒能讓妳真正信任？

就憑妳那日兩耳流血地背著我走向漁村，妳的任何計畫，我都可以配合。為何還要瞞著我執行？

嘴巴裡的酒不知為何變得又酸又苦，難以下嚥，頤非最終放下了酒杯。

而這時，秋薑的目光轉到他臉上。「再說，我把三殿下和紅玉都帶回來了，足夠表達我的誠意。」

紅玉怒道：「我是夫人的人，妳卻將我抓起來關在柴房中——」

秋薑打斷她的話。「第一，我並不知道妳是夫人的人，萬一妳是品從目的細作怎麼辦？第二，我只是關妳，沒打妳、沒罵妳，甚至還讓江晚衣去醫治妳，已是看在同門的分上手下留情；第三，若不是我借江晚衣的行蹤將消息傳出去，四哥能提早回來，能第一時間放了妳？」

紅玉被問得啞口無言，只得恨恨地撇了下嘴道：「妳這聲四哥倒叫得挺溜。」

「好說。妳若也是七寶，我也能喊妳一聲姊姊。」

紅玉眼中幾乎冒出火來。「妳明明知道我為什麼當不了七寶！」

「喔對。我記得某人跟我說過她有朝一日必定會拿回『瑪瑙』這個名字。只可惜，我一日不死，妳就無法上位。」秋薑笑了起來，那樣一張寡淡的臉，一旦有了表情，就顯得極具風情。「哪怕我失蹤了四年，一日沒有找到我的屍體，瑪瑙之號就一日不能換人。」

紅玉咬著嘴脣，不知為何，臉上的怒容退去了，轉為另一種更為深邃的怨恨。「我去燕國找過你們。」

秋薑揚了下眉。

「品從目說，妳在燕國的計畫失敗了，妳、二兒、五兒和六兒都死了。我不信，我親自去玉京挖出了五兒的屍體，發現他是被人一掌擊碎天靈蓋而死。但在死前，他中過妳的迷藥，四肢僵硬，腿骨斷折。而且，我只找到他們三個的屍體，沒有妳和刀刀。我又在牢房裡找到了刀刀，從他口中得知了除夕夜的經過。所以，我堅持認為妳沒有死，只是躲了

起來。」

秋薑一笑，不置可否。

朱小招在旁忽然補充道：「紅玉回來稟報夫人，夫人開始懷疑品先生，但她當時練功走火入魔，自顧不暇，只能交代我和紅玉不要打草驚蛇，暗中監視品先生。」

紅玉冷哼道：「品從目十分狡猾，沒有表現出任何異樣，繼續勤勤懇懇地打理門中事務，按部就班地推行奏春計畫。無論是頤殊還是謝繁漪，都看上去沒有任何問題。我找不到證據，也找不到妳。」

「再然後，頤殊成功稱帝，夫人也恢復得差不多，眼看就能出關時，品先生從燕國弄來了一種開山用的火藥，炸毀了螽斯山。」

紅玉不滿道：「你怎麼還叫那廝先生？他算狗屁先生！」

朱小招苦笑道：「他畢竟是我的老師。我們所學，皆是他教的。」

「他可沒教我什麼！他只偏心七兒！」紅玉先是嫉恨地瞪了秋薑一眼，但隨即又高興起來，幸災樂禍道：「可惜都是假的。他現在還不是要殺妳？」

秋薑又不置可否地一笑。

朱小招繼續道：「我一直在監視品先……唔，品從目，等著他有所舉動，所以那一夜，我提前發現不妙，衝進夫人閉關之地，告訴她品從目背叛，但已經晚了。」

紅玉被勾起回憶，也是一臉的心有餘悸。「我和四兒帶著夫人九死一生地從密道逃脫，夫人因為動用內功，再次走火入魔，形同癱瘓，只能躲藏。我們躲在寺廟中，靠偷竊為生。有一天我去鎮上偷米時，聽見人人都在說，淇奧侯姬嬰死了。我回去將此事告知夫人，夫人當夜咳血，差點病逝。」

秋薑的表情沒有變，但頤非就是敏銳地感覺到，她的氣息變了。

怎麼回事？她為何對姬嬰那般關注？如意夫人也是，為什麼聽說姬嬰死了也會吐血？

「夫人一連燒了三天三夜，再醒來時對我跟紅玉說，誰能殺了品從目，便把如意門留給誰。」

秋薑「喔」了一聲，似笑非笑地看著紅玉。「原來你們兩個現在是競爭對手呀？」

紅玉冷冷道：「妳不用挑撥我跟四兒的關係。我們說好了的，各憑本事，願賭服輸。」

「那看來你們兩個迄今為止都沒贏。」

朱小招嘆了口氣道：「品從目雖不會武功，但多智近妖，對付他，我沒多大信心。所以，這一年我只是假裝去了宜國，避開耳目，實則蟄伏觀察。」

頤非想，原來此人沒離開啊，難怪能在這種颶風天裡現身，打了他們一個措手不及。

「你們都怕他，我可不怕！」紅玉板著臉道：「我想他肯定去了燕國，執行燕國那邊的奏春計畫。可惜，當我趕到時，那個計畫失敗了。燕王沒有死，死的人是他弟弟。品從目自此失蹤，再也沒有出現。」

頤非和秋薑下意識地對視一眼，從彼此臉上都看到了驚訝。

品從目居然也失蹤了？也就是說，如意夫人和品從目，如今都是化明為暗，藏在暗處？

「夫人聽說品從目不見了，便讓紅玉聯絡舊部，看看還有誰可以調動。這時我們遇到了謝繁漪，從她口中得知妳的確沒死。風小雅沒有殺妳，只是把妳關在雲蒙山上，但當我趕到雲蒙山時，妳已逃了。」

紅玉氣呼呼道：「夫人聽說妳沒死，病一下子好了起來，交代我們一定要找到妳。我們一路找到璧國，才知道妳躲在白澤府中。我堅持認為妳當年的假死是跟品從目串通好了，想藉機脫離如意門。夫人卻說，妳不會。」

秋薑目光閃動，不知在想什麼。

「我不信任妳，但夫人信妳。我說不過夫人，便決定監視妳，看看到底怎麼回事。」

「於是妳出現在三兒處，說要殺我為五兒報仇，藉此試探我和頤非的關係？妳當時就知道他不是三兒了？」

紅玉嗤笑一聲：「丁三三是個色鬼，哪次見到我不是動手動腳的。頤非卻連看都不敢看我一眼。」

頤非摸了摸鼻子，不禁苦笑。

「我一路遠遠地跟著妳，看妳上了雲閃閃的船，我知道他要去參加快活宴，便先一步去了玖仙號等著妳。」

「胡九仙身邊有如意門弟子，妳從他那裡知道雲閃閃在受邀名單上，也是透過他的安排成為操奇計贏的三件物品之一。」

「對。」

「他是誰？」

紅玉一笑道：「那就不能告訴妳了。」

秋薑忍不住想，胡九仙身邊的釘子果然有兩個，一個是胡智仁，還有一個仍藏在暗處。會不會是艾小小？

「我被妳抓住，親耳聽到妳和風小雅的對峙，這才確定，妳是真的失過憶。」紅玉繼續說了下去。當日，她化名小玉兒，被秋薑扔在暗室裡，看似昏迷，實則清醒，聽到他們的對話，心中卻一點兒都不開心，反而很生氣，有種宿敵不死又要回來爭寵的無力感。

秋薑聽到這裡，對朱小招一笑道：「現在，該問的都問了，該答的也都答了。可以帶我去見夫人了嗎？」

「不急。」朱小招笑道：「夫人還有句話問三殿下。」

秋薑微微擰眉。

朱小招走到頤非跟前，就像是一個好客的主人在殷勤地招待客人那般，為他將酒斟滿，道：「夫人說，殿下想見她嗎？」

「日思夜想，魂牽夢縈！」

朱小招微微一笑。「那麼，用你腰間的這把薄倖，在七主的臉上劃五下。」

此言一出，三人皆驚。

紅玉的眼睛一下子睜到最大，喜出望外道：「夫人當真如此說？」

「夫人說，七主失憶，耽擱了這五年，雖是品從目的過錯，但也是七主無能所致。所以，想要重歸如意門，必須先領錯。一年一劍，留刻臉上，以示警醒。」

朱小招的笑容還是那麼親切，聲音也還是那麼綿軟，但聽在頤非耳中，字字扎心。他忍不住去看秋薑，秋薑低垂著眼睛，長長的睫毛在臉上投下一片陰影。

紅玉拊掌道：「不愧是夫人！比我還能考驗人心。來來來，三殿下，你想要得到如意門的支持，想要見夫人嗎？那就快點動手吧。」

頤非其實知道如意夫人此舉的用意。他跟秋薑一路同行，風雨共濟，生死與共，不知不覺已經建立起深厚感情。如果秋薑還是從前的七兒，這對如意夫人來說是好事。但因為秋薑其間失蹤又失憶，如意夫人又遭遇了品從目的背叛，所以越發多疑。既希望她回來，又擔心她回來。所以，如果秋薑是假意回歸，那麼，借他之手毀了她的臉。這對女人來說無疑是世間最可怕的事情，就算他們真的情深義重，也會因此生出嫌隙。

頤非瞬間想通這一切，搖頭道：「這樣不太好吧？雖然她長得一般，不是什麼美人，但往日裡也靠著這張臉騙過不少痴情男兒，完成了許多工。若我此刻毀了她的容貌，她今後怎麼再執行細作類的任務？」

朱小招道：「這點三殿下不用擔心。七主也別怨惱。夫人說，只要妳通過考驗，等她見到妳後，就將如意夫人之位正式傳給妳。今後，妳自然不用再執行任何任務。」

「什麼？我不同意！」紅玉立刻反對。「夫人明明說誰殺了品從目就把位置傳給誰的！」

「那是因為之前我們都以為七主死了。七主現在既已歸來，那個位置，自然還是她的。」

「憑什麼？她這五年逍遙快活、醉生夢死的，我們卻拚死拚活。螽斯山倒，若不是我們，夫人早死了！若論功勞，你我遠勝過她，憑什麼傳給她！」

朱小招嘆了口氣道：「這是夫人的命令。妳若不服，去跟她提。」

紅玉又是生氣又是委屈，狠狠地瞪著秋薑，最後恨聲道：「我自會回去問！但現在，我要看著妳毀容！」

秋薑終於抬起頭來，素白的臉上卻是一派平靜，對頤非道：「動手吧。」

頤非心頭一顫。「秋薑！」

「我對如意門之心，天地可鑒。區區一張臉算什麼，性命也可以隨時拿去。」說罷，秋薑從袖子裡掏出一塊帕子，將散亂的頭髮紮了起來，露出臉，跪坐在頤非面前。

頤非盯著這張近在咫尺的臉，卻覺距離她越發遙遠。
妳在想什麼？
為什麼要這樣？
為什麼不顧一切也要回到如意夫人身邊？
殺如意夫人有很多辦法，為什麼要選這種，還是……妳根本從來沒想過要殺她？妳所做的一切，就是為了回到她身邊，重新博取她的歡心，繼承她的衣缽？
紅玉催促道：「動手啊！怎麼還不開始？你捨不得？」
頤非沉默片刻後，從腰間抽出薄倖劍，輕薄的劍刃反射著燭光，像是兩點火苗，在彼此的眼中跳躍。
劍尖在距離秋薑臉頰半分處停了下來，頤非扭頭道：「那個，要不我就不見如意夫人了吧。」
紅玉一直屏息以待，見他半途反悔，當即大怒。「你說什麼！」
「我想了想，還是算了吧。如意夫人在你們看來多麼多麼尊貴厲害，在我看來也不過那樣，連個不會武功的品先生都鬥不過，而且還跟頤殊鬧翻了。我若跟你們攪在一起，沒準還會輸。算了算了……」
紅玉冷笑道：「程三皇子果然憐香惜玉得很，捨不得劃花她的臉？那我就先劃你的臉！」
眼看紅玉拔出一根匕首扭身就要衝上去，朱小招連忙攔住她。
「放開我！他不知好歹，我給他點兒教訓！」
「別急別急……」朱小招的聲音雖然依舊慢吞吞、軟綿綿的，手上的動作卻一點兒都不慢。紅玉被他擋住，竟是不能動彈，氣得整張臉都紅了。

「頤非，我告訴你，今天你必須劃了她的臉，沒有第二個選擇！」

頤非扭頭問秋薑。「她怎麼這麼恨妳？就因為妳殺了她男人？」

「她的男人多得是，五兒沒那麼重要。」秋薑看著氣急敗壞的紅玉，笑了一下。「她是覺得我搶了她的名字。」

「什麼名字？」

「瑪瑙。她本來的名字叫瑪瑙。」

頤非恍然大悟，驚訝地看向紅玉。「喲，妳還記得自己原來的名字啊？」據他所知，像江江那種九歲才被賣進如意門的孩童是少數，絕大部分弟子入門時都不超過六歲，再加上被重新訓練改造過，基本都不記得自己的名字。比如琴酒、山水、松竹他們，對自己的出身來歷就一無所知。

紅玉似被這個問題問住，整個人一僵，所有的動作都停了下來，半晌才啞聲道：「關你屁事。你到底動不動手？」

頤非往後一靠，抱臂一笑。「不。」

紅玉再次冒火，扭頭問朱小招。「夫人沒說他若不劃怎麼處理嗎？」

朱小招微微一笑。「夫人說了。若三殿下不做，就任其離開。如此多事之秋，多一個朋友比多一個敵人好。」

紅玉尖叫：「什麼？就這麼放了？」

頤非挑了挑眉，也感到很意外。

然後就見朱小招話題一轉，看向秋薑道：「不過七主這邊，恐怕就要費點兒事了。」

「你能不能一口氣把話全說完？急死我了！」紅玉跳腳。

「別急別急……」朱小招笑道：「妳不是一直想當瑪瑙嗎？三殿下離開後，妳跟七主打一場。妳贏了，瑪瑙之號就是妳的。」

紅玉心中一緊。「當真？生死不論？」

「對。夫人說，七主若是打不過妳，死在妳手上，那是她無能。」

「這不公平！」頤非出聲阻止道：「秋薑身受重傷。」

朱小招笑咪咪道：「所以，她的性命其實掌握在殿下手中啊。」

頤非心想，不愧是天下最邪惡組織的頭領，如意夫人之惡毒，遠超他生平所見的任何一個人。

此刻，兩條路擺在他面前：一，劃花秋薑的臉，跟秋薑一起回如意門，看她下一步會怎麼做；二，不管秋薑死活，自己離開。

頤非的手在袖中握緊、鬆開，周而復始，手心中出了一層薄薄的汗。

紅玉在一旁目光灼灼，躍躍欲試。

窗外狂風暴雨，颶風似要將屋頂掀掉，釘在窗櫺上的獸皮不能完全擋風，冷冰冰的氣流四下亂竄。他就像是坐在一個大漩渦中，無法再保持鎮定。

他看向秋薑，秋薑朝他點了點頭，眼中的意思很明確：來！

她可真是半點都不把毀容當大事啊。

頤非不禁想起自己所認識的其他姑娘。他的親妹妹頤殊，是那種婢女梳掉了她的一根頭髮，都要砍對方頭的人；姜沉魚，也只肯用藥物暫時毀容，一離開程國，就恢復了原樣。尤其是回去的船上，因為跟她所仰慕的姬嬰同行，她每天都很精心地打扮自己，只求姬嬰能多看一眼……

他從沒見過不在乎自己容貌的女人——除了秋薑。

秋薑從不打扮，很多時候泯然於眾，隨時根據任務需要調整自己的樣子。她像是一幅畫，所有的顏色、線條都是另外添加上去的，而真實的她，呈現給人看的只有一片蒼白。

所以此刻，在他看來萬般不忍的事情，她卻很坦然地接受了。

頤非閉上眼睛，長長地嘆了口氣。然後，再睜開眼睛時，他再次拿起薄倖劍。

一旁的紅玉抿緊脣角，瞪大眼睛，怕他再次反悔，又盼他再次反悔。

只見頤非手腕一抖，紙片般的劍身立刻變直，在他手上，就像是一枝筆，輕輕地落在秋薑臉上。

秋薑覺得額頭一涼，有些刺痛，緊跟著，一滴血滑下來，正好流在兩眼之間，順著鼻梁滑落。血珠很小，滑到一半便沒了。而頤非已收劍笑了一笑。「好啦。」

一旁的紅玉立刻跳起來。「這不能算！」

「怎麼不能？我出了五劍，劃了五下，而且也見血了。」頤非睨著朱小招，沉下臉道：「莫非你們要抵賴？」

朱小招有些想笑，還要抱住發怒的紅玉，勸慰道：「別急，別急……這個，好吧，就先帶回去，由夫人定奪吧。」

秋薑忽地起身走到一旁拿了一面銅鏡查看，發現自己眉心上多了一朵花。五片花瓣，形如蝴蝶，雖顏色血紅，但能看出是一朵薑花。

頤非竟在她臉上紋了一朵花！

難怪紅玉氣成那樣，因為這朵花非常漂亮，在她臉上，反而為她寡淡平凡的五官增添亮點。

秋薑注視著鏡中的自己，一時間，心頭五味摻雜。頤非的劍法真心不錯，但更不錯的，是他那不要臉的耍賴本事。如意夫人出題時必定沒想到他會劍走偏鋒鑽空子。

紅玉氣得眼睛都紅了。「這個不算！渾蛋！七兒，有種跟我比一場！」

秋薑放下銅鏡，轉頭看著她，回答：「不好意思，我一向挺沒種。」

紅玉再也說不出一個字。

秋薑的目光跟頤非對上，頤非對她眨了眨眼睛。

論起不要臉的耍賴本事，秋薑想：其實我也挺不賴的。

第二十三章 真名

朱小招重新穿上斗篷，示意頤非和秋薑跟他走。

剛一開門，頤非就立刻掀起朱小招的斗篷鑽進去，緊跟著，撲湧而至的風雨將斗篷再次淋溼。

頤非在斗篷裡笑道：「這法子不錯。」

紅玉慢了一步，被他捷足先登，氣得胸口發悶，幸好還有秋薑同樣沒傘，這才平衡一些。

朱小招帶著他們穿過院子，來到柴房。雖然不過十幾步路，但等他們走進柴房時，紅玉跟秋薑全都溼透了。

朱小招解開斗篷，對跟狗皮膏藥似地貼在他背上的頤非道：「殿下可以下來了。」

頤非笑嘻嘻地鬆開他，環視柴房道：「這裡有密道？」

「是。」朱小招走到爐灶前，伸手往裡面撥動一番後，灶洞內出現一道暗門，露出一個剛好夠人鑽入的洞口來。

「畢竟是你的老巢。」頤非倒也不怎麼驚訝。朱家鋪子作為曾經如意門的據點之一，肯定有其特殊的傳信之法。只是誰能想到燒火的灶內會有機關。他們霸占此地多時，一日三餐都在這裡生火，也沒察覺出異常。

而如此颼風天氣，外面行走艱難，朱小招卻來得悄無聲息，也只有密道可以解釋了。

四人一個個地彎腰鑽進洞中。入口雖小，但一進去裡面另有天地，密道高近一丈、寬五尺，朱小招從柴房拿了一盞燭臺在前領路，四人行走其中也不覺逼仄。

頤非左看看、右看看，忽道：「朱爺怎麼樣了？」

紅玉在隊尾嗤笑道：「你怎麼不問問江晚衣？」

「這世間任何一個怕死的人，見到他都只有好衣好食供起來的分。」

紅玉的脣動了幾下，似想反駁，但最終沒吭聲。

「朱龍沒事。」說這句話的是走在第二個的秋薑。

頤非很想問為什麼，但不知為何，看著前方秋薑的背影，卻又不想說了。他有預感，現在就算問，秋薑也不會回答；而真相，等見到如意夫人後自會揭曉。

他們已經走了九十九步，差最後一步就能走到如意夫人面前，絕對不要節外生枝才好。

密道很長，分支極多，若非有朱小招領路，就算有外人闖入，也絕對會迷路。頤非一邊走一邊記路，記到一半毅然選擇了放棄。

有時候，雖然自尊心難以接受，但不得不承認，跟真正的變態比起來，自己還是有所欠缺的，比如——怕死的程度。

想他皇子府的那條地道，雖然建在湖裡十分隱蔽，但也就那麼直來直去的一條，只求危難時能夠第一時間逃走。

而如意夫人的地道，已經不僅僅是狡兔三窟，赫然像是個龐大的蟻穴迷宮，也不知道

是花了多少年，才神不知、鬼不覺挖成的，難怪她能躲起來這麼久都沒被頤殊找到。

大概走了一盞茶時分，朱小招在其中一條岔路前停下。前方有三條路，他卻沒有選擇任何一條，而是直接在牆上一拍。「喀喀喀」，牆上移開了幾塊石壁，露出一個房間。

頤非想：唔，非常簡單卻又巧妙的障眼法。當前方出現三個路口的時候，人們總是會習慣性地思考該選擇哪個路口，卻不知真正的道路藏在來時路的牆壁上。

四人走進去，置身處，是一個水氣氤氳的房間，四壁全是用光滑的大理石所砌，掛著重重紗簾。

掀起簾子，房間中央放著一個巨大的木桶，桶身以上好的紫檀木所製，上面鑲嵌著許多寶石，透露著一股濃濃的奢靡之意。桶內裝滿了水，想必原來是熱的，這會兒已經涼了。

桶旁有一組矮几，上面放著絲帕、水盆，還有一具銅雀香爐，裊裊白煙正從孔雀的三根羽翎中升起，香味沁人心脾。

頤非看得嘖嘖。這時，前方真正的門外突然響起敲門聲，一個稚氣的聲音道：「朱公子，您可還好？夫人讓來問問，是否需要什麼？」

朱小招答：「不用。我馬上就好。」

門外的聲音應了一聲，腳步聲逐漸離去。

看來密道的這個出口，是某戶人家的浴室。而朱小招是藉著沐浴進入，神不知、鬼不覺地回到朱家鋪子的。

只是，這一來一返，差不多有個把時辰，這個澡確實洗得太久了些。

朱小招將斗篷丟棄在密道裡，石壁又「喀喀喀」地合上了，肉眼幾乎看不出縫隙，真

正的鬼斧神工。

做完這一切後，他打開門，門外已沒人了。

但也無風無雨，一派祥寧。

頤非快走幾步出去，發現原來外面還是在屋內。

一個巨大的拱形屋頂，罩著眼前的一切。假山流水、翠竹瓊花，一棟棟精巧的小樓沿著蜿蜒的鵝卵石小徑而建，每隔二十步就有一根柱子支撐著屋頂；柱子之間拉著線，掛著一盞盞燈籠，連綿起伏，一眼望去看不到盡頭。

也就是說，他們現在置身於一個巨大的房子裡，房子裡面有樓、有花圃、有路，還有個不小的池塘，幾尾錦鯉時不時地躍出水面，濺得水花叮咚。

頤非被眼前這番奢華到極點的景象所震懾，喃喃道：「我們程國境內，竟有如此仙境嗎？」

紅玉道：「你自然不知，因為這是你去年離國後，你的好妹妹建的。」

頤非更是驚訝。「一年時間就能建成這一切？」

紅玉譏笑。「一年時間自然建不了這麼多樓和路，但在原有的樓上加個屋頂，又算什麼難事呢？」

頤非恍然大悟，再細看那一根根支撐著拱形屋頂的柱子，果然是新的。

也就是說，此地本就有這些精緻屋舍和花圃景觀，頤殊在上面加了個罩子，把這一片都罩起來。如此一來，颶風天時，也絲毫不影響裡面的生活。

可是，頤殊為什麼要這麼做？此地有什麼特別的嗎？

「此地名三濮坊，本是瀲灩城新貴們的居住地。去年司天臺的國師說夜觀星象，此地聚火生變，與女王的八字不合，故強令所有男子遷出，只能住女子。然後又加了這麼一個罩子，用來鎮風水。現今，此地住的多是達官顯貴們的女眷或外室。」朱小招一邊介紹，一邊帶三人進了最近的一棟小樓。

樓門內，兩個美貌小丫鬟笑吟吟地等候著，也不問為什麼朱小招洗了個澡就帶著三人回來了，畢恭畢敬地將他們領上二樓，然後便躬身退下去。

小樓一共兩層，房間不大，布置得十分奢美。頤非瞟了一眼，連掛簾子的金鉤都是鏤金嵌玉，雕琢成鳳凰的模樣，心中暗暗唾棄：果然是新貴的住處，一副生怕別人不知道自己有錢的架勢，土俗土俗的。

如此奢靡，通常不過兩處：貪官別院，或是風月場所。

照他看來，此地應屬後者。

如意夫人既要躲藏又要能隨時掌控外界的動態，自然沒有比青樓歌坊更好的地方。

朱小招走到一重珠簾前，深深一拜。「夫人，我領七主回來了。」

珠簾後，依稀可見一個人背對眾人坐在梳妝鏡前，碧綠色的衣袍極為寬大，如一片荷葉靜靜地浮在地上。

如意夫人的兩大標誌：一綠袍，一細腰。

頤非想到自己馬上就要見到傳說中最神祕、最邪惡的如意夫人，心不禁跳得很快。

秋薑立刻跪下去，伏倒在地，輕輕道：「我回來了。」

如意夫人沒有回頭，也沒動，只是看著鏡子。

室內一片靜寂。因為靜寂，而滋生出更多威壓。

不知秋薑此刻做何感想，反正頤非覺得自己有點胸悶，脊背上也不由自主地沁出一層

薄汗。這種感覺，跟兒時見到父王時很像，充滿了厭惡、恐懼和不甘。

就在他覺得很不舒服時，「嗖」，一支箭從天而降，射向梳妝檯前的如意夫人。

如意夫人沒有動。

頤非不想動。

眼看如意夫人就要被那一箭射中頭顱，秋薑和紅玉一前一後地撲過去。秋薑一把推開紅玉，抱住如意夫人，用自己的後背擋了那支箭。

冰冷的箭頭剛剛觸及她的衣衫，下一瞬，身體突然失重，掉了下去。

頤非大驚，連忙飛掠過去，想要抓住秋薑，但地板上的暗板彈了起來，將他彈開，緊跟著，「砰」的合上了。

頤非剛要拍打地板，就聽身後風動，數道黑影撞破窗戶，跳進屋內，將朱小招圍了起來。有兩名黑衣人看見珠簾後的頤非，當即也舉刀衝過來。

頤非立刻撞飛最近的窗戶跳出去，邊逃邊喊：「風緊扯呼，朱兄保重！」

然而，他還沒落地，就見下方竟還埋伏了數名黑衣人，當即暗道一聲不好，連忙抓住樓體外的一根柱子，像貓一樣「登登登」地重新爬回二樓屋頂上。

可是，屋頂上竟也站了兩個黑衣人！

頤非這才想起剛才射向如意夫人的那支箭就是從這裡發出的，暗罵自己一句蠢貨，腳步一扭，沿著屋簷狂奔，然後跳向另一棟小樓的屋頂。

黑衣人們就像是嗅到血腥的鯊群，紛紛朝他匯聚過來。

頤非一邊跑，一邊暗暗叫苦，難道是頤殊查到了如意夫人的藏身之地，所以早早安排這麼多殺手等著？

這下子真是被如意夫人害死了！

也不知道秋薑怎樣了……

頤非剛想到這裡，突然「砰」的撞上前方的一幅畫——不知何時某棟小樓的屋頂上架起一幅畫，畫的風景跟真實景色完美融合在一起，他狂奔中沒來得及細看，就這麼一頭撞上去。

畫是軟的，並不疼。但下一瞬，就軟綿綿地裹了上來。

頤非拚命掙扎，卻越掙扎越緊，最後被勒得一動不能動，只能像是離了岸的魚一樣橫躺在那裡喘粗氣。

黑衣人們圍了上來，手握尖刀，注視著他。

頤非苦笑一下。「諸位，你們覺得，我花多少錢，能買我這條命？」

黑衣人們全都不說話，其中兩人一前一後地將他抬起來，跳下屋頂，重新回到如意夫人所在的那棟樓。

頤非覺得很奇怪，他這一番狂奔，鬧出不少動靜，此處卻無一人出來看熱鬧。難道那些樓內沒有人住？

他一邊思索一邊被抬回到珠簾前，看到朱小招，只見他好整以暇地站在原地，似乎剛才的一切都沒發生過。

頤非立刻明白過來。「這是……考驗？」

如意夫人為秋薑設了最後一重關卡，來測試秋薑是否忠誠。在那電光石火的一瞬間，身有重傷的秋薑不顧自己安危地撲上去救了如意夫人。

只是……考驗秋薑就好了，弄這麼一大批人來抓自己做什麼？

朱小招笑咪咪地看著他，揮手示意黑衣人們離開，然後朝頤非比了一個禁聲的手勢，示意他跟自己走。

頤非一頭霧水地跟著他下樓，朱小招在樓梯下方的牆壁上一拍，又出現一道暗門，領著他走進去。

這是一個十分小的房間，牆上掛了一面鏡子，鏡子裡能看到隔壁的情形。

頤非第一眼，就看到了秋薑。

秋薑抱著如意夫人從墊子下的機關裡掉下來，在落地前將如意夫人一推，自己先著地。因為再次動用內力，舊傷崩裂，「噗」的吐了一口血。

與此同時，那根緊隨她下來的箭，貼著她的髮髻釘在地上。

紅玉在半空中抓住如意夫人，用力一帶，扶著她輕輕落地。

碧綠長袍像是傘一樣緩緩飄落，露出如意夫人的臉——一張看不出年齡、高雅美麗的臉。

秋薑心神一定——分別五年，她終於，再次，見到了這個人！

如意夫人緩步走到她面前，朝她伸出手。

秋薑咬了下嘴唇，抓住這隻手站起來。

如意夫人盯著她看了半晌後，掏出手帕輕柔地擦拭她嘴邊的血漬，柔聲道：「瘦了。」

秋薑眼眶微紅，卻一個字都沒有說。

如意夫人又從懷中取出一個瓶子，掏出幾顆藥丸遞給秋薑。秋薑毫不猶豫地吃了。如意夫人便笑了，笑得和藹又親切。

一旁的紅玉看得很是嫉妒，忍不住撇嘴。

如意夫人吩咐：「紅玉，把箭給她。」

紅玉彎腰，把地上的箭拔出來，帶著些許惡意期待地遞給秋薑。

這支箭看起來已經很舊了，箭頭上生著鐵鏽，放血槽中殘留著血，而且箭頭淬過毒，在燈光下呈現出一種詭異的黑紫色，像火燭燃燒後的燭芯。

秋薑對這種顏色的毒毫不陌生，因為她的佛珠手串曾經有一顆就是這種毒。

她忽然明白了這是什麼，手開始抖個不停。

而頤非在隔壁，看見的就是這一幕。

鏡子很模糊，因此他依舊沒能看清如意夫人的臉，只能根據身形輪廓分辨出三人。他看得出此刻的秋薑情緒起伏很大。

秋薑很少有這樣失控的時候，那支箭上，到底有什麼祕密？

「這是妳從海蛇中萃取的毒液，毒液滲入血液後發作極快，並破壞凝血，中毒者會在十二個時辰內受盡痛苦而死。」如意夫人的聲音顯得很悲傷。「一年前的今天，姬嬰在回城被衛玉衡一箭射殺，就是這支箭。」

這下子不僅是手，秋薑的心也在顫抖。

「衛玉衡本不想讓姬嬰死，但有人換了他的箭，淬了妳的毒。」

秋薑直勾勾地盯著眼前的黑色，好半天才沙啞著嗓音問：「是誰？」

「妳知道是誰。」如意夫人的眼神變得十分複雜。「那個人，先是殺妳，然後殺我，再殺……姬嬰。」

頤非很驚訝，沒想到這支箭竟然跟姬嬰有關。

這也越發驗證了他之前的懷疑，秋薑確實對姬嬰格外關注。如今看來，不僅秋薑，如意夫人也很關注姬嬰？

為什麼？

還有他們說的那個人，是品從目嗎？真正殺死姬嬰的人，是品從目？

暗室裡，秋薑握著箭，整個人看起來如遭雷劈，好半天才沙啞地開口：「老師為什麼要這樣？」

「因為他想從我們手中奪走如意門。」

「他現在在哪裡？」

「我也想知道。」如意夫人說著，將手搭在她的肩膀上。「我讓紅玉和小招接妳回來，就是為了同一個目標——找到品從目，為姬嬰，為我，為大本營裡被炸死的上百名弟子，報仇！」

秋薑抬眸看她，突似察覺到什麼，拉住她的手腕搭脈。「妳的身體……」

「我走火入魔兩次，現在已形如廢人，元壽不長。」如意夫人平靜地說。

「那妳剛才還用此箭試探我？若我沒有挺身救妳怎麼辦？」

如意夫人看了紅玉一眼，嘆氣道：「不是我要試探妳，而是紅玉堅持如此。」

「沒錯，我放心不過妳！」紅玉死死地盯著她，毫不掩飾眼中的憎惡。「五兒他們是因妳而死的。而且，風小雅說過，妳是她的未婚妻，妳本叫江江！」

秋薑微垂眼眸，不知在想些什麼。

「妳其實記得自己是誰，對吧？像妳這樣的人，被擄到了如意門，從風小雅的未婚妻，倍受寵愛長大的藥鋪大小姐，變成了滿手血腥的殺手，妳會甘心？妳會真的對夫人忠誠？妳那個痴情的夫君風小雅，可眼巴巴地一直等著妳回心轉意，棄暗投明呢！」

秋薑繼續沉默。

紅玉又道：「這些年，人人都說妳是未來的如意夫人，因為，如意七寶中只有妳是女人。但是，七寶之所以只有妳一個女人，是因為其他冒尖的女弟子，都被妳用各種方法殺了！」

秋薑挑了挑眉，既不承認，也不否認。

「為了避妳的鋒芒，我不得不韜光養晦，依附五兒，以他女人的身分遊走門內。但是，我不服！」

秋薑看著眼前這個身高只有自己一半的女子，看著她異常明亮決絕的眼睛，不知怎的就想起了第一次見到她時的情形。

那時她剛從南沿謝家回來，雖然拿到了足鑌的配方，被如意夫人晉升為七兒，但並沒有太多成功的喜悅，只覺身心俱疲，像是大病了一場。

她只想回房間去休息。

但在半路上，紅玉攔住了她。

紅玉對她說：「我的名字叫瑪瑙。」

她皺了皺眉，有點不耐煩。「所以？」

「我現在被改成了紅玉。但是，遲早有一天，我會叫回瑪瑙這個名字。」紅玉說完這句話後就走了。

秋薑想，大概就是從那天起，紅玉把自己當作假想敵。

她終於開口回應：「妳現在，覺得自己有資格跟我攤牌了？」

「我已得了夫人的承諾。」
「但妳還沒殺死品從目。如意門還不是妳的。而我回來了。」
「妳已是廢人一個，連妳那串神奇的佛珠也都燒掉了，我只要一根手指頭就能殺了妳！這樣的妳，就算回來了，又能做什麼？」
「江晚衣說，我的傷半年後就能痊癒。」
「妳覺得，我會給妳這半年？」紅玉說著，從靴子裡抽出匕首，明晃晃的匕刃，在暗室中映亮了秋薑的眉心，和上面那朵頤非刻出來的薑花。
秋薑忽然笑了起來，連帶著那朵薑花都跟著綻放一般。「夫人還在，妳就要殺我？」
「如意門門規第一條『勝者為王』。我就是要在夫人面前擊敗妳，讓妳輸得徹徹底底！就算妳回來，又如何？繼承如意夫人衣缽的人，只會是我！」
搖曳的燭光把紅玉的身影長長地拖在地上，顯得無比高大。
她等這一天，等了很久。
她為了這一天，付出了許多許多。
從第一次在如意門中見到七兒時起，她就視對方為此生最大的競爭對手，很想擊敗七兒。所以，她先是做了五兒的情人，因為硨磲門負責監視同門，五兒擁有監視七兒的權力。她依附他，想抓住七兒的把柄和失誤，但七兒太狡猾了，所做的一切都黑白不明，像是一株最會投機的牆頭草，無論風怎麼吹，都能倒向最有利的一邊，毫無破綻。
紅玉只能繼續等。她等啊等，卻等來了五兒的死。
幸運的是，五兒雖然死了，七兒也失蹤了，甚至可能背叛組織，遁世逃了。
這個發現讓她激動不已，又若有所失。

激動是因為沒了對手，失望也是因為沒了對手。

她只能死守著如意夫人，做一條忠心耿耿的狗，對如意夫人不離不棄，在最困難的時候都沒有放棄。因為她知道，如意夫人死了，她之前的一切也就全白費了。

她不是牆頭草，她無法在如意夫人和品從目之間搖擺，最最重要的是，品從目也從來沒有對她釋出過善意。她只能一條路走到底。

皇天不負有心人，她的忠誠終於感動了如意夫人。如意夫人許下承諾，只要她能殺死品從目，如意門就是她的。

偏偏這個時候，七兒重新出現了！

她本不想告訴夫人此事，可朱小招那個大嘴巴搶先一步說了。既然如此，那當著夫人的面打敗七兒，這種勝利，甚至比繼承如意夫人的衣缽更令她激動。

勝者為王。

背叛組織者死。

如意門，只有這兩條門規。

如果不能證明七兒背叛了如意門，那麼，就不擇手段地打敗她吧！

紅玉想到這裡，抖了抖手中的匕首，問：「七兒，妳敢應戰嗎？」

頤非在隔壁房間，看見了這一幕，也聽到紅玉的這一問。

他的心情十分複雜。

而比起秋薑跟紅玉的對峙，更奇怪的是——為什麼朱小招要帶他來看？

對方的目的又是什麼？

他忍不住轉過頭看了朱小招一眼，朱小招感應到他的目光，衝他一笑，依舊是三分親

切、三分熱情、三分體貼，外帶一分含蓄的神祕。

頤非打了個寒顫，心想不愧是在香粉堆裡打滾的生意人，笑得真噁心。

秋薑沒有看紅玉，她只是看著手中的毒箭，顫抖和悲痛都已停止，現在只剩下一片平靜。

「紅玉，在迎戰前，我先糾正妳三點——一，我不是江江。」

「狡辯！妳若不是江江，早被風小雅殺了！」

「正因為怕他殺我，所以才有了江江。」

紅玉的臉色驟白，似想到了什麼。

而秋薑眼中只有平靜，在匕首的鋒刃下看上去，像是某種憐憫。

這種憐憫的感覺更加刺激了紅玉，她不敢置信道：「妳的意思是……江江是假的？」

「江江是真的。但夫人發現風樂天在找這麼一個人後，自然不會留著這個大麻煩。」

如意夫人再次出聲道：「風小雅想要找江江，所以編造出《四國譜》在他手上的謊言。而我將計就計，派七兒偽裝成江江接近他，為燕國的奏春計畫做準備。」

秋薑淡淡道：「想要神不知、鬼不覺地替換燕王，必須先砍掉他的兩條臂膀：一個風小雅，一個風樂天。我一開始，就是奔著他們父子去的。」

「所以，秋薑的薑，根本不是薑花的意思，是江江的暗示。我在風小雅那裡犧牲了三名得力弟子，就是為了讓他相信，七兒就是他那個被略賣的未婚妻。」

「他信了。所以他父親死了。即使他父親死了，他也不能殺我。因為，他認為我是江江。」秋薑至此，露出了一個極盡殘酷的微笑，即使是紅玉這樣殺人不眨眼的人，看見了這個微笑，都不寒而慄。

一牆之隔的頤非也在不寒而慄。

此事其實與他沒有直接關係，但這一路行來，作為風小雅的同盟者和秋薑的同行者，他們兩個之間的愛恨糾葛全部落入他的眼睛。

他像是坐在臺下第一排的看客，看了一齣跌宕起伏、錯綜複雜的大戲。

戲中二人，男的痴、女的慘，讓他也無可避免地跟著情緒忽起忽落。

可現在，居然告訴他，一切都是假的！從頭到尾都是如意門的騙局！

雖然他猜出秋薑可能不是江江，但萬萬沒想到，秋薑是故意冒充江江。也就是說，從頭到尾，風樂天和風小雅這對父子都被她和如意夫人耍得團團轉。風樂天獻出了頭顱。而風小雅……賠上了心。

殺人誅心。

世間最惡。

這就是如意門？

這就是如意門最最出色的細作——鬼血瑪瑙七兒？

頤非看著鏡子裡扭曲變形的秋薑，忽然發現，她的的確確就是一幅畫，每個細節都是矯揉造作畫上去的。

他從沒認識過畫皮下的人。

「那又如何？」紅玉沉默了一會兒，突然尖聲叫了起來：「就算妳不是江江，又如

何？」

「那說明我的任務十分成功，我如今歸來，如意門就應該是我的。」

「就憑現在的妳？」

「這是我要糾正妳的第二點——我看起來很虛弱，但只是假象。」

紅玉面色微變，沉聲道：「我不信！」

「妳可以試試。」

「如果我贏了？」

「如果妳贏了，我就把瑪瑙這個名字還給妳。從今以後都聽妳的，妳說什麼就是什麼。」

「一言為定！」紅玉剛說完，就撲了過去。

秋薑距離她不到一尺，再加上她已沒了佛珠，紅玉很有信心一擊必中。

殺了七兒，如意門就是她的！

紅玉的動作極快，幾乎可以說是她有生以來最快的一次。她故意挑著眉心的位置扎，因為她看那朵薑花很不順眼！

然而，她忘了房間裡還有一個人。

在她刺中秋薑的眉心前，一道白光從她後背刺入，瞬間穿透她的身體。

紅玉的匕首碰到秋薑的眉心，但也僅僅只是碰到，再然後，脫手墜落，「叮噹」一聲，掉在地上。

她低下頭看著心臟處冒出頭的劍尖，再扭頭看向身後——如意夫人的手上握著一把劍，劍柄上有兩根很長的絲帶，而鋒利的劍身就插在自己的身體裡。

紅玉顫聲道：「為、為什麼？」

明明是她和七兒的決鬥，為何夫人要出手？

她沒有提防夫人，因為夫人已沒了內力，更因為近一年來她們兩個生死相依、同甘共苦。

她萬萬沒想到，夫人會選擇殺她……

「我老了……」如意夫人鬆開劍柄，輕輕地咳嗽幾聲。

容顏已不再，細腰依舊。

這是秋薑時隔五年後，再次見到如意夫人。她跟刀刀描述的一樣，有一張假臉。因此，她的皮膚還是那麼光滑，五官還是那麼完美，頭上戴著烏黑如墨的假髮。但是……

她確實老了。

衰老從她微微蹣跚的步伐、微微佝僂的脊背，和連香粉都無法遮掩的腐朽體味中流瀉出來，像是一隻年久失修的鼓風箱，隨時都會破碎。

「所以，妳不想把如意門傳給我，妳非要傳給她？」血源源不斷地從紅玉的身體裡流出來，同時流出來的，還有她的眼淚。「為什麼？為什麼！」

這些年，只有她忠心耿耿地守在夫人身旁。

山崩那天，她背著走火入魔的夫人赤足走了三天三夜才逃出生天。

她為了替夫人治病，四處偷竊殺戮，偷到的食物都先給夫人。

她像是照顧生母一樣照顧這個奄奄一息的女人……

固然是為了得到夫人的權力，但也確實付出了真心。

可在自己和七兒之間，夫人還是選擇了七兒……

紅玉眼中的震驚和悲傷變成了憤怒。「妳不公，我不服！」

如意夫人眸底似有嘆息。「傻孩子，如意門中，怎麼可能有公平？」

「但強者為王，妳是門主，更不該破壞規矩！」

如意門內，一切靠實力說話，就像是養蠱一樣，七寶全是一路拚殺冒出頭的，這也是紅玉敢在如意夫人面前挑戰秋薑的最大原因。

但這一次，如意夫人破壞了這條門規。

秋薑忽然笑了，笑得充滿惡意。「這就是我要糾正妳的第三點——妳認為，我為了當如意夫人，殺了所有的女競爭者。事實正好相反——是為了讓我當如意夫人，所以沒有第二個女候選人。」

「什麼意思？」

「意思就是，從一開始，從我出生起，我就註定了是下一任如意夫人。」

秋薑說著，走到如意夫人身邊，跟她並肩站在一起。

兩人的側影被唯一的壁燈鍍上一層金邊，紅玉突然發現——這兩人，長得有點像。鼻梁的弧度、下頜的位置，竟像是鏡子的兩面，完全一樣！

「她是……妳的……」紅玉忽然有了一個很可怕的想法，這想法令她再次顫抖起來。「女兒？」

秋薑輕笑一聲：「不是。」

紅玉還沒來得及鬆口氣，秋薑又道：「她是我姑姑。」

頤非的手一下子抓住鏡子。

然後他扭過頭，求證般望向朱小招。朱小招輕輕點了一下頭，證實了這句話。

七兒，是如意夫人的親姪女！

聽起來非常不可思議，細想之下卻又覺得，如果一個門派要延續，血緣的確是最安全的保證。

只是此事，紅玉並不知道，朱小招卻是提前知道的，為什麼？

頤非心中的疑惑越來越深，那種不祥的預感也就越來越重了。

紅玉定定地看看秋薑，再看看如意夫人，半晌後笑了起來，越笑越大聲，嘴裡流出無數血沫，可她全然不顧，繼續放聲大笑。

秋薑淡淡道：「現在，妳服了嗎？」

「我服，我當然服，有什麼能比得上血緣呢？就像皇帝老子一樣，大臣再忠心，皇位也是要傳給自家兒子的……」紅玉輕蔑一笑，看著眼前的這對姑姪。「我佩服妳，夫人。我真心佩服妳。如意門的訓練這麼苦，考試這麼難，任務這麼噁心，我們這些命不好的人，沒得選擇，只能承受。可妳連自己的姪女都捨得塞進來跟我們一起混，讓她殺父！殺友！殺公爹！殺丈夫……」

紅玉說到這裡，重新將目光對準秋薑，看著她，就像是看著世界上最可憐的人。「妳是不是覺得自己贏了？妳錯了。輸的人是妳啊。因為我馬上就能從這見鬼的地方解脫了。而妳呢？妳得活著，等待源源不斷的敵人來找妳報仇，等待野心和欲望將妳一口口反噬。我祝福妳，七兒。我祝妳順利接任如意夫人之位！帶著如意門千秋萬代！永遠活在這個冰冷、噁心、滿是血腥的地獄裡！無父，無友，無夫，無親人！」

說完，她用力握住心口上的劍尖，將整把劍從前方拔出來，連帶著拔出的還有長長的絲帶。

血如濃漿般隨著絲帶的抽扯噴了出來，可她似毫無感覺，繼續一把把地扯著。

劍器上的絲帶足有三尺長，她拔了好久。

越到後來，動作越慢，眼看就要全部拔出來時，她的雙腿再也支撐不住，「啪」的跪倒在地，伴隨著骨骼碎裂的聲音，人也朝前栽倒，倒在如意夫人腳邊。

如意夫人眼中終於露出了幾分不忍之色。「紅玉……」

紅玉冷冷道：「我叫瑪瑙！沈瑪瑙！」然後她用力一拔，最後一截絲帶也終於抽離她的身體，帶著血肉落到地上。

與此同時，她的呼吸停止了。

如意夫人再次咳嗽起來，不知道是不是老了的緣故，她覺得自己的心軟了許多，看到這樣的場景時，有些承受不住。

秋薑則用腳踢了踢紅玉的屍體，挑眉道：「一個侏儒，血倒是挺多。」

如意夫人看著她，心中五味雜陳，十分複雜。

這麼多年，她終於成功地把七兒磨練成最好的繼承人，可這一刻，七兒的冷血讓她都感到了恐懼。

「我只剩下妳了……」如意夫人無比悲傷地說道：「我也快走了，我們家……就剩下妳了。」

「有什麼關係？」秋薑道：「我會找人生孩子。女孩子，繼續接管如意門。男孩子，繼續當皇帝。」

她的表情雲淡風輕，甚至還帶了點兒漫不經心，彷彿只是在說明天天氣會很好。

但這兩句話聽入頤非耳中，無異於晴天霹靂。

他有無數個問題想問，恨不得現在就撞破牆衝過去質問，但他也非常清楚，如果此刻過去，就沒法再聽聞真相。

所以，他只能一動不動地站在牆前，盯著鏡子裡模糊成條的秋薑，聽著傳音孔裡傳來的咳嗽聲，等待著。

秋薑……到底……是誰？

她是皇帝家的人？哪個皇帝？父王、燕王、璧王，還是宜王？

然後他注意到秋薑手中依舊握著那支毒箭，答案如同躍出海面吐息的海鯨，突然發出了驚天動地的巨響。

「妳要先找到品從目！」如意夫人的視線也落在秋薑手中的毒箭上。「為妳弟弟報仇！為我報仇！為如意門，清除背叛者！」

「知道了。」秋薑淡淡道。

如意夫人很不滿意她此刻的平靜，卻又覺得這樣的平靜正是如意門最需要的。她心中充滿矛盾，只能「呼哧呼哧」喘著氣，頹然地坐下去，就坐在紅玉的屍體旁。「叫四兒進來處理吧。」

隔壁房間，朱小招聽到這裡，拍了拍頤非的肩膀，示意他該走了。

頤非最後看了鏡子一眼，什麼都沒說，乖乖跟著朱小招離開。

朱小招將他送出大門，樓外不知何時停了一輛馬車。

頤非上了馬車，發現裡面已經坐了一個人。

然後他聞到一股熟悉的香味——薑花的味道。

薑花就放在一個人的膝蓋上，八月天很熱，他卻穿了很多，一身灰藍色的長袍看起來很厚、很破舊，好幾處都露出棉花。

但他非常非常好看。

他差不多是頤非此生見過，最好看的一個老人。

「從目先生是個很高很好看的男人，跟你差不多好看，但他老了，你還年輕。」

刀刀對風小雅描述過的特徵，風小雅自然也告訴了頤非。

此刻，頤非注視著坐在他對面的男子，心中因為之前遭遇的驚訝已經太多，所以儘管此刻品從目活生生地出現在他面前，也不覺得如何了。

品從目打了個響指，馬車便開始行動了。

頤非不問他為什麼出現，也不問他要帶自己去哪裡。他只覺得很疲憊，莫名地想喝酒，想狂歌一曲，又或者是脫了衣服跳進湖裡好好地泡一泡。

品從目忽然輕輕一笑，如青山碧水、竹葉清泉，帶著怡然自得的從容。

「你知道她是誰了？」

「知道。」頤非深吸口氣，然後緩緩閉上眼睛。「她是姬忽。」

忽，一個勿、一個心，意忘也。

無心之人。

難怪秋薑總是說，她是無心之人。

頤非此生可算是大起大伏，經歷過不少風浪。

他遇到過很多女孩子。有聰明的，有漂亮的，有厲害的，有高貴的，還有很特別的。

他遇到的第一個很特別的姑娘，自稱虞，是東璧侯江晚衣的師妹，臉上有一塊醜陋的紅斑，彈得一手好琴，笑起來時睫毛會輕輕顫動，瞳上有月的弧光。

後來別人告訴他，那個虞姑娘不是藥女，她叫姜沉魚，是璧國國君昭尹的妃子。

他遇到的第二個很特別的姑娘，便是秋薑，薛采的婢女、風小雅的十一夫人、如意門的七寶瑪瑙，性格變來變去不好說，但一路下來，頤非自認為看人看心，覺得她其實是個不錯的好姑娘。

結果沒想到，秋薑不是江江，她叫姬忽，也是璧國國君昭尹的妃子。

姬忽是誰？

世人皆知，姬忽是璧國世家姬家的嫡長女，淇奧侯姬嬰的姊姊，從小天資過人，文采斐然，號稱四國第一才女。

一篇《國色天香賦》名斐四國，被璧王看中，求娶入宮，是端則宮的主人。

她離經叛道，隱於深宮，不見外人，活得十分瀟灑肆意。

她才華橫溢，愛喝酒，據說歌也唱得極好。

她的事蹟廣為流傳，為世人所津津樂道……

這樣一個人，搖身一變，成了如意門的七寶。

頤非想到後來，不知為何，只想笑。

世間最荒謬的事情，似乎總能被他遇上。

虞姑娘是。秋薑也是。

於是他便笑了笑，再抬眼看向品從目時，眼神中有種說不出的漠然。「為何讓我知曉？」

越不可思議的事情意味著越是祕密，而祕密，是不能被太多人知曉的。

他記得自己在船上曾問過秋薑她到底是誰，秋薑回答說風樂天為了知道這個祕密，事後獻出了頭顱。那麼他呢？此刻的他，又要付出什麼樣的代價？

「璧國姬氏，野心勃勃。一百二十年前，姬敞跟著季武一起打下了圖璧江山，但季武無後，姬氏以自家血脈取而代之。不但如此，還暗中創建了如意門，用青樓、賭場斂財，靠死士、細作壯大。」

頤非放在膝蓋上的手，慢慢地握緊了。

關於姬家，世間有很多傳說。傳說他們家有連城璧和《四國譜》，一個是巨大的財富，一個是天下的機密。有了這兩樣東西，姬氏可以永遠興盛。

但去年姬嬰歸國途中被殺，璧王昭尹一病不起，皇權落到姜沉魚手中。

而在姬嬰死前，他做了一些外人看來非常奇怪的事情。他陸續罷免族內弟子的官職，讓他們遷居，不允許他們回京，並把自己的府邸和下屬全部賜給薛采。

百年姬氏，就此退出朝堂，退出了眾人的視線。

頤非低聲道：「如意門……就是《四國譜》嗎？」

「如意門把一百多年來掌握到的機密全部記在《四國譜》中，只有如意夫人知道《四國譜》在哪裡。為了保證對如意門的絕對控制，每一任如意夫人，都從姬家的嫡女中選出。」

難怪秋薑，喔不，姬忽，說如意夫人是她姑姑。

也就是說，如意夫人也是姬家的女兒。

難怪秋薑，喔不，姬忽，說她從一出生，就註定會是如意夫人。因為姬家這一代的嫡女，只有她一人。

其實再細想一下，把「姬」這個字拆分開，就是一個「如」加一個「門」字。

如意門，是姬氏的衍生物。

「可我還是不明白。據我所知，七兒九歲時就進如意門了，那麼姬家的那個姬忽，是誰？」

「是她的婢女。」

「那《國色天香賦》呢？」

「別人寫的。」

「誰能替她寫出天下第一的才名？」

「言睿。」

頤非頓時無聲。

言睿是姬嬰的老師，也是唯方第一名儒，只是那樣一個人，也會替人捉刀？

「姬家既然要送女兒接掌如意門，讓姬忽徹底死去不是更好？為何還要找人扮演她，讓她入宮？」

「為了扶昭尹登基，姬家需要一個女兒，以聯姻的方式表達他們的態度。」

確實，昭尹是在娶了薛家的嫡女和姬忽後才最終贏了太子、晉王和弘王，坐上了王位。

頤非皺眉沉吟片刻後，又問：「是你殺了姬嬰？」

品從目的目光閃爍幾下。「我若說那是意外，你信嗎？」

頤非盯著眼前這個丰神俊朗、雖然不會武功、卻莫名給人極大震懾感的老人，沉聲道：「那麼，最後一個問題也是最開始的問題——為何讓我知曉？」

品從目回視著他，眼神平靜，看不出絲毫情緒。「災難發生時，人們都會帶最重要的東西逃，我炸毀螽斯山，故意放紅玉和如意夫人，還有小招走，就是想知道《四國譜》在哪裡。」

頤非確認了心中的猜測——朱小招其實是品從目的人，是他安插在如意夫人身邊的。

「如意夫人沒有帶上《四國譜》？」

「沒有。她是空著手逃的。此後一年，她們不停地換住處，每個地方我都仔細檢查過，沒有。」

「為什麼不直接問她？」

「我認識如意夫人半輩子，她不想說的，從沒有人能問出來。」

「所以你改變主意，打算從秋薑，喔不，姬忽……」頤非說著這兩個字，覺得嘴巴莫名有些發苦。「那裡入手？」

「人通常會在兩種情況下吐露最大的祕密。一，極度信任；二，將死之時。我本以為小招能夠繼承如意門，沒想到他做牛做馬一年多，如意夫人仍隻字不提。所以，想知道《四國譜》的下落，目前看來，只有姬忽才行。」

「你讓鄧熊殺我們。」

「如意夫人生性多疑，姬忽不能回來得太順利，必須要讓如意夫人和紅玉確信你們是九死一生才回來的。」品從目說到這裡，溫文爾雅地笑了笑。「我若真要殺你們，你們現在已經是死人了。」

頤非的手攥得更緊了，臉上的表情卻更加放鬆，也跟著笑了一笑。「如此說來，多謝不殺之恩。」

品從目用欣賞的眼光看著他。「你是聰明人，而且運氣也很好。我知道薛采、風小雅都在幫你。甚至姬忽，也很看好你。」

「他們不是幫我。他們是在跟我做交易。」

「你還很清醒，這一點很好。清醒的人，往往會做出最明智的選擇。」品從目說到這裡，從坐榻旁捧出一個匣子，打開放在了頤非面前。「這是我的條件。我覺得，我比他們都有誠意。」

頤非看到匣子裡的東西，呼吸不由自主一窒。

「薛采一心想讓姜沉魚坐穩江山；風小雅一心想找回江江除掉如意門；姬忽一心想要接掌如意門重振姬家。他們也許都能助你奪回皇位，但你要付出的是疆土，是利益，是尊嚴，是很多很多東西。而我，只要《四國譜》。為了得到《四國譜》，如意門的一切，任你取用。」

匣子裡，厚厚滿滿，全是地契、房契、商鋪契和奴僕的賣身契。

如意門一百二十年的精華沉澱，盡在此中。

頤非只覺嗓子乾啞得厲害。「舉國財富，只為了換《四國譜》？」

「是。」品從目的眼神透過他落到了很遠的地方。「《四國譜》是我的執念。我必須在死之前得到它。而我的時間，也不多了。」

眼前的這個男人，眉眼清透，舉止優雅，整個人顯得無比乾淨，年輕時必定是個難得一見的美男子。即使他現在老了，也老成了女人們最喜歡的樣子。

頤非忍不住想，自己老了的話，肯定沒法像他這麼好看。

然後他笑了起來，神色越發放鬆，將匣子的蓋子蓋上，推回到品從目面前。「確實很有誠意。但是，我拒絕。」

品從目的表情頓時變了。

他收斂了溫雅，緩緩道：「什麼？」

「程境內的一切都是我的，我的東西，你憑什麼拿來跟我交易？」

品從目微微瞇眼。

「而且，正如你說的，你都老得快死了，也許今晚一覺睡下就再也醒不過來。我為何不選擇旭日，而選夕陽？」頤非的笑又賤又壞，充滿刻意的惡意，是一種讓人看了會迅速憤怒的笑。

品從目卻沒有生氣，而是悠悠道：「有點意思啊，小傢伙。」

「謝謝，我一向很有意思。」

品從目的手在軟榻上輕敲，車壁上頓時冒出四個箭頭，分別從東南西北四個方向指向頤非。

頤非嘆了口氣。「買賣不成仁義在，何必？」

「既然你拒絕，我只能把你送給女王，退而求其次地繼續選她。」伴隨著最後一個字的尾音，箭頭發出「喀嚓」的機關扣動聲。

「喀嚓」聲後，萬物彷彿靜止。

箭頭依舊卡在孔裡，沒有射出來。

品從目挑了挑眉。

頤非「噗哧」一笑。「聽說你雖不會武功，但精通機關、毒術。秋薑，喔不，姬忽的那串佛珠就是你做的。你如此放心地跟我同坐一車，我猜這輛車裡肯定藏了很多東西。」

「所以你動了手腳？」

「我什麼也沒做。」頤非無辜地攤開空空如也的雙手。

品從目打了個響指，馬車頓時停了下來。

但，只是停下來，然後是詭異的安靜。

那些暗中跟在車旁隨時待命的死士，並沒有出現。

頤非笑得越發開心。「看來，旭日在時，不選擇夕陽的人不只我一個。」

馬車的車壁突然朝外崩裂倒下，落在地上，發出巨大的震響。

車外，是一棟小樓的前院。院子空曠，除了他們，只有車夫。

車夫坐在車轅處，身形格外矮小。

他將帽簷往上拉了拉，露出了稚嫩的一張臉。

品從目看到他，表情終於變了。「薛采！」

車夫正是薛采。

品從目看了頤非一眼。「有點意思……」他突朝箱子踢了一腳，箱蓋彈開，裡面的契書像是蝴蝶一樣飛了出來。

頤非有一瞬的分神——沒辦法，面對如此多的錢，很少有人能真的不動心。

頤非自覺可以控制的欲望，在這一瞬讓他恍惚了一下。

而就這麼一下，一條飛索從遠處甩來，捲住了品從目的腰，將他拉走。

頤非立刻飛撲上前，抓住了品從目的一隻腳，正要拖拽，那隻腳的鞋子裡彈出一把匕首，劃向他的面門。

頤非不得不鬆手後退。

繩索拉著品從目消失在視線中。等他追過去時，前方就是拱形屋頂的大門，外面狂風肆虐，他一下子就被淋成落湯雞。

而且風雨中天地一片濃黑，什麼也看不見。

頤非「啐」了一聲，只能轉身回到院內，瞪著依舊坐在車轅上的薛采不滿道：「你為何不出手？」

「本以為你的武功足以應付，但我沒想到，金錢的力量實在太大了。」

頤非的老臉不由得紅了一紅，看著散落一地的契書，還是第一時間選擇了彎腰去撿。

薛采繼續坐在車轅上看他撿，似乎覺得這一幕很有趣。

頤非撿啊撿，覺得不太對勁，拿起契書對著光仔細照了照，臉色慢慢變得相當難看。

薛采突然一笑。

頤非手一鬆，契書再次如蝴蝶般飄走。

「我就知道如意門的人說的話，一個字都不能信！不管是秋薑，喔不，姬忽，還是品從目！」

契書是假的，上面的印是用朱砂畫上去的。

薛采笑得兩眼彎彎，終於有了他這個年紀的孩子的活潑感。

頤非瞪著他。「你既來了，為何不早出手？為何就自己來？還有你知道嗎？秋薑就是姬忽……」

薛採收了笑，眼神再次變得深邃而複雜。「我知道。」

頤非震驚。「你知道？」

「主人……」薛采垂下眼睛，出了一會兒神，才道：「去世前，告訴了我《四國譜》的真相。從那時起，我就知道，如意夫人是他的姑姑，而秋薑……是他的姊姊。」

頤非氣得鼻子都歪了。「那為何不早說？」

「主人說，姊姊既已前塵俱忘，就不要再打擾她。他們兩個之間，起碼有一人可以擺脫命運，是上天之慈。」

頤非啞然。

淇奧侯姬嬰是個什麼樣的人呢？

在頤非看來，是天底下第一大傻瓜、倒楣蛋。

他對父母十分孝順，對帝王十分忠誠，對朋友十分義氣，對情人十分專一，對所有人都很和善……看似完美無瑕。然而，孝是愚孝，忠是愚忠，朋友全都受其牽連，情人更是被他大方地「讓」出去了。

最後，還出師未捷身先死，留下一堆爛攤子。

頤非很不認同姬嬰，而且，因為姜沉魚仰慕姬嬰，他還有那麼點兒難以啟齒地嫉妒姬嬰。

可隨著姬嬰離世，姜沉魚稱后，一切都已俱往矣。

此刻再想起姬嬰，其他情緒都已淡去，只剩下感慨萬千。

不管怎麼說，姬嬰是個好人。

所以，這個好人在得知姊姊失憶後，為她做出了一個滿含深情的選擇：哪怕是在雲蒙山上做個可憐的棄婦，也比回如意門好。

我無法擺脫，但妳可以斷捨。

我已絕望，妳要幸福。

我已死，妳要活。

姬嬰本想用五年時間來慢慢處理姬家，處理如意門。在他的計畫裡，也許還有等姬忽的身體好了後，把她接下山另選歸宿的安排，但這一切都隨著他的猝死而終止。

他留下了很多很多遺憾。

他沒來得及跟很多很多人告別。

他的一生，就像是夜泉下埋在沙泥中的璧玉，想靠水流的力量沖掉上面的淤泥。然而，沒等洗淨，就已脆弱地提前碎裂。

薛采想到自己的這位前主人，心頭一片悲涼。

頤非默立半晌，煩躁地踢了一腳地上的箱子，問：「接下去什麼安排？」

薛采反問他：「你想如何？」

頤非不知為何，滿腦子想的都是秋薑當初在沙灘上背著他時那對流血的耳朵。那對耳朵在涔涔流血，流得他心慌意亂。

他本來的計畫是跟著秋薑回如意門，處理完如意門的事情後，帶著如意門的力量前往蘆灣；那會兒風小雅和雲笛應該已把王夫候選者們全部處理乾淨了，就等選夫宴上布下天羅地網，反將頤殊一軍。

然而，秋薑變成了姬忽，變成了如意夫人的親姪女，變成了真正的下一任如意夫人。

那麼，她之前的所有行為全都有了另外的定義。

另一種截然相反的定義。

「我想見見姬忽。」沉默了很長一段時間後，頤非終於做出決定。「我想問問她，她到底在想什麼。」

薛采低聲道：「主人去前，曾拜託我，若姬忽一直失憶，保她一生平安。若她恢復了記憶，就……」

「殺了她？」頤非心頭一跳。

薛采看著緊張的他，便一笑道：「看在主人的面子上，放過她三次。」

頤非莫名鬆了口氣，卻又因此萌生出更多的煩躁來。

頤非跟著薛采走進小樓。

樓裡竟已匯聚了十人，全都身穿繡有白澤圖案的衣服，看見薛采齊齊叩拜。「主人！」

薛采點點頭，對頤非道：「為了趕在颶風前到瀲灩城，我只帶了這十人。」

品從目跑了，他畢竟是地頭蛇，很快就會集結人手反擊，所以行動一定要快！

頤非便帶著這十人匆匆趕往如意夫人所在的小樓。

一路上，頤非做了無數個試想，在見到秋薑後第一句該如何開口。可沒等他想好到底怎麼辦，就發現自己已經不用想了。

因為——小樓在燃燒。

熊熊大火「劈里啪啦」地燃燒梁柱，街上卻一派安靜，沒有任何人出現救火。

大火很快蔓延開來，將旁邊的樓也燒著了。

頤非覺得自己的心也像是此刻的景一樣——外面狂風暴雨，裡面火燒火燎。

無數期待、忐忑、疑惑都被這一把火燒成了灰燼。

小樓起火，只證明一件事——秋薑要「消失」了。

就像是當年南沿謝家的「謝柳」消失時一模一樣。

謝柳也好，秋薑也罷，最終的最終，只是幻覺一場。

明鏡菩提真亦幻，提筆無意不可詩。

第四卷
前世·蛇環

讓離開的回去，讓偏差的糾正，
讓一切回到原點。
讓程國重新成為程國，
讓姬氏重新成為姬氏。
讓如意門的每個弟子，
得到原來的名字，返回他們的故鄉。

第二十四章 預言

蘆灣司天臺觀星塔的最高層，站著一個身穿紫衣的少年。

少年負手立在塔上，塔極高，足有九九八十一層，能將整個蘆灣城盡收眼底。月夜下的蘆灣形如一條盤踞吐芯、蓄勢待發的大蛇，其中兩隻猩紅的眼睛，便是程國的皇宮所在。

他就那麼靜靜地站著看，晚風吹著他的袖子和下襬，彷彿就要乘風而去。

一旁駐守的侍衛，和塔下等候的僕婢加起來有近百人，怕驚擾少年，全部跪在地上，低著頭，不敢發出任何聲音。

少年看了大概一盞茶的工夫。

那些人便跪了一盞茶的工夫。

最終少年將負在身後的手伸出來，遙指著蛇身的某個方位道：「月侵太微，南出端門，燕雀驚飛，蜂群遷鬧，左右掖門，將有地動。」

眾人大驚——要地震？

少年轉身走到一張四四方方的矮几前，矮几雖矮，但十分大，長寬都是九尺九寸九分，上面赫然是一盤輿圖。

如果謝長晏在這裡，就會覺得跟公輸蛙送給她的那張玉京輿圖很像，只不過，更大，也更為精緻。

而輿圖所顯示的，是整個程國。

上面的五個地方，被各加了一個水晶罩。五個罩子連起來，像是一個星星的形狀。此刻，其中一個罩子裡的屋舍模型已經燒毀了。

如果頤非在這裡，就會看出燒毀的那一處，正是瀲灩城的三濮坊。

少年的手依次從五個罩子上劃過，就像是劃了一個星星一般，面色平靜，看不出有什麼情緒，最終起身道：「走吧。」

侍從們齊刷刷起身，畢恭畢敬道：「是，國師！」

這個少年，正是程國新立的國師，姓袁名宿字見見，今年不過十七歲，擅風鑒、精五行。更有傳聞說他因面目姣好，是女王頤殊的新寵，女王對他言聽計從，耗費鉅資為他搭建觀星塔不說，還在全國五處地方搭了五個罩子，名為聚星陣，用來給女王添福。

能不能添福大家不知道，但勞民傷財，搞得天怒人怨卻是真的。

而且，幾日前瀲灩城那罩子真的著火了，整個三濮坊全被燒成了廢墟，幸好沒有波及其他地方。女王震怒，命瀲灩城城主徹查此事，並命袁宿盡快修復聚星陣。

袁宿走下觀星塔，便有一頂白色的軟輿等著，抬輿的是四個臉蒙紗巾的妙齡女郎。對此，很多人表示過奇怪：女王那般善妒，怎會允許她的新歡身邊有其他女子？

袁宿目不斜視地上了軟輿，一個女郎問：「國師，去皇宮嗎？」聲音如出谷黃鸝，動聽至極。

「不去了。」袁宿揉了揉眉心，淡淡道：「妳們把觀星的結果稟報陛下吧。」

女郎們對視著，顯得有些為難。「我們恐怕說不清楚。」

「那便明日再說。」袁宿說罷便閉上了眼睛。

女郎們只好抬著他回府。

「月侵太微，南出端門，燕雀驚飛，蜂群遷鬧，左右掖門，將有地動。」半個時辰後，頤殊在寢宮中將這句話重複了一遍，擰眉不語。

蒙著面紗的白衣女郎道：「啟稟陛下，左右掖門要地震，得趁早做準備才是。」正是聲音格外好聽的那一個。

頤殊似笑非笑地瞟了她一眼。「誰說這是要地震的意思？」

女郎一怔。

頤殊本已入睡，此刻掀開床帳，身上穿著一件光滑如水的寬大絲袍，光著兩隻腳，下榻踏在柔軟的白虎地毯上。白虎希罕，富貴人家不過用它拿來做衣，而她倒好，製成了鋪滿整個寢宮的地毯。

「月亮進入左右掖門，又向南出端門，意思是，會有大臣叛逆，君王將有憂患。」頤殊走到香爐前，將裡面的香撥了撥，緩緩道：「再過三天就是九月初九，魑魅魍魎如今都聚集在蘆灣，誰對我忠心，誰會被收買，屆時，就能看得一清二楚了。」

白衣女郎連忙伏地而跪。「誓死效忠陛下！」

頤殊淡淡道：「行了，妳回去吧。若有人向妳打聽消息，就將觀星結果告知，不必藏著。」

「是。」白衣女郎又行了一禮，剛要離開，頤殊忽又叫住她。

「見見最近在忙什麼？」

「國師聽聞三濮坊著火，三天三夜沒闔眼，今晚又上塔看了半宿的星星，疲憊得很，總算回去睡了。」

頤殊的目光閃了閃，笑了。「去吧。」

白衣女郎行禮退下。

頤殊打個響指，某道垂簾後立刻冒出一個身穿黑衣的死士。

「此女不能留了。」

死士點點頭，又如影子般消失在垂簾後。

頤殊回到床榻，掀開簾子，榻上竟有另外一人。剛才白衣女郎進來稟事時，他便在帳內沒出聲。此刻，他看著頤殊，忽笑了笑。「這是第幾個了？為什麼也不能留了？」

「我問她袁宿在忙什麼，應回答『閉門不出，三日未眠』，而不是『總算回去睡了』。」

「有區別？」

「當然，前者是任務，後者是感情。她已對袁宿生了情誼，才不忍心見他不睡覺，才因他總算肯睡覺而鬆口氣。」

男子道：「妳不讓那些姑娘喜歡袁宿，就別安排她們去侍奉他。給袁宿派些男人抬輿，他好妳好大家都好。」

頤殊明眸流轉，嗤嗤地笑了起來。「你吃醋啊？」

男子突然一把將她撲在身下，狠狠地掐了一把她的腰。「小沒良心的！三天後妳就要嫁給我了，不該有的心思還是全都斷了吧！」

頤殊邊躲邊笑。「誰、誰說我、我一定會嫁你？」

「不選我，你想選誰？胡老頭、薛毛頭、風病鬼、馬蠢貨、雲二傻，還是周道士？」

頤殊笑得眼淚都要出來了。「是是，他們都是傻子、呆子、孩子、老頭子，只有你，好哥哥，我的心中只有你……」說完，像是一汪快要化開的水，柔軟溫存地朝男子裹了上去。

夜色深沉，程宮中卻有春色無邊。

夜色深沉，頤非卻睡不著。

事實上，自三濮坊起火，失去秋薑，喔不，姬忽的下落後，他就睡不著了。

每每閉眼，就會看見那對流血的耳朵，和留在沙灘上的那一個個顫顫巍巍的腳印。肆虐的海浪層層衝擊上來，洗刷著那些腳印，也洗刷著他的心。

他翻來覆去，最終抱著枕頭起身，敲響了隔壁房間薛采的門。

薛采穿著褻衣來開門。門才開了一道縫，頤非就跟魚兒似的從他身側滑進去，逕自將枕頭放在薛采榻上，笑道：「說來咱們也認識許久了，相交匪淺，但還沒同床共枕、抵足而眠過。這樣的友情是不完整的，來來來，今日把這份情誼補上。」

薛采冷冷地看著他。「一，我跟你沒什麼交情；二，我不與人共寢。」

「別這樣，明日就要進蘆灣了，危機四伏，生死難測。沒準這就是咱們共處的最後一夜，來來來，陪哥哥談談心。」

薛采只說了一個字：「滾。」

頤非眼中忽然有了淚光。「明日就要見到鶴公了，實不知該如何跟他說秋薑的事情。」大概是因為此事牽扯到姬忽，薛采神色微動，將門關上了。但他沒有上榻，而是找了個墊子席地而坐。

如此，頤非躺在他的榻上，他坐在榻旁的地上，兩人彼此對視一番。

頤非拍拍空著的半邊榻。「真不上來？」

薛采表情一沉。

「莫非你睡覺打鼾、摳鼻、磨牙、放屁？」

薛采懶得再聽他貧嘴，直接道：「你不必告知風小雅，秋薑就是姬忽。」

見他說到正事，頤非收起散漫之色，盯著床頭的流蘇看了片刻，才道：「我以為你跟風小雅是朋友。」

「我沒有朋友。」薛采道，停一停，又補充了一句：「我只有主人。」

頤非明白他的意思。姬忽一事事關姬嬰，所以，薛采絕不會主動洩密，這是他對姬嬰的一點兒柔軟情懷，卻比世間任何事都重要。

於是頤非忍不住問：「姜皇后知道嗎？」他很好奇，在此刻薛采心中，姬嬰和姜沉魚，到底孰輕孰重。

薛采沉默了一會兒，似有不悅道：「她更沒必要知道。」

頤非輕笑起來，笑到後來，卻復惆悵。他繼續注視著床頭的流蘇，那流蘇一蕩一蕩，他的心也似跟著蕩來蕩去，難以平靜。「你知道嗎？當我聽品從目說如意夫人掌握著《四國譜》時，心中就冒出了一點兒期盼……」

「你覺得姬忽不顧一切地回去如意夫人身邊，是為了得到《四國譜》？」

「對！」頤非一骨碌坐起來，熱切地看著薛采。「你也這麼想是不是？」

薛采答：「通常而言，我不會把人想得那麼好。我建議你也不要太期待。」

頤非瞪他。「你會不會安慰人？」

「頤非。」薛采忽然喊了他的名字，認認真真的口吻，令頤非也情不自禁地跟著嚴肅了起來。

薛采道：「我讓你跟姬忽一起回程，是因為我知道她會不停地將你捲進如意門的事情中，你會看到很多東西——是以前，身為尊貴的程三皇子的你，所看不見的東西。」

頤非默然。他知道薛采在說什麼。

確實，這一路上，他看見了民生疾苦，親自感受了略人之惡，他看見了危境，卻也看見了出路。

正如秋薑所說的那樣，不是明君，程國必死。

想要活下去，就得勵精圖治，重整民生，開啟民智。而落實到具體措施上，第一件要做的事就是剷除如意門。

「而你現在……」薛采的聲音在這樣清冷的夜裡，聽起來很低沉。「最重要的事，不是秋薑。」

是頤殊。

三日後就是選夫盛宴，成敗在此一舉。

頤非想著想著，自嘲地笑了起來。「所以，我這是被私情沖昏了頭？」看著燭光中薛采少年老成的臉，他挑了挑眉道：「喂，小孩，你瞧不起我吧？」

薛采翻了個白眼，倒頭就睡，一副不願再跟他多言的樣子。

「其實，很多時候我也瞧不起自己啊。你看看我，一把年紀，一事無成，嫉妒自己的親妹妹，卻鬥不過她，跟喪家之犬般東躲西藏，好不容易有人肯幫我，我卻將一腔心思全放在女人身上……」頤非看著頭頂的流蘇，流蘇已經停了，他那點兒活動的心思也似跟著死掉了。「兩次。兩次，我兩次喜歡上的，都是昭尹那廝的女人。你說，是不是挺可笑的？」

薛采的眉頭皺了起來，但因為他背對著頤非，所以頤非看不見。

「姜沉魚也就算了，她多美啊，偌大的程國就沒出過一個正經八百的大家閨秀。她來了，往船頭一站，風吹著她的斗篷，颯颯作響，我當時在馬車上看見她，心想，這大概便是《詩經》裡說的『所謂伊人，在水一方』吧……」

薛采這下子不僅僅皺眉，而是默默地握住了被角。

「後來，她成了璧國的淑妃，再後來，又成了皇后。而我，變成了花子——叫花子。」

頤非再次輕笑，笑聲裡卻有無盡心事難以言述。也許是這夜色深沉，壓抑得人很想傾訴；又也許，是因為他在薛采面前本就毫無形象，無須擔心他恥笑自己。「坦白說，這一年，過得挺憋屈的。每日被『花子、花子』地叫著，都快忘了原來的名字是什麼了……」

「我並沒有讓你等很久。」薛采終於開口，卻依舊沒有回頭。

「是。你夠快了，才一年，就給我製造了如此好的反攻良機。可薛采，你如此幫我，圖的又是什麼呢？」

薛采的視線投遞到很遠的地方，彷彿看著誰，又彷彿是在看著自己。「我一輩子只答應過兩件事。一件，是姑姑，我答應她重振薛家；另一件，是主人，我要為他收拾殘局。」

這個殘局，就是如意門。

彷彿已經過去了很多很多年，但細想起來，那個吉日又似乎是昨日。姬嬰被抱在朱龍懷裡，頭髮和衣服都溼透了，因此看起來越發荏弱蒼白——他是當時天下最有權勢之人，翻手為雲、覆手為雨，可在那一刻，所有人都看見了他的虛弱。

他快死了。

當時的薛采心中一片茫然，反覆想的只有那一句話：他怎麼會死呢？他可是姬嬰啊！然後，姬嬰對他說：「我本以為時機成熟，可以靜下來好好整頓，但老天，不給我時間……也算是姬家的報應到了吧。我一死，姬氏這個毒瘤也終於可以被割掉了。小采，如果你選第二條路，就要為我做一件事情。」

姬嬰對他說的事，就是除掉如意門，以及……給姬忽一條活路。

薛采至今還記得姬嬰說這些話時的表情，脣角含笑、目光溫柔——公子真溫柔啊，那麼那麼溫柔。溫柔地拒絕了姜沉魚，溫柔地放過了姬忽，再溫柔地將彼時奴隸之身的他從泥潭裡重新拉回天際，給了他無上榮光。

「我姊姊姬忽是個可憐人，我本想著她既已失憶，是上天垂憐，起碼讓她可以擺脫這般不堪的宿命。然而，我一死，誰也不知她會不會恢復記憶，更不知她一旦恢復記憶，會給天下帶來怎樣的麻煩。小采，必要之時，你就殺了她。」姬嬰一邊說著，一邊握住他的手，他的手冰涼冰涼，可他的話暖徹人心。「做這種決定是很難受的。所以，在那之前，你放她三次，第四次，便可以毫無負擔地下手了。」

「我不會有所負擔。」彼時的薛采倔強地說。

姬嬰便笑了，笑著摸了摸他的頭。「十年後，一切就拜託你了。」

他把白澤留給了他。

他把璧國留給了他。

他甚至把姬忽和如意門……也留給了他。

然而，姬嬰沒有想到的是，薛采並沒有等十年。第一年，他動用手段將失憶的秋薑吸引到自己府中就近看著；第二年，他見姜沉魚為掠人之惡而哭，決定加快速度。他暗中籌備好一切，同燕王聯手，將頤非和失憶的秋薑一起推上回程的道路。

「不破不立。十年太久了。」年輕的薛相站在書房裡，對著牆上那個巨大的白澤圖騰沉聲道。

秋薑若沒有恢復記憶，自然會幫助頤非幹掉頤殊。頤非稱帝後，以他的性格絕不會容忍如意門，如意門必將滅亡。

秋薑若恢復記憶，看她選擇。若肯棄惡從善，皆大歡喜；若跟如意門繼續作惡，就殺了。

薛采想，他跟姬嬰確實不一樣。姬嬰心太軟，很多事明明可以乾脆俐落地處理掉，卻總想兵不血刃地完成。可七歲就經歷了滿門抄斬，從貴族變成奴隸，從天堂墮至地獄的他，早已磨礪出一顆鋼鐵之心。

姬嬰讓他放過姬忽三次，也許不是為姬忽，而是他。

姬嬰看出他的變化，擔心他將來變成一個魔頭，所以在他腳上繫了一根線，必要之時拉一把。

對他的擔憂和慈悲，薛采有時候不屑，有時候感慨，但更多的，是想念。

好比此時此刻，睡在榻旁的地上，聽頤非說了半宿狗屁心事的薛采，覺得自己很想很想他。月光透過窗紙淡淡地照著窗邊一角，他情不自禁地想起那個人說：「這月光，照著程國，也照著璧國。有我的。是否也有你的？」

他還記得自己當時回答：「我沒有牽掛的東西。」

可現在，他有了。

想到這裡，薛采突然起身，大步走向頤非。

頤非既驚又喜。「你終於肯上榻跟我睡……」話還沒說完，腦袋上已被他狠狠地打了幾下。

頤非大驚。「這是做什麼？」

「膽敢覬覦吾國皇后，打你還是輕的。」

頤非連忙捂住腦袋道：「不是的、不是的，那是初見！當時她還是小藥女，誰知道她後來會當皇后？女人沾了權勢就不可愛了，我早就沒那心思了……啊喲！啊喲！為什麼還打？」

「敢說吾國皇后不可愛，放肆！」

兩人正在打鬧，房門忽被輕輕敲響。

薛采停手，跟頤非對視了一眼，扭頭道：「進來。」

門開後，一名白澤暗衛走了進來。「公子，葛先生到了，說有急事求見。」

頤非從薛采肩上探出腦袋道：「只有葛先生？鶴公沒跟他一起？」

「只有葛先生。」

頤非頓時鬆了口氣。

薛采一把將肩膀上的腦袋推開，理了理散髮道：「請他稍候，待我更衣。」

半盞茶後，薛采和頤非雙雙坐在葛先生對面。

葛先生面色凝重道：「宮中急訊，國師夜觀星象，稱月侵太微，南出端門，燕雀驚飛，蜂群遷鬧，左右掖門，將有地動。」

頤非擰起了眉。「頤殊的那個新寵？」

葛先生笑了笑。「袁宿很有幾分真本事，未必是以色上位。」

「他的本事就是提議在好好的樓房上加蓋罩子？」頤非想到那個莫名其妙的拱形屋頂，很是不屑。

葛先生見薛采並不顯得如何著急，便也放寬心，詳細解說道：「袁宿初入蘆灣，衣衫襤褸，風塵僕僕，光著一雙腳，每天行走在大街小巷，東看西看。然後有一天，在宮門外高喊求見女王，被侍衛一通暴打。第二日，鼻青臉腫地又來了，拉了條橫幅，上書『龍脈將斷，大旱將至』，侍衛們氣得當即把他抓入獄中關了起來。此後整整三個月，蘆灣沒有下過一滴雨，更有海水倒灌，汙染了很多河流。」

「女王不得不祭天求雨，卻沒什麼效果，直到聽說有這麼個人，便將他喚入宮中，問有什麼解決之法。袁宿說要在城中布一個聚水陣，女王將信將疑，便讓人按照他說的去做，封了六十六處浴場，並在西南海域一帶的地下埋入定靈幡，最後開山取土，將被海水汙染的五百畝田墊高五尺，在上面全部栽種苜蓿草。說也稀奇，不久之後，就下雨了。」

薛采淡淡道：「海水倒灌若是因溫泉挖掘太多而致，確實把溫泉封了就能大大緩減。」

頤非好奇道：「你還懂這個？」

「我不懂。紅子懂。」

頤非明白了。蘆灣大旱之事肯定之前被匯報給薛采，百言堂裡的七智為他剖析了此中的道理。紅子擅天文地理，看出袁宿這番做法分明是正統的治水之道，若直接說出來，反而沒人會聽，披了個神棍的外皮後，頤殊倒真的上當了。

頤非想到這裡，暗罵了一句雲閃閃。按理說，有雲家內應在，對蘆灣發生的大事頤非不會不知道，可是早前雲閃閃講到袁宿此人時，只用一句「女王的小白臉」帶過了。現在看來，此人哪裡只是小白臉那麼簡單。

「女王經此事後開始提拔袁宿。有一天，袁宿問她，最近是不是經常夢悸，女王回答夢見一隻金蟾在水池裡衝她哇哇叫，非要往她身上跳。袁宿告訴她絕對不能讓金蟾跳進她懷中。女王問如何做到，袁宿回答禁慾，直到夢見金蟾離開。」

頤非「噗哧」一笑。「這對頤殊來說恐怕很難。」

「女王半信半疑，命人將他送走。此後老老實實地禁了一個月，沒忍住，還是破戒了。不久之後，女王便有喜了。」

頤非微驚。「金蟾是有子之兆？」

「女王連夜將袁宿召入宮中，不知袁宿用了什麼法子，女王的孩子又沒了，且行色自如、沒有異樣。自那後，女王便很信任他了。」

「葛先生真是耳目通達，如此隱祕之事，竟也瞭若指掌。」

葛先生笑了笑，笑容裡卻有很苦澀的味道：「殿下圖謀不過一年，而我們，已籌備等待了十五年啊。」

葛先生是「切膚」的頭領，常年遊走四國，表面上四處募捐做善事，私底下調查那些失蹤孩童的去向，此中辛苦，不足為外人道。

頤非看著他耳旁微白的鬢角，心頭微嘆。

葛先生繼續道：「袁宿此後又給了好幾個建議，被採納後都被證實頗有奇效，便受封國師之位。而選夫盛宴訂在九月初九，也是他選的日子。」

頤非看了薛采一眼。「你對此人如何看？」

薛采沉默片刻，道：「此人孤兒出身，從小跟著算命先生走南闖北。十歲時師父因病去世，他便跟著宜國的商旅四處漂泊。去年三月才回到程國，九月入蘆灣，不過一年便已位極人臣。」

頤非的眼睛亮了起來。「孤兒出身，意味著我們調查不到他真正的出身；算命先生離世，意味著我們無法獲知他兒時的品行造化；跟商旅同行，意味著不知他跟什麼特殊的人曾有接觸……也就是說，他很神祕！而神祕，即意味著有問題。」

「時間太短，查不出更多。」

葛先生嘆道：「薛相所查，已遠勝過我們。」

頤非皺了皺眉，沉吟道：「那麼你們覺得，他突然說有朝臣謀逆，是出於什麼目的呢？」

「兩種可能。」薛采答：「一，選夫盛宴在即，女王擔心諸如你這樣的人回來鬧事，所以讓他尋個理由先在朝臣中徹查一番，以防萬一。」

頤非哈哈一笑，摸了摸鼻子。

「二，有誰得罪了他，他想藉此機會除去對方。」薛采又補充道：「當然，更有可能的是一石二鳥。」

「你看起來一點兒都不擔心，所以你必定已有準備。」頤非眨了眨眼睛。

薛采盯著他，看了半晌，一笑。

地動的預言在一夜間傳遍了蘆灣。

有懂風水的，聲稱那是有大臣將叛變的預兆；不懂的，便從字面理解釋蘆灣要地震了。

朝堂中，人人彼此懷疑猜測，有藉機滋事把矛頭指向政敵的；民間，百姓們則紛紛為地震而做準備。

第二天一大早，馬家拉著周家在頤殊面前告了雲家一狀，說雲笛之弟雲閃閃在玖仙號上一擲萬金，被馬覆訓斥後，於沉船之際發難，將馬覆祕密殺害。所以迄今為止，玖仙號上的其他人都找到了，唯獨沒有馬覆和周笑蓮。周家附議，並搬出了許多雲閃閃窮奢極欲的罪狀，當面問雲笛哪裡來那麼多的錢。雲笛反駁都是雲閃閃母親的嫁妝，同自己無關。兩派在早朝時爭吵不休，鬧得頤殊頭疼無比，命令雲笛繼續搜尋馬覆和周笑蓮的下落。

因此，如今蘆灣人人皆知，女王頤殊的八個王夫候選人，少了三個，包括之前早就受傷養病中的王予恆。

到了下午時，又少一個。因為胡九仙年邁體虛，落水後大病一場，雲笛請遍蘆灣名醫，都說要臥榻養病，尤其要避免過病氣給其他人。

大家都在議論此事，直到黃昏時分，風小雅的黑色馬車出現在蘆灣城門外。

無數人湧去看熱鬧。原因無他，這是目前賭場裡賠率最小的候選者。在此之前，有關他的傳奇生平、他的十一位夫人、他的美貌、他的病，早已傳得沸沸揚揚，路人皆知。大家都想看看，鼎鼎大名的鶴公是什麼樣子，是不是真的「小娘勿多望，望一望，就要別爹娘」。

然而誰也沒見到。

黑色的馬車關得緊緊的，風小雅從頭到尾都沒有露面。只有一隊身穿銀甲的妙齡少女，策馬護衛在馬車旁，神色肅穆，不容冒犯。

事後程國百姓們對此自有一番議論和比較。

「同樣出行帶姑娘，鶴公帶的姑娘一看就不好惹；國師帶的姑娘們一看就很神祕；還是前三殿下帶的姑娘們好看又風騷，走過路過，那各種媚眼拋得啊……」

易容湊在人群中看熱鬧的頤非冷不防聽到自己的軼事，不由得一怔，繼而輕笑起來。

風小雅的馬車直接去了驛站，驛站裡的人總算見到他，卻發現車裡不只他，還有一位小丞相。消息傳出後，眾人大驚——薛采也來了！

薛采賠率雖比風小雅高很多，論名氣，卻比風小雅大多了。在此之前，大家都以為他不會來的，沒想到，他竟來了！

頤殊接到奏報，也很驚訝。她故意在璧國中選薛采，就是為了噁心噁心素來跟她不對付的姜沉魚，結果，姜沉魚竟真的同意薛采赴約了，葫蘆裡賣的什麼藥？

姜沉魚一直想殺她。頤殊十分清楚這一點。

去年父王壽宴，化名小虞的姜沉魚來到程國後大出鋒頭，令彼時還是公主的她看得來氣，很不順眼，便派殺手想趁暴亂之際抹殺她——就像她之前抹殺過很多看不順眼的漂亮姑娘一樣。

結果自然沒殺成。因為小虞不是普通藥女，她是璧國國君昭尹的妃子，後來成了皇后，更在昭尹病重後臨朝稱制，成了璧國第一人。

而這一切，都讓頤殊更噁心她。

姜沉魚就像是她的璧國翻版，卻是那麼那麼好命。沒有暴虐瘋狂的父親，沒有爾虞我詐的兄長，不用出賣身體，不用出賣尊嚴，她甚至沒有野心，可權勢會主動朝她撲過去，把桂冠戴在她的頭上。

憑什麼？

頤殊總是忍不住想：憑什麼姜沉魚那麼幸運？好希望看見她的痛苦和絕望。

想到這裡，她走到銅鏡前，端詳著豐容靚飾的自己，確信從頭到腳沒有一處不完美後，轉身對侍衛道：「那麼，朕便去驛站拜會一下小薛相吧。」

侍衛驚道：「陛下要去驛站？應讓薛采入宮覲見——」

頤殊抬手打斷他的話。「休要囉嗦，去備車。另外通知袁宿，讓他陪朕一同去。」

侍衛不敢勸阻，躬身退下了。

頤殊繼續注視著銅鏡中的自己，目光微閃，卻不知為何，帶出了些許哀愁。

好快……

這就……一年過去了。

不過一年，卻已物是人非，故人不在。

袁宿坐在馬車裡，膝上放著一個沙盤，流沙的圖案隨著馬車的顛簸而有所變化，他全神貫注地盯著這些變化，好半天才抬起頭來，看著坐在他對面、一身黑色斗篷的頤殊道：

「此行並不凶險，但還是建議陛下不要去。」

頤殊溫柔親切地看著他，微笑道：「既無凶險，為何不讓朕去？」

「因為陛下是帶著願望去的，而這個願望，不能實現。」

「你知道我有何願望？」

「陛下想收服薛采。」

頤殊搖了搖頭。「薛采雖早慧，但不過一總角小兒，又是璧國人，我既不像燕王那樣愛才，也不像姜沉魚那樣信任他。留著他還怕被他反噬，要來何用？更何況，我已有了你。」說到後來，眉梢、眼角情意綿綿。

袁宿卻似完全看不出來，面色依舊很平靜。「那麼，陛下是想讓薛采走。」

「你占卜的結果是薛采不會走，對嗎？」

袁宿注視著沙盤。「嗯。」

頤殊掀開車窗的簾子，外面夜色降臨，華燈初起，正處於喧囂平息、幽寧漸起之時，她的眼睛裡也不禁有了很多變化。「去年也是這樣一個夏天的晚上，璧國的白澤公子姬嬰來見我，問了我一個問題。他問——想要自由，還是想要皇位。」

其實一開始想的沒有這麼複雜。

只希望那個名義上是她生父的男人死掉。

希望那個男人快點死，好結束那屈辱罪惡絕望的生活。

可是她的父親不是普通人，是程國的皇帝。想要除掉他，太難了。

然後如意夫人出現了，說要幫她。她無比感激，覺得暗無天日的生活終於有了盼頭，有了一道門。走過那個門，就可以獲得新生。

結果，卻在如意門的陷阱裡越陷越深，如意夫人掌握著她所有的祕密、所有的人脈，在她身上扎了無數小孔，孔裡繫著線，想把她當作提線木偶一般操控。

請神容易送神難。等她有所發覺時，一切都已身不由己了。她無法擺脫如意門，無法抗拒如意門，必須按照他們說的做下去。

他們借她之手給程王銘弓下毒，卻又不肯讓銘弓死，因為要留著他的命挾持她。他們也給麟素下了毒，覺得病弱的麟素更適合作為下一任程王，下一個如意門的傀儡。

就在她一步錯、步步錯，眼睜睜地看著一切都失控，都將落入如意門之手時，姬嬰出現了。

姬嬰問她。「要自由嗎？還是，要皇位？」

她卻已不敢再輕易選擇。

怕他又是另一個如意門，又是一個讓她生不如死的陷阱。

姬嬰看出了她的猶豫和恐懼，什麼也沒說，只將一張卷軸緩緩打開，擺在她面前。卷軸是一幅程國的輿圖，他在螽斯山上點了一點，說：「如意門的老巢，在這裡。」

她非常震驚，震驚過後，卻又萌生出了希望。

「你想讓我做什麼？」

「這就看公主殿下想要的，是自由，還是，皇位。」

「若要自由如何？」

「若要自由，妳幫我做一件事，事成之後，我安排妳假死遁世，找個海闊天空之地，重新生活。我保證如意門不會發現，也不會追尋。」

那是她夢寐以求的生活，卻在抉擇來臨的這一刻，有了猶豫。她咬著嘴唇，沉聲道：「若要皇位呢？」

「我會說服燕王和宣王，一起出面扶妳繼位，妳將會成為唯方百年來的第一任女王。」

她沉默了很久，最終還是選擇本心。「我要自由。」她要離開這令人窒息的生活，離開這骯髒醜陋的一切。

姬嬰也不勸說，點頭道：「好。那麼，公主現在帶著我的人回宮，將妳父王交給他們，便可以了。」

「父王身邊有很多如意門的人看著……」

「不用擔心。去吧。」

姬嬰微微一笑，他笑起來可真雲淡風輕，她想，她從沒見過這種類型的男子。外表溫靜柔軟，可內裡蘊滿力量。

頤殊便轉身準備回宮，來到馬車前，車夫遠遠看見她就跳下車轅跪在地上，一旁的侍衛們也都齊齊叩拜。她伸出腳踩在車夫的背上，被侍衛們扶上馬車時，看見街道那頭有一輛獨輪車，車板狹窄，不過三尺寬，上面卻疊著小山般高的酒罈，加起來差不多四、五百斤。一個乾瘦佝僂的女人吃力地將車推到一家酒肆門口。

此刻夜已深沉，周遭店鋪都關門了。酒肆老闆提著燈籠站在門口，見她就罵：「怎麼這麼晚？」

女人連忙解釋山路溼滑，進城門時又耽擱了一陣子，一邊解釋一邊開始卸貨。

頤殊注意到她的一隻腳還是跛的，小小的身軀抱著一個個半人高的酒罈，艱辛地往肆內送。

酒肆老闆還在一旁罵她，半點幫把手的意思都沒有，還說她耽誤生意，要扣酒錢。女人好脾氣地賠著笑，好不容易搬卸完了，接過酒肆老闆扔來的錢袋數了數，臉上露出刺痛的表情，但最終什麼也沒說，推著獨輪車又走了。

頤殊將目光收回，這才看見自己的腳還在車夫背上，於是她繼續上車。

豪華馬車緩緩馳過長街，她從車窗處看見那個跛腳女人找了個角落，鋪開草席就那麼蜷縮在車旁睡了。遠處幾個乞丐擠眉弄眼，像是要向她走過去。

然後馬車拐了個彎，看不見了。

頤殊的手揪住了車榻上的流蘇，忽道：「掉頭，回去。」

馬車重新拐回那條街，她再次看見那個女人。如她預料般，乞丐們已將她圍了起來，她掙扎求饒，卻死活不肯交出錢袋，於是他們開始撕扯她的衣服，她狠狠一口咬在其中一個乞丐的脖子上……

再然後，隨著馬車前行，又什麼都看不見了。

頤殊將目光收回，落在自己手上，忽然嗤笑了一下。

她並沒有回去救那個女人，雖然那對她而言只是舉手之勞。可是，既然當年並沒有誰來救她，那麼她也不會救任何人。

她只是命車夫將車趕回了姬嬰的臨時住所，再次敲響那戶人家的門。

朱龍來開門時，似半點都不意外，沉默安靜地將她領去見姬嬰。姬嬰坐在院子裡，正在看月亮。頤殊甚至注意到，他的左手拇指上戴著一只紅色的扳指。他就那麼一邊輕輕撫摸著那只扳指，一邊看月亮。他靜坐的樣子真好看啊，月光照在他的白衣上，綻放出玉般的柔光。

然後姬嬰將目光轉向她。

然後她跪了下去，說：「我選皇位。」

其實想想，這個世界上哪有什麼自由？齷齪醜陋的事情每個地方都在發生。起碼，身為公主，她從沒為生計發過愁。既然同樣都會受辱，那麼，踩著別人的背去受辱，總比被人踩著要好一點兒。

我要當皇帝！

我要除掉如意門！

我要把那些欺凌過我的人統統踩在腳底下！

我要誰也沒法再操縱我，我要隨心所欲，我要萬人之上、無人之下，那才是真正的——自由！

頤殊在那個看似平凡其實很不平凡的夜裡做出了改變命運的選擇。

而在那個夜裡，蘆灣城的某條深巷裡多了一具跛足女子的屍體。

頤殊的馬車再次從深巷前經過，頤殊從車窗裡看著那個女人死時的樣子，她的手裡仍死死捏著錢袋。袋子被劃破，裡面的錢被拿走了。

乞丐們拿著錢正興高采烈地準備分時，前方突然多了一道人影。

他們抬起頭，便看見一個很漂亮很漂亮的女人。女人朝他們微微一笑，再然後，用一桿槍，穿透了他們的喉嚨。

後來她想，姬嬰其實早就知道她會選皇位。

在自由和皇位之間，也許有人會選擇自由，但那個人，絕不是她。

在籠子裡被錦衣玉食養大的鳥，雖然會渴望外面蔚藍色的天空，但把籠子打開，牠們飛出去後，還是會迫不及待地回籠子，因為牠們沒有辦法在外面生存。

即便如此，頤殊仍然感激姬嬰，因為姬嬰沒有像如意門那樣騙她，他真的讓她當了女王，也真的就此放手，沒有藉機要脅她。更更重要的是，他很快就死了。死亡讓他顯得越發完美，他成了頤殊心中最最柔軟的存在。

「雖然很想看到姜沉魚痛失所依的樣子，但是……薛采是公子的奴僕，他的心血、他的繼承人，看在公子的面上，我決定放他一條生路。」頤殊一邊說著，一邊伸手抹亂了沙盤。

袁宿抬眸注視著她，最終什麼都沒說。

第二十五章 匯聚

一盞茶後，驛站裡薛采的房門被敲響，他打開門，看見了頤殊。頤殊朝他凝眸一笑，然後自行解了斗篷走進去。

驛站房間很大，薛采的行李卻很少，几上放著一本半攤開的書，頤殊拿起來一看，竟是十九郎的《朝海暮梧錄》第二卷。

十九郎是燕國皇后謝長晏寫書時的筆名，說起來那也是個妙人兒，之前來程時，頤殊還見過她一面，對她很是欣賞。只不過人是很奇怪的，當時她以為十九郎是女扮男裝遊走天下的奇女子，故而欣賞，可當聽聞十九郎就是謝長晏，並且後來嫁給燕王成了皇后後，她就感到不太舒服了。

對命比她好的人，尤其是女人，她都不舒服得很。

因此頤殊只看了一眼，便又放回去，笑道：「驛站簡陋，薛相無聊了吧？」

薛采看了眼外頭已經被清理過一遍的院子，看見一個紫衣少年負手站在院中央抬頭望天。那少年感應到他的視線，回過頭來，兩人的目光在空中對上，彼此都不動聲色。

最後，薛采索性不關門了，回去繼續坐下看書。

他神色冷淡，頤殊自然感受得到。說起來當年她來見姬嬰時，薛采就對她很冷淡。

她微微一笑，不予計較道：「薛相日理萬機，還能前來，朕心甚慰。此書中提及過一處溫泉，建在京郊黃猿嶺的半山腰上，四周開滿扶桑花，此時開放正豔。薛相可有興趣一遊？」

薛采逕自看著書，生硬道：「沒有。」

頤殊一噎，想起薛采高傲四國皆知，罷了，便又笑了笑。「那麼書中還寫過鳳縣那邊有個仙人洞，洞內景觀十分雅致，千奇百怪的鐘乳石——」

薛采從書中抬起頭，不耐煩地打斷她的話。「不去。」

頤殊的笑容便再也掛不住了，她盯著薛采，目光漸冷。「既無意與朕交好，為何而來？」

她笑時，薛采不笑；她不笑時，薛采反而笑了。「妳猜。」

頤殊沉著臉，沒有猜。

薛采放下書，起身走到她面前，兩人近在咫尺，他比她矮了足足一個頭，頤殊卻覺得自己在他面前渾身不自在；而他那種似笑非笑、充滿鄙夷的笑，更令她很不舒服。

「我告訴妳我來做什麼。我讓所有人都知道我來了程國，當他們以為我會赴妳那個什麼狗屁選夫宴時，那一天，我就穿得漂漂亮亮的，騎馬出去東走走、西看看，順便再去你們這裡最有名的青樓喝喝酒，就是不去皇宮。屆時妳覺得，程國子民會怎麼說？天下人又會怎麼說？」

頤殊的臉色一白。天下人會怎麼說？他們當然會取笑她——身為女王又如何，人家薛采偏就不給妳臉！不但不給，還刻意上門來打妳的臉！

「妳不是想噁心吾國的皇后嗎？我也來噁心噁心妳——這就是我來程國的目的。」薛采一笑，露出一排白皙的牙齒，有種不經意的天真，更有種刻意的惡毒。

頤殊再控制不住自己，氣得整個人發抖。「身為一國之相，你竟如此兒戲！」

薛采悠悠道：「不及陛下多矣。」

頤殊甩袖，轉身就走，走到門檻處，重重地捶了一下門。「你會後悔的。薛采，如此羞辱朕，你必定後悔！」

「好啊，我等著。」薛采十分隨意地答道。

頤殊的眼瞳變成了幽黑色，恨意濃得幾乎要溢出來。她緊咬牙關，最後快步穿過庭院，回到了來時的馬車上。

而一直在院中看天的袁宿至此回頭看向房間，再次與屋中的薛采目光相對。袁宿忽然道：「觀君面容多智，折齡命難久長。」

薛采嗤鼻一笑，根本不搭理他。

袁宿便轉身追上了頤殊。

頤殊在馬車裡，果然狠狠地抓撓著錦榻上的流蘇，氣得直哆嗦。

袁宿看著這個樣子的她，默默地將沙盤拿起，一邊推演一邊說：「我看薛采此人命格不長，陛下也無須太氣。」

「他當然命格不長！我本好意想留他一命，現在……」頤殊冷冷一笑。「三天後，就是他的死期！」

袁宿注視著沙盤中的圖案，雙眉微蹙，若有所思。

頤殊忽然想到一事，掀簾吩咐侍衛：「傳令下去，將《朝海暮梧錄》列為禁書，不許再售賣！已買了的，都燒了！」

侍衛一頭霧水，但他們已經習慣頤殊的莫名其妙，沒有詢問便去執行了。

頤殊倒回榻上，卻猶嫌不解氣，恨聲道：「我真該聽你的，不該走這一趟。」

袁宿從沙盤中抬頭，依舊平靜地看著她道：「陛下不來，自然無事，但來，成全了對淇奧侯的情義。陛下是有情之人。」

頤殊只覺得他這句話真是說到了心坎了，怒火頓時一掃而空。「見見真是朕之知己。」

袁宿沒再說話，低頭繼續看沙盤。頤殊則一直看他，好幾次想伸手碰觸他，但最終還是什麼都沒有做。

她只是含情脈脈地看著他，眼眸中盡是歡喜。

只要看著這個人，便已十足歡喜。

頤殊和袁宿離開以後，一個人影閃現，他將房門「嘎吱」合上，然後捶牆笑了起來。

先是輕笑，再變成了哈哈大笑。

薛采一臉無奈地看著此人，道：「你就不怕被頤殊發現你在這裡嗎？」

「最危險的地方就是最安全的地方嘛！她若知道我在，又全程目睹了她如何受挫，估計就是周瑜第二了。」

來人正是頤非，邊說邊扭身走到薛采面前坐下，眼巴巴地看著他，盼他接一句「為何是周瑜第二」，然後他就可以解釋：「因為被活生生地氣死了呀。」

誰知薛采竟不問，不但不問，又低下頭去看書了，一副不想跟他交談的樣子。

頤非便抬手將那本書一合。「別看了，情敵的書，有什麼好看的。」

這回，薛采終於皺眉問了：「什麼情敵？」

「天下皆知燕王愛你……」頤非賤兮兮地眨了眨眼睛。「他老婆自然就是你的情敵囉。」說完後他心中叫囂：快反駁，快反駁我呀！

結果薛采只是「嗯」了一聲，竟默認了，淡淡道：「這書寫得不錯。」

頤非一口氣憋在心口，頓覺自己重蹈了妹妹的覆轍。

但他的待遇終歸跟頤殊是不一樣的，薛采將書翻到某頁，推到他面前。「謝長晏兩年前便在書中指出，蘆灣的溫泉太多了，還時不時有地陷發生。」

頤非一怔，當即拿起書認認真真地看了起來。

「她走訪了二十口老井，百姓都說早年井水離地不過一丈，如今吊桶的繩子不得不加到二十丈才能打到水。長此以往，蘆灣將成一個漏斗，中間深，四周淺……就會……」

「海水倒灌！」頤非合上書，神色嚴肅了起來。「而此事在半年前，真的發生了。」

「所以，這本書是不是寫得不錯？」

「如此好書，怎麼沒在程境內引起重視？」頤殊果然廢物也！

「一葉障目者，只看得見眼前的落葉枯黃，看不到地底整棵樹木都已潰爛。其實比起這個，如意門之危也不算什麼了……」海水倒灌，淹沒良田，數十萬人無家可歸、無飯可吃，那才是真正的大難。

頤非沉吟道：「如此說來，袁宿倒真做了點兒好事。」

「你這麼認為？」薛采挑眉。「女王一登基，此人就回了蘆灣，步步高升，成為盛寵。是不是太巧合了？」

頤非盯著薛采的眼睛。「是局？」

「頤殊為何深夜單獨來找我，你不覺得好奇嗎？」

「也是。你要是……」頤非的視線在薛采身上掃了一遍。「再大點兒，她來還能解釋為找你尋歡。」

薛采沒有理會他的調侃，繼續道：「她本不必走這一趟，不必見我，更不必受我的氣。她要邀請我去黃猿嶺和仙人洞玩，盛宴結束後再提也不遲。」

頤非說出了結論。「她想做些什麼，好把你調離在外。」

「除此，我想不出其他原因。」

「你設計選夫想對她逼宮，而她將計就計要將我們一網打盡。」

「頤殊並不是真的無腦女人。」

「可她又想對你手下留情……為什麼？」

「可能是因為這個——」薛采抬起衣袖，袖角上繡著一個白澤的圖騰。

頤非譏笑道：「頤殊什麼時候這麼重情義了？」

「很多人對活人無情，但對死人有情。因為死人能給他們徹底的安全感。」

所以頤殊想起姬嬰，想到的全是他的好，從而覺得自己越發感激他，越發的想要為他做點兒什麼。

「我們布局多時，卻沒察覺出頤殊也在布局。她的局布在了何處？」

薛采沉默許久，才緩緩說了兩個字：「袁宿。」

頤殊先將袁宿送回住處才回宮。回到寢宮時，已近子時。

宮女們上前為她拆髮，她看見銅鏡上的某處，眸色微動，道：「不必了，妳們全都退下吧。」

宮女們便躬身退了下去。

銅鏡鑲滿珠寶，鏡頂盤踞著一條蛇，蛇眼是由可活動的紅寶石製成，本是睜著的，此刻卻被閉上了。因此頤殊便知道了——那個人來了。

「這麼晚了還來找我，是出什麼大事了嗎？」頤殊在梳妝檯前坐下，一邊親自拆髮一邊問道。

床旁的幔帳裡，緩緩走出一位老人，一位很好看的老人，不是別人，正是品從目。

品從目此刻臉上的表情卻不太好看。「妳不應該去見薛采。」

「喔？為什麼？」如此問的時候，頤殊忍不住想，若說這句話的人是如意夫人，她肯定是不敢反問的。

「薛采十分警覺，妳走這一遭，必定讓他生疑。再加上朝堂中有不少人明裡暗裡幫他，萬一查出了點兒什麼……」

頤殊淡淡一笑。「不過是個毛頭小孩，就算是白澤公子教出來的，也不可能料事如神。他要查就去查好了。」

品從目皺了皺眉。

「別緊張，一切都會水到渠成，就像去年的螽斯山一樣，轟——說倒就倒。」

品從目低聲道：「七兒回來了。」

頤殊表情微動。她自然是見過七兒的。事實上，如意門最早來接觸她的人，就是七兒。

她還記得那是六年前一個大雪紛飛的夜晚。她跌跌撞撞地行走在蘆灣的街道上，不想回宮。雪落在她身上，她也感受不到冷。相反的，她覺得熱。她的身體上有一道道鞭痕，火辣辣地疼。她腦海裡只想著一件事：快點天亮，快點天亮。天亮了，疼痛就過去了。等到感覺不到疼時，就可以睡著了。

入夜的蘆灣十分冷清，家家戶戶閉門熄燈，因此顯得特別黑。

她行走在黑暗中，一遍遍地想：快天亮，快天亮……

就在那時，前方出現了一點兒亮光。

那點兒光漸行漸近，竟是一個少女提著燈。少女穿著普通，模樣也普通，但她提的燈精巧極了。燈頭雕琢成鳳鳥回眸之形，燈罩是兩片白羽，燈光透過羽毛照射出來，平添幾分夢幻之意，更有兩根長長的白色尾羽拖曳及地，隨著少女的行走輕輕擺動，那鳥便像是活了一般。

頤殊定定地看著那盞燈，一時間竟挪不開眼。

少女來到她跟前，忽笑了。「喜歡？」

頤殊下意識地點頭。

少女將燈柄掉轉，遞向她。「送妳？」

頤殊警覺起來，沒有接，而是將她細細打量一番，沉聲道：「妳是什麼人？宵禁之時為何還在外行走？」

「妳不也是嗎？」

「本宮是公主！」

「傷痕累累的公主嗎？」

少女清亮的眼神彷彿透過她裹在身上的斗篷，直接看到了她醜陋的身體。這種被冒犯和祕密被知曉的感覺，令頤殊勃然大怒。「妳到底是誰！來人！來人！來人啊——」

她並不是一個人出來的。
她的侍衛們全都遠遠地跟著她。
可頤殊喊完後無人應答，回頭一看，發現自己身後空空，已經積了一層薄雪的地上，除了她，並沒有別的腳印。
頤殊咬牙，決定自己出手。
這些年，父王心情好時，偶爾會教她幾招。她學得很努力，練得很刻苦，幻想有一天能打過那個男人，從而得到解脫。因此，她不但會武功，還相當不錯。
然而，她連少女的衣角都碰不到。無論怎麼出招，對方總是能提前一步避開，鳳鳥燈也跟著飄來飄去，尾羽劃出漂亮的弧度。
頤殊被毒打了一頓，又在雪地裡走了半天，氣力難支，最後只好停下來，氣喘吁吁地瞪著三尺外的少女道：「妳到底是誰？想做什麼？」
少女再次將燈柄遞到她面前。「要嗎？」
頤殊索性一把接過來，燈入手中，近看之下更為精緻，每片羽毛都是真的，摸上去柔軟彈韌。這種精細的做工，絕非程國產物，只有玩物喪志的璧國，才肯耗費這麼多心思在無用之處。
「妳是璧國人？」
「妳喜歡璧？」
「父王說了，遲早有一日打下來變成我們程國的領土！」頤殊也不知道自己為什麼要這麼說，明明她恨透了那個人，可是提及這樣的話題，仍讓她感覺到榮耀。也許，對權勢的野心和欲望，已經隨著血緣埋在她的骨子裡。

少女聽聞這般囂張的話，笑了笑。「好戰必亡啊。」

頤殊「呸」了一聲：「我還忘戰必危呢！」

少女的目光閃爍幾下，不知為何，顯得有些失望。「看來妳跟我想的不太一樣。罷了，把燈還我。」

頤殊卻不肯還，退後兩步道：「給了本宮就是本宮的！」

少女身形一閃，頤殊只覺手中一空，燈就沒了。眼見她拿著燈飄然而去，唯一的一點兒亮光就要消失在無邊雪夜中時，頤殊鼻子一酸，突然紅了眼。

她索性完全不顧形象地在雪地裡坐下來，抓起一把雪狠狠地投擲出去。「一個個的！全都欺負我……憑什麼？憑什麼憑什麼憑什麼？」

鞭傷炙疼，而身體冰冷。頤殊絕望地想：這樣的日子何時是盡頭？

她突然從靴子裡拔出一把匕首，對準自己的咽喉，顫抖地戳下去。

而這一次，也和之前無數次一樣，在觸及肌膚的一瞬滑了過去，甚至沒有留下紅印。

她整個人重重一震，然後慘笑起來。「懦夫！連死都不敢！」

一聲輕嘆從她背後響起。

頤殊嚇了一跳，頓時蹦了起來，卻發現那個少女不知何時又回來了，只是熄滅了燈，所以出現得毫無先兆。

頤殊咬牙道：「妳不是走了嗎？」

少女看著她，眼神中帶著一股讓她噁心的東西。對了，是同情。少女同情她。

頤殊想：本宮才不需要人同情！她冷哼一聲，轉身準備回宮。

就在與少女擦肩而過時，少女忽道：「程王嗜戰，為我所不喜。我要換個人當程王。」

妳，有沒有興趣？」

頤殊心中大驚，簡直不敢相信自己的耳朵，而等她回過神來，說的第一句話就是：「妳算老幾？妳說換就換？」

少女展齒一笑，用手指了指自己的鼻子道：「我是七兒。如意門的七兒。未來的如意夫人。所以，我想換，就能換。」

頤殊的心沉了下去——她知道如意夫人這個名字。

有幾個深夜裡，父王睡得正香時，心腹來稟說夫人來了，父王無論多不情願，也會起身去見。她心中好奇，但不敢問。有一天在父王書房的火爐裡發現一根沒燒完的毛筆，毛筆的筆管是中空的，裡面的東西已經燒光了。自那之後她上了心，時常檢查有沒有多出來的筆，終於有一天，她看見了一根沒動過的筆，趕在父親來前拆開筆管，裡面果然有密箋，寫著讓父王盡快將今年的農桑稅送過去，而落款就是「如意夫人」。

她這才知道，自己那不可一世的父王，竟要聽別人的話，那人就是如意夫人。

而此刻，眼前這個比自己大不了多少的姑娘竟然說她就是未來的如意夫人，並且說不喜歡她的父王，要換皇帝，怎不令她震驚。

頤殊愣住了，渾身發抖，卻半天也說不出一個字。

少女七兒忽然伸手摸了摸她的頭。「妳回去好好想想，三天後，我再來找妳要答案。」接著，她將燈重新點亮，再次塞入頤殊手中，然後飄然而去。

頤殊就那麼提著燈，一直一直望著她，直到她消失在路的盡頭，只覺所發生的一切都很不真實。若非手裡多了那盞燈，簡直要以為是一場夢境了。

那是頤殊初遇七兒。

七兒給了她一盞燈，還給了她一個提議。

她為此反覆糾結了整整三天，好不容易鼓起勇氣決定試一試時，三天後，七兒沒有來。來的人是羅紫——父王的寵妃。

她這才知道，羅紫竟是如意門的人！而且是帶著現任如意夫人的命令來的。她忍不住向羅紫打聽七兒，羅紫道：「她被夫人派去做其他事了，暫時不在程境。」

然後她便再也沒見過七兒，只從羅紫口中聽說七兒失蹤了，很有可能死了。

再然後，她等到了如意門內訌，借品從目之手毀了如意門大本營，逼得如意夫人倉皇逃亡，從此消失在她的世界裡。

而此刻，品從目竟然告訴她，七兒回來了。這意味著什麼？

「你沒抓到她，也沒抓到如意夫人？」

品從目淡淡道：「所以我特來告訴妳，妳的敵人再次出現了，不但如此，還有了幫手。妳若掉以輕心，下一個要逃亡的人就是妳。」

頤殊的臉色變了又變，最後卻仍是冷笑道：「挺好，正好一網打盡了。」

品從目見她固執，便不再多言，轉身要走。

頤殊見他要走，忽然轉了轉眼珠，嬌滴滴道：「這麼晚了，住一晚再走吧。」

品從目似笑非笑地看了她一眼，搖了搖頭，消失在黑夜中。

頤殊手中還握著梳子，梳子裡多了好幾根斷髮，要是宮女替她梳頭梳成這樣，早被她殺了，可這次是自己梳的，只能面無表情地拔掉，然後繼續。

「我會贏的。」她注視著銅鏡裡的自己，一遍一遍地說道：「最苦的階段都熬過來了，沒什麼可以再阻擋我。我一定一定會贏！頤非、如意夫人、薛采……跟我作對的人，統統都得死！」

九月初八的早上，蘆灣晴空萬里無雲，天氣十分燥熱。

馬家和周家的人天天圍堵在雲家門前，找雲笛要人。雲閃閃氣不過衝出來將他們打了一頓。

馬家和周家的家主聽聞消息，立刻進宮老淚縱橫地向頤殊哭訴，哭訴到一半，未老先衰的馬康不知是氣的還是熱的，「啪答」暈倒了，最後不得不躺在大象背上打道回府。

正午時分，胡九仙的船隻抵達港口，運來了一整船的冰，因為胡九仙要在此養病但又嫌天熱。人人豔羨地看著　塊塊與人等高的巨大冰塊被抬進胡九仙在蘆灣的私宅，認為做人做成他那樣子，娶不娶女王都無所謂了。

更有許多人眼巴巴地等在驛站外面，遞拜帖求見風小雅和薛采。風小雅全都拒了。薛采倒是來者不拒，因此他的門前排起了長龍。

這一日，蘆灣城的百姓們所看的熱鬧，比過去一年加起來還要多。而到了黃昏時分，最大的一齣戲上場了——楊爍來了。

楊爍雖是程國的世家公子，但若論名氣，遠不及薛采、胡九仙和風小雅，甚至不及他父親楊回。而且他很低調，孤身一人騎著一匹小棕馬來到城門外，連隨從也沒帶，本絲毫不引人注目。

可是，正當守城門的侍衛按照慣例檢查路引時，突然一輛牛車疾馳而來，沿途行人都驚呆了——從沒見過跑得這麼快的牛！

車上坐著一個鬚髮皆白的老頭，老頭揮鞭趕牛，硬生生地趕出了雷霆之勢。

楊爍一見，面色頓變，催促侍衛：「快點！」

他這麼一催，侍衛反而不樂意了。「催什麼催，趕著投胎啊？」

話沒說完，牛車已衝到關卡前，老頭喊：「楊爍，你敢進城一步試試！」

周遭行人裡有好幾個認出了他，紛紛上前行禮。「先生！您怎麼來了？」

「這位可是楊老先生？在下李某某，拜見先生……」

老頭誰也沒理，跳下牛車擠開眾人衝到楊爍跟前，氣得呼哧呼哧。

楊爍嘆了口氣，轉過身時，臉上帶出一個輕浮輕慢的笑意。「喲，父親，好久不見了。」

此人正是他的父親楊回，不過五十歲，卻已老得像是七、八十歲，頭髮全白了不說，還快禿了；再加上身穿粗布麻衣草鞋，看起來活脫脫是一個鄉下種田老農，誰能想到竟是程國第一名士。

而周遭的人這才知道，眼前這個年輕男子，就是王夫人選之一的楊爍。只見他魁梧高大，一雙劍眉極具正氣，但笑起來時只揚一側脣角，帶了十足的邪。如此格格不入的兩種特質在他臉上完美並存，顯得別有魅力。

大家全都興奮起來，目光炯炯地看著這對父子。

楊回平息了一會兒，停止急喘後才開口：「只要你現在跟我回去，一切既往不咎。」

楊爍脣角的弧度加深了一些，似笑非笑道：「若兒子不呢？要跟我斷絕父子關係嗎？」

楊回注視著他，片刻後，走到城門前，盤腿坐下，然後從懷裡取出一物，端端正正地

放在膝前。「你若進此門半步，我便讓此物立刻派上用場。」
眾人定睛一看，原來是個牌位，上面已經寫好了楊回的名字！
早聽說楊回極其厭惡頤殊，說她「淫亂魅國，程之罪人」，頤殊王為了表現自己禮賢下士，還親自登門拜會過他，被他拒在門外。如今，他更來阻止兒子入京參選，以死相逼。
眾人紛紛把目光移向楊爍，看他如何應對，更小聲地議論了起來：「楊爍若執意進京，逼死了父親，肯定也就選不上了。」
「未必。沒準反會中選。聽說女王自己也是那啥了先帝……」底下的聲音漸不可聞。
一片紛雜聲中，楊爍又嘆了口氣，道：「何必。」
楊回沉聲道：「你小時候，我四處授學，分身乏術，未能好好管教你，讓你長成了一個如此荒淫無術、寡義廉恥之輩。我這樣的人，縱教出弟子三千、名士無數，也無面目再談育人。你今日同我一起回去，我重新教導你，何時教好了，扳正了，再出山為師。」
此言一出，人群中起了一陣驚呼聲：「先生，您不教書了？」
「先生萬萬不可！程國學堂本來就少，您不教了，那孩子們怎麼辦啊？」
「先生，我們這就幫你攔住令郎。楊公子，百善孝為先，既然先生不允，那王夫不選也罷。」
守門的侍衛立刻反駁：「那怎麼行？陛下之命誰敢不從？」
一時間，兩派人爭吵了起來，整個城門處亂糟糟、鬧哄哄的。出城的不急著走了，入城的也不急著進了，全都圍在那裡看熱鬧。更有好事者聽說此事，源源不斷地趕過來看。
楊爍掃視了一圈，道：「父親真要如此興師動眾？」

楊回垂目不答，雙手放在膝上，正襟危坐，彷彿不是坐在黃沙地上，而是坐在高高殿堂上一般，瘦小的身軀給人一種極大的震懾力。

楊爍扭頭問還拿著他路引的侍衛，問：「看完了？」

侍衛正看熱鬧看得起勁，被他一問，自然也成了眾人的焦點，當即大感榮耀，笑著將路引遞回去。「看完了、看完了。楊公子，還給您。」他倒想看看，這城門，楊爍敢不敢過。

楊爍將路引揣回袖中，抬步朝楊回走過去。

眼見他離城門口越來越近，一步、兩步、三步……距離楊回只有半步時，他停了下來。

「父親，您說，如果我進此門半步，您就自刎，此言不虛？」

楊回面沉如霜。「我這一生，從未食言。」

「很好。希望您說到做到。」楊爍說完，下一步便從他身側邁了過去。

大家全都震驚地睜大眼睛，沒想到此人竟真敢進，那楊回會不會真的自刎？

楊回的臉劇烈抽動了起來，從膝前拿起牌位攥在手中，指關節因用力而發白。

眼看一場悲劇就要發生，走到城門處的楊爍突然腳尖輕點，整個人直飛而起，抓住城門上的青磚，「登登登」地爬上去，不過一眨眼工夫就爬到了城樓上。

楊回一愣，忙不迭地站起來抬頭。

就見楊爍縱身一躍，跳進了樓內，並回頭朝楊回吹了記口哨。「父親大人，兒子我沒進城門，您也不用死了。再見！」說罷，從城樓直接進京去了。

眾人目瞪口呆。

萬萬沒想到此人竟然玩了這麼一齣文字遊戲，擺了他爹一道。但這城牆足有十餘丈高，他說爬就爬、說上就上，足以證明此人武功非凡。

眾人又覺好笑又覺欽佩。只有楊回既不欽佩也不笑，反而氣得整個人都在抖，最後恨恨地將牌位一摔，在地上砸了個粉碎，趕著牛車離開了。

一場父子反目的大戲至此結束，眾人看得心滿意足，且心情愉快，因此談論起來也就更加興致勃勃，很快傳遍了整個蘆灣。

當所有人都去城門外看熱鬧時，頤非已在門前猶豫地站了許久。

天很熱，太陽的餘暉火辣辣地照著他，這種時候他本應找個清涼之處喝上一杯冰鎮過的好酒休憩，可他易了容，貼著長長的鬍子站在風小雅的住處前，想著要不要進去，要不要告訴他秋薑的事。

最後，頤非低聲道：「姬嬰對小狐狸有恩，對我可沒恩，不但沒恩還有仇呢，老子才不買他的帳！」說罷一狠心、一咬牙，抬手敲響了房門。

「請進。」風小雅的聲音從屋內傳來。

頤非推開門走進去，見他坐在案旁，手裡拿著一塊粗布，正在摩擦一些小珠子。頤非看了一會兒，問：「你在做什麼？」

「聽說秋薑的佛珠手串沒了，想著給她補上。雖不如足鑌那般好用，但更輕巧、好看些。」

風小雅的聲音很輕柔，動作很輕柔，卻莫名刺痛了頤非的眼睛。

頤非心中那好不容易鼓起來的勇氣，瞬間消失了。他別過頭暗罵了一句，又扭頭問：

「你如何知道手串沒了的？」

「我命人沿途追尋你們的行蹤，發現你們在海邊的若木村待過，那裡有戶人家，離奇死了一老嫗、一孩童。我的人從兩個老頭口中探聽到你們確實在那裡短暫逗留過。檢查爐灶時，發現了佛珠殘核。」

頤非僵了半天，只能低嘆道：「你可真是用心良苦。」

他在屋中踱步。

風小雅也不管他，繼續摩擦那些珠子，把珠子的表面打磨得光滑圓潤。

頤非看著看著，覺得自己再也看不下去了，衝到案前一把按住風小雅的手。

風小雅手腕一轉，從他手下掙脫了，並反過來彈了一下他的手背。「做甚？」

頤非只覺手背像被針扎了一下，忙不迭收回。「你做甚？」

「不要隨便碰我，會被反噬。」他體內的七股氣，像是盤踞其中的七隻怪物，彼此之間爭鬥不休，然而當有外力來襲時，便會自動出擊，因此親近之人都知道這個忌諱。

頤非吹了吹刺痛的手背，喃喃道：「那日海裡秋薑救你，對你又摟又抱的，怎麼就能碰了？」

風小雅一怔，目光閃動，表情變得很是古怪。

頤非也自覺出失言來，將握緊的手心鬆開，沉聲道：「我要跟你談談。」

「談秋薑嗎？」

頤非硬著頭皮，心想這般婆婆媽媽，真不是老子的作風，便一口氣說了出去。「她不叫秋薑，也不叫江江。她是姬忽，璧國白澤公子姬嬰的親姊姊！」

風小雅盤珠的手停了一下，但只是一下，立刻又繼續了。他臉龐鬱白，眉睫深濃，天生一副鬱鬱寡歡的臉，因此此時此刻，頤非竟看不出他有沒有傷心。

「我知道了。」

「你知道？」這下子輪到頤非震驚。「什麼時候知道的？怎麼知道的？」

風小雅抬頭看了他一眼，神色平靜。「見你獨自來蘆灣，我便知她選擇了如意門。至於她是姬忽，是剛剛你告訴我的。」

「那、那……」頤非被他的反應弄得措手不及，見他還在慢條斯理地擦珠子，不禁道：「你不說點兒什麼嗎？」

「沒什麼可說的。」

「怎麼會？」頤非氣得跳腳。「姬家就是如意門，如意門的每任夫人都是姬家的女兒，所以姬忽很小就被送進如意門，留在姬家和嫁給昭尹的那個姬忽是假的！姬家簡直喪心病狂、罪大惡極，竟把全天下人都當傻子，把程國、璧國、燕國的國君之位全都玩弄於股掌之間……姬忽根本不是江江，她假扮江江接近你，就是為了殺你爹，好除掉燕王的臂膀，並為謝知幸和謝繁漪的計畫鋪路……」

風小雅的臉本就很白，此刻又白了幾分，他的手微微發抖，再也擦不下去了，最後只得將珠子放下，回視著頤非道：「你為什麼要說這些話？」

頤非一怔。

「你希望我恨她？你希望看見我痛苦？」風小雅停了一下，緩緩道：「是不是看見我很痛苦，同樣因此而痛苦的你，就會好受些？」

頤非頓時無語。他想反駁自己沒有這麼惡劣，可捫心自問，又覺得風小雅好像說得有道理。他選擇將秋薑就是姬忽的事情告訴風小雅，固然是希望這個可憐的痴情人得知真相，不要再被謊言和誤會蒙蔽，但又隱約期待著什麼。至於他期待的到底是什麼，卻連自己都說不清楚。

我希望看見他痛苦嗎？

我很痛苦嗎？

或許，我只是卑劣地希望他能就此跟姬忽徹底一刀兩斷，前塵皆忘。然後我就可以不用再在意所謂的「朋友妻」的禁忌？

頤非的表情變了又變，半晌後，苦澀一笑。「我真是個小人。」說罷，扭頭要走，竟是不想再多待。

風小雅卻叫住了他：「頤非。」

頤非在門檻處停了一下，因這聲呼喚而目光微顫，低聲道：「抱歉。」

「頤非，你回頭，看看我。」

頤非忍不住回頭。就見風小雅緩緩站起來，站得筆直，然後行走，每一步都是一樣的距離。他就像是公輸蛙做的機關小人，一舉一動都極盡標準——標準得……不像人。

「我從襁褓時起，對這個世界尚不能感到光明之前，便已先領略了痛楚。」

嬰兒出生時，眼睛是閉著的，需要好些天才會睜開，那時的視力也很微弱，看不清什麼。但他們能感覺饑餓、溫暖、柔軟、疼痛等本能。而對風小雅來說，他從出生那一刻起，就感到了疼痛。他的骨骼，先天缺陷。

「後來，長大些，會說話了，會哭了，就經常哭泣。所以我小時候，是經常哭的。我問父親，為什麼我這麼痛苦？」

風小雅小時候，按照江江的話就是「嬌滴滴的相爺家小公子」，常常哭哭啼啼。但頤非從認識他的那一天起，就沒見他哭過，甚至沒見過他軟弱的樣子。就像此刻，他神色鬱結，卻又異常平靜。

「父親便向陛下請了三天假，專門帶我出去看。我看見手腳殘疾的乞丐趴在汙水溝裡撿殘羹，看見醉酒的男子因為鬱鬱不得志而動手打妻子，看見鼻青臉腫的妻子挨完打還要收拾屋子，看見小孩因為背不出書而被竹板打得哇哇大哭，看見白髮人送黑髮人，看見大腹便便的新婦在橋頭等在外當兵的丈夫……我看到了很多很多。父親對我說，你看，這世上並不只有你痛苦。」

頤非心頭微顫，想說點兒什麼，但最終沉默。

「我便問，如此痛苦，為何還要活下去？」風小雅凝視著他，問：「你呢，頤非？去年，你失去了一切，為何寧可像狗一樣逃亡，也不肯體面地自我了斷？」

頤非的手在袖中緩緩握緊，過了好一會兒才答：「因為不甘。」

不甘輸給頤殊，不甘讓程國落入那樣的人之手，不甘沒讓父王承認錯誤，不甘沒讓母親在天之靈得到寬慰……

他不甘的事情太多太多，絞在一起，變成了一道繩索，牢牢繫在他腳上，不甘讓他就此死去。

風小雅得了他的答案，並不評價，而是繼續道：「父親帶我看一夜之間從枝頭綻放的桃花，看從蝌蚪長成的青蛙，看從繭中飛出來慢慢振開翅膀的蝴蝶，看雲霧散開、旭日升起，看雨後倒映在水上的七色虹光，看見乞丐舒服地閉起眼睛晒太陽；看見男子酒醒後買了一根木簪給妻子，看見妻子用木簪戳他的臉，一邊戳一邊笑；看見小孩陶醉地吃糖葫蘆；看見嬰兒誕生，全家喜極而泣；看見新婦等到了來自邊關的家書……」

說到這裡，他笑了笑。「父親說，你要看一些好的東西。美好的，有生命力的東西。然後你就會允許這個世界有太多痛苦。無論經歷多少苦難都還能相信奇蹟。這便是為什麼，我們每個人都還活著的原因。」

頤非默立許久，才啞著嗓子道：「你有一個好父親。」

「我有一個好父親，這便是為什麼，我活著。我還有一個好朋友，是個心懷天下、雄才大略的好皇帝。我還有一個非常非常好的未婚妻，聽說我生病，就去幸川為我點燈祈福。我還有一對很好的隨從，他們待我宛若親人。我還遇到了很多妙人，精采紛呈，各具特色。甚至，我還遇到了你……」

頤非失笑起來。「我也算？」

「起碼，薛采不願意告訴我的真相，你告訴了我。」

「我想讓你痛苦，然後對秋薑死心。」頤非終於說出了真心話。

風小雅道：「我知道。但不可能。」

「為什麼？她不是江江，不是你那個非常非常好的未婚妻！」

「但她是秋薑啊。」

風小雅輕飄飄的一句話，落在頤非心裡，沉如千斤。

他明白對方的意思。

姬忽雖不是江江，但她化名秋薑之際，是真真正正地嫁給了他。他們朝夕相處了半年，雖彼此帶著目的，誰又能說在那場虛幻遊戲裡，沒有用過真情呢？

秋薑，是一場專門為風小雅設立的局。但最終這個名字也在姬忽的身上打下了烙印。

「哪怕姬忽當了如意夫人，接掌了如意門，延續著如意門的罪惡……也無所謂嗎？」

這一點，也正是頤非最擔心的。他問過自己無數次：若姬忽是個那樣的人，怎麼辦？他沒有答案，所以，他想從風小雅這裡聽到答案。

也許，這才是他選擇將真相告知風小雅的最大原因。

風小雅想了想，道：「正如你所說的，我有一個好父親。」

這跟風樂天有什麼關係？

「我父生前，寫了一副對聯給秋薑——」風小雅一字一字地背道：「春露不染色，秋霜不改條。」

頤非咀嚼著這十個字，便明白了他的意思。「你信任她。無論她是誰，你都相信她。」

「我必須相信。因為，我是為此而活的。」

人世間的極致痛苦，我已時時刻刻都在承受。若不相信奇蹟，又怎麼能堅持得下來？

頤非看著風小雅，看著他挺拔站立的身姿，看著他白釉般冷鬱卻明亮、脆弱卻堅毅的臉，最終什麼也沒說，轉身離開了。

他想，他跟風小雅終歸是不一樣的。

不一樣的兩個人。

被父母家人疼愛著長大的人，身上會有一種珍貴的樂觀。能讓他們在挫折中看見的永遠是希望，而不是絕望。這很重要，比聰慧、隱忍、果斷等一切品質，都要重要。

所以，風小雅是個樂觀的人。

所以，風小雅的答案很好，對他而言，卻沒什麼用。

因為他是個悲觀之人。

他身上只有種種的不甘心，膠著到秋薑一事上，就變成了患得患失。他既無法像風小雅那般信任她，也無法像頤殊那樣果決冷血地毀滅她。他的糾結、茫然、猶豫，連他自己都感到了厭惡。

我真是個小人。

還是個渾球。

更是個懦夫。

頤非一邊如此想，一邊走了出去，混入驛站外黃昏的人潮。

夕陽一點點地沉了下去。他的身影也一點點地暗了下去。

風小雅關上房門，回到案旁，準備繼續盤珠子時，眉心突然微動，感應到了什麼似的朝某道幔帳看過去。「秋薑？」

是她的氣息！

風小雅立刻掠過去，一把扯開幔帳，然而後面只有半開的窗戶，幾縷熱風吹拂在他臉上。

風小雅跳窗而出，後院空曠無遮擋，並無人影。

可他知道，她還沒走遠，也許還在某個地方看著他。

風小雅的手握緊，珠子緊緊地勒著他的手心，彷彿抵在他的心上。他深吸一口氣，緩緩開口：「妳所做一切的真正原因，我猜到了一些。有可能是錯的，但也可能是真的。真真假假，其實對我而言並不重要，我曾經說過一句話，現在，還是那句話——我想救妳。」

後院靜謐，沒有一點兒聲音。

更沒有人回應他的話。

風小雅注視著空無一人的前方，一字一字道：「若以我之死，可換妳新生，那麼，我的頭顱，也可拿去。」

一道風聲微動。卻不是來，而是走。

秋薑的氣息，在他說完這句話後，徹底消失了。

風小雅又靜靜地站了半天，眼眸沉沉，同夕陽的餘暉一起暗了下去。

第二十六章 地動

頤非沿著人流一直走，走到了程國的皇宮前。程國粗獷，宮殿修建得大而高，不玩雕花嵌玉那一套，看著有種拙而樸的厚實感。

以人相喻，璧國的皇宮像是個豐容靚飾的江南美人，從頭到腳無一處不精緻；宜國的皇宮像是個興趣紛雜寬廣的道士，穿著樸素的青袍，卻戴了琳琅滿目的法器；燕國的皇宮像是個冷靜自持的年輕男子，一身黑衣，不苟言笑。而程國的皇宮，就像是個孔武有力的武夫，一副捶著胸口大喊「不服來戰」的剽悍之態。

頤非注視著眼前的宮殿，不由得想：其實它跟父王才般配。而父王的四個孩子，麟素、自己和頤殊都不像他。也許只有涵祁繼承了那麼點兒野心，可惜是個侏儒。

他逃亡一年，藏在璧國皇宮，領略了同程國截然不同的人文氣息後，再回來看自己的皇都，便覺出些陌生了。

這裡似乎不是他的歸宿，跟他格格不入。

頤非一邊想，一邊收回視線，隨著人潮繼續前行，沒有在宮門外停步。這幾天，隨著選夫盛宴的即將開始，蘆灣也開始例常戒嚴。按薛采所言，頤殊已經猜到他會回來，在京中布下了天羅地網。可城內的守衛依舊一如既往，並未升級。這又是何故？

沿著朱雀大街一路西行，不遠就是一座十分精美的宅子——尤其跟皇宮一對比，精美得過了分。

門上貼著封條，照理說這種被查封的房子應該會因為無人打掃而蒙塵敗落。然而蘆灣臨海，一年四季海風吹拂，又鮮有塵沙，因此依舊顯得明豔整潔。

它像是一個十五、六歲，不用打扮就很動人的青春少女，俏生生地站在那裡，當頤非走過門前時，歪了歪腦袋，露出天真好奇的模樣。「你怎麼不進來呀？你都回來了……」

是的，回來。

這座宅子，是程三皇子曾經的府邸，裡面所有的屋舍都是建在一棵大樹上的，不著陸地。

如今，院門雖未改色，裡面的大樹卻已被頤殊砍掉了。

頤非揉了揉臉，揉去因為那棵樹而被勾動的某種不該有的情緒，繼續往前走。

大概又走了盞茶工夫後，到了雲笛的府邸。門前依舊聚了一群人，看衣著打扮還是馬、周二家的親眷家奴，只不過因為早上雲閃閃衝出來揍了一批人，現在的這撥人只是靜坐，不再叫囂，倒是挺安靜。

夕陽僅留最後一線餘暉，夜馬上就要來了，這些人都不回去嗎？

頤非剛想到這裡，一樣東西朝他飛來。他下意識想躲，但最終沒躲，於是那樣東西便砸在他的一隻衣袖上，彈落到地上——竟是一顆花生。

頤非朝著花生來源處回頭，看見了雲閃閃。

只不過他也頭戴斗笠，鬼鬼祟祟地跨坐在一輛路旁的馬車上。

兩個戴斗笠的人碰了頭，雲閃閃將兜裡的花生掏給他一把，一邊繼續恨恨地盯著自家門外的那些人。

頤非剝了顆花生嚼著道：「你哥勒令你不許再上？」

「看出來了？」

「那你為何不在府裡待著，在這裡乾看著生氣？」

「與其在府裡啥事都不知道，還不如在這裡看著他們。你說說，他們怎麼就認準了馬覆和周笑蓮在我哥手上呢？」

「唔……有奸細？」

「讓我找出是哪個，他就死定了！」「喀嚓」一聲，雲閃閃狠狠地咬碎了一顆花生。

頤非莫名地打了個寒顫，將剩餘的花生還給他。「那你繼續盯著吧。我繼續巡視去。」

「你那相好的呢？」雲閃閃直到現在仍不知頤非和秋薑的真實身分，一直以為他們就是如意門的丁三三和七兒，是他哥找來的幫手。

頤非聽後嘴角微抽。此人真是哪壺不開提哪壺，因此他沒回答，只是隨意地擺了擺手便離開了。

此時夕陽已經徹底沉落，夜色籠罩了大地。雲閃閃將花生一丟，起身準備回府先吃個晚餐，再出來監視。

因此，他開開心心地去翻牆，翻了好幾次，最後還是刀客們在底下托著才成功翻過去；然後開開心心地準備去飯廳，路過雲笛的院子前發現書房裡有燈光，便想叫上哥哥一起用飯。

然後，他開開心心地推開書房的門。「哥……」

最後，他的聲音卡在這個字上。

這一夜的蘆灣，無月無星。

天空像是一塊密不透風的黑布，籠罩著大地。與之相比，人類的燈光是如此渺小，什麼都照不清晰。

袁宿站在觀星塔的最高層，看著沒有星星的夜幕，低嘆道：「天垂象，見吉凶。但天若不垂象……當如何？」

他負手轉身下樓，每一步都走得格外凝重。

到了輿前，看見四名蒙紗女郎，目光從她們的眼睛上一一掠過，問：「央央呢？」

央央就是那個聲音很好聽的女郎。

四人連忙搖頭。「吾等不知。」

袁宿似想到什麼，垂下眼睛道：「罷了。」然後彎腰上輿，回了府邸。

他在蘆灣的府邸正是頤殊從前的公主府，頤殊提拔他擔任國師後，便將自己從前的宅子賜給了他——這也是證明他是頤殊入幕之賓的證據之一。

「看，連曾經的公主府都賞給他了，是得多受寵啊。」

對此類言論，袁宿有所耳聞，但從不理會。

他走進臥室——這也是頤殊曾經的閨房。如今裡面所有的家具擺設都挪走了，四四方方、空空蕩蕩，只在地上用法器擺了一個陣。

陣就擺在門口的地上，進來時不留意很容易踩到。

法器十分簡單，一把木劍、兩根紅絲、三個銅板、四盞燈。

燈按東南西北四角擺放，紅絲對角相連，銅板平放線上，看起來像是個三角形，卻是歪的。

袁宿看到三個歪了的銅板，皺了皺眉，然後猛地一扭頭，盯著黑暗的角落。「出來！」

一個腳步聲響起，從角落裡走了出來。

那是一個面色蒼白的年輕人，清瘦的臉上有兩個大大的黑眼圈，一副常年缺覺的疲憊模樣。

「你來了。」袁宿見是他，便蹲下去將銅板重新歸位。

年輕人好奇地看著他的舉動，道：「我擺得不對？明明按你走時的位置擺得一模一樣。」

「不一樣。」

「哪裡不一樣？」

「總之不一樣……你來做什麼？這裡已經沒有你什麼事了，你應該在回燕國的路上。」

年輕人的目光閃爍了一下，突然上前握住他的手道：「你跟我一起走吧！」

袁宿再次皺眉。

「大仇馬上就能得報，現在正好抽身，你跟我回燕，從此遠離這一切。」

袁宿平靜地看著他，然後慢慢將手抽了出來。「沒有親見如意夫人死，不能算真的報仇。」

「明天她肯定會來蘆灣的，沒準這會兒已經在了。只要她來，就走不了！」

「我不想當然。我只信自己的眼睛。」

「你瘋了？」年輕人怒道：「你要跟著他們一起死嗎？」

袁宿不再說話。

年輕人急得跳腳，卻又沒辦法，最後恨恨道：「那我也不走了！」

袁宿道：「也好。」

「什、什麼？」年輕人始料未及，十分錯愕。

「你為了我做了那麼多叛師之舉，就算你師父愚笨沒有發覺，但百年之後地下重逢時難免追究。你同我一起殉葬於此，便當是還了他的恩情吧。」

年輕人的臉色變來變去，最後罵了一句：「有病！」說罷，頭也不回地走了。

袁宿目送著他的背影消失不見，輕輕一笑，不知是嘲笑那人還是嘲笑自己，然後輕輕闔上門。

他在陣法中盤腿坐下，注視著那三個銅板，眼眸沉沉，卻又無情無緒。

「最後一夜……」

會出什麼變故呢？

然而蘆灣城的這一夜，最終還是平靜地過去了，並沒有發生什麼變故。

第二天，太陽早早從海平線上升起，向世人宣告——九月初九，到了。

這一日，蘆灣的百姓們全都起了個大早，在宮門外等著看熱鬧。

最早來的人是楊爍，依舊一人一騎，灑脫得很。昨天他跟他爹的對決早已傳遍蘆灣，因此見他來到，人群開始起鬨，有誇讚的，也有噓他的。

他毫不在意，雙手環胸，任由馬兒自行行走。棕馬倒也靈秀，認路似地逕自走向了皇宮大門，進去了。

緊跟著到的，是風小雅頗具特色的黑色馬車——玖仙號沉了，這輛車是由銀甲侍女們搭乘另一艘船送來的。

車門依舊緊閉，風小雅依舊吝嗇得不讓世人看見他的模樣。眾人只能繼續看那些銀甲侍女打發時間。

人群開始議論紛紛：「薛相就在這輛車裡嗎？」

「才沒有！我鄰居家的二嬸說，一大早就看見薛采騎著馬，到菜市那邊喝豆漿去了。」

「什麼？他不跟鶴公一起來？」

「小孩子嘛，怕餓，宮裡頭又規矩多，估計他要吃得飽飽的再來。」

「聽說胡老爺不來，是不是真的？」

「聽說他今天早上掙扎著想要爬起，被大夫們聯手按住了。」

「他倒還真是人老心不老啊……可惜，沒那個命！」

「對了，馬公子和周公子到現在也沒找到？」

「沒呢。馬家和周家的人到現在還堵在雲府外。也不知雲閃閃出不出得來。」

「如此說來，咱們程國自家的候選者就剩楊爍了？」

剛說到這裡，一頂青布軟轎出現在長街那頭，轎子的燈籠上寫著「王」字。

「喲，王予恆的傷看樣子好了，竟然來了！」

眾人起鬨。「王公子，王公子，露個臉啊！」

轎簾掀起，坐在裡面的是個黑瘦精壯的年輕人，眉如刀削、脣似劍刻，生得一張天生閒人勿近的臉。他沉默地朝眾人抱了抱拳，便又放下簾子。

「聽說王予恆有喜歡的姑娘了，不想娶女王，所以故意找人比武弄傷自己。現在看來

還是沒拗過他娘。他娘比楊爍的老子有辦法。」

「那是，王家男人全都短命，這一代就他一根獨苗，王夫人不知多辛苦才把他拉扯大，王公子可是個孝順孩子……不過你們說說，咱們女王有什麼不好？這一個、兩個的，怎麼都推三阻四的？」

「女王確實美豔過人，就是那個，太放縱了些……」

「啐！男人當皇帝三宮六院平常事，女王不過區區幾個男寵就被說成放縱，憑什麼？」

說這話的是個虎背熊腰的婦人。旁邊的男人們便就此打住，不再吱聲。

幸好這時，萬眾矚目的雲閃閃出場了，甫一亮相，便吸引了所有人的目光——

只見他坐在一輛巨大的馬車上。如果頤非在場的話，就會發現，那原本是他的馬車「走屋」，共有二十四對車輪，由二十四匹駿馬拉著，極盡招搖。

車身分為兩部分，前半部分是平臺，臺上坐著數位樂師，吹拉彈唱，聲勢浩大。後半部分車廂的四扇車門全都開著，十六、七個身穿黑衣的刀客盤膝而坐，面色嚴肅。

雲閃閃則坐在車頂上，戴著金冠，身穿金袍，被太陽一照，整個人閃閃發亮。

一人捂眼道：「我要瞎了！」

眾人紛紛跟著別頭，不敢直視。

雲閃閃卻自覺頗是威風，更為得意，頻頻朝眾人招手。快到宮門前時，他忽然一抬手做了個「停止」的動作，樂師們立刻停下來，馬車也跟著慢了。

一名刀客將一個箱子提拎著竄上車頂，畢恭畢敬地放在雲閃閃身旁。

雲閃閃打開箱子，從裡面抓出一大把銅錢，隨手那麼一撒，頓時引起一片爭搶。

他就那麼一邊撒錢一邊前行，哈哈大笑道：「騎大象那老頭，看見沒？小爺我就是這

麼有錢！等我當了王夫，我就去你家門前撒錢。就問你服不服——」

「服服服！二公子威武！」百姓們一邊捧場一邊搶錢。

極盡招搖的雲閃閃終於進了宮門。因他而沸騰的街道再次恢復平靜。眾人又等了一會兒，薛采還是沒有來。

「薛相怎麼還不來？時候快到了啊。」

「我剛託人去菜市那邊看了，說他還在某家琴行看琴呢。」

「不會吧？這個點了還看琴？他不來嗎？」

「誰知道呢？照理說不應該啊，他都來蘆灣了……」

就在眾人還在宮門外議論薛采來不來時，風小雅已彎腰下了馬車，在宮女的引領下進了宴廳。

他一個人進去，銀甲少女和孟、焦二人全都留在殿外。

殿內布置得十分奢華，共有八張客榻。東首最末的那張榻上，楊爍歪躺著正在自斟自酌，見他來了，也不起身，只是舉了舉杯。

風小雅被引到西首第一張榻上，一看案上的菜餚，全是他愛吃的素齋，而旁邊配的酒更特別，竟貼著「歸來兮」的標籤——是秋薑在燕國時的那對所謂父母釀的酒。

酒廬燒毀，酒已沒了，也不知頤殊從哪裡弄來這壺酒。而且她此舉分明是在告訴他——看，我對你可是知道得很多……

風小雅垂下眼睛，不動聲色地提鐔替自己倒了一杯，淺呷一口。坦白說他沒喝過歸來兮的酒，因此也無法分辨真假，只覺入喉辛辣，酒性甚烈。秋薑想必喜歡。

楊爍看著他，忽道：「你那什麼酒？給我嘗點兒行不？」

風小雅便示意宮女將酒罈拿去。宮女倒了一杯給楊爍，楊爍嘗了一口，眼見宮女拿著酒罈要回去，連忙按住。「這酒不錯啊！肯割愛否？」

風小雅還沒回答，雲閃閃已大叫著衝進來：「不能給他、不能給他！這種奸佞小人有什麼資格喝你的酒，給我給我，給小爺我喝。」

他不是自己進來的，手裡還拖拽著一人，正是王予恆。王予恆長得那麼生人勿近，此刻卻被他死死抓著手，一臉生無可戀。

雲閃閃衝到楊爍榻前，便要拿那罈酒，楊爍輕輕地一拖一拽，雲閃閃尖叫一聲，右手無力地垂了下去——脫臼了。

一旁的王予恆皺了皺眉，抬手「喀嚓」一聲，替他接上了。

不過一個呼吸之間，雲閃閃就痛了個死去活來，粉妝玉琢的臉「刷」的白了。

「你你你……」他怒瞪著楊爍，卻再也不敢貿然伸手了。

楊爍舉杯朝他微微一笑。「先來後到，二公子講講道理呀。」

「跟你這種小人有什麼道理好講？」雲閃閃輸人不輸陣，當即扭頭對風小雅道：「快，你讓他把酒還給你，女士特地為你準備的酒，憑什麼白白便宜他？」

風小雅跟這二貨處了幾天，倒也不反感他這種挑撥離間的作風，便看向楊爍道：「酒給你。罈子還我如何？」

楊爍好奇地抓起罈子看了眼。「歸來兮？好名字。」說著仰脖一口氣將裡面的酒喝了個精光，然後一擲，酒罈旋轉著朝風小雅飛去。

這一擲看似輕描淡寫，實則暗含內力，若接不好，必定受傷。

眼看酒罈飛到風小雅面前，他還未動，一道白光從屏風後射來，「叮」的擊中酒罈，去勢不歇，擦著風小雅的肩膀飛過去，將酒罈釘在他身後的牆壁上。

酒罈未碎，白光漸止，卻是一桿槍——通體雪白，唯獨槍頭一點紅纓，紅得極是耀眼、極是美麗的一桿長槍。

雲閃閃作為同樣用槍之人，怎會認不出此槍。確切來說，整個程國無人不認識此槍。因為這是女王的槍。

頤殊來了！

屏風被宮女們撤走，後面垂著一重金絲紗簾，簾後便是主座，座上勾勒出一具娉婷人身，正是頤殊。

只聽頤殊笑道：「這酒多的是，不必爭搶。」說罷拍一拍手，便有一行宮女抱著酒罈走進殿來，赫然全是「歸來兮」。

雲閃閃拉著王予恆入座，忙不迭也倒了一杯嘗味，一嘗之下「噗」的噴了出來，嗆個不停。「好辣好辣！」當即提筷夾了一大口菜塞入口中，想要止辣。

一旁的王予恆動了動脣，似要攔阻，但沒來得及。雲閃閃的菜一入口，只覺體內火山迸發，頭髮全都豎了起來，再看那道菜，上面是片得薄薄的青翠蘆筍，底下卻鋪了厚厚一層芥末。因全是綠色，一眼間沒能分辨出。

如此烈酒加芥末，不過又是一個呼吸間，雲閃閃就被辣得黯然銷魂，原本蒼白的臉漲成了粉色。

一旁的宮女忍不住掩脣直笑。「聽聞雲二公子嗜辣，所以為您準備的都是辣的菜呢。」

雲閃閃不由得想起當初他在船上逼丁三三吃辣的情形，心想莫非這就是傳說中的現世

報？

就在這時，遠處傳來了鐘聲——巳時到了，意味著選夫宴正式開始。

可是看這八張坐榻，還只坐了一半。也不知簾子後的女王如何想，臉色想必很難看。不過頤殊就算心中不忿，也不會表現出來，她輕笑一聲，道：「多謝諸君不遠千里而來。朕特地為今日盛宴寫了首詩。」說罷拍拍手，兩個宮女抬著一幅半人高的絲帛走進來，將上面的字展給四人看。

雲閃閃立刻大聲地唸了起來：「一生一代一雙人，或得或失或浮生。半醒半夢真人世，孰識孰忘怎銷魂。」唸完，心裡評價：真酸。

女王竟學閨閣女子寫春怨般的酸詩，真是要命。

雲閃閃其實本來對頤殊印象很好，因為她也使槍。因此哥哥讓他參選，他還挺高興的，畢竟，能娶女王為妻，多有面子！剛才見識了頤殊從屏風後射出的那一槍後，更覺得找到了志同道合之人。直到看見這首詩，一盆冷水潑下來，倒讓他這辣得發燙的身體稍稍清醒了些。

他平生最頭疼的就是吟詩作對，萬一婚後女王天天要跟他對詩，可怎麼辦？

宮女們上前，竟是在每個人案上擺了一套文房四寶。

雲閃閃顫聲道：「這、這是要我們……續寫嗎？」

頤殊在簾後輕笑了一聲。簾子旁的一位老宮女替她道：「陛下想問諸位三個問題。第一個，你此生得到的最好的東西是什麼？第二個，你此生失去的最痛苦的東西是什麼？第三個，如果可以重活一次，你必定會去做的一件事是什麼？請答寫在紙上。」

雲閃閃頓時鬆一大口氣，不寫詩就好。他當即提筆，不假思索地寫道：「我有一個好哥哥。我沒失去過什麼東西。重活一次，還像現在這樣就挺好，當然我娘再長命些就更好了……」

四位王夫候選者在殿內奮筆疾書之際，另一位王夫候選者在雲翔街的萬眾矚目下溜達。

此人當然是言出必行的薛采。說不給頤殊面子就不給頤殊面子，說出來溜達就出來溜達。

他先去看了眼已經關閉的蔡家鋪子，然後到琴行買了一把琴，讓老闆送去驛站後，又進了一家成衣鋪子。他的到來令這些老闆受寵若驚，也讓他們膽顫心驚。

可薛采只是看，看過了就走，素淨的小臉上看不出什麼表情。

終於人群中有好事的忍不住喊著問了出來：「薛相啊，你怎麼還不進宮呀？」

薛采扭頭看他，那人忙不迭將脖子一縮，藏在其他人身後。

另一個大嬸大著膽子喝道：「進什麼進？這麼小娶妻失精可是要折壽的！」

薛采似愣了愣，然後羞澀一笑，進了一家茶樓。

「天啊，他居然笑了！好可愛！」

「他居然也能這麼可愛？」

「所以說，畢竟是個孩子嘛……」

茶樓內，薛采走上二樓，將眾人的議論聲盡數關在門外。

二樓的巨大包間裡，已坐了一個人，正在低頭煮茶。茶香四溢、白煙裊裊，襯得此人丰神雋秀，宛若謫仙。

薛采在他面前坐下時，一杯茶正好沏到八分滿。他拿起來呷了一口，透過半開的窗戶看著樓下仍不肯散去的圍觀人群，淡淡道：「這種時候還與我相見，不怕被人認出來？」

「正是這種時候才要與你相見，差之毫釐、謬以千里啊。」

薛采顯得有些驚訝。「為何這麼說？」

「有些事脫離了我們的掌控……又或者說，從一開始就被我們忽略了。」煮茶人說著放下茶盞抬起頭，面如美玉，歷久彌新，正是那位老得很好看的品從目。

巳時鐘聲響起的時候，皇宮的羽林軍正在交接。頤非穿著侍衛服混在人群中，看著領隊交接令牌，清點人數，確認無誤後換崗。

這一年來，頤殊將羽林軍都換得差不多了，老的醜的都不要，因此看上去一水的英俊少年，很是賞心悅目。也因此，大家彼此間都不太認識，更沒見過從前的三皇子。

一切都很順利，沒有任何意外變故發生。

唯獨遲遲不見雲笛趕來，難道是被馬家和周家的人截堵了？

頤非一邊想，一邊跟著侍衛們進入皇宮，遠遠看見瓊池殿那邊張燈結綵，選夫宴就是在那裡辦的，也不知風小雅他們進行得如何了。

頤非這一隊人負責四處巡邏，他提前算過，半個時辰後正好巡到瓊池殿，而午時的鐘聲也會在那時敲響。

午時一到，立刻逼宮。

蘆灣的護衛軍共有三支：神騎軍、羽林軍和錦旗軍。神騎軍駐紮城外，無召不得隨意入城。據他安插在那裡的探子回稟，神騎軍目前並無異動；再說，就算有異動，半個時辰也是趕不過來的。而羽林軍已被雲笛全面管控，只等著鐘聲敲響。此外，就剩原本叫素

旗軍，現在改名錦旗軍的頤殊私兵了。錦旗軍人數不多，只有千餘人，當值者不過百人，如今正守在瓊池殿外。屆時，只要破這百人闖入殿中，並在其他錦旗軍趕來支援前解決頤殊，便能鎖定大局。

只是，頤殊的布局會在哪裡？她既已猜到自己會來，沒有道理如此門戶大開，不設防備。

頤非忍不住回頭望了瓊池殿方向一眼，心頭滑過一股不祥的預感。

「忽略？您是指什麼？」薛采見几案上有核桃，便伸手拿了一顆，捏碎，將核桃肉細細地剝離出來，推到品從目面前。

若頤非在這裡，看見了肯定會很震驚——薛采竟親手替人剝核桃！除了已死的姬嬰和現在的皇后姜沉魚，幾曾見他這般心甘情願地服侍人？更何況是服侍一個人販子頭領。

「袁宿稱夜觀星象有大臣謀逆，鬧得朝堂人心惶惶，頤殊卻沒有真的追究誰。那麼，袁宿提那句話的意義何在？此其一。」

薛采沉吟。

「我以不該見你為由試探頤殊，頤殊卻顯得胸有成竹，絲毫不擔心。為什麼？若三軍皆落入你手，蘆灣政局全由你把控，她成了甕中之鱉，插翅難逃，為何不急？此其二。」

薛采傾耳聆聽。

「我告訴她七兒回來了，如意夫人也會回來。按理說她那麼恨如意夫人，不可能無動於衷。可這兩天，頤殊依然毫無動作。為什麼？」

薛采放下茶杯，道：「事出反常必有妖。而我們，迄今為止仍未查到袁宿的真實身

分。」

品從目聽到這裡彈了個手指，茶樓的店小二便敲門進來，對他耳語了幾句。品從目點頭道：「直接帶到這裡來。」

店小二應聲而去。

品從目對薛采道：「我埋伏在袁宿府外的人，昨夜看見有人偷偷潛入袁宿房間，跟他見了一面後又匆匆離開，去了港口登船離境。我的人在海上追了半天才追上，把他抓回來了。」

「從此人口中可以得知袁宿的祕密？」

「希望如此。」

不多會兒，店小二將人帶到。那是一個精神委靡、相貌普通的年輕人，被五花大綁堵住了嘴巴。

品從目親自上前將他口中的布團拿掉，微笑道：「我們談一談？」

那人目光閃動，沉聲道：「沒什麼好談的，我什麼都不知道！」

品從目道：「無妨。你只需介紹你自己就可以了。雖然給我幾天也能查出來，但你現在說出來，大家都能省點兒心。」

「我什麼都不會說的！」年輕人緊緊閉上嘴巴，更閉上了眼睛，一副油鹽不進的模樣。

品從目嘆了一口氣，正準備彈響指時，一旁的薛采忽然開口：「我知道他是誰了。」

此言一出，不只品從目驚訝，年輕人也一下子睜開眼睛，愣愣地看著薛采。

薛采朝他笑了一笑。「三年前，我出使燕國，除了見燕王外，還在玉京好好遊玩了一番。其間去過求魯館。」

年輕人的臉頓時一白。

「當時，一向恃才傲物的蛙老，因為聽說燕王將他精心雕刻的冰璃送給了我，便一改常態地領著眾弟子出來迎接。」

年輕人的臉色更白了。

薛采微微瞇眼，作沉思狀，脣角的笑意一點點加深。「第六排，左數，第七、唔，是第八，第八個弟子，就是你。」

年輕人整個人都開始發抖，而薛采的下句話更是讓他一下子跳起來。

「蛙老中途叫了你一聲，你好像叫……長旗？」

年輕人跳起，就要撲向薛采，品從目的袖子裡忽然飛出一物，「啪」的繞在他的脖子上，那物細而長，正是鑌絲。

「別亂動。否則你的腦袋就要掉了。」品從目依舊輕聲細語。

孟長旗卻已不敢再動，甚至不敢發抖，生怕那比刀刃還要鋒利的絲線就此劃進皮肉中。他直勾勾地盯著薛采，啞著嗓子道：「妖物！」

薛采當年不過六歲，而他也不過是求魯館弟子裡十分普通的一員，他竟能就此記住他，不是妖物是什麼！

「有了名字，可以去查了。」薛采收起笑容，淡淡道。

品從目打了個響指，交代店小二去查。

孟長旗忽地笑了起來，一邊笑一邊流淚，模樣顯得說不出的怪異。「晚了。你們現在就算查到什麼，也統統晚啦！」

薛采瞥他一眼。「小心鑌絲。」

這四個字，頓時讓孟長旗止住了所有的聲音和表情。

品從目走到窗邊往外看，街道依舊熱鬧，陽光依舊燦爛，除了天氣更加炎熱了一些外，似乎並無什麼奇怪的地方。然而，他突然神色一凜，扭頭再看向孟長旗時，顯得有些驚悸。「炎熱本身，就是一種怪異。」

尤其是當它，跟求魯館聯繫在一起時。

瓊池殿內，四人的答案都寫好了，被宮女收了上去。

簾後的頤殊一張張地翻看，那慢條斯理的動作，勾得雲閃閃心裡像是有隻小貓在撓，忍不住問：「陛下，他們都寫了些什麼啊？」

老宮女笑道：「陛下出的題目，答案自然只有陛下能知道。」

雲閃閃「喔」了一聲，又問：「那陛下，您覺得我寫得怎麼樣啊？」

老宮女又笑了。「雲二公子別急。少安毋躁。」

雲閃閃睜著一雙大眼睛，撲閃撲閃地瞅著她，老宮女不禁詫異道：「雲二公子為何這般看著奴？」

「妳這個嬤嬤挺愛笑，跟別人不太一樣。以往宮裡的嬤嬤，都是不敢笑的。」

此言一出，其他三位候選者的目光竟同時朝那老宮女看了過去。

老宮女面色微變。雲閃閃絲毫不知自己說了一句怎樣的話，還在盼著頤殊快點說出結果時，一道黑影掠過，竟是坐榻上的風小雅動了。

緊跟著，楊爍也動了。

兩人一前一後地掠向金絲紗簾。

老宮女驚呼一聲，沒來得及說什麼，紗簾已被風小雅一把扯落，主座上的女子驚駭抬頭，緊跟著，響起雲閃閃更為震驚的聲音——

「妳是誰？陛下呢！」

簾子後坐的根本不是頤殊，而是一個身形跟她很像，且會模仿她說話的宮女。

與此同時，鐘聲遠遠地響了起來——「噹噹噹噹噹噹」，六下，午時到了。

羽林軍們正好巡邏到瓊池殿外，頤非還在思量如何發難，就聽殿內傳來驚呼聲。眾人立刻衝進去。

守護女王的錦旗軍們也衝進去。

一時間，偌大的殿堂被他們塞得滿滿當當。

「妳是誰！陛下呢？」雲閃閃的這句話，喊出了所有人的心聲。

頤殊去哪裡了？

頤非的心沉了下去——這就是頤殊的局嗎？女王選夫，但女王本人消失不見，皇宮等同於成了一座空城。包圍空城的羽林軍就算再厲害，也沒用。

頤非目光一凜，立又判定：不！不只是這樣！空城只是第一步。頤殊睚眥必報，其後必有反擊。

當炎熱跟求魯館聯繫在一起時，薛采和品從目腦海裡第一時間跳出的東西是同一個——火藥！

燕國為了開運河而在藍焰的基礎上發明了開山用的火藥。去年，頤殊更借火藥炸毀螽斯山。那麼，皇宮呢？

薛采和品從目對視一眼，彼此知道了答案——頤殊那個瘋子，必是做得出炸了皇宮的事。

薛采跳過去一把揪起孟長旗的衣領，沉聲道：「火藥埋在何處？」

孟長旗咧嘴一笑，並不回答。

薛采瞇起眼睛，眼中寒意一閃而過，隨即放開他，扭身對品從目道：「在左右掖門。」

品從目略一思索，便認同了他的推測。「很可能。」

他正要打響指，就聽天邊響起了兩聲巨響——來自皇宮的方向。

「月侵太微，南出端門，燕雀驚飛，蜂群遷鬧，左右掖門，將有地動。」

一時間，整個蘆灣的人，都想起了國師袁宿在三天前的預言。

瓊池殿內的侍衛們當然也第一時間想到了這個預言，顧不得其他，紛紛又衝出殿門向左右掖門奔去。

人群中的頤非和風小雅對視一眼，一人選了一個方向。

雲閃閃慌忙道：「等等我！」當即追上了頤非。

然而，沒等他們跑到，左右掖門就同時炸了。

城牆瞬間崩裂，地動山搖間，巨石從天而降，將門砸成了廢墟的同時，也形成了一座小山，堵住出口。火龍熊熊燃燒，吞噬著一切可吞噬之物，並形成了厚厚的火牆，阻擋裡面的人逃出去。

偌大的皇宮，在這一刻，徹底變成一口甕，一口著火的甕。

「頤殊捨了皇宮，炸毀左右二門，準備甕中捉鱉？」薛采站在窗邊眺望著皇宮方向，忽又搖頭道：「不對！」

「確實不對。」品從目也道：「因為她的敵人不只是頤非，還有如意夫人。」頤非會為了逼宮而在選夫盛宴時進宮，如意夫人卻未必。而且，就算炸毀了左右掖門，城牆對會武之人來說也不是什麼難事，頤殊有什麼把握能夠絕對控制皇宮？

一旁的孟長旗什麼都沒說，只是冷笑，一副「你們儘管猜吧，就算把腦袋想破了也猜不出來」的模樣。

薛采看了他一眼，問：「袁宿現在在哪裡？」

「在觀星塔。」品從目答道。

「這個時候，還在觀星塔……」薛采若有所思。

袁宿站在觀星塔的最高層，俯瞰著白天的蘆灣城。沒了燈光後的蘆灣，就像是失去紅目的巨蛇，不再懾人。整整齊齊的屋舍、熙熙攘攘的人群，開闊疏朗的建築、原始質樸的人文，一代又一代的人在此出生、長大、成親、生育和老去。周而復始，源源不息。

袁宿想，好多人。

據官府登記，蘆灣共有住戶一萬八千二百人，而外來的客商旅人，更不計其數。也就是說，此時此刻的蘆灣城內，少不得有三萬人。

三萬滴水珠加起來，也足以溺死一個人。

更何況三萬條人命。

袁宿想到這裡，輕輕地唱起了歌：「廣開兮天門，紛吾乘兮玄雲。令飄風兮先驅，使凍雨兮灑塵。君迴翔兮下，踰空桑兮從女。紛總總兮九州，何壽夭兮在予……」

正當他唱到這裡時，一根絲飛了過來，像是多情女子的眼波，溫柔而不易察覺地纏繞在他的脖子上。

「芸芸眾生鬧鬧嚷嚷，誰生誰死，都握於君手。而君之命，卻在我手。那麼這一局，誰贏了？」

伴隨著這個聲音，一個人緩步走上樓梯，出現在他身後。

袁宿面不改色地回過身，看著來人，看見她的月白僧袍，看著她的淡淡眉眼，平靜地叫出對方名字：「七兒。喔不，該叫如意夫人了。」

來人正是秋薑。

秋薑的手中還牽著那條鑌絲，鑌絲在袁宿的脖子上被陽光一照，亮閃閃的，顯得醒目了許多。

秋薑朝他微微一笑。「頤殊現在在哪裡？」

袁宿道：「妳猜。」

「我猜……她恐怕已離開了蘆灣。」

袁宿「喔」了一聲，既不承認也不否認。

秋薑補充道：「整個蘆灣都要沉了，她當然要離開蘆灣另建都城。」

並不只是炸掉皇宮而已。既然確定頤非和如意夫人於九月初九都會趕來蘆灣，那麼，何不棄了整個蘆灣？只要能殺死這兩人，令這座有兩百年歷史的都城跟城中三萬人與之一起殉葬，又如何？

這便是瘋狂的頤殊設計的，真正的局。

第二十七章 罪孽

「頤殊跟頤非不同。頤非只恨程王，並不恨蘆灣，相反的，這裡是他的故鄉，他朝思暮想的都是如何改變這裡，讓它變成一個令人喜愛的地方。但對頤殊來說，蘆灣見證了她屈辱的前半生，很多地方都烙印了她的傷痛，她恨這裡。她希望離開這裡。或者說，她希望能毀滅這裡。」茶樓裡，薛采和品從目很快猜到了一些真相，你一言、我一語地開始推測。

「所以，炸毀左右掖門，困住皇宮，只是第一步。」

「所有人都知道那個預言。此時此刻，他們的注意力全都在左右掖門的地動上，就會疏忽其他。比如——蘆灣的城門，於此刻關閉了。」

昨天還上演了楊回、楊爍父子對抗大戲的蘆灣城正東門，此刻緊緊關閉。駐守在城外的神騎軍們並無異動，因為他們根本不需要動。他們不進城，只是將城門封上，以戒嚴為由阻止百姓再進城。其他三處城門，皆如是。

蘆灣城內，人人湧向左右掖門，忙著救人解困。

宮內，措手不及的羽林軍和被作為棄子的錦旗軍，正在積極自救，想要脫困。

而離海岸線不遠，曾經因為被汙染而墊高了的五百畝苜蓿地，突然坍塌。

埋在西南海域下的定靈幡，同時炸裂。海水再次逆流倒灌，以雷霆之勢，湧向蘆灣。原本還陽光燦爛的天，瞬間暗了下去。

袁宿脖子上的鑌絲瞬間不再閃光，天邊濃雲密布，狂風怒號，吹得他和她的衣服、頭髮張牙舞爪地飛起來。

他平靜的面容上，終於露出一絲笑意。「開始了。」

秋薑的視線越過他，落到塔下的蘆灣城上，皇宮正在起火，陰霾的天色下，巨蛇再次復活，兩隻紅瞳跳躍燃燒，欲將萬物吞噬。

「你為何不走？」秋薑忍不住問：「女王值得你為她的瘋狂計畫殉葬？」

如果頤殊的計畫是毀滅整座蘆灣，身為她最寵愛臣子的袁宿，為何此時此刻，仍在城內？當然，他如果也跟著走了，頤非他們必會警覺，就不會按照原計畫入宮了。

「陛下以國士待我，我自當誓死相報。妳這種人，不會懂。」

秋薑錯愕了一下，繼而意味深長地瞇起了眼睛。「我這種人？我是哪種人？」

「妳是如意門精心培養出來的怪物，泯滅一切人性，只剩下貪婪、殘忍、不擇手段……」

秋薑本該生氣的，可袁宿每說一點，她的眸色便加深了一分，到最後，竟是笑了起來，緩緩道：「原來……你是在等我。」

袁宿的目光閃動著，忽然別過臉去。「沒有。」

「你跟我有仇？」

「沒有。」

「你不惜幫女王殺三萬人，讓自己的雙手沾滿血腥，更在最後時刻非要留在這裡親眼見證一切，是為了我？」

袁宿沉聲道：「妳再廢話下去，妳的同夥們就真的死定了。」

皇宮還在燃燒，也不知裡面的人都怎樣了。

但秋薑根本不去看，只是盯著袁宿道：「海水倒灌，怎麼解決？」

袁宿冷漠道：「沒有解決之法。」

「任何陣法都有陣眼，毀之即可破陣。」

「就算妳破了陣也來不及。借海之勢已成，海水正來，已非人力所能阻止。」袁宿說到這裡，指向西南方向的城門，依稀可見海嘯像個不斷膨脹的巨型怪物，一波波地沖過來，每沖一次，身形都變得更加巨大；也能看見烏泱泱的人群像螞蟻般飛快逃竄，然而他們的速度也像螞蟻一樣慢，遲早會被海嘯追上。

不得不說，要想看這齣世間極致的慘劇，沒有比觀星塔更好的地方了。

秋薑將鑌絲拉得緊了一些。「我再問一遍，陣眼在哪裡？」

袁宿的視線落在鑌絲上，凝視著它，像是在凝視著一生的摯愛般，目光溫柔。再然後，順著鑌絲一點點移動，看向秋薑。

「如意夫人。」他道：「妳莫非是想救這三萬人嗎？妳這樣的人，竟也會想救人嗎？」

秋薑想了想，答：「只有救他們，才能自救。」

「也對。」袁宿點了下頭，然後道：「殺了我吧。」

秋薑目光一緊。

袁宿的表情再次恢復成了平靜，平靜得看不出絲毫波瀾。「蘆灣必沉。而妳，必死。」

他是真的想死在我手上，不，或者說，他的目的就是引我來此，親眼看著他跟我一起死。

為什麼？

他是誰？為何對我有如此大的恨意？

秋薑的心沉了下去。

「稟先生，城門確實封死了，出不去了！」店小二回來稟報。

品從目皺了下眉。

店小二從懷中取出一本書冊道：「另外，關於求魯館的紀錄，只有這麼多。」

孟長旗盯著這本書冊，表情微變。

品從目拿起書冊，書皮上寫著「求魯館」三個字，然後開始翻看。薛采湊過頭去看了幾眼後，瞥了孟長旗一眼。「求魯館上次坍塌，看來是你搞的。」

孟長旗一震。

「上面記載，你是李沉引薦給公輸蛙的……李沉，這個名字挺耳熟。」薛采沉吟道。

孟長旗的臉無法控制地抽動了起來，心中期盼薛采想不起來，可惜，薛采還是想到了，而且，還很快。

「啊，是謝柳那個病死的未婚夫。」

品從目從書冊中抬眸，盯著孟長旗道：「你從求魯館盜取火藥配方，經由袁宿之手獻給女王，好讓女王炸了螽斯山？」

薛采看向品從目。「炸螽斯山一事不是你和頤殊共同謀劃的嗎？」

「火藥由她解決，頤殊沒肯細說。我雖派人暗中留意，但沒查到這般精細。」而且當時的他急著去玉京處理另一個奏春計畫。

薛采不再細究，繼續推測道：「經由螽斯山一事後，頤殊對袁宿越發信任，便將今日之局也交給他布置。」

「所以袁宿早在入城前，其實已跟頤殊相識，聚水陣是他們自導自演，為今日之事埋的伏筆。」

「表面查封溫泉，實則繼續挖掘。表面填高農田，實則動搖根基。表面設置白幡，實則埋入火藥……」薛采握了一下拳，望著窗外還不知大禍已至的人群，眼中明明滅滅。

「可惡！」

品從目當機立斷道：「你速速離開此地！」

「你呢？」

「我還不能走。」

孟長旗突然大笑起來。「走不了了！誰也走不了！你們統統都得死！全跟著我和見見一起埋葬！」

「袁宿真的叫見見？」薛采突然發問。

孟長旗立刻閉上嘴巴，但是已來不及了。薛采對品從目道：「拿李沉家的檔籍來。」

「別看了，你快走！騎上我的馬，帶著你的人，快走！」品從目抓著薛采的手就往外走。

薛采直勾勾地盯著他。「你呢？」

「他們時間倉促，一年太短，雖能破壞地脈引來海水，但畢竟不是真的天災。海水看似洶湧但後繼無力，應對得當能有一線生機。」品從目說到這裡，看了街外的人潮一眼，微微一笑。「我留在此地，能活一人便活一人。」

這一笑，如明珠美玉，熠熠生輝。

薛采注視著他的臉，忽然想：若公子沒有死，想必他老了時，就會是這個人的模樣吧。

這個想法讓他的心，有了一瞬的柔軟，也有了一瞬的改變。他突然止步，反握住品從目的手道：「我留下來幫你。」

「別犯傻。」

「你和姬忽都在這裡。若公子天上有知，必希望我留下來，幫幫你們。」

「你何時起這般惦念你那個短命公子了？」

薛采的眸光黯然了一下，軟弱的情緒有些控制不住，流瀉了出來。「可能因為是在蘆灣。」這裡的月光討厭得很。每每照到他，就會讓他想起姬嬰。

想起姬嬰說的「月光之下，應有你牽掛的人」。

想起姬嬰說的「大千世界，芸芸眾生，總有一個人，對你來說與眾不同」。

品從目看著他，忽然伸手摸他的頭。

薛采下意識地想要打掉那隻手，但最終沒有動，任由那隻手落在他的頭髮上，輕輕地摸了摸。

這是繼姬嬰死後，第一次，有人摸他的頭。

摸一個九歲孩子的頭。

皇宮內，裝水的水缸很快空了，然而火勢未歇，而且隨著狂風漸大有越燒越旺之勢。頤非跟著眾將士一起救火，眼見著不行了，很多人都疲憊地放棄了。

他看得來氣，過去踢了在地上偷懶的雲閃閃一腳。「起來，繼續！」

雲閃閃委屈道：「還繼續什麼呀？水都沒了！沒水怎麼救火啊？」

旁邊另一個偷懶的士兵附和道：「要我說還是燒吧，燒完了大家也就能出去了。幸好皇宮地大，空曠的地方多，咱們擠一擠，應該燒不著人。」

「對對對，屋子燒完了也就好了。」

「看這狂風大作的，沒準等會兒會下雨，下雨了也就不燒了……」

眼看大家七嘴八舌越說越頹，頤非暗嘆一口氣，轉身去找羽林軍的統領。「雲笛為何還沒出現？」

雲閃閃一聽，表情頓變，連忙爬起來湊上前去。

羽林軍統領不耐煩道：「誰知道呢！沒準跟女王一起走了唄。」

頤非心中「咯登」了一下——很多沒有想起來的細節，在這一瞬串聯。為什麼馬家和周家天天追著雲笛要兒子？消息是怎麼洩漏的？為什麼馬家和周家頻頻鬧到頤殊面前，頤殊卻不處置？為什麼今日雲笛遲遲不出現？

這一切，都是雲笛和頤殊商量好的！

他故意放出消息讓馬家和周家肯定兒子在他手上，然後教唆兩家人到他府前鬧事，製造他被逼得無法外出之相。其實暗中籌備，表面上把羽林軍的一部分兵力交給頤非，其實帶著真正的大軍跟頤殊一起離開了。

當頤非以為藉助他的幫助順利入宮時，其實是踏進了他跟頤殊設置好的陷阱，將自己

明確地留在宮裡！

為什麼雲笛非要雲閃閃參加王夫選拔？

為了讓頤非安心——你看，屆時我弟弟也會跟你一起進宮，所以放心。

為什麼雲笛要處處縱容雲閃閃？

為了讓頤非認為他很寵愛這個弟弟——我就算不救你也會救我弟弟，怎麼可能犧牲他？

可事實的真相是：雲閃閃只是雲笛的棄子。

可以背叛第一次的人，就能背叛第二次、第三次……而雲笛始終效忠的對象只有一個：頤殊。

頤非注視著站在他身旁的雲閃閃，雲閃閃果然不信，怒斥該頭領道：「胡說八道！我哥才不會丟下我！」

頤非心中暗嘆一口氣，望著眼前熊熊燃燒的大火，心頭一片發寒。半晌後，他自嘲地笑了起來——

罷了，技不如人，輸得心服口服。

可是，輸不意味著死。想要我死，沒這麼容易，頤殊。

頤非想到這裡，一個縱躍，飛身朝某處跑了過去。

品從目的手按在薛采的頭髮上，眼神中有很濃的慈愛、很淡的悲傷。

再然後，薛采的身體忽然軟了。

品從目順勢接住了軟軟的他。薛采睜著一雙大眼睛不敢置信地看著品從目，但也只來得及看一眼，便闔上眼睛暈了過去。

巴掌大的臉，一旦閉上眼睛，收斂了所有超出年紀的東西後，便成了一張真正的孩童的臉。

品從目注視著懷中的孩子，勾唇笑了一笑。「你的未來還長著呢，賭在這裡不值得。」

他打了個響指，立刻有四名金門死士出現。「護送他走。他能活，你們，便也能活。」

死士們彼此對視一眼，齊齊跪下磕了一個頭，便背著薛采飛速而去。

品從目又打了個響指，更多黑衣的金門死士出現了。他環視著這些久經訓練但始終活在暗幕中的年輕人，笑了笑。「你們曾經接過很多工作，殺人、害人、坑人、騙人……今天，要不要跟我一起——試試救人？」

這時，第一重海浪衝垮一切阻礙，終於沖到了西城門前，「砰」一聲撞上十餘丈高的城牆，為這個尚在為左右掖門起火而震驚的都城，再添驚雷。

頤非掠進了瓊池殿中。

此時此刻，殿內空無一人，只有被撕毀一半的金絲紗簾隨風不停擺動，慌亂無助地等待著最終被火勢吞噬的命運。

頤非衝到主座的鳳榻前，在上面摸索著，突摸到一物，按下去。

只聽「喀喀」幾聲，北牆上出現一道暗門。

頤非的心稍稍一穩——這是當年父王在宮中修建的眾多密道之一，用以跟如意門的人私下見面。他正好知道其中幾條。之前確定頤殊將選夫宴定在此地時，他就想到了這裡有條密道，是通往凝曙宮的——而凝曙宮，正是頤殊當公主時在宮裡的住處。

今日看來，頤殊其實出現過，比如她扔出來的那一槍——那槍法，絕非替身所能完成。只不過她扔完槍後，便由此密道離開了。那麼，她又是如何離開皇宮的呢？跟著密道走，應能有所發現。

頤非正要進密道，腳上踩到一張紙，左下角署名「風小雅」。他愣了愣，抬腳拿起來一看，發現上面寫著三句話——

「此生所得者眾，吾父為最。」

「此生所失者眾，吾妻為最。」

「若此生重來，盼父非父，妻非妻，相忘江湖，安樂長寧。」

頤非挑了挑眉，倒也沒扔，隨手揣入懷中，然後彎腰進了密道。就在這時，殿外衝進一人，竟是雲閃閃。

雲閃閃見他進了密道，連忙也跟上前道：「等等我！」

頤非定定地看了他一眼，一瞬間，閃過無數個「殺了算了」的念頭。但看見對方驚慌失措、楚楚可憐的眼睛，最終嘆了口氣，道：「跟緊了。」

密道很長，地上本積著厚厚一層灰。頤殊大概沒想到，在宮中一團混亂之際，還有人能找到這條密道，追尋她的蹤跡，因此大剌剌地任由腳印留著沒有遮掩。

一開始只有她一個人的，到了半途某個拐彎處時，跟另一對腳印會合了。

雲閃閃盯著新腳印，顫聲道：「這是我哥的腳印……」

頤非挑眉道：「你確定？」

「我哥跟我穿的鞋子一樣，而且都是七寸七的腳，你看。」雲閃閃抬起自己的鞋底給頤非看，果然紋路一模一樣。

頤非當即按著腳印前行。
雲閃閃含淚道：「我哥真的跟女王走了，把我一個人留在宮裡頭……」
「閉嘴。」
雲閃閃瑟縮了一下，只好不說話了。
地上兩串腳印一前一後飛快前行，最終停在一道分支處。
頤非試了試，沒能找到機關，正在焦灼時，想起腰間的薄倖劍，當即拔了出來。石壁如豆腐般被劍割出一個四方形，再抬腳一踹，立刻碎裂，露出了石壁那頭的房間。
頤非和雲閃閃爬出去，外面卻不是凝曙宮，而是淨房，用來存放馬桶的。
雲閃閃立刻嫌棄地捂住鼻子。「臭死了、臭死了！」
頤非看了一圈，嘆服道：「真豁得出去啊，頤殊。」
「什麼意思？」
「宮裡馬桶收拾完後，由糞車統一將便溺之物拉去城外處理。而頤殊跟你哥，就是藉此神不知、鬼不覺地離開皇宮的。」
「什麼！你說我哥藏在糞車裡？」
頤非沒理他，逕自走出小屋，看見火勢已經快要蔓延過來，人都逃光了。
看看一側巨高的圍牆，再看看那些堆放在院中幾百個之多的馬桶，頤非喃喃了一句。
「女王都能借糞車而逃，我借個糞桶逃也不算什麼了。」說著，一腳一個馬桶地朝圍牆踢過去，如此一個個疊在一起，堆成了一個搖搖晃晃的桶梯。
「你在做什麼呀？」
頤非冷冷道：「少廢話，不想死跟上！」當即衝刺，踩著馬桶「登登登」躍上圍牆。

雲閃閃無奈地跟上，剛要翻牆跳落，就看見外面黑漆漆的數排弓箭，齊刷刷地對準他二人。

頤非一驚。沒想到都這種時候了，雲笛還留了一手，竟安排了一隊羽林軍弓箭手在此埋伏。

眼看就要被射成刺蝟，頤非連忙往雲閃閃身後一躲道：「雲笛之弟雲閃閃雲二公子在此！爾等還不住手！」

雲閃閃也連忙叫：「住手住手！咱們是一家啊！」

一名領頭的弓箭手冷冷道：「我們奉將軍之命守在這裡，誰出來都不可放過。」停一停，加了一句：「包括雲二公子。」

雲閃閃睜著一雙大眼睛，頓時懵了。

頤非一看他那樣子就知道雲二公子的身分派不上用場了，當即佯怒道：「豈有此理！左右掖門都炸了，宮裡到處都在著火，你們不去救火就算了，還要落井下石不讓人逃？」

弓箭手們面面相覷。他們自然也聽到巨響，可領頭的不許他們妄動，所以一個個憋屈地在這裡等了許久，不知要等到什麼時候，本就一個個滿腹狐疑，如今再被頤非一說，頓時動搖了。

「你就是領頭的？來來來，我也是羽林軍的，有令牌，看看咱倆誰官大……」頤非一邊說著一邊從懷裡摸出一物，朝領頭的弓箭手走過去，哥倆好般搭上那人的肩。

那人的注意力全在他掏出來的東西上，也沒有拒絕。可下一瞬，他看清了頤非手裡的東西，根本不是令牌，而是一張紙，剛要說話，就發現自己的身體不能動彈了，緊跟著兩眼一翻暈了過去。

「看到了吧？我比你官大，你得聽我的，老弟！現在趕緊救火，那可是大功勞，等什麼啊！」頤非繼續半摟半推著領頭之人往前走。

其他弓箭手見狀，也紛紛放下弓箭，再一聽救火什麼的，立刻開始行動了。

唯獨雲閃閃依舊失魂落魄地坐在牆頭，沉浸在雲笛要殺他的震驚中。

頤非叫了他幾聲，見他沒反應便算了，挾持著領頭之人往前走，正琢磨著怎麼找個機會把他扔了閃人時，就聽一個弓箭手放聲尖叫了起來。

頤非回過頭，看見遠處天邊，湧起一道海浪。

一時間，還以為自己的眼睛看錯了。

皇城之內怎麼可能看到海浪呢？雖從輿圖上看蘆灣臨海，可放之於現實，城牆距離最近的大海也有幾十里地啊！

緊跟著，那浪打過來，吞噬了一排房屋。而在那道浪後，還有一層層、無窮盡的滔天大浪。

矮小的房屋、牲畜、圍欄被瞬間衝垮，像無根的浮萍般漂移。

頤非在一瞬間想透了頤殊的局——

頤殊，要讓整個蘆灣，跟他一起死。

白霧如煙。

薛采想，喔，又是蘆灣。

只有蘆灣的早晨才有這種大霧。他曾在大霧的公主府裡看過一株曼珠沙華花，然後有個人走過來問他：「這是什麼花？」

他心中升起某種柔軟的情緒，準備耐心地好好跟人解釋一番。但當他剛要開口時，心中突然一個「咯登」，警醒過來——那事已經發生過了。已經發生過的事情不可能再發生一次。所以，現在是……夢境？

當他想到這一點的時候，他便醒了。

他睜開眼睛，發現自己在一人的背上。

同行者共四人，一人背著他，三人分三個方向保護著他。

薛采的目光在他們的衣服上停了一下——如意門的金門弟子。

薛采開口：「停。」

四人沒有停。背著他的那人道：「先生吩咐，必須送你到安全的地方！」

「你們知道哪裡安全？」

四人的腳步呆滯了一下，背著他的那人道：「往鳳縣跑總沒錯的。」鳳縣在蘆灣的西邊，四周皆山，確實安全。

然而，薛采搖了搖頭道：「現在的程國，最安全的地方只有一個——頤殊所在之處。」

而想徹底解決眼前的一切，也只有一個辦法——擒住頤殊。

誰知道她後面還有沒有更瘋狂的計畫，畢竟此人瘋起來連皇都都可以不要，沒準會連程國都不要，全炸沉了——雖然實際操作上很難。可薛采沒有忘記，袁宿還在程國各地罩了五個詭異的罩子。

頤殊已經證明了她的所有舉動都是有計畫的。那五個罩子，必定也有用途。

金門弟子們為難道：「我們並不知道女王現在何處。」

「我知道。」薛采從那人的背上跳下來，冷笑道：「如此大戲，她怎麼捨得不親眼看？

所以，她現在肯定在一個很高的、可以看到整個蘆灣沉沒的地方。」

他走了幾步，伸手指向某處。「就是那裡。」

蘆灣城南十餘里處有一雀來山，山上有一個廢棄的古塔，據說多年前的一個雷雨天裡被雷劈了，僧侶也死了，後來的人們嫌棄山高路遠、修復困難，就任之荒蕪，久而久之，罕有人至。

而此刻，焦黑的殘樓頂上，坐著一人，站著一人。

坐著的那人在一邊喝酒一邊望著遠處的蘆灣。站著的那個警戒四周，偶爾為她倒酒。

坐著的自然是頤殊，站著的正是雲笛。

「好哥哥，別緊張，坐。此處如此高，任誰來了都能第一眼看見。」頤殊笑著拍了拍身旁的空地。

雲笛搖頭，注視著蘆灣城的方向沒有說話。從這裡看，蘆灣城宛如一張宣紙，被水快速滲透，變得模糊。

「你可後悔了？畢竟你的弟弟——」

雲笛輕笑著打斷她的話。「為女王誓死不悔。倒是女王，後悔嗎？」

頤殊大笑。「我這一生，在外人看來要後悔的事實在太多了，可他們不知，我只覺得快活！如此暢快淋漓瘋癲一場，當世能有幾人可領略、可實現、可承受？只有朕！」

說到後來，她豪情頓生地站了起來，對著天地舉杯道：「只有朕！紂王不過炮烙，衛宣公不過縱淫，秦始皇不過坑儒，劉子業不過殺宗親……而朕，把他們做過的全做了，他們沒做的，朕也做了。引海灌，沉帝都，殺三萬人，淹十萬田。暴乎？虐乎？無德乎？又如何——」

海風怒吼，捲起千堆雪，咆哮如天怒。

而她迎風而立，笑看蒼生覆滅，無動於衷。

雲笛在一旁看著看著，不禁有些恍惚、有些惶恐，卻又難以抑制地興奮。他突然上前摟住頤殊的腰，深深地吻了下去。

頤殊眼中有一瞬的戾色，手卻自然而然地反摟住他的脖子，輕笑道：「好哥哥，你想做什麼？」

雲笛在她耳邊低聲說了句什麼，頤殊笑得越發嫵媚了起來。「也是。如此千載難逢的時刻……」聲到最後，漸不可聞。

與此同時，海嘯沖垮堤岸、良田、官道、城牆，瘋狂地湧入城中……

好好的街道中間，出現裂縫，人們一開始還能指著裂縫驚呼，待得裂縫越來越大，好幾人掉進去後，才想起逃離。

在矮地的人往高處逃，可高處的樓都在搖擺。

富貴人家套了馬車，剛駛出院門，滲水泥化的地面就將車輪吃了進去，再也動不了。

人們慌亂地抓住各種能抓之物，期待這種晃動能夠停止，卻不知再遠一點兒的西南城牆方向，潮水已來……

頤非站在宮牆前，愣愣地望著眼前的一切，不知為何，想起了他重複過無數次的那個惡夢。夢境裡，他對母親承諾，遲早有一天，能接她上岸。

而如今，夢境極具諷刺地在現實中實現了。

可當這一幕真實地發生在眼前時，就像是一隻手擦去了鏡子上的霧氣，讓他終於看見自己的真心。

故土如心，怎捨其滅，百姓如子，怎忍其死？

頤非緊咬牙關，突地扭身衝過去將被他扔在一旁的弓箭手首領拍醒。「醒醒！醒醒！」

那人迷迷糊糊醒來，尚不知發生何事。

「叫上你的兄弟們，跟我走！」

「憑什麼？」

頤非指著眼前地動樓搖的景象，一把扯去了假鬍子等偽裝，露出本來面目道：「憑這大難臨頭。憑我姓程。憑我……是頤非！」

首領看著他的臉，眼神由茫然轉為驚訝，再轉為更大的驚恐。

而雲閃閃依舊坐在宮牆上，注視著眼前的一切，一向喜怒分明的臉上失去了所有表情。

在場眾人都在惶恐逃命奔波。

他卻連惶恐也感覺不到。不動，不躲，不說話。

沒有人理會他。

沒有人看他。

他在被雲笛放棄、被整個世界放棄後，自己把自己放棄了。

秋薑盯著袁宿，確信自己從未見過此人，但時間已經不容多想，她決定快刀斬亂麻。

「你看這個。」手腕輕轉間，她手指裡多了一顆藥丸，朱紅如血。「知道這是什麼

嗎？」

袁宿皺了皺眉。

「這是誅心丸。百殺之中誅心為最。吃了這顆藥，你會想起生平最不願想起的記憶，重複人生中最痛苦的經歷，你的心會一直一直疼痛——」

袁宿打斷她的話。「無妨。」

秋薑一噎。

袁宿看了眼下方城中肆虐前進的海水，看上去速度不快，但所到之處，吞噬萬物。「半個時辰，海水就會淹到這裡，到時候妳我都會死。就算妳想凌虐我，也最多半個時辰的時間。」

秋薑嘆口氣，將藥丸放回懷中，再伸出手指時，裡面變成了一顆碧綠色的藥。「罷了。既然要一起死，那麼臨死前就做點兒快樂的事情吧。」

袁宿看著這顆藥，表情終於變了。

這回輪到秋薑笑了。「你認識這個的，對吧？這是特地為你的好女王煉製的銷魂丹，催情用的。你的好女王以國士待你，想必沒邀你同享過。來來來，將死之前狂歡一番，咱倆也算一睡泯恩仇，如何？」

袁宿睜大了眼睛，他很想繼續保持鎮定，可是那顆藥離他的嘴巴越來越近，他再也控制不住地顫抖起來。「無、無恥！」

「你早就知道我是這種人了。」秋薑說著抓住他的下頷，手指一捏，袁宿的嘴巴不由自主地打開了，藥丸滑入喉中，他幾乎魂飛魄散。

秋薑鬆開手，看著面無血色的袁宿，眨了眨眼睛。「袁郎，你喜歡怎麼玩？」

袁宿悸顫地盯著她，眼中浮起一層水光。

秋薑笑著伸出手去解他的衣袍，袁宿終於崩潰，顫聲道：「謝……見。」

「什麼？」秋薑的動作沒有停，轉眼間靈巧地脫去他的外袍。

「我是謝見！」

秋薑的手指終於停住了，她抬起頭，直勾勾地盯著對方的眼睛，半晌後，踉蹌著後退半步。

袁宿的目光落在脖子上的鑌絲上，低聲道：「十二年前，妳假扮謝柳，從我家騙走了鑌的配方，五年後，借出嫁假死。父親以為妳真的死了，聽到消息嘔血暴斃。母親被族人逼問配方下落。她交不出來，自盡謝罪。我七歲，被族人掃地出門，乞討為生。我本以為一切都只是命不好。直到有一天，我在路上見到妳。」

秋薑又踉蹌地後退半步。

「妳變化很大，但我還是認出了妳，可我不敢相信。我遠遠地試圖跟著妳，但被人攔住了。那人告訴我，妳的一切都是假的。妳是如意門精心為我謝家準備的一顆毒藥，毒得我們家破人亡，失去所有。」

秋薑沉默地聽著，素白的臉上沒有任何表情。

「那個人對我說，想報仇的話，就得好好地活下去。只有活得比妳更久，走得比妳更高，才有機會扳倒妳。」

秋薑沉聲道：「那個人是誰？」

「妳已經殺了那個人了。喔不，是原來的如意夫人殺了她。」

「紅玉？」

「她告訴我，她叫瑪瑙。」

秋薑長長地嘆了口氣。她想起了紅玉臨死前的話，那句「源源不斷的敵人來找妳報仇」原來不是無的放矢，在這裡等著呢。

「你怎麼知道沈瑪瑙死了？」

「妳以為女王想要在程境內找一個人，又有品從目做幫手，會找不到？」

「也就是說……」

「我當然知道老如意夫人在哪裡，也知道她苟延殘喘不敢出來，我留著她，就是為了等妳。雖然很多人都說妳已經死了。可是，我不信。妳，怎麼可能不死在我的手裡？」狂風吹拂著袁宿的臉，那沉靜的眉眼已經找不出昔日謝家小公子謝見的模樣。

秋薑假扮謝柳時，跟這位弟弟並不親近，因此時隔多年再見，未能認出。

可對她而言的一場遊戲，卻是他一生驚天動地的轉折。

袁宿盯著她，一字一字道：「拿了別人的東西，是要還的。如意夫人。而今日蘆灣之難，三萬人之死，不是女王的過錯，是你們！是你們如意門的……罪孽！」

一滴眼淚滑出秋薑的左眼，很快被風吹走。

她心中淡淡地想：我果然連哭的資格都沒有。

蘆灣城內人仰馬翻，人人都跟沒頭蒼蠅似的。只知地動厲害，不知另一頭漫天海水已來。

大家有的開始逃，有的還在家中收拾被震得遍地狼藉的物件。

直到門外羽林軍策馬而過，高呼道：「海嘯來了！往高處逃！往東城門逃！」

逃亂又是一番景象。

有站在自家樓上驚呼：「哇，哇！厲害啊！」

有背著自家老母艱難地行走在泥路上，被母親哭求：「放我下去，兒啊，你自己逃吧，求求你了！」

有將孩子放在木桶裡一邊包裹一邊哭泣的。

更多踉踉蹌蹌攙扶前行的……

「逃！往高處逃！往東城門逃！」這成了他們唯一的指望。

可是，當一些人好不容易來到東城門時，發現城門被從外鎖死了！

慌亂中，無數人被踩死踩傷。大家拚命撞擊城門，想要逃出去，可是沉達千斤的城門紋絲不動。

就在這時，一隊羽林軍飛奔而來，高聲喊：「讓開，讓我們來！」

百姓們越發慌亂，像一鍋沸騰的稀粥根本讓不出完整的通道來。

領頭的頤非從馬上跳起，手裡抓著一面巨大的旗幟，踩著眾人的頭飛奔過去，在東城門前將旗幟迎風展開，上面金絲繡成的蛇形圖騰在如此暗淡的天氣裡仍閃閃發光。

「廢物！一群廢物！不就是水嗎？我們是什麼？我們是蛟龍之國！每個人都會游泳！能坐船！世世代代不知經歷過多少海嘯風暴。不就是海水倒灌，你們怕什麼？慌什麼！」

眾人先被旗子一晃，再被頤非一吼，頓時安靜了下來。

「想死的儘管繼續，不想死的聽我號令！」

「你誰呀？」人群中有人喊道。

頤非目光如箭，頓時射在對方臉上，他什麼也沒說，只是從衣領裡拉出一條鍊子，鍊

子上的比翼鳥雖然小巧，卻比旗子上的金絲圖騰更耀眼眩目。

離得近的人們看得很是清楚，一個漢子頓時驚呼出聲來：「蠻蠻！他、他是三殿下！」

「真的是三殿下！三殿下回來了！三殿下回來了！」

「三殿下回來了——」

驚喜的歡呼一聲接一聲地傳了出去，更有人已經開始屈膝下跪。

程三皇子離境不過一年。一年時間不算久，起碼，蘆灣的百姓們還沒有完全忘記他。起碼，在這危難時刻，當他再次出現在眾人面前時，象徵的不是災難，而是力量——是名為希望的光。

品從目將一個老人扶上藏書樓的頂樓。這是三條街內最高的一棟樓，高達四層，占地寬廣，如今已容納了二百餘人。

老人含淚看著他。「我已老了，把位置讓給那些孩子吧。」

「他們會來，你也得留。」

「可這裡就能保證一定安全嗎？」

「不能。但是，這裡是你目前所能抵達的最安全的地方。」他將老人交給一個金門弟子，轉身繼續下樓。

金門弟子急聲道：「先生，您還要下去？」

品從目回頭朝他安慰一笑，然後揮揮袖子，飄然下樓去了。

被他扶上樓的老人忍不住問金門弟子：「請問，那位老先生高壽？」

「先生今年七十二歲。」

「比我還小十歲！」老人久久震撼。

除了藏書樓，城中的高樓還有十餘處，人們在金門弟子引領下紛紛前往避難。東城門處，頤非帶領羽林軍和百姓一起拆了某棟酒樓的柱子，然後抬著柱子開始撞擊城門。

偌大的蘆灣城，在災難面前度過最初的慌亂後，開始顯露出不屈的一面來。

而這時的雀來山上，雲雨正濃。

頤殊忽意識到某種不對勁，伸手推雲笛。「等等！」

雲笛沒有理會。

頤殊急了，剛要說什麼，就看見一把劍橫架在雲笛的脖子上。與此同時，一滴冷汗從他額頭滴下來，落在她的胸脯上。

「別動。」一個聲音如是道。

雲笛雖然沒有轉身，但也聽出了聲音的主人，越發驚悸。

而頤殊則透過他的肩膀，看到了來人——來人一共五個，持劍之人她認得，是品從目身邊的一名金門死士。說話之人站得稍遠些，身形也最矮小，卻比其他四人可怕一千倍、一萬倍。

因為，此人是薛采。

頤殊又急又氣，當即去推雲笛，雲笛脖子上的劍立刻緊了一分。薛采道：「我說了，別動。」

頤殊冷笑道：「你一毛都沒長齊的小孩子，竟有看活春宮的嗜好？」

「若非你們荒淫至此，怎會連我上山都不知道？」薛采說著笑了笑。「你們的人守在山下，頻頻示警，可惜你們什麼都沒聽見。」

頤殊盯著薛采的笑臉，只覺這真是世上最可惡的一張臉。「你是怎麼從蘆灣逃出來的？」

「這正是我要告訴陛下的——我都能出來，更何況頤非他們。所以，妳的計畫已經破滅了。」

頤殊死死地咬住下唇，氣得整個人都在哆嗦。

「妳原本接下去還想做的那些喪盡天良的事，就此打住吧。」

頤殊冷冷道：「你知道我還有什麼後招？」

薛采看了眼山下的情形，眼中哀色一閃即過，聲音卻越發舒緩——

「海水倒灌固然可怕，但總有那麼幾棟樓比較結實、比較高，能熬過去。待在那些樓上的人等海水退去後，就能獲救。所以，妳的計畫遠不止引來海水。妳鎖死城門，挖空城下，還在其他地方蓋了五個罩子，為的就是把整個蘆灣從島上分離開來，讓它徹底沉沒。對嗎？」

頤殊臉上露出刺痛之色。

「現在，妳要殺的人已經不在城裡了。蘆灣可以不必沉了。」

頤殊聽到這裡，目光一閃，卻笑了。「真的嗎？」

薛采心中一「咯登」。

「若頤非和如意夫人真的已不在城裡了，出現在此地的人，就不是你，而是他們了。」

薛采冷冷道：「他們另有事做。」

「能有什麼事比抓我更重要？我可比你更了解我的好三哥。」頤殊觀察著薛采的表情，嗤嗤地笑了起來。「其實我也比你想像的更了解你。你啊，不過是個虛張聲勢的小傢伙。你現在心裡其實亂極了、慌極了，但你不敢顯露出來，因為你還指著翻盤。可是薛采，我告訴你，今日蘆灣必沉。你，改變不了任何事情，也救不了任何人！」

薛采的眼眸一下子沉了下去。

第二十八章　騰蛟

觀星塔上，袁宿盯著秋薑，看著她面無血色的模樣，只覺心頭一陣快活。他常年壓抑，喜怒皆不敢形於色，為的就是這一天。

家破人亡的記憶、顛沛流離的過去，被背叛和謊言毀了的人生，都在這一刻，得到了釋放。

「妳不是心心念念要當如意夫人嗎？為了當上如意夫人妳做了那麼多錯事，毀了那麼多人，造了那麼多罪孽，今日，就是妳償還之時！」

秋薑的手慢慢地握緊，再緩緩地鬆開，最後猛地一拽。袁宿頓覺那根鑌絲嵌入了他的脖子裡，血立刻流淌了下來。

「我不殺賤民。」秋薑冷冷道：「但是幸好，你現在是個國師！」

袁宿卻大笑起來，笑得鑌絲又往皮肉裡嵌入了幾分。「聽瑪瑙說妳雖惡貫滿盈，但手上並沒有直接沾過人血。我便想，遲早有一日要妳破戒。妳習慣於殺人誅心，可今日，妳誅不了我的心，妳只能沾血。」

秋薑大怒，當即將鑌絲又拉緊了幾分，袁宿頓時說不出話來，連笑也笑不出來了。他像是上岸的魚般劇烈地喘息著，脖子處的血源源不斷地流下來，眼看就要死在她手裡……

就在這時，一雙手伸過來，按住了秋薑的手。
緊跟著，黑白二色撞入視線。
黑的衣服，白的人。
秋薑定定地看著此人，聽他開口——
「不要殺人。」
這是時隔五年後，風小雅再次對她說這句話。
「咚」的一聲，柱子第幾百次撞上城門時，外面釘死在門上的鐵片終於崩裂，「喀喀」幾聲扭曲著從門上彈落。
人們頓時發出歡呼聲。
衣衫已被汗水浸溼的頤非看著裂出一道縫的城門，抹去臉上不知是汗水還是淚水的水痕，將插在一旁的旗幟再次拔起，指向門外。「衝——」
「衝啊——」人們咆哮著朝城門撞過去，十餘丈高的城門被撞開，露出生路。
薛采閉了閉眼睛，再睜開時，低聲道：「我錯了。」
頤殊嗤笑一聲，剛要說話，薛采看了她一眼，這一眼令她心頭莫名地湧起一股寒意來。
那是一個獵人，看著獵物的眼神。
「我確實錯了。從現在起，妳不是程國的女王了。」
頤殊驚道：「你說什麼！」

「把他們兩個都抓起來，不許穿衣。拿我的手令調動各州兵力，速速趕來賑災救人！」

「你說什麼？他們怎麼可能聽你的！」

「他們不必聽我的，只須——」薛采說著從旁邊散落的衣物上摸出一物，正是程國的玉璽。「聽它的。」

頤殊尖叫一聲，不顧自己赤身裸體就要朝薛采撲去，卻被金門死士中途攔截，說捆就捆，竟是毫不憐香惜玉。

頤殊看向一旁呆呆的雲笛，罵道：「你是死人嗎？平時那般警戒，這會兒是死了嗎？」

「我、我這不是沒、沒穿……」雲笛十分尷尬，聲音越說越低，可說到一半，突然發難，根本不顧劍鋒在脖子上劃出不淺的傷口，跳到薛采跟前，伸手就去搶玉璽。

薛采跟他對了一掌，整個人頓時橫飛出去——他雖武功不錯，但跟程國第一大將相比還是差了許多。

雲笛順手一抄，將玉璽搶到手中。

已被捆住的頤殊頓時大喜。「做得好！殺了薛采！」

金門死士上前將雲笛圍住，雲笛以一敵四，竟是打了個勢均力敵。

薛采從地上幾個翻滾，回到頤殊身邊，一把掐住她的喉嚨。雲笛的動作頓時一僵。

「把玉璽給我！」

頤殊嘶聲道：「不許……」話沒說完，薛采一掐，她便發不出聲音了。

「我數三。不想你的女王死，就把玉璽扔過來。一！」

雲笛滿臉糾結。

「二！」

頤殊拚命用眼神示意他不許給。

雲笛舉起玉璽。「放開女王，不然我砸碎玉璽，看你拿什麼號令程國！」

薛采微微瞇眼，突然抓著頤殊的耳環狠狠往下一扯。頤殊發出撕心裂肺的一聲尖叫，一隻耳朵竟活生生地被他扯下了。

薛采冷冷道：「不要威脅我。我一生氣，她就少一樣東西。」

雲笛大驚，看著頤殊血肉模糊的左耳，手指一鬆，玉璽墜地。眼看就要砸碎，一名死士飛撲過去將之抱在懷中。

頤殊睜大了眼睛，從劇痛中回過神來，顫聲道：「我、我的耳朵……」

「三萬條人命，殺妳三萬次都不過分。這只是開始。」薛采將耳朵扔到她面前的地上。頤殊親眼看見自己的左耳和耳環，再次尖叫，然後兩眼一翻，暈了過去。

而死士們更將放棄抵抗的雲笛擒住，同樣捆了起來。

雲笛望著地上的那隻耳朵，沒有跟頤殊一般暈厥，而是抬頭盯著薛采，沉聲道：「今日一耳，他日必要你全身來抵！」

薛采勾了勾唇。「儘管來。」

「不要殺人。」風小雅牽住秋薑的手，輕聲道：「妳是為救人而來。」

秋薑的唇動了動，又一滴眼淚滑落。這次，沒等風吹乾，風小雅伸出拇指，替她擦去了。「也沒到該哭的時候。」

他將視線轉向袁宿，道：「陣眼在南沿，對嗎？」

袁宿面色微變。

「你在蘆灣城中以查封溫泉為由，封鎖了六十六個浴場。每個下面都埋入機關，連成全陣，只等大水來時，同時啟動。」風小雅說著，走到一旁的輿圖前，手指從六十六個方位上掃過，最後劃向五個罩子。「這個所謂的五星陣只是障眼法，裡面真正有用處的只有這裡。」他所指的正是南沿城城中那個。

「此處為陣眼，機關在此啟動，六十六個浴場同時崩塌，連帶著南沿一起從輿圖上消失。」風小雅一邊說著，一邊將蘆灣和南沿從整塊輿圖上掰下來，與其他的區域斷離。

袁宿的身體不受控制地抖了起來。

「這恐怕不是女王要求的，而是你的私心。你恨南沿的謝家族人落井下石，欺凌你們母子，所以要連他們一起弄死。」風小雅說到這裡，將蘆灣和南沿兩處的木板托在手上，對秋薑微微一笑。「妳精通陣法，當知所謂死路有時候就是退路。」

秋薑的眼睛開始發亮。「只要能保住南沿，蘆灣便可不沉！」

風小雅點了點頭。

袁宿再也忍不住，厲聲道：「不是的！根本不在那裡！你們沒有生路，你們必須死！必須死——」

秋薑將他綁在觀星塔的欄杆柱子上。「你不是覺得痛快嗎？那你就在這裡繼續看著，看你的狗屁計畫怎麼失敗，看老天會不會站在你那邊！當然，老天要真沉了蘆灣，你也跟著一起死吧！」

秋薑想了想，狠狠踹了他幾腳，這才扭身下樓。

風小雅看著她踹袁宿，不由得笑了，但見她要走，連忙跟上。「我跟妳一起去。」

秋薑停步，回眸看著他，欲言又止。

風小雅的腳步便也停下了，目光閃動，最後笑了一笑。「好的，我不跟妳去。妳……萬事小心。」

秋薑心口發悶，不得不深吸一口氣，才能點點頭繼續下樓。

等她走出塔時，忍不住抬頭回望，見風小雅就站在袁宿身旁，黑衣翻飛，明眸如星。

那星光，如影隨形，一直照耀著她。

他見她抬頭，便朝她拱了拱手。

秋薑沒說什麼，這一次，真的走了。

而她剛走，風小雅便以袖捂脣，咳了起來，咳得上氣不接下氣。

袁宿有些驚訝地看著他，問：「你就是風小雅？」

「嗯。」風小雅不得不在他身旁坐下來，開始運功。

他之前為了逃出皇宮，耗費了巨多內力，又隱約猜出袁宿會在這裡，匆匆趕到此處，沒想到會再遇秋薑。之前繃著一口氣沒太感覺到，此刻秋薑走了，那口氣鬆了，七股內力又開始作妖。

袁宿滿臉不解。「你為什麼幫她？我聽說她殺了你父。」

「我父死於自願。我想，你父亦是如此。」

「不可能！」

「你父右手小臂上是不是有個傷疤，形如柳葉？」

袁宿一顫，逼緊了嗓音：「你怎麼知道？」

「我三天前在驛站，收到程境內『切膚』的一些舊檔籍，發現謝繽也是『切膚』的一員。」

「什麼是切膚？」

「是一群有著切膚之痛的可憐人。他們加入這個組織的目的只有一個，找回丟失的孩子。謝繽加入的時間，是在二十年前。」

袁宿重重一震。

「也就是說，在七兒化名謝柳出現在你父親面前之前，他便已經知道女兒被略賣了。」

「那他怎麼會相信她？」

「所以，我覺得，你父也許，也是死於自願。」

「為什麼？為什麼為什麼為什麼？」

「為了幫七兒鋪路，為了幫她，徹底除掉如意門。」

「我不信！」

「你應該信的。」風小雅嘆了口氣，注視著底下的汪洋大海，生靈塗炭。「當她出現在你面前時，你就該知道——她不是如意夫人。」

如意夫人只會自己逃。

如意夫人不會理會蘆灣百姓的死活。

如意夫人會第一時間殺了袁宿解恨。

可秋薑，出現在這個地方，出現在袁宿的面前，是為了救蘆灣——只是為了救蘆灣。

沒有人能在生死之時繼續偽裝——這是風小雅上個月在海上，就已經證明了的事情。

袁宿久久說不出話來。

他以為他親眼見證了一場彌天大謊。

可如今，那個所謂的謊言，就像是此刻的蘆灣城一樣，再次被洪水沖垮。

頤非率領眾人來到城外，駐守在那裡的神騎軍們眼睜睜看著城門被撞破，十分不爽，領隊之人當即騎馬上前訓斥：「你們什麼人，竟敢違抗聖旨私自出城……」話沒說完，腦袋橫飛了出去，卻是被弓箭手首領砍了。

神騎軍們頓時譁然，剛要暴動，頤非策馬上前將旗幟「刷」地展開，沉聲道：「雲笛謀逆，連同袁宿一起炸毀皇宮，劫持女王逃走，現不知所終。爾等在此困城攔截，莫非是他們的同黨？」

神騎軍們面面相覷，一人反駁：「胡說八道！我們明明是奉女王之命在此戒嚴，防止有人趁選夫盛宴鬧事！」

「那為何要封死城門？」

「頭兒說只是暫時封城。」

「那他有說何時解禁？」

「這……」

「你們把城門都封死了，那盛宴結束時，怎麼往外傳消息？」

「這……」

「還有，你們可知此時此刻，就是現在！西南海域海水倒灌，已沖垮堤壩，淹進了蘆灣城！」

眾人大驚，有家人在城中的，當即衝進城去尋人。再加上頭兒沒了，剩下的人一時間都沒了主意。

頤非道：「我是頤非，女王現在不知所終，也就是說，皇族之內，以我為尊。眾將士聽令！」

神騎軍們更加震驚。普通百姓不知，可他們多多少少是知道的，女王當年借太子的軍隊殺死二皇子，再逼走三皇子，然後又不知用什麼辦法弄死了太子，讓燕、璧、宜三國都支持她繼位，這才成為女王。這一年來，雖說明面上沒把三皇子打成叛臣，沒有公開緝捕，但實際上兩人是仇敵。可如今，蘆灣城不知發生了什麼變故，這個三皇子突然竄出來，說女王失蹤了，要聽他的，這也太……

人人心頭閃過了「篡權奪位」四個字。可沒等他們細想，一人指著城門內的方向驚呼起來：「水！真、真、真的海嘯來了！」

海嘯來了——

在大自然的災難面前，人類彼此間的紛爭瞬間變得不再重要。一名神騎軍士兵當機立斷跪下道：「三殿下！快下達命令吧！」

「速分十隊，分別前往周邊城鎮報訊，速速安排撤離避難。你們，去命鳳縣、羅邊、牘口三地的駐軍立刻帶著物資過來救人！」

「他們不聽我們的怎麼辦？」

頤非咬牙，他的旗號，在海嘯中有用，但到了太平之地，人家根本不會理會，又不能像剛才那樣說砍掉頭領的頭就砍掉對方的頭。

正在焦灼時，一個聲音道：「我們有聖旨。」

頤非驚詫扭頭，看見了風塵僕僕的薛采。

藏書樓，老人看著潮水洶湧而來，堪堪沒過三樓。他們在四樓樓頂，眼睜睜地看著周遭不及此地高的房屋被淹沒。有一棟酒樓，高三層，上面原本擠了很多避難的人，兩棟樓靠得不遠，彼此能看見對方的身形。然而，一眨眼的工夫，潮水沖過來，他們沒了，而此地的人，還活著。

一時間，巨大的恐懼和絕望席捲了所有還活著的人。老人一把抓住金門弟子的手，顫聲道：「你們的先生、你們的先生……」

「先生不會武功。」金門弟子垂下眼睛，然後雙手合十，沉默地抵在額間。

老人見狀，便也將手抵額默默祈禱起來……

離他們大概三條街的某棟閣樓裡，發出了幼童的嗚咽聲。

品從目正好從下方奔過，聽到聲響後止步，想了想，推門而入。

沿著樓梯走上去，裡面物品撒了一地，主人似已撤離。他便試探地問：「誰在哭？」

那個聲音頓時消失了。

品從目柔聲道：「別怕。我是來救你的。你在哪裡？」

一片狼藉的小閣樓裡，有一具佛龕，下方的簾子動了動。

品從目連忙上前掀開簾子，看見裡面的景象後，不禁失笑起來。「是你啊，小傢伙。」

他伸手將對方抱出來——原來是一隻渾身奓毛、嚇得瑟瑟發抖的黑貓。

品從目輕輕撫摸著黑貓的下巴道：「好了，沒事了，跟我走吧。」剛走一步，樓劇烈地搖晃起來，黑貓尖叫一聲，從他手裡跳走，並在他手上留下三道血痕。

品從目叫：「別走！」

黑貓匆匆逃下樓梯，然後又飛快地跑了回來——緊跟著牠來的，還有水。

水瞬間沒上閣樓，慌亂中的黑貓被品從目抓住，然後他提拎著牠的脖子從閣樓唯一的窗戶爬出去，爬到屋頂上。

放目四望，周圍已被海水淹沒了。若他剛才不是聽見叫聲以為是小孩而上樓看看，此刻，也已在街上被沖走。

品從目心有餘悸地將黑貓抱入懷中，感慨道：「原來是你在救我……多謝啊，小傢伙。」

秋薑跳上北城門的城牆時，心口突然一抽，差點從上面摔下來。她拚命伸手抓住城牆上的凸起，才重新跳上去。

而等落在牆頭時，右膝先著，失去控制重重地砸在磚石上。

她不得不躬身，從懷中摸出一瓶藥，吃了一顆碧綠色的藥丸下去——正是她先前強行餵給袁宿的那一種——此物雖長得跟頤殊的催情丸挺像，但其實是治她的內傷的。

她的身體至今沒有康復，全靠藥物勉強支撐，若得不到靜養，只會繼續惡化。可惜，她的運氣真的很差，雖然早知頤殊會在九月初九這天鬧事，但沒想到會搞出這麼大的事。

要知道，當年三王夜聚程國內亂，不過一夜時間就平息了。

而這場海嘯，就算幾個時辰後退去了，也會留下長時間的災難。而且，還不知道蘆灣城能不能保得住。

其實一切本與她無關。

她雖是奉如意夫人之命來除掉頤殊，可如意夫人自己並沒有來，依舊躲在瀲灩城裡。

也就是說，此刻的她是自由的。

她可以第一時間逃回如意夫人身邊，也可以先找個安全的地方養養傷，甚至可以趁機回璧國。不必拖著病體，急著趕去南沿；不必顧及跟她毫不相干的程國人的生死。

可是，袁宿的那句指責就像是詛咒一樣沉甸甸地壓在她心上，冥冥中似有兩隻眼睛，在一直不懷好意地注視著她——

「今日蘆灣之難，三萬人之死，不是女王的過錯，是你們！是你們如意門的……罪孽。」

「拿了別人的東西，是要還的。」

她吞下一顆藥丸，覺得不夠，又倒出第二顆、第三顆吃了下去，身體因為疼痛而不停發抖。

「我還！我還！我會還的！我現在正在還……」秋薑一邊喃喃，一邊咬牙站起來，猛提一口氣，抓著鑌絲從城牆上爬下去，匆匆奔向南沿。

蘆灣的這次災難，被後世稱為「騰蛟日」。

其寓意有三個。

那一天，久違的三皇子頤非重新出現在眾人的視線中，猶如蛟龍得雨，重新騰躍一般。

那一天，蘆灣經歷浩劫，但城中百姓井然有序地避難撤離，互相協助，最終存活了一半人，是在海嘯相關記載中存活人數最多的一次。

那一天，蘆灣的西南區與別的區域徹底斷開，變成了廢墟，卻將其他區域墊高了三尺。如此一來，從輿圖看，蛇形的程國斷了一截尾巴，反而顯得像是在縱躍準備騰飛一般。

而頤非那句「怕什麼？我們可是蛟龍」的口號，更是一時間傳遍四國。

正如品從目所說的，此次海嘯不是自然天災，而是人禍，因此來得突然，走得也快，海水沖出蘆灣城後不久便力竭退走了，留下滿目瘡痍的斷壁殘垣和劫後餘生的人們。鳳縣等地的物資在女王聖旨的號令下很快送來了，周邊各鎮的兵力也陸續匯聚到蘆灣，在頤非的帶領下幫助百姓重建家園；更有無數人聽說京都出事，自發趕來幫忙。女王的聖旨一道接一道地發往全國各地，一輛輛糧草、一隊隊人馬，前仆後繼地來到這片廢墟。

日落時分，一輛簡陋的馬車離開蘆灣，顛簸著穿過被水淹得坑坑窪窪的泥地，前往南沿。

趕車之人正是孟不離和焦不棄，而車內之人除了風小雅，還有袁宿。

不過短短兩天，他整個人發生了巨大的變化，從意氣風發變成了頹廢沮喪，從隱忍自持變成了厭棄萬物。

風小雅沒有再綁著他，可他似連行走的力氣都沒有了。

那日，他被秋薑綁在欄杆上，眼睜睜地看著海水退去，倖存的百姓如雨後的螞蟻般重新開始行動，他所期待的二次毀滅始終沒有來臨。從那時起，他便知道秋薑成功了，她及時關閉了南沿的陣眼。

但她也沒有再回來。

因此，風小雅待得跟孟不離和焦不棄會合後，便馬不停蹄地去尋妻了。

一路上，官道無比擁擠，都是從四面八方趕來賑災的人，有官府的，也有自發的，有年輕人，還有老人。

因他們的馬車是從蘆灣城方向走的，還被攔住過好幾次，路人們紛紛向焦不棄打聽皇都的情況。

風小雅坐在車中，忽對袁宿道：「你覺得這些人是為何而來？」

袁宿沒有理會。

「他們的親人、朋友在蘆灣，他們為情而來。」

袁宿終於開口了，聲音冷漠：「我沒有這樣的親人。」他的親人，全賴他父而生，卻在他父死後，想要奪取足鑌配方，奪不到，就各種落井下石地逼害他。

「聽說薛相之前從海上抓回了一個叫做孟長旗的人。」

袁宿表情微變。

「你有一個好朋友。」風小雅笑了笑。「只是不知他現在，在不在那些倖存的人裡面。」

袁宿的手抖了起來，他以為自己已經夠絕望了，沒想到此刻，竟還有消息能令他陷入更大的惶恐中。

「他在蘆灣？」

「如果你當時知道他還在蘆灣，會不會停止？」

袁宿垂下眼睛，久久後，握了握拳。「不會。」他為復仇籌謀了那麼久，好不容易才找到頤殊這樣的志同道合者，有了這樣的機會，不可能為孟長旗而放棄的。

這時孟不離正好捧了一碗向路人討來的清水進來，聽他這麼說，忽開口：「你、聽、見了？長、長旗兄。」

袁宿一驚，下意識扭頭朝車外望去。「長旗？」

車停在路旁，路上一眼看去很多人，一時間沒找到孟長旗的身影。倒是車轅上的焦不棄「噗哧」一笑。車中的風小雅一邊接過水碗，一邊對孟不離搖了搖頭道：「淘氣。」

孟不離低著頭出去了。袁宿這才知道自己被擺了一道。孟不離十分沉默寡言，他還以為對方是啞巴，沒想到居然會說話，而且還會騙人。

一時間，袁宿不知自己是應該為孟長旗不在這裡鬆口氣，還是為剛才說出「不會」二字的自己感到羞愧，巨大的情緒起伏令他再次陷入絕望。

風小雅靜靜地喝著水，沒有再說什麼。

南沿距離蘆灣約五十里，馬車足足走了一天，到得南沿時，天色已黑，好不容易搶在城門關閉前進去了。

焦不棄在一家客棧門前停車，對風小雅道：「天已黑了，這會兒就算到了謝家也黑燈瞎火看不清什麼，不如在此休憩一晚，明日天亮了再過去？」

風小雅坐了一天車，臉色十分慘白，但仍搖頭道：「不。」

焦不棄擔憂地看了他一眼，沒再說什麼，繼續趕車。

如此大概又走了盞茶工夫後，終於看見了高達十丈的拱形圓罩子。與瀲灩城的罩子一模一樣，但下面罩著的不是一棟棟精巧小樓，而是一家家工坊。

工坊數目雖多，但大多都已廢棄關閉，只剩下寥寥幾家還在支撐，懸掛著招牌。一家店的火爐裡亮著微光，一名老嫗坐在爐旁打盹，薄光照著她滿臉的褶子，呈現出跟此地一般敗落的感覺來。

袁宿從車窗裡看見了她，眼神微動。

風小雅對焦不棄道：「去打聽一下。」

焦不棄翻身下車，走到店門前，拱手道：「老人家。」

老嫗耳背，足足喚了好幾聲才聽見，揉著眼睛轉頭，看見馬車，當即露出歡喜之色道：「客人要點什麼？小鋪大到刀槍，小到船釘，什麼都能做。」

「我想訂製一把鐵劍，但劍刃要用鑌。可以嗎？」

老嫗臉上的殷勤之色頓時沒了，冷冷看了他一眼，轉身重新坐下，道：「那做不了。」

「老人家可知哪裡可以做？」

「哪裡都做不了，鑌的配方已失傳了。」老嫗說到這裡，帶出了些許怨恨之色。「若非如此，我們這裡，怎會蕭條至此……」

馬車上的袁宿突然嗤笑一聲。

老嫗扭頭看向他，兩人的視線隔著半開的車窗對上，老嫗一怔，而袁宿已「刷」的放下窗簾。

焦不棄又問：「那麼向您打聽一個人。可曾見過這樣的姑娘？」說著從懷中取出一幅畫，上面畫的正是秋薑。

老嫗有些不耐煩，生硬道：「不知道。」

焦不棄道：「勞煩您好好看看，她應該前天，喔不，昨天來過此地。」

「不知道就是不知道，誰耐煩一天到晚幫你記人？」

車內，袁宿眼中又露出了嘲諷之色。風小雅看在眼裡，對袁宿道：「那是你的親人？」

袁宿不回答。

風小雅想了想，使了個眼色給焦不棄。

焦不棄從懷中取出一錠金子道：「現在，能幫忙了嗎？」

老嫗眼中頓時綻出精光，直勾勾地盯著那錠金子道：「她昨天中午從這裡經過！但不

是自己一個人，還有個又白又俊的男人，兩人貼著抱著親密得不得了，我還以為是哪家私奔的小情侶呢。」

風小雅一怔。

袁宿目光閃爍著，哈哈大笑起來。

焦不棄尷尬地付了金子。「還有嗎？」

「沒了呀。然後他們就走了，什麼也沒買。純粹路過。」老嫗接過金子，用僅剩的幾顆門牙咬了咬，確認是足金後心滿意足地開始關店門。

焦不棄道：「老人家，這便關門了？」

「都有這麼多錢了還開什麼店，十天半月都沒活的……」老嫗人雖然老，手腳卻挺俐落，不一會兒就關好門、落好鎖，又對著馬車車窗瞅了幾眼，似在回味剛才看見的那個年輕人，扭身走人。

焦不棄回到車上對風小雅道：「公子，還查嗎？」

風小雅望著眼前一棟棟工坊，黑燈瞎火中看起來全都一模一樣。他嘆了口氣，看向袁宿。「你還是不肯告訴我，陣眼在哪裡嗎？」

袁宿收了笑，再次恢復成往日平靜的模樣。「蘆灣沒有沉，此地也沒斷。你有的是時間挨家挨戶找。」

「你沒聽見剛才你姑姑說——」

袁宿冷冷打斷他的話。「她不是我姑姑！」

「那就是你嬸嬸？姨婆？終歸是你的什麼人，她說秋薑跟一個男人走了。」

「是嗎？那恭喜你又得了一頂綠帽。」

風小雅輕笑了一聲，但很快轉成了擔憂。「秋薑身受重傷，想必是被那人劫持了，才會看上去摟摟抱抱地離開。」

袁宿不敢置信地看著他，半晌，才譏諷道：「你很擅長安慰自己。」

「我必須盡快知道發生了什麼事，誰帶走了她，又去了哪裡。」風小雅注視著他，說：「所以，接下去，我可能要對你做些不好的事情了，直到你肯告訴我陣眼的位置。」

「什麼不好的事？莫非你也要餵我吃一顆催情丸？」說到這個，袁宿心頭一陣窩火。那天秋薑騙他說那東西是催情丸，害他吃下後膽顫心驚了半天，不得不說出自己的真實身分，結果等了半天，體內什麼異樣都沒有。那個騙子！果然一個字都不能相信！

風小雅不再說話，只是抓住他的手。

袁宿立刻感到自己被握住的地方似被一根針扎進來，穿骨而入，激靈得他差點跳起來。

他立刻咬牙強行忍住，然而第二根、第三根、第四根……大概有六根針先後扎進來。最後來的不是針，而是一把劍。冰冷而犀利的劍意直沖血脈而入，瞬間，冷汗浸透他的後背。

「你！」

風小雅將手上移，移到他的脖子處。於是那六根針加一把劍便從脖子處刺入，袁宿眼前一黑，正要暈厥，風小雅的另一隻手伸過來，按住了他的天靈穴。

天靈穴的劇痛讓他重新清醒。

袁宿的牙齒發出一陣「喀喀」聲，沉聲道：「就算、你、再會、用刑，我、我也不、不說！」

「用刑？」風小雅失笑一聲，淡淡道：「不，這還不是。我只是先讓你感受一下我的感覺。」

袁宿一震。

「你感受到的這七股內力，時時刻刻都在我體內流竄。所以，如果別人碰觸我，也能感覺得到。有意思的是，被我碰觸的人似都無法堅持。可我，已堅持了十五年。」從十歲起，被父親強行從死亡線上用這七股力拉回來後，這七股力就成了他的生機，也成了他的痛苦。

「我要告訴你，我之所以忍受這個，就是為了秋薑。我的決心遠超你之想像。你必須告訴我陣眼所在，否則，我會做出任何能夠幫助我從你口中得到答案的事。」

風小雅逼近他，那雙烏黑如墨的眼瞳在他眼前放大，呈現出一種難以言喻的恐怖來。

可袁宿仍是不甘，忍不住問：「你會怎麼做？」

「我會把你送給剛才那位老婦人。」

十分平淡的一句話，卻比此刻衝擊著他脖子和天靈穴的那些內力有用得多，袁宿的臉瞬間白了。

「我會告訴她們，你知道足鑌的配方。所以，謝家復興有望了。」

袁宿的臉從白到紅。

「我還會告訴她們，你還有個叫孟長旗的好朋友，是公輸蛙的弟子，掌握著很多機關巧件的圖紙。有了鑌，再有了圖紙，謝家不僅可以復興，還能一躍而上超過周家……」

袁宿的臉再次從紅轉白。

「她們當年如何對你和你娘，現在就能如何對你和孟長旗。」

「魔鬼！」袁宿嘶啞著聲音道：「你和七兒一樣，都是魔鬼！」

「陣眼在哪裡？」

袁宿渾身戰慄。

風小雅睨了他一眼，扭頭吩咐車外：「焦不棄，去帶孟長旗……」說到一半，身後已傳來袁宿崩潰的聲音——

「第九家！第九家！在第九家爐下！」

風小雅將手從他脖子和天靈穴上撤走，微微一笑道：「受累了。」

袁宿一下子癱軟在車榻上，大口大口喘著氣，眼淚嘩嘩流下來，因為屈辱，因為痛苦，更因為絕望。

第九家工坊看上去最是破舊，似已廢棄許多年，招牌都沒有了。推門而入，裡面全是蛛絲，屋內空空，除了一口冶煉用的大火爐，能拿走的東西都被拿走了。

火爐壁上刻著一片柳葉。看到這片柳葉，風小雅便知道袁宿沒有撒謊。這裡是謝繽當年的工坊，作為他的兒子，在復仇時，自然將機關設在此處。

風小雅凝視地上的灰，地上有一層薄灰，還有很多腳印。腳印很新，應是這兩天留下的。

袁宿在一旁跟著，他不會武功，因此三人並不提防他。

孟不離和焦不棄將火爐拆開，找到爐下的機關，機關是開著的，沒有合攏，露出黑漆漆的洞口。

焦不棄拿著火摺子先跳下去，過了一會兒，喊：「可以下來了。」

孟不離便帶著袁宿一起跳下去。最後是風小雅。

底下是一個很大的房間，搭建著一個類似水車的巨大東西，只不過，它是鐵製的。孟不離曾經跟隨燕國的皇后謝長晏常年出入求魯館，一眼認出這東西跟求魯館裡的某個模型一模一樣。據說是公輸蛙專門為運河開山設計的，填入火藥後藉助水力運轉，能令火藥的威力增加數倍。

如今水車已經停住了。地上狼藉一片，有一根橫梁掉下來，正好卡死在車軸處，將它停下。

風小雅第一眼看見的卻是血。

血濺在其中一片風車扇葉上，褐色中帶著黑色的小結痂，正是肺腑受過傷的表現。也就是說，這是秋薑的血！

焦不棄蹲下身仔細檢查一番地面，得出結論道：「夫人在此逗留過大概半個時辰左右，血跡不是與人交手導致，而是啟動機關時不慎被這根木桿打到，應該是在這個方位，所以吐出的血才會濺到那裡……另外，地上的灰塵在她來前被清掃過，抹除了痕跡……也就是說，在夫人來前，就有人先一步趕到這裡，殺了袁宿安排在此地看守機關的手下。」

風小雅微微瞇眼。

袁宿的表情很難看。

「當夫人吐血後，對方再次出現了，這裡有個腳印，唔……身高應與夫人差不多，是個年輕男子……」

焦不棄還在推測，孟不離突蹲下身，從一堆木屑裡撿出一片衣衫的布。白布，綢緞，上面還有一股沁人心脾的香味。

風小雅立刻得出結論。「朱小招。」

焦不棄驚道：「帶夫人走的，是朱小招？」

風小雅摸了摸斷裂的木桿，上面有被利器割斷又重新釘上的痕跡。「有人在機關上動了手腳，當秋薑靠近它時，才會被它打中。」

他又朝扇葉走過去，指著上方的血漬道：「秋薑被擊中後，本可以離開原地，但她沒有，因為她用自己的身體抵住了這根木桿，想強迫機關停止。」

焦不棄點點頭。「朱小招想必就是趁這個時候出現的。」

「他沒有靠近，不是出於同門之情，而是秋薑做了什麼，逼得他不敢靠近。」風小雅說到這裡，神色越發沉重。

焦不棄迷惑道：「據我所知，朱小招是品先生的人。」

風小雅的眼瞳由淺轉深，變成了深深擔憂。「他背叛了。」

第二十九章 小樓

時間在這一刻彷彿倒轉，場景回到了兩天前的午夜時分——

秋薑提著燈籠好不容易找到爐下的機關，歡喜地跳下來。下來後，看見無人自轉的機關，她頓時頭大，喃喃自語道：「我可不會這玩意啊……謝長晏在這裡就好了。」對著眼前這個龐然大物靜靜地看了一會兒後，她嘆了口氣。「時間緊迫，只能死馬當活馬醫了！」

她將燈放在地上，束起頭髮道：「既然是陣法，那麼應有生門。休、生、傷、杜、景、死、驚。正東為生，就那根吧！」

秋薑抓準時機，拔出匕首跳上不斷運轉中的風葉，剛抓住正東方向的桿子，桿子突然掉轉方向朝她砸下來。

秋薑立刻腳尖一點，橫飛出去，然而桿頭還是砸在她的後背上，喉嚨頓時一甜，「噗」的噴出一口血。

秋薑心想都已經挨砸了，更沒道理放棄，索性反手一抱，抓住木桿爬上去，抓著桿頭跳到橫梁上，用鑌絲在橫梁上飛快切出一個缺口，再將木桿死死地嵌在上面。

伴隨著「喀喀喀喀」一陣震動聲，風葉停下了。

秋薑也累出一身大汗，更糟糕的是再次咳血，咳得停不下來。

她坐在橫梁上，氣喘吁吁地掏出藥瓶，數了數，還在猶豫吃幾顆，就聽到腳步聲。她索性將瓶子裡剩下的藥一口氣全吞了下去。

上方的暗板輕輕滑開，一人像是白紗般輕飄飄地墜落於地，在微弱的燈光中抬起頭，望著將桿頭死死按在橫梁上的她，微微一笑。「需要幫忙嗎，七主？」

此人正是無論什麼時候都很親切的朱小招。

秋薑回了他一個微笑。「你來得正好，快，快上來搭把手，我都按累了。」

「如此勞累，我勸七主還是放棄吧，夫人還在等您回去呢。」

「那你又是什麼情況？為何不好好地留在漵瀧城照顧我姑姑，跑這裡來監視我？」

朱小招嘆了口氣。「我是來幫您的。」

「那你就快上來呀。」秋薑露出十分急切的樣子。

如此一來，朱小招反而不敢上去了，停步在她下方道：「七主，可願聽我一言？」

秋薑笑咪咪道：「我聽著呀。」

「雖然我不知道七主心中是不是另有想法，但我看得出來，您跟夫人是不一樣的人。」

「喔？」

「您也看得出來，夫人已是強弩之末，肯定鬥不過老師。」

「原來你是老師那邊的呀？」

「老師是個了不起的人，但他有個缺點，致命的缺點——太婆婆媽媽。他非要《四國譜》，所以要留著夫人；他要留著夫人，就得留著頤殊。結果呢？瘋狂的頤殊做出了這般瘋狂的事。」朱小招說著指了指密室中的機關，臉上的神色有些悲憫，有些感慨，但更多的是坦然。「這一切，本可以不發生。」

秋薑眨了眨眼睛。「也許《四國譜》真的很重要？」

「會比蘆灣的三萬百姓性命更重要？再放而任之下去，不僅蘆灣，整個程國乃至唯方四國，都將再起動盪。您從燕國來，相信您會看得更清楚——如意門，已是四面楚歌、三國公敵，必將滅亡。」

秋薑嘆了口氣。「一百二十年的基業啊……」

「這都是因為夫人無能，而老師過柔所致。」

「那你覺得應該怎麼辦？」

朱小招笑了起來。「我覺得七主就很好。」

「哪裡哪裡。」

「七主有姬家血脈，是如意門名正言順的繼承人。老師又一向很疼愛您。我之前聽說過您的諸多傳說，這些日子親眼見到您，又跟您相處了一段時間，覺得您無論才學品行，都十分出眾。若是由您帶領如意門，必將破蛹化蝶，重振輝煌！」

「謬讚謬讚。」

「我願奉七主為主，馬首是瞻。」

「你說了這麼多，卻連上來幫我按著它都不肯。」

朱小招的笑容變得意味深長起來。「那是因為，這不是如意夫人該做的事。」

「如意夫人應該做什麼事？」

「蘆灣沉沒，程失國都，必定大亂。頤殊也好，頤非也罷，他們狗咬狗，就無暇顧及別的事情。我們送走夫人，說服老師，重新整合如意門，重建螽斯山，等到時機成熟，趁頤殊和頤非兩敗俱傷之際出手，將頤殊的罪行公布天下，再一舉取而代之！」

秋薑瞇起眼睛，悠悠道：「原來你想當程王？」

「我的一切都是為了如意門。如意門要錢有錢、要人有人，為何要一直活在暗處？為何不能化暗為明？為何非要姓程的人坐龍椅？他們已經證明了，他們既不能當好皇帝，也當不好傀儡。」

秋薑沉思了一會兒，緩緩道：「可是，你若坐了龍椅，又如何保證對如意門的忠誠呢？」

朱小招有些不好意思地笑了笑，清了清嗓子道：「若七主肯紆尊降貴，嫁與我為妻，那麼，如意門門主就是程國的皇后！我們始終利益相關，一體同心。」

秋薑似有些錯愕地挑起眉毛。「原來如此，你倒是為我想得很周全。」

「七主風姿過人，實令我寤寐思服。」朱小招說著拱手行了一個大禮。

秋薑不禁莞爾一笑。「我同意。」

「當真？」朱小招露出驚喜之色。

「但是，我沒有信心送走姑姑。」

「我自會助七主一臂之力！」

「我也沒有信心說服老師。」

「只要七主把那桿子放下。老師此刻正在蘆灣城中，他不會武功，蘆灣城若沉了，他就無須我們去說服了。」

「有道理！」

「而且，只有蘆灣沉沒了，我們才有理由去討伐女王。所以，蘆灣，是必須要沉的。」

「你說得對，是我想岔了！」秋薑說著鬆開手，又一陣「喀喀」聲後，桿頭脫離橫梁上的缺口，彈回原位。而原本停止的風車，再次旋轉了起來。

秋薑朝朱小招招手道：「我聽你的了。我要下去囉。」

朱小招張開雙臂。「我接著您！」

秋薑咯咯一笑，朝他跳下去。朱小招一把接住她。

秋薑在他懷中順勢摟住了他的脖子，笑問：「你是什麼時候開始喜歡我的？」

「自然是從……」

在朱小招的回答聲中，秋薑手指微彈，彈出鑌絲，悄無聲息地朝他的後頸靠近，眼看就要繫上時，朱小招突在秋薑心口重重一按。

一陣劇痛頓時令她眼前一黑，手指無力鬆脫。

朱小招反手將鑌絲從她手中抽走，笑著道：「自然是從看見七主用此物乾脆俐落地殺人開始。」

「你胡說。」秋薑身體劇痛，但臉上還是笑吟吟的。「我從沒用它殺過人。」

朱小招也笑咪咪的。「這樣啊……那看來，我自然也是從……沒有喜歡過七主的了。」

兩人目光相對，彼此笑得就像是一對情投意合的戀人。

秋薑嘆了口氣。「我什麼都聽你的了，你卻不喜歡我。」

「您若能一直這麼聽我的，我肯定會喜歡上您的。」朱小招說著抱著秋薑轉身要走。

秋薑突道：「啊喲！我疼！我難受！」

「我這就帶您去看大夫。」朱小招腳步未停。

秋薑伸手抓住牆上的凸起物道：「你先帶我回去見夫人吧。我們想想怎麼才能送她走。」

朱小招在她心口又狠狠地按了一下，秋薑頓時痛得雙手無力垂落，再也抓不住任何東西。

「見到夫人後，儘管聽我的就好。」跟他狠辣的動作截然相反，他的聲音依然很親切，笑容依舊很溫文。

「好吧好吧，那你好好走。我好累，好睏啊……」秋薑見自己偷偷撕下的那片衣服碎布已經神不知、鬼不覺地飄到角落裡，便放心地在他懷中閉上眼睛。她來此地風小雅是知道的，若他稍後尋來，便會知道是誰帶走自己。她確實已經精疲力竭，又被朱小招狠狠按了兩下，沒好多少的五臟六腑估計又開裂了。

朱小招對她的溫順雖感到些許詫異，但搭她的脈息確實是油盡燈枯之勢。這個女人暫時還不能死。

他一邊想著，一邊抱著秋薑從爐洞裡重新跳出去……

密室裡的風小雅飛身跳上斷裂的橫梁，看到了斷口處留下的鑌絲痕跡。秋薑一開始在這裡用鑌絲劃了個缺口，將木桿卡在此處。然後，在她跳下去前，用內力暗中一擊，因此橫梁上半部分是光滑切痕，後半部分卻是毛刺的斷層。

「她跟朱小招離開後，這根橫梁才斷，倒下來，卡住了風葉，於是再次停止了機關。」

「也就是說，朱小招以為自己勝券在握，帶走夫人。不想此地的機關還是被毀去了？」

焦不棄提出疑惑道：「蘆灣未沉，他應該知道是機關又出了問題，但他沒有回來，為什麼？」

「想必是又發生了一些事，他沒法再回來了……」風小雅看到這裡，當機立斷道：「走。我們找找看他們去了哪裡！」

孟不離當即背起袁宿往上跳。袁宿至此忍不住出聲道：「你們就這麼肯定自己推斷的是事實？沒準是你們的好夫人劫持朱小招走的，而橫梁是朱小招弄斷的呢？」

風小雅和焦不棄還沒回答，孟不離已開口：「沒準、是、長旗、兄。」

袁宿頓時緊閉嘴巴，再也不說話了。

頤非站在城樓上，久久凝望著十室九空、滿目瘡痍的蘆灣城。

這時，薛采匆匆走了上來，睨著他道：「你很閒？」

頤非苦笑道：「總得讓我喘口氣啊，都兩天兩夜沒睡過覺了。」

「既如此，為何不去睡？」

頤非敲了敲自己的腦袋。「這裡疼得很，怎麼也睡不著。總覺得還有什麼事沒做，還有更大的危機在前方。」

薛采沉默了一會兒，道：「你是不是想問頤殊在哪裡？」

頤非立刻站直了，正色道：「可否告知？」

「告訴了你，甚至把她帶到你面前，你能如何？」

頤非一怔，面上猶豫之色漸起。

「你什麼也做不了。你畢竟是她哥哥，也許還有什麼軟肋在她手上。她一哭一求一威脅，你就會綁手綁腳。頤非，你的心還不夠狠。」薛采神色淡漠，說出的話更是字字誅心：「所以，把她交給我，才是最合適的。放心，殺她之前，我會告訴你的。」

頤非忍不住又敲起自己的頭，薛采的這番話不無道理，卻讓他的頭更加疼了。

「至於你所擔心的事……我的人已追上鶴公，從他那裡得知，南沿的機關徹底被毀，蘆灣不會沉了。」

「當真？」頤非大大鬆了一口氣，再看著蘆灣城時，便看出了百廢待興的希望來。

這時一人飛身上樓，赫然是消失一段時間的朱龍。

頤非忍不住問：「朱爺？這段時間去哪裡了？」

朱龍哈哈一笑。

那一天，朱龍去朱家鋪子前院開門，落入朱小招手中，又被朱小招送給了品從目。品從目自然將他放了，但他沒有回到薛采身邊，而是奉薛采之命去追查如意夫人的下落。

「如意夫人本在瀲灩城，昨天下午，突然來了一輛華麗馬車，將她接走了。我沒能及時追上，目前失去她的下落。」

「記住馬車的樣子了嗎？」

「是。」朱龍從懷中掏出一幅畫。「大致畫了下來。」

薛采看著那幅畫，眼角微微抽動。「此番事了，回去後好好練練畫吧。」

頤非好奇地湊過去一看，然後安慰地拍了拍朱龍的肩膀。「人無完人。」

朱龍無語。

薛采將畫合上道：「然後你便回來了？」

朱龍露出遲疑之色。

薛采微微擰眉。「怎麼了？」
「我還看到了秋薑跟朱小招。」
頤非面色頓變，一把抓住他的手。「在哪裡？」
「如意夫人被接走後不久，朱小招抱著秋薑來了，沒找到夫人後，又走了。我就派人跟著他們了。」
「你為何不自己跟著他們！」
朱龍奇道：「我為何要跟著他們？」他納悶地看看頤非再看看薛采，見二人的表情都很凝重，便察覺出些許不對勁來。「是不是我……錯過了什麼？」
頤非這才想起秋薑身世揭曉之時朱龍並不在場，也就是說，朱龍尚不知道秋薑就是姬忽，因此在他看來，秋薑自然是沒有如意夫人重要的，所以他選擇自己去追如意夫人，而把秋薑交代給白澤的其他人。
頤非看向薛采，薛采對他道：「你留此處繼續，我去找他們。」
頤非欲言又止。
薛采便又加了一句：「放心。如意夫人和秋薑，我都會帶回來的。」說罷，他便帶著朱龍離開了，小小的身影混入人潮後，便如遁形了一般。
頤非在城樓上敲著自己的頭，看著芸芸人潮，想起小時候看雨後的螞蟻，一群群、一列列，忙碌而有序。也許在天神眼中，人類和螞蟻並無不同，一樣努力，一樣卑微。
這時一名兵卒跑上來，對他匆匆耳語一番。頤非面色頓變。「確定是他？」
「跟您描述的人很像……」
頤非立刻扭身下樓，跟他走過兩條街，來到一棟樓前。樓高三層，樓頂站了兩個兵卒。頤非「登登登」衝上閣樓，從窗戶爬上去，看見了品從目。

品從目奄奄一息地躺在屋頂上，臉色慘白，神情卻很淡然。幾步遠外，趴著一隻貓，懶洋洋地晒著太陽。

頤非不由得想：這貓是怎麼活下來的？

品從目看見他，招呼道：「三殿下來了。」

「是啊。你的死期也到了。」

品從目微笑道：「我覺得我還能再活一會兒。」

頤非想了想，揮手示意兵卒們退下。兵卒們離開後，屋頂上便只剩下兩人一貓。

頤非走到品從目跟前，拉開他的衣袍，不出意外地看到他的下半身紅腫潰爛——這是海水浸泡中感染所致。蘆灣城存活下來的一萬人裡，便有三千人目前飽受此苦。

品從目畢竟是七十多歲的老人，又不會武功，看上去狀態比普通人更差。

頤非冷笑道：「多行不義必自斃。這也算是你的報應。」

「我真覺得還能再活一會兒。比如，殿下會救我。」

「你惡貫滿盈，死一百次都不足惜，我為何救？」

品從目笑了起來——他的臉已經變了，變得蒼老憔悴，可這一笑，還是莫名地很好看。「之前的那個提議，還能談談。」

頤非覺得很荒謬。「你好像已經快死了吧？」

「我死前，將如意門留給你。」

「哈？」說到這個，頤非就來氣。「你似乎忘了，你上次給了我一盒假地契！」

品從目兩眼彎彎，看著他，便像是看著很爭氣的孫兒一般慈祥。「因為我在那之前不認識你。我想給你一些東西，總要先確認一下，你是什麼樣的人。」

頤非皺眉，若有所思地盯著品從目，好半天才道：「你到底是什麼人？」

「我是……」

品從目說到這裡，頤非聽到身後風聲，立刻橫飛出去。一支毒箭射中他剛才所在的地方，因為頤非躲開了，那一箭便射在品從目的腿上。

與此同時，四個銀門弟子竄上屋頂，將品從目圍了起來。

頤非當機立斷，立刻轉身逃，卻不料底下早有布置，一張大網突然張開，正好接住跳下去的他，把他緊緊捆了起來。

頤非在網中對品從目道：「是你安排的？」

品從目似笑非笑，只是看了眼自己流血不止的腿。

一個銀門弟子道：「一起帶走！」

顛簸的馬車上，秋薑的眉頭始終皺得緊緊的，額頭的冷汗一滴滴地順著鬢角滑入衣領，但她一聲不哼。

坐在她對面的朱小招臉色很不好看，一向親切的笑臉此刻也不笑了。一名銀門弟子跪在他腳邊，渾身發抖。

「我讓你們看著夫人，怎會讓她被人接走？」

銀門弟子顫聲道：「我們試圖阻攔，但夫人看見車中之人後，執意要走，且不讓我們跟隨……」

「你們不會偷偷跟？」

「我、我們……我們不敢……」

朱小招注視著該弟子，臉上帶著一種奇怪而複雜的表情。那名弟子哆嗦得越發厲害。

「對、對不起！四爺，我、我們真的不敢違抗夫、夫人……」

朱小招忽然看向秋薑道：「如意門訓練弟子，便如熬鷹馴象，從小開始養，長大了，他們就都不敢反抗。妳看夫人的鷹熬得多好啊。」

秋薑淡淡道：「不也有你這樣的異類嗎？」

朱小招微微一笑。「既然獵鷹者終會被鷹啄瞎眼睛，那我為什麼不能當那隻與眾不同的鷹呢？」

「是，你好厲害、好了不起。」

朱小招很是滿意秋薑的識趣，踢了該銀門弟子一腳。「滾吧。」

銀門弟子便真的「滾」下了馬車。

朱小招眼中再次露出那種奇怪的表情，道：「這種熬好了的鷹，很好用，但也很無趣。」眸光一轉，轉到秋薑臉上，看著她默默忍痛的表情，親切一笑道：「還是七主好。因為，七主是個『人』。」

「所以你開始喜歡我了嗎？」

「只要妳告訴我，如意夫人去了哪裡。」

「我怎麼會知道？」秋薑詫異道：「我可一直跟你在一起。」

朱小招「刷」的展開一幅畫，畫上是銀門弟子憑記憶畫出的馬車，同樣的馬車，這一幅比朱龍那幅好了不止一點半點，如果薛采在這裡看見，肯定吐血。

朱小招將這幅畫展給秋薑看。「見過這輛馬車嗎？」

秋薑仔細辨認。

朱小招挑了挑眉。「妳果然見過。」

「這是頤殊的馬車。」

「妳是說，接走如意夫人的人是女王？怎麼可能！」

秋薑嘆了口氣。「是啊，怎麼可能呢……」

頤殊設計將仇敵全部吸引到蘆灣，想將他們一起殺死，其中就包含她最恨的如意夫人。可是如意夫人生性狡猾又有傷在身，沒有親自去，而是讓秋薑去了蘆灣。

如此一來，頤殊計畫落空，自己也被薛采所擒。

可現在，有一輛她的馬車突然出現，將如意夫人接走了，怎麼可能？

秋薑也想不明白，不過她樂見此事發生。見不到如意夫人，即意味著她暫時安全，她還有機會從朱小招身邊逃脫。

只要她能逃脫，一切就還有轉機。

一念至此，秋薑再次閉上眼睛，想要抓緊時間再次療傷。但朱小招一眼看出她的意圖，便伸手在她心口再次重重一按。

秋薑頓覺喉嚨一甜，血液溢滿口舌，又被她死死地嚥了回去，依舊沒有發出痛苦的呻吟聲。

朱小招目露讚許之色道：「七主，果然是『人』啊。」

「你也果然不是『人』啊。」

朱小招笑了起來，笑得十分愉快。就在這時，馬車驟停，震得秋薑一口血憋不住，「噗」的噴了出去。

朱小招顯然有些意外，當即掀簾道：「什……」剛說了一個字，他就看見一輛馬車——

跟畫像上一模一樣的馬車，此刻赫然擋在他的馬車前方。

一時間，連秋薑的心都提到了喉嚨——怎麼回事？

朱小招目光閃動，人卻立刻跳下車去，躬身行了一個大禮。「是夫人嗎？屬下帶著七主去瀲灩城，沒有找到夫人，正不知該如何是好……」

他的話說到一半，那輛馬車的車門打開了，露出裡面坐著的人來。

裡面只坐了一個人。

但是，看到這個人，朱小招和秋薑頓時明白如意夫人為何會執意跟此人走了。

因為這個人是江晚衣——天底下所有的病人，都最想看見的一個人。

便連秋薑此刻看見他，都莫名覺得自己的疼痛減弱了一些。

朱小招盯著江晚衣，又看了眼空無他人的車廂，道：「原來是江神醫！聽說夫人上了您的馬車，請問她現在何處？」

江晚衣不回答，而是直接走下車，逕自來到秋薑跟前，握住她的手開始搭脈。

良久，才放下。

「妳快死了。」他道。

秋薑「噗哧」一笑。「能不能說點兒好的？」

「我叮囑過，要妳精心休養。妳不但不聽，四處奔波，傷上加傷……而且，還一口氣將我給妳的養心丹全部吃了，藥性過量，妳的身體已經嚴重透支，活不過今晚了。」

秋薑一怔。

朱小招也一怔，忙道：「可還有救？」

「沒有了。」江晚衣說罷就走，回自己的馬車去了。

朱小招跟了上去。「神醫！求你救救七主！」她此刻還死不得啊！

「她咎由自取，恕我無能為力。」

「那、那夫人現在何處？」

「在捧珠樓。」

朱小招看向駕車的銀門弟子，該弟子立刻答：「是鳳縣最大的青樓。」

朱小招疑心頓起，盯著江晚衣道：「夫人為何會在那裡？」

「我怎麼知道？」江晚衣顯得極盡冷淡。「我還要趕赴下一個病人處。」

見朱小招還擋在路中不動，江晚衣挑了挑眉。「你不讓我走？」

朱小招心念轉動，但最終沒敢攔，讓出了道路。

江晚衣的馬車便離開了。

秋薑望著他的馬車離開，輕嘆道：「當大夫真好啊，連老鷹都不敢啄。」

朱小招沒好氣地瞪了她一眼。「妳先想想自己怎麼辦吧。」

「誰讓你一路上落井下石，我本還能多活幾天的……現在看來，你只能留著我姑姑，娶她當皇后了。」

朱小招的微笑再也維持不住，臉部肌肉抽動了起來。「閉嘴！」

「我姑姑雖然年紀大了些，但比我美多了，你將就將就。」

「我說——閉嘴！」朱小招一掌拍在車門上，馬車劇烈地震動一下。秋薑又「噗」的吐了一口血。

然後，她抬起衣袖，擦乾淨嘴邊的血漬，柔聲道：「我都活不了幾個時辰了，你讓我說點兒遺言吧。」

朱小招無奈且煩躁地嘆了口氣，沉著臉上車道：「行，妳說！」

「我吧，其實性格跟你聽說的那個七兒不太一樣，我是個可愛笑的人了。我呢，又愛笑，又喜歡看人笑，還愛逗人笑。看見大家都笑，我就開心。」

朱小招控制不住地翻了個白眼，只覺車內是如此聒譟。

「可是我命不好。我遇到的人，除了老師以外，都不愛笑。」

這句話莫名擊中了朱小招，他怔了一下，再看向秋薑時，猛然意識到——她是真的在說遺言！

「我娘就不愛笑。她每天都特別忙，忙得根本沒有時間聽我說話。我弟弟也不愛笑，特別少年老成，端著收著，無趣得很。後來，我進了如意門，終於看見了姑姑的笑，可她的笑，是假的。如意門裡的人，也都不笑。」

朱小招不由得接了一句：「哭都哭不出來的鬼地方，還笑？」

「是啊，如意門真是一個讓人哭都哭不出來的地方啊……」秋薑嘆了一聲，眼神中蕩起了重重漣漪，宛若哭泣，但沒有眼淚。「我的太太太太姑婆肯定沒想過，她的如意，其實是很多很多人的不如意。」

如意門的第一代如意夫人名叫姬意，她將姬字拆為如，加上她的名字便是如意夫人。

此後的一百多年，這三個字，是很多很多人的惡夢。

秋薑想，這就是姬家的原罪，所以即使這一代的姬家出了一個聖人般的姬嬰，也到底沒能贖清罪孽。

朱小招忽道：「妳有什麼遺言？」

「你要幫我完成嗎？」

「聽聽無妨。」

秋薑輕笑一聲：「我想要《四國譜》。」

朱小招詫異地挑眉。「怎麼妳也想要那玩意？就算它記載了許多了不得的祕密，但妳都快死了，就算拿到了，也要帶著祕密走，還能興什麼風、作什麼浪嗎？」

「我留給你。你替我興風作浪如何？」

朱小招當然心動，但又覺得是陷阱，盯著秋薑默不作聲。

「我們現在去捧珠樓，演一齣戲給我姑姑看，若能從她口中得到《四國譜》的下落，你找到後燒給我，我做鬼也感激你。」

朱小招目光閃動。「妳認真的？」

「人之將死，其言也善，聽說過沒？」

「我只知道禍害遺千年。」

秋薑哈哈一笑，笑得再次咳出了血沫。「那你考慮吧。快點決定，因為再晚些，我便連演戲的力氣都沒了……」

馬車搖搖晃晃，簾子飄飄蕩蕩，朱小招注視著外面明明滅滅的道路和行人，還在猶豫不決。

朱小招一直夾在品從目和如意夫人中間做雙面細作，親眼看見了品從目為了得到《四國譜》而夜不能寐，心知它必定有其特殊之處，才會令品從目和秋薑都如此念念不忘。

可是，巨大的誘惑意味著巨大的危險，有必要為了此物增加不必要的麻煩嗎？

就在這時，車後傳來一陣馬蹄聲。

朱小招回頭看了一眼。「停車！」

馬車停下，一隊銀門弟子策馬而來，行禮道：「四爺！」

他們從馬背上拖下二人，扔在地上，赫然是被五花大綁的頤非和奄奄一息的品從目。

朱小招大喜道：「送上車來。然後，出發去捧珠樓！」

頤非和品從目被送上馬車。

頤非看見秋薑，整個人都驚呆了——她怎麼會在這裡？薛采呢？還有……她怎麼了？

秋薑的目光卻是先看向了品從目，品從目朝她微微一笑，秋薑這才移向頤非，黑漆漆的眼睛裡看不出有何情緒，然後閉上眼睛，竟是要睡了。

而這時，朱小招開口了：「老師，您還好嗎？」

品從目強打精神，稍稍坐起一些，他腿上的箭已被拔掉，但包紮得很草率，一路上又在馬背上顛簸，因此直到此刻還在滲血，再加上大面積感染，連說話都很費勁。但他還是微笑地答：「我很好。看見你，我就更好了。」

「老師，我現在就帶您去找如意夫人。」

「乖。」

朱小招看看他，又看看秋薑，以往兩個不可一世之人此刻都在他的掌控下，如此荏弱可欺，如此任憑揉捏，這種感覺令他感到十分愉快；再看看頤非，便覺得更愉快了。

「三殿下，您也來啦。」他打招呼道。

頤非苦笑。「我可真是不想來……我能問問，到底發生了什麼事嗎？」

「我讓弟子們去接老師回來，沒想到他們把您也帶回來了。既來之則安之，三殿下就隨我去如意夫人面前走一趟吧。」

「她怎麼會在你這裡？」頤非指了指秋薑。

「七主快死了，我帶她回去見夫人最後一面。」

頤非心中頓時一緊，直勾勾地盯著秋薑。秋薑閉著眼睛，沒有回應他的視線。

「她怎會如此？」

「這個啊……」朱小招歪頭很認真地想了想。「女王埋了火藥想借海水淹沒蘆灣，老師跟七主在城中彼此爭鬥，兩敗俱傷，然後我及時出現，制止二人繼續內訌，將他們帶回，由夫人定奪處置——您覺得，這個說法如何？」

頤非的心沉了下去，睨著朱小招看了半天，道：「真是很棒的說詞。你立了如此大功，七兒又快死了，如意夫人恐怕也命不久長，如此一來，如意門只能由你接手了。」

「知我者，三殿下也。」

「那你帶著我做什麼呢？莫非你也想跟我合作，扶我做下一個如意門的傀儡程王嗎？」

朱小招哈哈一笑。「這是夫人的想法、七主的想法、老師的想法，但是……我有更好的想法。三殿下想聽聽嗎？」

「請——」

朱小招凝視著頤非，緩緩道：「王侯將相寧有種乎？為何程國一定要你們姓程的人，當皇帝？」

頤非終於明白他的意圖，也明白了他為何背叛品從目，此人竟有如此野心，如意門都不能滿足他。「你說得對！」

「三殿下真這麼覺得？」

「我還有別的選擇嗎？我若說不行，豈非立即就會沒命？」

朱小招呵呵笑道：「三殿下真是個聰明人，比您的兄弟姊妹都要聰明許多。」

「你若真能從如意夫人那裡得到如意門，我便以前三皇子的身分聲討頤殊，將她的罪行公布天下，然後薦你為王，逼她禪位，如何？」

朱小招感到有些意外，充滿狐疑地看著頤非。「你這麼聽話？」

「我是聰明人嘛！只要不殺我，什麼都好說。」

朱小招沉默了，目光閃動，不知在想些什麼。

品從目忽道：「別信他。你駕馭不了他，若留著他的命，最終會被他反噬。」

朱小招抬頭盯著品從目，一向和善的臉突然扭曲著變化了。「您還是……這麼……看不起我啊。老師。」

品從目淡淡道：「這是事實。」

「什麼是事實？事實是我當年想學武，您不教；我想學奇門遁甲，您不教；我想學的一切您都不教，唯獨教我搗鼓那些娘兒們用的無聊香粉！」

若非情勢特殊，頤非幾乎要失笑出聲。沒想到朱小招跟品從目之間還有這種心結，難怪他一口一個老師，叫得充滿刻意。

品從目皺了皺眉，不說話了。

「您什麼都不教我，沒關係，我自己學。您偏愛七兒，也沒關係。因為現在，我已經證明了，我比七兒，比您，都要厲害。您們的生死，此刻已經掌握在我的手中。」

頤非湊趣地鼓掌道：「天將降大任於斯人也，朱四爺果是人中龍鳳。佩服！」

朱小招並不是一個愛聽奉承的人，也心知此人口蜜腹劍，可頤非畢竟是三皇子，來自他的恭維話，總是聽著比普通人要舒服很多。因此他笑得越發愉快了些。「老師，您還有什麼話想指點弟子的嗎？」

品從目看著他，輕輕一嘆。「小招，你想不想知道……自己原來的名字？」

朱小招一怔，警覺地戒備。「什麼意思？」

「你四歲入如意門，兒時的事都不記得。如今大權在手，若是真的當上程王後，可會想尋根問祖？」

朱小招生硬地回答：「我沒想過這個問題。」

「那麼從現在起，不妨好好想一想。」

朱小招心中升起某種不安來，他盯著品從目道：「你為何要對我說這個？」

「你說得對，程國的皇帝，不一定要姓程的人當，換成姓朱的也可以。但是，你真的姓朱嗎？」

這麼簡單的一個問題，令朱小招所有的得意和歡喜蕩然無存。

頤非在一旁看著，莫名對品從目起了敬畏之心。此人不愧是如意門的副門主，大魔頭，真是懂得誅心之術啊。

馬車顛簸，車內三人都不再說話。而秋薑始終閉著眼睛，沒有發出任何聲音。

如此過了盞茶工夫後，車夫停下馬車，道：「四爺，到了。」

捧珠樓大門緊閉。

趕車的銀門弟子去打聽一番後回來稟報道：「四爺，說是樓裡的姑娘們聽說蘆灣出事，紛紛上街捐東西去了，且停業三天，拒不接客。」

朱小招嗤鼻道：「莫名其妙！跟她們有什麼關係？」

頤非若有所思地看著他。

朱小招注意到他的眼神，挑眉道：「你有話要說？」

「沒有。四爺說得對，一幫賣皮肉的賤人，哪有資格憂國憂民？」

朱小招瞇起眼睛。「你在譏諷我。」

「怎麼會呢？我覺得關樓挺好的，等會兒見了如意夫人，也無須擔心會有外人騷擾。」

朱小招冷哼一聲，示意弟子們包圍捧珠樓，然後讓他們背著品從目和秋薑，拖著頤非一起走進門內。

秋薑終於醒了，迷迷糊糊地睜開眼睛，臉色看上去越發不好。頤非擔憂地看著她，兩人目光相對，秋薑依舊沒有任何表情。

她在想什麼？頤非心中說不出的失落。

捧珠樓裡一個人也沒有，空空蕩蕩的三層建築。整個一層是個巨大的圓形大堂，圍繞中間的高臺擺放著許多坐榻，一個弧形樓梯從高臺一角蜿蜒上升，直通二樓，二樓是一間間客房。而最上面的三樓則是四大美人的住處，只用來招待她們的入幕之賓。能登上捧珠樓的三樓，是所有來這裡的男人夢想。

幾個搶先進來搜羅一番的銀門弟子此刻紛紛從樓上直躍而下，稟報道：「四爺，樓裡真的沒人。」

「就算外出捐東西，也不可能不留看門的……」朱小招想到此處，轉身從弟子手中接過秋薑，扶著她往前走。「七主，還是讓我扶妳走吧。」

一旁的頤非看得火大。這是拿秋薑當人質啊！

秋薑卻燦爛一笑道：「朱郎可真是體貼……」

朱郎？頤非一愣，腳步慢了半拍，被拖他的銀門弟子踹了一腳。

「快走！」

頤非咬牙，只能繼續前行。

「七主，妳說夫人會在哪裡呢？」

「恐怕……在後院？」

「七主高見。」朱小招使了個眼色，銀門弟子們便朝後院摸過去。過不多時，回來稟報。

「後院有竹林，林中有陣。」

朱小招轉頭看向秋薑，笑道：「那就勞煩七主費神了。」

秋薑也笑道：「願為朱郎一盡綿薄之力。」

頤非吸了一口氣，覺得牙都快酸掉了。

一行人出了後門，外面是一道迴廊，迴廊盡頭是一片碧綠色的竹子。

竹林深幽，落葉滿地，似乎平坦，卻內有乾坤。

秋薑強打精神抬步走進去。朱小招牢牢抓著她的手臂，步步緊隨。

頤非翻了一個白眼，跟在二人身後；而被銀門弟子背著的品從目看著他，莞爾一笑。

頤非不禁道：「你笑什麼？」

品從目道：「有點意思。」

又是這句……此人還真是個人物，被自己的弟子弄得人不人、鬼不鬼，都這般境地了

還笑意款款，似半點沒把生死放心上。話說回來，他到底是誰？他如此從容淡定，莫非是因為另有倚仗？

而隨著秋薑的腳步，眼前的竹林起了一連串奇妙的變化，明明無路的地方多出了道路，明明有路的地方變成了陷阱……

頤非想，如此奇技，朱小招學不到，難怪他心裡不忿。

朱小招看著眼前的玄機，忍不住側頭看了秋薑一眼。陽光照不進來的竹林裡，她的肌膚顯得越發蒼白，倒比往日多了幾分病弱的美感。可惜今晚就要死了，否則還真挺適合做個傀儡皇后的……

朱小招剛想到這裡，秋薑開口：「到了。」

前方出現一幢小樓，小樓的屋簷下，掛著一個鈴鐺——硨磲做的鈴鐺。

朱小招和秋薑對視一眼，看見了彼此眼中的疑惑。

五兒已經死了，自那後，因為紅玉的關係，夫人並未另選新的硨磲門主。此刻卻出現了硨磲門主的信物，莫非新的五兒出現了？

朱小招往前走了一步，秋薑沒來得及阻止，他腳下的青石塊突然向下陷入，一陣急促的鈴聲響了起來。

緊跟著，「刷刷刷刷」，四道風聲後，四名手持長劍的白衣少女出現。「何人闖陣？」

朱小招忙道：「頗梨門朱小招，攜瑪瑙門主七兒，青花老大品先生和前三皇子頤非，求見夫人！」

白衣少女們默默地盯了他們幾眼後，轉身帶路。

小樓從外面看，不高也不大，進去了才知道別有洞天。有一半房間都是臨岩而建的，岩石上有水涔涔流下，落進下面的石臼裡，沒出來後，就流到小池中。池中有魚，一個宮裝麗人在池旁餵魚。

頤非驚訝道：「羅紫？」

宮裝麗人回過頭來，看見這幾人也很驚訝。「頤非？七主？品先生？還有你是……」

朱小招拱手行了如意門內的見面禮。「瀲灩城朱家鋪子的掌櫃朱小招，於去年晉升為四。」

宮裝麗人便回了一禮道：「你們都認得我，我便不自我介紹了。我於昨日晉升為五。」

此人三十歲出頭年紀，梳著高高的髮髻，別著十根對插彩雲簪，儀容端麗，正是前程王銘弓的妃子羅貴妃。

第三十章 **死境**

對秋薑和朱小招來說，羅紫是琉璃門弟子，本歸丁三三管。派她去銘弓身邊，除了監視銘弓外，還有聯繫頤殊，掌控內廷之用。

去年，銘弓死了，頤殊登基了，按舊例，羅紫應該繼續待在宮中，享受榮華富貴的同時監視頤殊，或者返回如意門等待下一次任務。但螽斯山倒，如意門內訌，一時間失去對她的管束。沒想到她竟出現在鳳縣的青樓裡，還在昨天被提拔成五兒……發生了什麼事？

似看出眾人的疑問，羅紫嫣然一笑道：「我這一年來都在這邊休養生息，其間聽說夫人病了，派人尋找，直到前天才找到。我將夫人請來，請玉倌為她看病。夫人十分高興，便賞我當了五兒。」

她這話聽起來沒啥問題，但其實語焉不詳。起碼，就朱小招所知，江晚衣跟羅紫可是有過節的，怎麼還肯跟她往來？

羅紫本是璧國太醫院提點江淮家的女婢，服侍江家的公子江晚衣，跟著他學了不少醫術。江晚衣是個怪胎，雖然喜歡醫術卻不肯入太醫院，跟父親大吵一架後離家出走了。羅紫則被遠親贖身接回家中。

然而，所謂的遠親其實是如意門弟子，如意門需要這樣的人，羅紫就此落入更加身不由己的境地。

她進如意門時十三歲，彼時秋薑正從南沿謝家回來，正式受封七主，兩人遠遠見過一面。後來，羅紫被挑選入宮，入宮者共有十人。

秋薑在垂簾後看過這十人，目光落在羅紫臉上道：「依我看，此女有希望留到最後。」

如意夫人問：「為何？」

秋薑注視著雙手緊緊絞在一起的羅紫，道：「她眼中有欲望。有欲望的人，往往比只會聽從命令的人厲害。」

最終證明她猜對了。

十個絕色美人裡，只有羅紫能夠忍受暴虐成性的銘弓，當上了貴妃。再後來，她跟頤殊一起，聯手扳倒銘弓，給他下毒讓他中了風。

此後，頤殊以賀壽之名邀請三王齊聚蘆灣時，羅紫更是幫她掩飾行蹤，不惜自毀名節，聲稱跟江晚衣有染。若非當時姜沉魚急智，當場替江晚衣洗清嫌疑，江晚衣早已身敗名裂。

可是，若非見到江晚衣，如意夫人怎會離開瀲灩城來到這裡？

而且，江晚衣剛才也確實出現在他和秋薑面前，為秋薑診脈……

朱小招越發警惕起來。在他的計畫中，他抓了秋薑和品從目後，直接回瀲灩城逼如意夫人將令牌傳給他。可現在，如意夫人換了地方，多了個羅紫，還有個頤非。計畫出現變故，而變故通常意味著一個不慎，滿盤皆輸。

他一向小心，又極擅長隱忍，因此當即打定主意，先不急著對付如意夫人，看看再說。

一行人跟著羅紫，走進寢室。小樓雖然向陽而建，但北面依岩，格外陰涼。今年乾旱，雖已九月，還是炎熱，可走進這裡，頓時跟走進了深秋一般，一身悶熱汗意全都蒸發了，說不出的舒爽。而且屋內陳設，精緻奢華，與如意夫人在瀲灩城的小樓相比，品味高了不止一點半點，比起璧國的皇宮亦不遜色。

秋薑心想，此女不愧是如意門派出去的細作裡地位混得最高的，竟替自己弄了個這麼享受的退隱之地。相比之下，無論是混成南沿謝家大小姐、風小雅十一夫人的她，還是混成胡家分部總管的胡智仁，以及老燕王近身侍從的四兒，都過得一直很苦。

寢室內有一張很大的錦榻，如意夫人正擁被坐在榻上，旁有兩名白衣婢女正在服侍她吃藥。

羅紫第一時間上去接過婢女手中的藥和湯匙道：「我來。夫人，他們來了。」

這是頤非第一次近距離地看見如意夫人，她終於不再是鏡子裡的模糊影像，可頤非覺得，其實也沒什麼區別。

風小雅曾經告訴他：「刀刀交代說，如意夫人是個很好看的女人，但頭髮是假的，眉毛是假的，牙齒是假的，笑起來臉是僵的，感覺哪裡都是假的。」

當時他想，怎麼會有這樣的人。

現在他想，形容得太絕了！

這是個人偶般的美貌女子，光潔的臉上看不出年齡，一舉一動都優雅到了極點。她坐在那裡喝藥，卻像是坐在宮殿中準備接見臣民一般。

不愧是在背地裡操控父王三十年的女人啊。

頤非剛那麼想，如意夫人的目光已看向了品從目，沉聲道：「從目。」

品從目回應：「夫人。」

如意夫人使了個眼神，背著品從目的弟子便把他放在地上。如意夫人從品從目的腿慢慢地看到他的臉，問朱小招：「這是什麼情況？」

「回稟夫人。」朱小招畢恭畢敬道：「夫人派七主去蘆灣，借選夫盛宴擒拿女王。屬下覺得七主一人難免有疏漏，便帶人前往支援……」

如意夫人瞇起眼睛。「這就是你擅離我身邊的原因？」

朱小招連忙跪下了。「我接到消息，老師也去了蘆灣。事出緊急，當時夫人又服藥睡下了，便沒來得及請示就先走了……」

如意夫人靜靜地聽著，沒什麼表情。

「而當我趕到蘆灣時，七主身受重傷，未能擒獲頤殊，我們只好先將老師請了回來。」朱小招已說得一頭冷汗。

如意夫人又盯著他看了好一會兒，才緩緩開口：「是嗎？你起來吧。」

「多謝夫人！」朱小招鬆了口氣。

如意夫人瞥向一旁臉色慘白的秋薑，道：「廢物。」

秋薑屈膝跪下，伏地不起。

頤非在一旁看著她，心中莫名難過。

這就是妳不惜一切代價也要回到她身邊的結局嗎？如此卑微、如此懦弱、如此順服。我認識的那個人，聰慧、機靈、堅強，雖渾身祕密但處處閃耀的那個人，真的只是一幅畫而已嗎？

究竟是什麼樣的理由，值得妳這麼做？

然而，秋薑沒有感應他的眼神、他的痛苦、他的糾結心緒。她畢恭畢敬地匍匐在地上，宛若毫不起眼的塵泥。

如意夫人最後看向頤非。「為何把他也帶來了？」

朱小招還沒來得及回答，頤非回過神來，彎了彎腰道：「小王當年逃去璧國，多虧夫人暗中相助，尚未當面言謝，一直引以為憾，今日得見夫人真容，真是三生有幸！」

如意夫人輕輕一笑，眼神似一汪春水，又溫柔又清澈，看得人很是舒服。頤非心中一蕩，繼而警惕：魅術？

「三殿下可真是會說話啊……四兒，給三殿下鬆綁。」

朱小招應了一聲「是」，扯去頤非身上的繩索。頤非得到自由，第一件事就是走到秋薑身邊站著，然而秋薑並不看他。倒是站在如意夫人身邊的羅紫，專注地盯著他。感應到羅紫的目光，頤非側頭，見羅紫衝他嫣然一笑。

這一笑，意味深長。

頤非心中若有所悟。

羅紫餵完最後一口藥，躬身道：「夫人，可要遣退左右？」

如意夫人點點頭。羅紫便揮手讓銀門弟子和白衣婢女們都退了出去，關上門，再次回到如意夫人榻旁。

如意夫人掀開被子，起身落地，步步生蓮地走到品從目跟前。

頤非見她行走如常，很是驚訝——聽說她走火入魔，之前鏡中所見，也是一副重傷在身的模樣，此刻竟似已全好了！

品從目看到如意夫人行走的樣子，也是微微一怔。

如意夫人在他面前轉了一個圈。「如何？」

品從目嘆道：「看來江晚衣非浪得虛名。」

「是啊，他說我好得很，起碼還能再活二十年。所以你我之間的這場仗，最後，還是我贏。」

品從目笑道：「我心服口服。」

「是嗎？可我怎麼覺得，你心中根本不這麼想？」

品從目刻意瞥了朱小招一眼，道：「也許……因為最後抓住我的，是他，而不是妳？」

朱小招立刻道：「我所做的一切都是為了夫人。我是夫人的第三隻手。所以，我抓住你，就是夫人抓住你！」

「來時的馬車上你可不是這麼說的。」

朱小招眼中閃過一絲怒意，轉身跪下道：「夫人，此人在挑撥離間！」

「我心中有數。」如意夫人對品從目道：「我知道你想說什麼。你是不是想說，他其實是你安插在我身邊的棋子，這一年來，一直替你監視著我？」

品從目笑道：「妳都知道了？」

「這些小招來到我身邊的第一天，就告訴我了。」

品從目的笑容頓時僵硬了一些。而朱小招已笑了起來。「我是如意門弟子，如意門只有一個主人——不是老師，是夫人。」

頤非則在一旁看得嘆為觀止：這哪裡是雙面細作，簡直是三面、四面、無數面！難怪秋薑和品從目都會栽在此人手上。現在就算他們告訴如意夫人朱小招別有居心，想自立為王，恐怕如意夫人都不會相信，沒準還會成全他。

品從目也想通了這一點，笑了笑道：「好吧。是我用人不當，滿盤皆輸。」

「那麼，回答我一個問題。」

「夫人請問。」

如意夫人凝視著品從目，一直一直看著。頤非不禁心想：媽呀，她不會喜歡他吧？

終於，如意夫人開口：「我認識你有二十年。十六年前，你請求加入如意門。我愛惜你的才華，雖然如意門不收十歲以上的弟子，但我還是破例收了你，並提拔你當副門主，接管『青花』。」

品從目淡淡道：「夫人對我有知遇之恩。」

「我這個人，雖有時剛愎自用了些，但賞罰分明，自認沒有什麼對不起你的地方。你在如意門內，可以說是一人之下、萬人之上……」如意夫人俯下身，近在咫尺地盯著他，像是一條蛇死死地盯住一隻青蛙，一字一字地問：「所以，為什麼？」

品從目作為那隻被盯住的青蛙，卻沒什麼慌亂之色，依舊帶著淡淡的笑意，回答：「夫人想問，我為什麼背叛妳？」

「我想不透你做這一連串事的原因。圖財？如意門的大部分錢財早就歸你打理；圖權？我閉關多年，門內弟子都任你調控；圖自由？不想再受我掌控，殺了我就好，為何不趕盡殺絕，還派小招照顧我，留著我的命？」

品從目看了朱小招一眼道：「我派他留在妳身邊，所為何事，他沒告訴妳？」

「小招說，你留著我的命，是為了從我口中套出《四國譜》。」

「沒錯，就是為了《四國譜》。」

「撒謊！」如意夫人斬釘截鐵道：「世人以為那是記載了四國祕史的寶貝，他們不知道，但你會不知嗎？那東西根本毫無價值，你要去何用？」

朱小招心中一緊。頤非也立刻專注了幾分。

《四國譜》到底是什麼？

為什麼品從目和秋薑都想要，如意夫人卻說它毫無價值？

品從目沉默了一會兒後，自嘲般笑了起來。「妳果然不信啊。妳既覺得它無用，為何不肯給我？」

「因為如意門的門規，它只屬於如意夫人。我不能壞了祖上的規矩。」

「妳這麼遵守規矩？那我問妳，她都年過二十了，妳為何還不退位讓賢，把門主之位傳給她？」品從目忽然將手指向了地上的秋薑。

這下子，便是秋薑也不得不抬起頭了。她看看品從目再看看如意夫人，神色極盡複雜。

如意夫人的假臉，也頓時白了幾分，冷冷道：「你這是什麼意思？」

「根據門規，每一任如意夫人都從姬氏的女兒中挑選。十歲前帶入門中，悉心教導，待得成年接掌如意門，而老如意夫人就可以返回姬家。」

「那是因為她十九歲去執行風小雅的任務時，我以為她死了！」

「但妳後來知道她沒死。她回來了，回到妳的身邊，妳為何不禪位給她？」

如意夫人怒道：「你這是在挑撥我們姑姪的關係嗎？」

品從目看向秋薑道：「我只是想告訴妳，妳的姑姑根本不想傳位給妳。妳就算為她赴湯蹈火、死一百遍都沒有用。還有你——」他又看向朱小招。「她也不會傳給你。只要她活著一天，她就會把一切都牢牢地攥在自己手裡，不會分給任何人。」

「你！」

如意夫人剛要反駁，品從目已打斷她的話。「妳說如意門的錢財都是我在打理，但地契、房契都在妳那兒，我只能營運，無法買賣。」

頤非想，難怪上次給他的全是假的。

「妳說如意門的弟子都歸我調控，但他們都怕妳怕得要死，妳的如意筆一出現，所有人都魂飛魄散。」

一旁的朱小招眸光閃爍，默默地握緊手心。他想起了那個從他馬車上滾下去的銀門弟子，他們一個個都是夫人熬的鷹。

「妳為什麼會走火入魔？因為妳修煉魔功，妳想讓自己的臉永遠年輕沒有皺紋，妳害怕蒼老，蒼老意味著退場。所以，一開始，阻撓姬忽入門，妳不喜歡她。但是琅琊對妳施壓，妳沒辦法，只好讓步。然後，姬忽來了，妳本該把她當繼承人悉心栽培，可妳沒有，妳讓她跟其他弟子一起，歷經磨難、九死一生。妳給她指派的全是最危險的任務！妳希望她死在任務裡。」

「一派胡言！」如意夫人轉頭對秋薑道：「沒有這樣的事。此人背叛我們，還意圖挑撥，可惡至極！」

秋薑定定地看著品從目，忽開口：「當年除夕夜，你為何不來？」

品從目一怔。

「我送了信給你。我會在除夕夜設局殺死風樂天，讓你接應我，將我帶回如意門。可你沒來，我落入風小雅之手，失去記憶，生不如死。」

品從目的表情有些僵硬。

如意夫人立刻道：「沒錯！是他！是他不救妳，不是我！我當時走火入魔正在閉關，根本不知道妳出了事！而且妳當時正好十九歲，我想著那是最後一個任務，待妳勝利歸來，我就傳位給妳。真的！」

品從目冷笑一聲。

秋薑又道：「你說姑姑不喜歡我，想借任務殺我。可我沒有死，不但如此，我還完成了任務，一步步地成了瑪瑙。正因為我是憑實力上去的，門內弟子全都對我很信服。」

「對！」如意夫人讚許地拍了拍她的肩膀道：「憑藉自己的實力當上如意夫人，才是我的好七兒。姑姑對妳如此嚴苛，恰恰是為了如意門能在妳手上更加發揚光大。」

品從目冷笑道：「那妳傳位給她吧。此刻！現在！妳敢嗎？」

「我有什麼不敢的？我當然可以現在就——」如意夫人說到這裡戛然而止，目光在秋薑和品從目之間掃了個來回，忽笑了。「我說，你們兩個……莫非是串通好了的？」

頤非心中一顫：真的是雙簧嗎？

但下一刻，他就打消了這個念頭，因為秋薑的狀態實在看起來太差了，似是隨時都會死去一般。

品從目幽幽一笑道：「是啊，我是跟她串通好了的，逼妳傳位給她——給一個死人。」

如意夫人猛地轉身抓起秋薑的手腕搭脈，過得片刻，犀利的目光射向朱小招道：「七兒這是怎麼回事？」

朱小招惴惴不安道：「七主體內的傷本就沒好……」

「我知道她沒好，但怎會變得如此嚴重？」

「許是一路奔波……路上碰到過江晚衣……」

「神醫怎麼說？」

「神醫說，七主大概……活不過今晚了……」

此言一出，眾人皆驚。最震驚的是頤非，他一把抓住秋薑的另一隻手，只覺那隻手冰涼冰涼，沒有絲毫熱度；再搭她的脈搏，忽疾忽慢，更是紊亂至極。

他忍不住顫聲道：「江晚衣現在何處？」

朱小招道：「他說既然此人已經無救，那麼就不浪費時間了，他還有下一個病人要看……」

羅紫立刻躬身道：「夫人，我這就讓人把他請回來！」

如意夫人點點頭，羅紫便出去了。

秋薑將頤非的手推開，然後抓著如意夫人的手搖搖晃晃地站起來。

她繼續搖搖晃晃地走到品從目面前，從懷裡掏出一個包紮得非常小心的小包，打開一層還有一層，足足裹了好幾層，最裡面躺著的，是一個鏽跡斑駁的箭頭。

頤非一下子認出這是射死姬嬰的那個箭頭。

秋薑將此物捧到品從目眼前，低聲道：「我再問你，認識此箭嗎？」

品從目的嘴唇動了動，忽然沉默了。

一旁的如意夫人微微瞇眼。

「姑姑是否願意傳位給我，何時傳位給我，皆是我們姬家人之事，用不著你在旁指手畫腳。而我弟弟之死，才是我最在意的……告訴我，是不是你？」

品從目長長一嘆。「這是個意外……」

「啪！」秋薑重重一個耳光打了過去，打得品從目栽倒在地，「噗」的吐出一大口血

來。
秋薑一把抓起他，將箭尖對準他的眼睛，沉聲道：「所以是你！是你的毒藥、你的意外，導致了姬嬰的死？」
「是。」
「除夕夜不來接，任我在雲蒙山上失憶，阻止我回如意門的人，也是你？」
「是。」
「為什麼？」
品從目看了如意夫人一眼，再看向秋薑時，眼神中多了很多憐惜。「妳是我的學生……我最喜歡的一個學生。既然我要與如意夫人決裂，與其讓妳幫她對付我，不如將妳摘除出去。妳在雲蒙山上，雖然過得很苦，也比留在如意門內繼續出生入死、滿手血腥強……」
秋薑厲聲道：「我的命運不用你幫我選！也不用任何人幫我選！」
品從目悲憫地注視著她。
「您怎能如此對我？五年！整整五年！你們怎麼能夠這樣對我？」說到後來，她聲近哽咽。
品從目直起身，從她手中拿走箭頭，注視著上面的斑駁血漬，一笑道：「罷了，終究是要付出代價的。我已滿盤皆輸，回天乏術，贏的人是……」他看了如意夫人一眼，然後又看了朱小招一眼，最後回到秋薑臉上。
「妳。」
伴隨著最後一個字的尾音，品從目將箭頭往自己的心口拍去。

秋薑一驚，連忙伸手去奪，但箭頭已整個沒入品從目體內，鮮血立刻湧出，一開始是紅的，很快變成了烏紅色……

如意夫人推開秋薑，上前一拍，將箭頭用內力震了出來，然後飛快點了周邊穴道為他止血，急聲道：「我還沒允許你死！你背叛我，背叛七兒，背叛如意門，做了這麼多錯事，休想一死了之！」

品從目哈哈一笑，脣角湧出大團血沫來。

如意夫人又怒又急，不停拍打他的穴道，想將毒逼出來。雖然箭上殘留的毒素很少，但品從目的身體太虛弱了，本就在發燒、潰爛，心臟再被箭頭一扎，立刻就不行了。

如意夫人眼中升起濛濛霧氣，恨聲道：「不許你死！品從目，我不許你死！你欠我那麼多，不還清你憑什麼死？」

這時羅紫回來了，看見這一幕，連忙上前阻止她。「夫人！您剛喝了藥，不能擅動內力！」

「滾開！」如意夫人用內力將羅紫震到一旁，繼續刺激品從目的心臟。「你為什麼背叛我？如意門內任何一人背叛我都可以忍受，唯獨你不行！我對你不僅有知遇之恩，還有救命之恩！我給了你世間上最好的一切，權勢、地位、榮耀、尊貴、信任，你卻這般對我！」

品從目的目光動了動，沒有看她，而是透過她，望著她身後的秋薑，最後微微一笑，閉上眼睛。

如意夫人一怔，停下了瘋狂的動作，她摸了摸品從目的脈搏，他的脈搏已經不跳了。如意夫人又去探他鼻息，他的呼吸也停了。

如意夫人臉上起了一連串的表情變化，喃喃開口：「怎麼會呢……」她緩緩起身，在屋子裡踩了幾步，回頭，再次衝過去確認品從目的脈搏，確實什麼也摸不到。最後她身子重重一震，如夢初醒。

「從目？從目！從目，不是真的……這、這……」她慌亂地看向屋子裡的其他人，其他人也目瞪口呆地看著她。

頤非看到這一幕後，心頭的那個懷疑得到證實——原來如意夫人真的喜歡品從目。

如意夫人踉蹌後退了幾步，「啪」的跌坐在地上。

羅紫連忙上前攙扶她，擔心道：「夫人？」

如意夫人垂下眼睛，看向自己的手，她的手上殘留著他的血，已經涼了。然後她輕笑了一下，又笑了一下，最後變成了哈哈大笑。

「這就是背叛如意門的下場！」她猛地睜眼，犀利地看向朱小招，道：「你看見了？」

朱小招大驚失色，「撲通」又跪了下去，道：「屬下不敢！屬下對夫人忠心耿耿啊……」

「是嗎？」如意夫人冷笑起來，扶著羅紫的手走到他面前，一隻腳狠狠地踩在他的手背上。

朱小招不敢吱聲，疼得冷汗一下子冒了出來。

「你把他帶給我，你把毫無反抗之力的他帶給我……居心何在？」

朱小招一怔，慌亂抬頭。「夫人？」

「你把他帶給我，你知道我不會放過他，你也知道他會氣死我。你想看我們兩敗俱傷？」

朱小招露出不敢置信之色，顫聲道：「他背叛了您，按照門規理當抓回處置，我、我到底錯在了哪裡？」

如意夫人笑了笑，眼睛裡卻沒有絲毫笑意。「我並沒有吩咐你去抓他！」

朱小招如遭重擊，身子劇烈晃動了一下。

「我沒有吩咐你去幫七兒，我沒有吩咐你去抓從目，我給你的命令是留在我身邊！可你擅自行動，你真的以為我不知道你心裡在想什麼嗎？」未等朱小招回應，她另一隻腳也狠狠地踩了上去。

朱小招眼睜睜看著自己的手發出「喀喀喀」的聲音，指關節一節節地斷了。

如意夫人給了羅紫一個眼神，羅紫拍了拍手，白衣婢女們押著一隊人從外面走進來。頤非一看，都是之前跟朱小招在一起的銀門弟子。

羅紫道：「此人此番來，帶了二十名弟子，除了兩個剛才反抗被殺外，其他十八人都已擒獲，請夫人發落。」

頤非這才知道她剛才出去，根本不是派人替秋薑去找江晚衣，而是幫如意夫人肅清朱小招的手下去了。

朱小招面色大變，驚恐地看著那十八個鼻青眼腫、處處掛彩的銀門弟子。

剛才這個房間裡發生的一切都太吸引他了，他看得目不轉睛、全神貫注，以至於完全沒有聽見底下的打鬥聲。

一個聲音沉甸甸地從內心深處湧出，一遍又一遍，層層擴散，越來越大——

完了。

完了！

「來，告訴夫人，四爺都吩咐你們做什麼了？」羅紫踢了踢一人的腿。

那人撲地跪下，本想抬頭去看朱小招，但先看到了如意夫人，頓時整個人一僵，喉嚨裡發出「喀喀喀」的聲響。

如意夫人一揚眉毛。

那人頓時戰慄，汗如雨下，急聲道：「四爺讓我們趕在金門弟子前找到品先生，把他抓回來，留活口。」

「他沒跟你們一起行動？」

「沒，他說他要單獨去做一件事，不讓我們任何人跟著。我們後來也是蹲在鳳縣的官道上，才看見他的馬車，與他會合。」

如意夫人問朱小招。「你說你去了蘆灣，幫七兒，抓從目，但那些都是他們做的。你去哪裡了？」

朱小招忍不住看了秋薑一眼。奄奄一息的秋薑沒有看他，而是看著地上的品從目，眼底有無盡的悲傷。

於是朱小招不由得也將視線轉到品從目的屍體上——他的嘴角甚至還帶著一絲微笑，閉著眼睛似是睡著一般，半點看不出生前遭受了那麼多痛苦。

「小招，你想不想知道……自己原來的名字？」

他的那句話於此刻不合時宜地出現在腦中，朱小招的目光閃了閃，抬頭凝望著如意夫人道：「夫人，我四歲入門，十四歲開始接受任務外出，迄今八年，雖做的事沒有七主多，功勞沒有七主大，但也始終謹小慎微，沒有疏漏。老師命我監視您，我第一時間向您坦白，對他陽奉陰違。這一年，是真的用生命在保護您……」

如意夫人冷笑了一下。「你是在邀功嗎？」

「我說這些，不是邀功。」朱小招說著緩緩起身站了起來，兩隻指節粉碎的手無力垂在身畔。「夫人擅長熬鷹之術，每個弟子經過重重考驗被淘汰，被您折磨得人性盡失。就像他們，空有一身武功，卻只會服從，從不知反抗。」

十八個銀門弟子聞言驚愕，彼此面面相覷。

「紅玉更是，被您虐待長大，可長大後，反視您為母，對您一心一意。她毫無過錯，只是想要如意夫人之位，便被您親手殺了。當時，我以為您是為了維護七主。現在才知……您是為了自己。」

如意夫人面色微變，沉下了臉。「你說什麼？」

「此刻，您當著如此多弟子的面要懲戒我，理由只是因為我沒聽您的命令留在您身旁？不是的，您要殺我，不過是因為發現我也想當如意門門主。您這哪是熬鷹人，您是蟻后。熬鷹人老了，都會想著把手藝絕活傳給下一任。只有蟻后，才會殺掉所有可能成為新蟻后的螞蟻。」

「一派胡言！」羅紫大怒，要上前教訓他，被如意夫人阻止。

「讓他說完。」

朱小招看著自己被廢的手，低聲道：「螞蟻中有一種紅螞蟻，自己不會幹活，就出去各種搶奪別的螞蟻的卵回穴孵化。等這些螞蟻長大後就是紅螞蟻天生的奴僕，不會反抗。如意門就是這樣的紅螞蟻。而您這個蟻后，也最終贏了。老師去了，七主快了，三殿下落於您手，如意門安全了，很快就能重振。門內所有想當蟻后的螞蟻，都被您除乾淨了……」說到這裡，他低下頭，用嘴巴一點點地將手上的綠色手套摘掉，露出裡面血肉模糊的雙手。

「夫人可知我為何一直戴著這雙手套？」

如意夫人看著被自己踩碎的那雙手，眸光微閃。「你不是說因為胭脂水粉會讓你發癢？」

「是啊，我說我對胭脂水粉發癢，求您給我安排別的任務。可您不允，偏偏讓我去當朱家鋪子的掌櫃，還說，朱家是我的本家，我就該去那裡。您把智仁派去胡九仙家時也是這麼說的，您說他本就姓胡……」

朱小招說到這裡輕輕一笑。「我們中只有紅玉記得自己姓什麼，所以她特別想當七寶瑪瑙，可您一直讓七主待在瑪瑙的位置上，就是不肯成全紅玉。您用這些看似微不足道的東西吊著我們，束縛我們，囚禁我們，還要我們對您生出愛戴之意……這難道不可笑嗎？」

頤非看到這裡，不禁心想朱小招倒是難得的一個明白人。野心有時候會毀掉一個人，但也會成全一個人。起碼這個人，沒有活得像是其他弟子那樣麻木不仁。

只可惜，他依舊鬥不過如意夫人。

這大概是他最後的遺言了。

正當頤非這般想時，如意夫人突然面色一變，抬手捂住自己的臉。

朱小招笑得越發親切起來。「還有您的臉，快七十的人了，天天頂著這樣一張臉，不覺得可笑嗎？您真的認為自己可以不老？還是認為胭脂水粉真的能讓您永保青春？」

如意夫人眼中綻出了凶光。「你對我的臉做了什麼？」

「我為什麼戴手套，因為我怕中毒。我為什麼怕中毒，因為夫人的胭脂水粉都是我配

的。」

如意夫人連忙撫摸自己的臉，然後發現她的臉又麻又癢，像是被千萬隻螞蟻在啃噬一般。「你居然對我下毒？解藥呢？交出來！」

「沒有解藥。我不想給您留任何退路，所以，從一開始，就沒有解藥。您用的胭脂水粉越久，毒素積累越多，而等我摘下這雙手套的一刻，藥引催發，所有毒性同時爆發，您的這張假臉，就會一點點地爛掉。」朱小招伸展著他不成形狀的一雙手，卻如同緊緊掐住如意夫人的命門。

如意夫人大怒，當即要朝他撲過去，但又莫名畏懼他的手，只想退離得遠遠的。「五兒，殺了他！喔不，不能殺他！逼他交出配方，肯定能解！去找江晚衣來，讓他替我解毒，快！」

朱小招大笑。「您儘管找大夫試試。」

羅紫掠至他身前。「交出配方！」

「憑什麼？」

「交出配方，讓你死前少受痛苦。」

朱小招想了想，滿不在乎地道：「我不怕死。從地獄裡爬出來的人，怎麼會怕死呢？」

羅紫一僵，沒了辦法。

如意夫人撓了一下自己的臉，這一撓便一發不可收拾，恨不得將整張臉都撓掉。她氣得整個人都在哆嗦。「凌遲！將他給我凌遲！」

朱小招笑道：「沒有更新鮮的了嗎，蟻后？」最後二字，說得極盡諷刺。

「你想要什麼？你到底想要什麼？如意門嗎？我傳給你！傳給你！」如意夫人的聲音

裡帶了哭腔，原本光潔如玉的臉龐被她撓出一道道紅痕；最可怕的是，她只覺得越來越癢，癢得已經無力思考，快要瘋掉。

朱小招冷冷地看著她，不開口。

如意夫人整個人都開始在地上打滾，原本高高綰起的髮髻一下子散開了，優雅高貴的形象蕩然無存。

「我的臉！我的臉……啊！啊啊啊——」如意夫人突然發狠，撲過去抓住朱小招，一口狠狠咬在他臉上。

朱小招被咬後，反而笑得更歡愉了。「沒有用的。夫人。」

如意夫人生生將那口肉咬了下來，可當她看到朱小招臉上出現的血洞，猛然想起自己的臉也會如此，頓時崩潰了。

「七兒！七兒！」她扭身衝回到秋薑面前，緊緊握住她的手。「妳救救姑姑，七兒！妳一向最有辦法，妳救救姑姑！」

秋薑咳出一口血沫來。

如意夫人一抖，似才真正意識到眼前之人命不久長一般，眼眶一下子紅了。「七兒……」

秋薑顫巍巍地伸出手，握住她的手。秋薑的手冰涼冰涼，但她說出的話，暖徹人心：「別怕，姑姑。」

如意夫人的眼淚一下子流了下來。

她摸了摸自己的臉，摸到一手血，不知是自己的還是咬朱小招時沾到的，然後她又看到了品從目的屍體，低聲喃喃道：「幸好你看不到……」

如意夫人伸出手，抓住自己的髮髻，然後用力一扯——假髮脫離了她的腦袋，露出裡面半禿的白髮來。白髮很是稀疏，又常年被假髮壓著，盤踞在她頭上，此刻被風一吹，四下翻飛，又可怖又可憐。

羅紫驚道：「夫人！」

如意夫人沒有理會，再從自己嘴裡摳出兩排假牙，她的嘴巴一下子癟了進去。

再然後，她用從品從目心口取出來的那個箭頭，劃破自己的臉，箭傷一出，巨大的疼痛感頓時削弱了癢的感覺，她這才得以恢復鎮定，回身看向朱小招。

朱小招笑聲頓止，心底湧起無窮無盡的恐懼，兒時的經歷在腦海裡翻滾浮現，那些痛苦、那些恥辱、那些絕望……原來並沒有消失，而是一直一直藏在記憶中。

他絕望地發現，到頭來，他還是一隻被熬過的鷹，無法抵擋對熬鷹者發自內心的恐懼。

如意夫人輕輕道：「你以為，傷了我的臉，便能傷到我嗎？」

朱小招沒有回答，他已恐懼得說不出一個字。

「能把我逼到這一步，你這隻螻蟻也算不錯了。」

下一刻，朱小招感覺眉心一疼，卻是如意夫人的指甲在他眉心上劃了一道口子。他頓時如墜冰窟。

他曾見過夫人用這招。

懲戒一個想要跟戀人私奔脫離如意門的弟子。

如意夫人用指甲在那弟子的戀人眉心劃了一條縫，然後用力一扯，生生將整張皮都剝了下來，扔到該弟子面前時，人皮還會動。

「拿著吧，你們永遠在一起了，也不用脫離組織。一舉兩得，對不對？」

他在旁邊站著，親眼看見了全程。那個弟子當時的表情，直到現在他還能清晰地想起。而今，輪到他自己了。

朱小招定定地睜著眼睛，看著那隻點在他眉心上的手。心中不是後悔，也不是悲哀，只有深深的恐懼。

恐懼之種，生出了無數根莖，牢牢盤踞著他的心。所謂振翅飛翔的夢想，不過是錯覺一場。

然後，他聽見如意夫人問他。

「看在你如此不錯的分上，我賜你一死。死前，你還有什麼要說的？」

朱小招一點點地抬起眼睛，注視著這個從四歲起就成了他最大惡夢的女子，忽道：「《四國譜》是什麼？」

如意夫人驚訝，問他。「你只想問這個？」

朱小招自己也說不清楚，如此絕望的時候，為什麼還會對這個好奇。

如意夫人環視一下屋子裡的所有人，答：「是你們的來歷。每一個如意門弟子的出身來歷。」

朱小招頓時恍惚了起來。

如意門的分支「青花」從四國略人，然後從孩童中挑選天資不錯的送入如意門接受訓練。因為年紀都很小，入門後又接受一連串殘酷洗禮，所以很少有人能記得自己是誰。便是紅玉，也只記得自己本名叫做沈瑪瑙，但父母是誰、生在哪裡，一無所知。

這也是如意門防止弟子長大後尋找身世，確保他們繼續忠誠的手段之一。

如此說來，此物對外人而言確實毫無用處，對很多已被磨去人性只會殺人的弟子而言，也沒有用處。難怪品從目說他的目標是《四國譜》時，如意夫人不信。

朱小招本也不理解，可就在這瞬間，他想到他快要死了，根本不知道自己是誰，就要死了。品從目的聲音再次響起——

「小招，你想不想知道……自己原來的名字？」

我是誰？

我本姓什麼？我有父母嗎？我不在後，他們還好嗎？我死後，能回到兒時的家看他們一眼嗎？

這個聲音一遍遍地問，原本並不重要的東西，卻在將死的一刻，變成了渴望。

「我是誰？」他忍不住問了出來。「我的出身來歷，是什麼？」

如意夫人笑了，滿臉血汙的臉變得越發扭曲醜陋。「你覺得我會告訴你？」

朱小招不顧眉心的傷口朝她狠狠地撞過去。

如意夫人始料未及，被他撞倒，緊跟著，朱小招壓在她身上用手臂死死按住她的脖子。「告訴我！告訴我！」

羅紫大急，連忙示意白衣婢女們上前救人。

白衣婢女們抬劍就刺，朱小招卻似感覺不到疼痛一般，繼續用胳膊卡著如意夫人的脖子，吼道：「我是誰？告訴我！」

一劍又一劍狠狠地刺進他的後背，不一會兒，他的後背就變成了馬蜂窩。白衣婢女們都開始手抖。

如意夫人罵了一句「廢物」，出指如電，用力插進朱小招眼中。

朱小招大叫一聲，去捂自己的眼睛。如意夫人趁機將他一腳踹飛。他撞上牆壁，再重重落地，「噗」的噴出一大口血。

他抬起頭，兩隻眼珠已經沒有了，再加上臉上少了一塊肉，一共出現三個血洞，嘴裡依舊喃喃著：「我是誰？」

「這個問題，死後問閻王吧。」如意夫人說著，奪過一名白衣婢女手中的劍，一劍穿心，了結了朱小招。

朱小招的身子抽動一下，便不再動了，身下的波斯地毯被汙紅了一大塊。

如意夫人將劍一丟，氣喘吁吁地走到梳妝檯前，拿起銅鏡。她注視著鏡子，房間裡一下子安靜下來，每個人連呼吸都不敢大聲，擔心她再次崩潰發瘋。

然而，如意夫人沒有，她靜靜地注視著自己的臉，忽然一笑。「原來我老了是這樣子的……」

說罷，她側頭看向地上的品從目。「真不公平啊。為何你可以老得這般賞心悅目呢……」

頤非只覺雞皮疙瘩都起來了。難道如意夫人如此在乎自己的臉，是因為品從目老得太好看了？變態之人果然不能按照常理推斷。只是這一齣大戲，品從目死了，朱小招死了，接下去會如何？秋薑她……

一想到秋薑，他的心抽動了一下，忽覺這場大戲無論最後結局如何都似不再重要了。

他凝望著秋薑，秋薑也終於回眸看了他一眼。

這一眼，頤非覺得自己有很多話要說，卻一個字都說不出來。

秋薑朝他微微一笑。

笑得他心中又是一抽。

這時，羅紫上前道：「夫人，這十八人如何處置？」

如意夫人的目光看過去，被她掃到的人無不顫抖。最終，她淡淡道：「你們全都先退下，我同七兒有話說。」

「是。」羅紫親自過來抓住頤非，拖著他往外走。

頤非下意識掙扎，羅紫給了他一個警告的眼神，不由分說地將他拖出門外。小樓的門緩緩合上，將秋薑的最後一點兒身影也吞沒了。

第三十一章

重生

羅紫把頤非拖到之前餵魚的小橋上，再示意白衣婢女將銀門弟子關押。如此一來，待得眾人走後，小橋上只剩下頤非和羅紫二人。

羅紫打量著頤非，見他面無血色、失魂落魄，不禁咯咯一笑。「你怕什麼？夫人跟頤殊已經鬧翻了，今後必會重用你。你當程王，指日可待。」

頤非緊抿嘴唇並不搭話。

羅紫轉了轉眼珠，悠悠道：「我知道了，你怕七主死？玉倌說了，她沒得救了。這對我來說是個挺好的消息，雖說如意夫人都是從姬家挑選的，但據我所知，姬嬰生前可沒少折騰他的族人們，如今，姬氏全都窩在他們的封地裡，年輕一代中十歲以下的女童一個都沒有。所以，在下一個女童誕生之前，我會是如意門中一人之下、萬人之上的存在。」

頤非終於睨了她一眼。「妳就這麼甘心做螞蟻？」

「做螞蟻有什麼不好的？總比那位一心想當自由的鷹強。」

頤非忽然笑了。

「你笑什麼？」

頤非環視著前方的小樓，緩緩道：「六百年紫檀木雕成的慶壽紋寶座、九龍西番蓮紋四件櫃、長達兩丈的紫檀照壁，光几上那個魚龍海獸筆筒，就價值千金……妳若是螞蟻，也是最貴、最會享受的一隻螞蟻。」

羅紫嫣然道：「三皇子果真識貨得很啊……」

「然而這座小樓加樓前的竹林，從東走到西，最多三百步；從南走到北，最多五百步。三百步加五百步，已經困住妳整整一年了。妳甘心這一輩子，都被困在此地嗎？」

羅紫的笑容消失了。

「如意夫人殘暴不仁，對紅玉和朱小招說翻臉就翻臉，妳能確保自己在她身邊安然無恙？」

「所以三皇子現在是在挑撥離間？」

「我只是不明白。」

「不明白什麼？」

「紅玉和朱小招，入門時年紀太小，泯滅了本性情有可原。而妳進如意門時應該已經大了，為何還會對如意夫人保持著忠心？在目睹了他們那麼慘的結局後仍痴心不改？」

羅紫微微一笑。「原因你不是知道嗎？」

「喔？」

羅紫指著眼前的小樓道：「六百年紫檀木雕成的慶壽紋寶座、九龍西番蓮紋四件櫃、兩丈長的紫檀照壁，還有魚龍海獸筆筒，還有這樓內的一切……」

頤非的眼眸由淺轉深。

「我從小家境貧寒，七個妹妹、一個弟弟，等到娘終於生出弟弟時，家裡也已窮得揭不開鍋了。於是他們商量一晚上，第二天便把我賣了。」

頤非皺了皺眉。「於是妳就被賣到江家了？」

羅紫嘲諷一笑。「人販子覺得我漂亮，想賣個高價，雖然每夜都會猥褻我，但始終沒做最後一步。可我當時八歲，已經懂得一些事了，每當他的手朝我伸過來時，就噁心得想吐。有一次我真的吐了出來，他便拿冷水潑我，外面在下雪，我躺在地上，渾身哆嗦……雖然很冷很痛，但身上沒留傷痕……」

頤非頓時不說話了。

「然後我就病了，病得很重，眼看就要嚥氣的那種。人販子沒辦法，不甘心賠本，便把我拉去找大夫……那一天，外面全是大雪，但是陽光特別亮，我迷迷糊糊地躺在平板車上，聽見一人問：『她怎麼了？』」羅紫臉上起了很溫柔的變化。「人販子回答我病了，那人問：『我可以看看嗎？』販子懷疑地說：『你？』那人說：『嗯，我。』然後一隻暖呼呼的小手，搭在我的額頭。我睜開眼睛，看見一個比我還小的男童，也就七歲，一臉認真，踮著腳趴在車旁看我。」

頤非猜到了那個人是誰。

「後來我才知道，他是江太醫的獨子，小名玉倌。他跟人販子說我能治好，但要花很長的時間、很多藥材。人販子一聽要花那麼多錢，就不打算治了。於是最後，玉倌用十斗米買了我，把我帶回江家。」

頤非終於再次開口：「妳運氣不錯。」

「是啊，我的運氣，真的很不錯……」因為說到了開心的事，羅紫的神態更加溫柔了。「我在江家做了玉倌的小婢女，病慢慢地好了，跟著玉倌學到了很多很多。他是個很好很好的人，我想，如果有一天，他需要的話，我願意為他去死。」

「可妳沒有為他去死。相反的，去年他作為璧國使臣來程，妳跟他再遇後，毫不留情地配合頤殊栽贓陷害他。」

羅紫的臉一下子沉了下去，溫柔之色盡褪，像是融化後的雪地，無瑕白色變成了汙水橫流。「因為他是個蠢貨！放著太醫院提點家的公子不當，非要去體驗什麼百姓疾苦！」

頤非心中暗嘆了一口氣。

「他那樣錦衣玉食養大的人，沒在滴水成冰的冬天洗過衣服，沒在三伏天幹過農活，從沒為明天無錢買米發過愁，從不知一件絲綢衣服有多貴……而我知道，正因為我知道，我發誓再也不想過那樣的苦日子！我更不能原諒那些天生幸運的、一出生就擁有這一切的人，如此輕易地捨棄了這樣的好日子！」

「他救了妳。」

「他誰都救！」

頤非一愣，繼而明白了，恐怕這才是羅紫的心結所在。她本以為自己是特別的那個人，是遇到江晚衣後改變了人生的人。後來卻發現，自己毫不特殊，在她視如天神般的公子心中，世上只分兩種人：病人和沒病的人。所以因愛生恨？

「我苦苦哀求他不要走，甚至到最後，我請他帶著我，如果他堅持要去吃苦，那麼，我願意陪他一起吃苦……可是他沒有。他拋棄了我！我再也不是江家公子的貼身婢女，我變成了一個普通的婢女，再然後，夫人想把我許配給馬夫……」

羅紫看向橋下的池塘，池水倒映出她的影子，她彷彿天生就該穿這麼華麗的衣服，也唯有這樣的衣服才配得上她豔麗嫵媚到了極致的容顏。

「一個半年都不洗一次澡、身上帶著汗臭和馬糞味的男人，也配娶我嗎？」

頤非眸底似有嘆息，卻不知嘆的是江晚衣，還是羅紫。

「所以我不甘心，但我沒辦法。就在那時，我出門買東西時看見了那個人販子。他還記得我，認出了我，我也認出了他。他從前只是自己一個人，現在卻有了好幾個跟班，穿上了絲綢衣服，看起來有了一些地位。我聽他的隨從們說，要送一撥姑娘去聖境，我問他，聖境是個什麼樣的地方。他痴迷地看著我的臉，伸手想摸卻最終沒敢摸。他說——那本是妳五年前該去的地方。」

羅紫冷冷一笑。「我不想嫁給那個馬夫，我不想當賤奴，我想當被人服侍的人。所以，我來了如意門。」

頤非挑眉道：「所以，不是如意門找上妳，而是妳主動找上了如意門。」

「對！如意門不收十歲以上的弟子，我是唯一一個。」

頤非想了想，道：「妳真是個運氣不錯的人。妳落入人販子手中，能夠遇見江晚衣。妳不想嫁給馬夫時，又能遇到人販子。妳想要榮華富貴，如意夫人便讓妳去服侍一國之主。妳成為貴妃後不想再伺候那個暴君了，那暴君就完蛋了。妳想回如意門時，就找到了如意夫人，而她身邊的兩大臂膀雙雙折斷……妳所想的每件事似乎都成了。」

羅紫點頭一笑。「所以，挑撥離間無用，我不會背叛夫人的。」

頤非看著她，再次沉默了。

羅紫道：「現在，你還有什麼話要說？」

「有。我想知道，妳都那般背叛江晚衣、陷害江晚衣了，為什麼他還肯替妳給如意夫人看病呢？」

羅紫的笑容再次僵住了。

兩人彼此面對面地凝視著對方。

如此過了好一會兒，羅紫唇角的笑容才再次一點點翹起。「你發現了什麼？」

「妳笑得太好看。」

「你也算是我半個兒子，我對你笑得好看，喔不，慈祥些又算得了什麼？」

「如意夫人不明白為何同樣衰老，品從目能老得那般好看，而她費盡心思也只是弄出一張假臉，美貌依舊蕩然無存。」

「為什麼？」

「因為——相由心生。」頤非注視著年過三十卻依舊帶了點兒少女天真的羅紫，笑了笑。「同樣，妳笑得那般好看，說明妳——心無惡意。」

羅紫似呆住了，一時間，忘記了接話。

「江晚衣雖在行醫一事上沒什麼原則，但他不是傻瓜，相反的，他極其聰明。不是絕頂聰明之人，也成為不了神醫。他會不計前嫌地幫妳，只說明……妳值得他幫。」

羅紫的眸光閃了閃，低聲道：「你還知道什麼？」

「我還知道薛相和朱爺先我一步離開蘆灣，臨行前，他向我保證——」

『放心。如意夫人和秋薑，我都會帶回來的。』

薛采當時如是道。

頤非想到這裡，笑得越發開心了一些。「薛采雖是個小狐狸，但一向說話算話，而且不得不承認，他是個挺有辦法的人。那般有辦法的人，比我早出發，卻到現在沒出現，為什麼？」

羅紫歪了歪腦袋。「是啊，為什麼呢？」

「當然是因為……還不出來嗎？」頤非看向竹林方向，一字一字道。

微風拂過竹林，發出洞簫般的嗚嗚聲。嗚嗚聲中，一少年踩著落葉，緩緩地走了出來。白衣綠竹，襯得他眉目分明。

是個孩子，卻又不像是孩子。

他不是一個人出來的，他身後還跟著江晚衣。

羅紫頓時一怔。「你……怎麼回來了？你不是看別的病人去了……嗎？」

江晚衣沒來得及回答，薛采已開口：「他擔心妳的手不夠快，沒能騙過如意夫人，堅持在旁候著，以防萬一。」

羅紫臉色大變，她想到了之前跟頤非說的那些話，那些關於她對江晚衣的仰慕、怨恨、心結……全都於此刻煞紅了她的臉。

江晚衣的臉也紅了一下，有些不好意思。

頤非此刻沒有心情落井下石揶揄這兩人，他快步上前幾步，走到薛采面前道：「這到底怎麼回事？」

「你不是已經猜到了嗎？」

「秋薑她……」

薛采默默地點了點頭。

頤非的心再次抽痛，回頭看向小樓，想著那個人此刻在樓內的遭遇，既擔憂，又心疼。

小樓內，如意夫人先是將一條毯子蓋在品從目身上，溫柔地摸了摸他的臉，道：「我從沒想過，他會這麼輕易地死了。」

秋薑在一旁咳嗽，面色灰白，嘴唇乾裂，只有一雙眼睛還帶了些許精神。

於是如意夫人又看了她一眼，道：「我也從沒想過，妳會這麼輕易就死。」

秋薑咧嘴勉強一笑。「人生不如意，十之八九。」

「是啊。雖然我叫如意夫人，但我這一生，可真是沒怎麼如意過啊……」如意夫人在她身邊坐下了。

秋薑身子往如意夫人倒去，對方嘆口氣，只好摟住她。人的肢體有時候會帶有強烈的暗示，好比此刻，當如意夫人摟住秋薑時，才深切意識到：這是她的姪女、她的晚輩，她的另一個孩子。

「我九歲時被送進如意門，得知自己的命運時，非常震驚。在那之前，我是姬家三房的嫡女，父母寵愛。猶如至寶，我從沒想過要成為如此龐大組織的首領，我當時非常喜歡族學的一位先生，想著長大後能夠嫁給他為妻，然後為他生一堆可愛的孩子……」

再然後，命運給了她一個大大的打擊，告訴她：妳的人生不是那樣的。

「我哭過、鬧過、爭過，都沒有用。十二歲時，當時的如意夫人，我的姑姑，送給我一份生日禮物，我打開盒子，看見了先生的頭顱。她殺了他，想要斷絕我的念頭。」如意夫人靠著牆，摟著冰涼的秋薑，目光投遞到很遠的地方，那是她的人生，她最不堪的過往。「我沒有屈服，我痛不欲生，自暴自棄。於是不久後，又收到一個盒子，裡面，是我娘的頭顱。姑姑問我，還想要下一個盒子嗎？」

如意夫人看向懷中的秋薑。「從目說我對妳嚴苛，可我沒有這樣對過妳。」

秋薑的眼中升起了一抹淚光。

「我在十二歲時學會低頭認命。當我十八歲成年，繼承如意門時，所做的第一件事就是殺了姑姑，把她的屍體送回姬家。我……恨姬家。」

秋薑怔了一下，注視著眼前這張已經面目全非的臉，忽然發現，她從第一天見如意夫人時，看見的就是一張假臉。十多年了，竟是不知道對方原來的模樣。就像她不知道姑姑身上，竟也發生過那麼悲慘的往事。

「我恨姬家，但又沒辦法擺脫它。尤其是妳娘嫁給族長後，族長，也就是我堂哥，對她言聽計從，她以女主人的身分不停命令我、指揮我，我忍不住想——憑什麼？」

秋薑的睫毛顫了顫，一直以來她都不明白，為何如意夫人始終不肯完全信任她，不肯傳位給她。品從目說那是因為如意夫人捨不得放權，現在看來，分明是跟她娘有關。

「我的身分無法曝光，我的父親還牢牢掌握在妳娘手裡，我只能聽命。我就這樣日復一日、年復一年地熬啊熬，熬到琅琊跟我說，是時候可以開始栽培妳了。」

秋薑胸中一悶，喉嚨一甜，又咳出了一大團瘀血，她直勾勾地看著自己吐出來的那口血，就像是看著深埋心底又被重新挖出來曝晒的傷口。

琅琊……

那是一個非常熟悉，卻又已經很遙遠的名字。

對白澤公子姬嬰來說，人生的轉捩點，是從母親琅琊病逝那晚開始的。

那晚，琅琊告訴了他家族最大的祕密：璧國的國君昭尹，是他的親弟弟。當他追問既然如此姊姊怎能嫁給弟弟時，琅琊沒能說完，撒手而去。

那一天，是圖璧三年二月初十。

千里之外的燕國，失憶的姬忽正在雲蒙山上艱難起身，想要恢復行走。

琅琊雖死，但父親姬夕還活著，姬嬰從他口中挖出了姬忽的下落，也挖出了另一個姬家的祕密，那就是——《四國譜》。

「這麼多年來，為了保持姬家的繁盛，先祖暗中訓練死士、細作，往其他各族布眼線、埋釘子。後來，人越來越多，漸漸不好管控，先祖很頭疼。正好當時姬家一個叫姬意的女兒成了寡婦，無所事事，想要做一番事業。先祖便把這個組織交給了她，她接手後，正式為其取名『如意門』，自稱如意夫人。」

姬意是個很有能力的女人，在她手裡，如意門井然有序地壯大著。她的夫家在程，她在程國住了很多年，覺得那裡更適合作為大本營，便經姬敞的允許，將這個見不得光的組織挪到了程國。彼時的程國落後貧窮、官府無能，為略人一事大開方便之門。

就這樣，如意門一步步壯大。

姬意晚年回璧國議事時看中了族內一個叫姬允的女孩，將她帶回如意門，精心栽培，並在逝世前將令牌傳給姬允。

於是這便成了如意門一個祕而不宣的門規：每一任如意夫人都是從姬家的女兒中選出。此事極為隱祕，除了每一任的姬氏家主，便連女兒的父母都不知道，對他們只說是意外病死了。

如此一來，姬家表面上是璧國的世家，族內弟子光鮮亮麗，極盡風雅之事；暗地裡卻操縱如意門斂財、探祕、暗殺，發展到後來，向各大世家輸出死士、暗衛，從而掌握不少世家的祕密。

轉眼間，一百年過去了。

這一任的姬家家主姬夕，身子極弱，族中大小事宜，都由妻子作主。妻子琅琊十分崇拜姬意，覺得那樣的人生才叫精采快活。因此，當如意夫人上了年紀，到了要從姬家女兒中選繼承人的時候，琅琊堅持送自己的親生女兒姬忽過去。

如意夫人對她芥蒂已久，得知下一任繼承人還得被她安排，心中越發不滿，因此對姬忽十分苛刻，將她丟入同一批入門的弟子中不聞不問，一扔三年。

十二歲的姬忽再次出現時，是作為同批弟子中的佼佼者，由品從目親自領著走進螽斯山，走到她的面前。

如意夫人注視著十二歲女童沉靜淡漠的臉，忍不住想：當年的我，可是遠遠不如她的。

琅琊，選對了人。

然而這個結論令她心中越發不忿——憑什麼？她被那女人脅迫，為如意門操勞半生，到頭來卻是為那女人的女兒作嫁衣嗎？

雖說琅琊所做的一切都是為了姬家，但姬家跟她，有殺母殺師之仇不說，還軟禁了她父親一輩子。

「我知道妳很好，每次交給妳的任務，無論多難，妳都能完成。可妳完成得越好，我就越從妳身上看見琅琊的影子。她明明已經死了，可她的兒子、女兒，還活著，始終在我面前晃悠……」

如意夫人回憶到這裡，拈起秋薑的下巴，眼眸沉沉，如暴風雨來臨前的大海。

「我討厭妳又可憐妳，越欣賞妳就越害怕妳，所以，我一直沒把如意門傳給妳。妳……恨我嗎？」

秋薑搖了搖頭。

「為什麼？」

秋薑想了想，低聲答：「也許是因為……我也沒那麼喜歡姬家。」

如意夫人眼底起了一連串的變化，亮起來又暗下去，最後伸手將秋薑唇邊溢出來的血絲擦掉。「原來如此……」

「說吧。」

秋薑劇烈地喘息了起來。「姑姑，您能告訴我一件事嗎？」

「《四國譜》在哪裡？」

如意夫人皺了皺眉。

「不能告訴我嗎？」

如意夫人猶豫了好一會兒，終於貼近她的耳朵，低聲道：「《四國譜》在……」

門外，頤非緊張地盯著十餘丈外的小樓，袖子裡的手握緊鬆開，手心沁出一層薄汗。

「這是你們設的局？為了從如意夫人口中套出《四國譜》的下落？」

「對。」

「我不明白……《四國譜》有那麼重要？」

薛采也注視著那扇靜悄悄的門，門緊閉著，如意夫人到底會不會上當，會不會告訴秋薑《四國譜》的下落，誰也不知道。

「《四國譜》對你、對我來說，都不重要。但對秋薑、對主人，非常重要。」

「為什麼？」

「為了還債。」
「還什麼債？」
「還姬家欠下的債。」
頤非重重一震。
薛采垂下眼睛，看著衣袖上的白澤圖案，想起了那個人說過的話——
「我們都成於家族，卻又為家族所累，一生不得自由。家族面前，無自我、無善惡、無是非……也算是姬家的報應到了吧。我一死，姬氏這個毒瘤也終於可以割掉了。」
「怎麼割？」
「如意夫人的計畫，名為『奏春』，意指偷天換日，換四個皇帝。而我的計畫，叫做『歸程』。」
「歸程？」
「讓離開的回去，讓偏差的糾正，讓一切回到原點。讓程國重新成為程國，讓姬氏重新成為姬氏。讓如意門的每個弟子，得到原來的名字，返回他們的故鄉。」
「這不可能做到！」
「我一個人不行，但有很多人幫我，很多人一起，甚至很多國一起，就有可能做到。」
「就算回去了，他們失去的童年不可能回來，他們受過的苦痛不可能忘記，他們殺過人的手不可能洗乾淨……那樣的回去，有意義嗎？」
「對他們，也許有，也許沒有。」
那人抬起眼睛，明眸如星光下平靜的大海，蘊含著力量，卻飽含溫柔。
「但對我，有意義。」

於是，在那個人死後，在時機成熟時，這個計畫在薛采手上開始實施。

聯三國之力，想要殺如意夫人也好，想要毀掉如意門也罷，其實都很容易。然而，想要安置如意門的三萬弟子，想要讓他們重新做「人」，想讓一切不動聲色地回到原點，實在太難、太難了。

可是，白澤死士九百人，人人本應有名字。

孟不離、焦不棄，也本有名字。

山水、松竹、琴酒，那些死去之人的墓碑上，也該有真正的名字。

薛采經常會坐在書房中發呆，偶爾，化名阿秋的婢女會經過他窗前，一臉天真懵懂。那時他就會想：要不要喚醒她？

歸程計畫，若無這個人，只怕是不成的。

但若要她加入，就必須讓她恢復記憶。

可公子當年沒有。公子曾在圖璧三年的一個雨夜趕赴玉京偷偷上了雲蒙山，他在榻旁看著已經睡著的秋薑，久久地看著，最終只是替她蓋好被子，悄然離去。

他認為有他就可以了。他和品從目再加上成為新程王的頤殊，一定能將如意夫人逼入絕境，得到《四國譜》的下落。

他覺得他還有五年時間，足夠完成這件事。

但他沒想到，他在回國的路上死在了回城——衛玉衡的弓箭手換了一支箭，那支箭上有品從目的毒，於是，白澤公子身死異鄉。

品從目也沒想到這一點，他知道這件事後三天三夜沒睡覺，到第四天，紅著雙眼來找薛采，說：「把姬忽喚醒。」

薛采不同意。

品從目沉聲道：「我知道你對阿嬰有承諾，可他忘記了，這已不是他姊弟之事，不是他一家之事，甚至不是一國之事！我老了，不知還能堅持幾年，我等不到下一個領路人了。」

既然計畫叫歸程，那麼自然要有一個領路者，帶領眾人回家。姬嬰，就是那個領路人。如今姬嬰死了，頤殊不受控制，薛采又分身乏術，不可能常年在程國待著……天下雖大，確實沒有比姬忽更合適的人選。

「首先，我們如何保證一定能喚醒姬忽的記憶？其次，我們如何保證姬忽會是我們的人？最後，我們如何保證姬忽恢復記憶後，會願意當那個領路人？此中變數太多，變數過多，就會導致失敗。」

品從目笑了起來，這一笑，蘊含著力量，卻飽含溫柔——竟跟姬嬰笑得一模一樣。

「小忽也是我的弟子。而且，作為老師，比起處處手軟、顧全大局的阿嬰，我一直更喜歡詭祕多變的小忽。我相信，她可以。」

薛采久久沉默。

他仍沒有被說服，直到風小雅來信。風小雅問他，他的十一夫人秋薑，是不是躲在白澤府。

薛采凝視著繪有仙鶴梳翎圖騰的信箋，眼睛一點點地亮了起來。

姬忽不可控，失憶的姬忽更不可控。但是，如果有風小雅的加入，變數就會少許多。

更何況，還有頤非。

頤非要回程國奪位；風小雅要幫「切膚」剷除如意門，尋回這些年丟失的孩童；品從目在等待一個如意夫人會信任的繼承人；燕王的皇后想要為父母報仇……一股股力量交織在一起，最終變成了一條牢固的繩索。

再然後，將秋薑繫在繩索的那頭，引領她前往目的地。

秋薑和頤非離開的那天，薛采一直在遠處凝望他們的背影，覺得世事真是變幻無常。秋薑本該是領路者，現在，卻被拖著前行。

「我希望——」薛采望著外面的雨，緩緩道：「這一路，經歷了許許多多事後，無論能否恢復記憶，秋薑都會選擇跟我們一起……歸程。」

「我們會成功的。」風小雅的聲音低沉而堅決。

橋下的錦鯉跳出水面，吐了幾個泡泡。

頤非看著那氣泡在水面漂浮了幾下，歸於平靜，他終於想明白了全部的事——

姬家在百年前祕密建立了如意門，如意門歷代門主皆由姬家的女兒擔任。這一代的如意夫人生性殘暴偏執，比之前的夫人們都要邪惡，野心圖謀也大得多。她擬製了一個叫做「奏春」的計畫，動用暗中的力量欲將四國國君全部換成她的人。

程國，是頤殊。這個計畫在姬嬰的配合下完成了。但姬嬰之所以選擇頤殊，就是為了反制如意夫人，可惜他突然身死，以至於後面失控崩潰。

璧國，是昭尹。隨著姬嬰之死，昭尹目前被姜沉魚控制，計畫失敗了。

燕國，是彰華。但彰華識破了她的計畫，再加上品從目聯手頤殊提前發難，炸毀螽斯山，如意夫人也失敗了。

至於宜國，目前尚無異動，大概是如意夫人沒來得及。

總之這是一個非常瘋狂的計畫，卻一度非常的接近成功。若真被如意夫人做成了，四國會怎樣，唯方會怎樣，無法想像。

此後，薛采設局將失憶的姬忽引下雲蒙山，引到白澤府近距離觀察，確定此人生性不壞，且得了風小雅的保證後，聯燕、璧、程三國之勢，開始正式施行「歸程計畫」。

頤非，作為這個計畫中代表程國的棋子，踏上征程。

他必須跟秋薑在一起。

他讓秋薑見識程國的朝堂紛爭，秋薑讓他見識程國的民生疾苦。他們彼此影響、彼此改變，一路風雨同行。

這是薛采押在頤非身上的賭注，也是風小雅押在秋薑身上的賭注。

薛采信任他，而風小雅信任秋薑。

所以最終的最終，秋薑恢復了記憶，走回到如意夫人面前。

接下去，品從目現身，用自己的死為秋薑鋪路。

當如意夫人親眼看見自己最大的敵人死了，背叛她的弟子也死了時，就是她最放鬆也最脆弱的時候。也只有這個時候，狡猾多疑的如意夫人才可能滿足馬上也要死去的秋薑的要求。

品從目在賭這一刻。

薛采也在賭這一刻。

而此刻站在橋上想明白了全部過程的頤非，淚流滿面。

「《四國譜》在哪裡？」

如意夫人皺了皺眉。

「不能告訴我嗎？」

如意夫人猶豫了好一會兒，終於貼近她的耳朵，低聲道：「《四國譜》在……」

秋薑屏息等待著。

誰知如意夫人突然停下，眼眸深處露出了警惕之色。

秋薑心中「咯登」了一下。

「妳想知道這個做什麼？」

秋薑垂下眼睛，遮住心頭驚濤駭浪般的緊張，低聲道：「我在聖境接受訓練時，有一個朋友。他手上長著八個螺，他特別寶貝那八個螺，盼著長大後，能憑藉這個記號找到他的家人……」

如意夫人微微瞇眼。

「後來，姑姑讓他配合我去南沿竊取謝家的足鑌配方。他要扮成謝家的一個遠房親戚，需要對比指紋，怎麼辦呢？臨出發前，他把手按在火爐上，抹掉了那八個螺。」這是秋薑第二次說起這個人，上一次，她訴說的對象是頤非。

當時頤非聽了很難過，此刻如意夫人聽了卻沒什麼反應。

「所以，妳想要《四國譜》，幫他找回姓名？」

「對。他在南沿為了幫我死了，我答應他有朝一日告訴他，他原本是誰。」秋薑說到這裡，深吸了幾口氣。「我不想就這樣空著手去地下見他。這是我最後，也是唯一的心願……姑姑，求求您。」

她抓住如意夫人的手。她的手冰涼冰涼。

這種冰涼感消去了如意夫人的多疑和猜忌，她終於點頭道：「好。我告訴妳——」說著，如意夫人將那個殺死姬嬰、殺死品從目、並劃花她的臉的箭頭，按進秋薑心口。

秋薑一下子睜大了眼睛。

「《四國譜》在……」如意夫人用力一按，箭頭整個沒入秋薑體內。「品從目家中。」

秋薑的手顫抖著，想要推開她，卻已沒了任何力氣，只能眼睜睜地看著血湧出來，染紅她的衣襟和如意夫人的手。

「從目想要《四國譜》，雖不知他要去何用，但我還是願意滿足他。可惜他到死也不知道，《四國譜》就藏在他家中，早早地給他了。」

秋薑喉嚨裡發出細微的聲響，她想說話，卻已說不出完整的字音。

「還有妳，不管妳出於什麼原因想知道，我也願意滿足。但是，我老了，這一路背叛我的人實在太多了，除了死人，誰也無法真正讓我相信。所以，我成全妳的好奇，妳也成全我的疑心吧。」如意夫人說著，將箭頭又拔了出來，血頓時噴濺而出，好些濺到她臉上，她伸手緩緩擦去。

在這個過程中，秋薑終於沒了呼吸。

她的眼睛睜得極大，卻失去了神采。

如意夫人將她的眼睛闔上，俯下身，親了親她的額頭。「恭喜妳解脫了。來生聰明些，別再投胎到姬家。」

小橋上，一條錦鯉再次跳出水面，然後翻著肚子死去了。

頤非心中一緊，緊跟著，他聽見如意夫人的驚呼聲從小樓裡傳了出來。

薛采面色微變道：「出事了！」

羅紫立刻扭身衝向小樓，頤非也跟了上去。

門撞開後，只見如意夫人正在跟一人交手，兩人動作都極快，拉出了一綠一黑兩道線。

頤非一眼看出黑線正是風小雅，心中微寬，當即四處尋找秋薑，最後在牆角找到了她，卻是一具屍體。

頤非頓覺大腦「刷」的一白，連心跳也跟著幾乎停止。

羅紫看到這一幕，忙叫：「玉倌！玉倌——」

江晚衣不會武功，因此這時才趕到，忙將藥箱打開，為秋薑搶救。

那邊，如意夫人一掌擊退風小雅，大怒道：「你們果然聯合起來騙我！」

羅紫嫣然道：「我記得我入門時，夫人教的第一課就是『騙術』。夫人授人以騙，就要做好被騙的準備。」

如意夫人當即朝她掠去，卻被薛采中途攔截。

如意夫人冷笑道：「就憑你？」

薛采抬起袖子，「嗖」的一箭，如意夫人立刻折腰，騰空翻了好幾圈，才堪堪避過這一箭，再落地時，髮已亂。

「袖裡乾坤。據說妳一直想要？給妳。」薛采說著射出了第二箭、第三箭……

如意夫人慌忙躲閃之際，風小雅再次掠到，跟薛采配合，一前一後夾擊她。

如意夫人喊：「來人！來人——」

羅紫笑道：「沒有人會來的，夫人。您當著那麼多弟子的面，殺了品先生，又殺了朱小招，他們怕都怕死了，哪裡還敢再靠近此地？」

「我是如意夫人！我的命令他們敢不聽從？來人——」她的嘶吼聲遠遠地傳了出去，然而，沒有任何人進來。

羅紫繼續說風涼話：「夫人一生尊崇無雙，一呼百應，莫有不從，便連程王都為您所控。正如朱小招所說的，您是蟻后，所有的螞蟻都不敢不聽您的話。可是，您忘了，在一種情況下，螞蟻們會殺了蟻后——」

她說著伸出手拿起梳妝檯上的鏡子，對準如意夫人道：「就是當蟻后老了。」

如意夫人一眼看見了鏡子裡自己的臉——滿是血汙紅點和傷口的一張臉！

她的動作頓時慢了。

然後她倒了下去。

袖裡乾坤的最後一支箭終於射中她的眉心。

她躺在地上掙扎，卻發現四肢都已不聽使喚。

薛采抬步緩緩走到她跟前。「我跟公輸蛙不同，公輸蛙不屑在箭上用毒，但我必須用。妳可知為何？」

如意夫人瞪大眼睛直勾勾地盯著他，充滿了震驚和惶恐。

「妳當然知道我在箭上抹的什麼。因為，妳也曾經把它抹在另一支箭上，用它殺了妳的姪子。」

此言一出，屋裡的所有人都震驚了。

江晚衣猛地扭頭道：「公子是她殺的？」

他這一轉頭，手裡的銀針頓時偏了幾分，一旁全神貫注盯著秋薑的頤非頓時急了。

「你專心點兒！」

江晚衣只好收斂心神回來繼續為秋薑施針。

而頤非後知後覺地一怔，這才意識到剛才薛采說了什麼，震驚抬頭道：「姬嬰所中之毒不是品從目的嗎？」

「衛玉衡那廢物的手下，怎麼可能拿到此毒？有此毒的只有先生、姬忽和如意夫人三個人。姬忽當時在雲蒙山，而先生不可能殺公子，只有妳，如意夫人……」薛采盯著如意夫人，眼眸黑濃，因為匯聚了太多悲傷而無法解讀。「妳恨姬家，妳恨琅琊，所以，妳殺了她的兒子。」

如意夫人掙扎著想要爬起來，卻被薛采上前一腳踩在她的手上——就像她之前踩朱小招那樣。

「一年一個月又十二天，我每天都在想，怎麼把這支箭還給妳。先生不讓我殺妳，姬忽不讓我殺妳，因為他們都要完成公子的計畫。而現在，妳說出了《四國譜》的下落，妳終於可以死了。」

如意夫人的目光從薛采移向風小雅，再移向頤非、羅紫，最後落到滿頭大汗的江晚衣和他針下毫無反應的秋薑身上，喃喃道：「原來如此……難怪從目臨死前說贏的人是……她。」

她突然喊：「神醫，她還能活嗎？」

江晚衣沒有答話，神色十分嚴肅，額頭的汗一滴滴地淌過臉龐。

如意夫人看在眼中，冷笑了起來。「神醫，你可莫要讓他們失望啊。不過據我所知，你已經讓很多人失望了。當年，你沒能救回曦禾夫人的好朋友……」

江晚衣的手指一頓。頤非急道：「別聽她的！」

「後來，你沒救回姬嬰。再後來，你連你最愛的女人曦禾夫人也沒救……」

薛采突然抬腳踩在她的嘴巴上。

如意夫人大怒，拚命掙扎，卻一個字都說不出來了。

然而，江晚衣的手已經不受控制地抖了起來。

頤非急聲道：「那不是你的錯！生死有命，醫術不是萬能的，你已經盡力了！」

如意夫人雖不能說話了，但還能笑，因此整個屋子迴蕩著她的詭異笑聲。

薛采皺了下眉，這時風小雅過來，俯身在她脖子處一按，如意夫人一震，頓時沒了任何聲音。

薛采埋怨地看了風小雅一眼。「慢了。」

風小雅苦笑一下，轉頭看向秋薑，臉色蒼白、魂不守舍，最後更是站立不住，只能慢慢地坐下去。

「你還好嗎？」薛采看出些許異樣，擔心道。

風小雅沒有回他的話，而是注視著江晚衣，緩緩開口：「秋薑告訴我，如意夫人說出《四國譜》的下落前，不論發生什麼事，都不許出現。所以，你們都在外面，我卻在這裡。我在這裡，卻沒有救她。」

頤非這才知道原來風小雅一直藏在樓內。也是，他們中此人武功最高，若要留一人監控全局，也唯有他能不被如意夫人發覺。

「我沒有救她。這對我來說，是世上最痛苦的事。同樣，曦禾夫人當時一心求死，你沒有救她。那對你來說，也是世上最痛苦的事。我明白。」風小雅說到這裡，對江晚衣笑

了一笑。「所以，就算你此刻不能救回秋薑，我也不會怪你。她死得其所，她沒有遺憾。」

江晚衣扭頭，目露感激之色，剛要說話，頤非卻一把揪住他的衣領道：「不行！她沒遺憾，我有啊！他不怪你，我可不幹！你必須給我救活她！否則我就砸碎你的藥箱……」

薛采走過來，一腳將頤非踢開。「你算老幾？」

江晚衣怔住，片刻後，輕笑出聲。

風小雅的話讓他很感動，頤非這一鬧卻令他瞬間放鬆下來。他再次拿起銀針，朝秋薑的穴道扎過去，這一次，穩如泰山——

伏願垂泣辜之恩，降雲雨之施，追草昧之始，錄涓滴之功，則寒灰更燃，枯骨生肉。

方不負，這神醫之名。

一陣風來，吹得屋簷上的鈴鐺搖了起來。

風來風停，叮叮噹噹。

第五卷

今生·蛻蛻

她在做那樣看似無意義的事情。
卻要付出那麼多那麼多東西為代價。
最後的最後，
她甚至為之獻祭了愛情。

第三十二章 舊夢

秋薑做了很長很長一個夢。

夢境中，有一個少年在讀書。他是那麼專注，以至於忘記了周遭的一切，也忘記了她。

於是她心生不滿，將棋子放入几旁的青團子中。

那少年一邊看書一邊拿起青團子吃，「喀嚓」一聲，崩了一顆門牙。

他震驚地抬頭，看見了趴在窗外的她，便苦笑起來。「我得罪了姊姊？」

「沒有。」

「那這是為何？」

「疼嗎？」

「當然。」

於是她展齒一笑道：「那樣你就會記得我啦。」

少年露出不解之色。

是啊，他什麼都不明白。不知道她就要離家，前往異國，去完成姬家女兒的使命。

大家族的女兒，都是有用處的。

長大了或用來聯姻，維繫利益；或出任女官，光耀門楣。而她的使命更與眾不同一點兒，她要前往一個叫做如意門的地方，去做那裡的主人。

母親琅琊在臨行前將她叫到房中，仔仔細細地看著她的臉，半晌才道：「妳是否不願意？」

她道：「這是母親想要的嗎？」

「是。」

「那麼，我願不願意，不重要。」她望著琅琊，時間長長。「母親送二弟走時，也沒有問過他願不願意。」

琅琊頓時變了臉色，沉聲道：「妳知道？」

她淡淡一笑。二弟被送走時，她雖然只有三歲，但早慧知事，將一切都看在眼裡。

她問爹爹，二弟被送去哪裡了，爹爹連忙捂住她的嘴巴，警告她不要亂說話。

再後來，老師來了。老師來教導她和大弟上課，有一天教了一首詩，詩裡有兩句：

「昔為鴛與鴦，今為參與辰。」

意思是：曾經形影不離的兄弟，如今相距千里、天各一方。她便想起了不知去了哪裡的二弟。

老師見她情緒低落，問她在想什麼。

她當時已經十分信任老師，雖心有顧慮，還是告訴了他：「我有個弟弟，一生下來就不知被母親送去了哪裡。我偶爾會夢見他。明明連臉都看不清楚，可就知道他在哭，哭著求娘親不要送他走。」

不知為何，老師聽了那話後神色非常複雜，過了很長一段時間後，他問她：「妳想知道他去了哪裡嗎？」

「老師知道？」

「我可以帶妳去。但是，妳要保證這是妳我二人的祕密，即便是阿嬰，也不可以告訴。」

她同意了。

第二天，老師帶她和阿嬰去踏青，再然後，把她交給一個黑衣人。「他會帶妳去，只看一眼便回來。」

她從小就是個膽大包天的姑娘，一點兒都不害怕，不但不害怕，還覺得很興奮；尤其是那個黑衣人抱著她在空中飛，穿梭於屋頂之上，風聲灌得她耳朵生疼，她卻愛上了那種飛的感覺。

她問黑衣人：「這是武功嗎？快教我教我！」

那人張開嘴巴，給她看他的舌頭，他的舌頭只有一半，他不會說話。

她心中震驚，有更多的話想問，比如「你的舌頭怎麼沒的」、「你為什麼聽老師的話」、「你到底要帶我去哪裡」、「我真的能見到二弟嗎」？

這一連串問題很快就有了答案。那人將她抱到一個很荒蕪的院落，趴在屋頂上。院子裡有一個女人在洗衣服，另一個三、四歲的男孩蹲在一旁幫忙。

那是冬天，天很冷，女人的手浸泡在水中又紅又腫，男孩便從懷裡摸出一壺酒，遞到她嘴邊。女人小小地抿一口，笑著蹭了蹭男孩的鼻子，男孩便咯咯笑起來，笑得眉眼彎彎。

於是在那一瞬，她明白了——他就是她的二弟。

男孩似母，他跟阿嬰都長得像娘，延續了她的一副好相貌。唯獨她像爹爹，五官平凡。

女人洗了一個時辰的衣服，她便趴在屋頂上吹著冷風看了整整一個時辰。直到女人洗完小山般的衣服，拉著男孩的手回去了，黑衣人才抱著她離開。

她被送回到老師面前，老師問她如何，她還沒回答，眼淚便一下子流了下來。

「我不明白。」她道：「老師，這一切我都不明白。」

「有朝一日，妳會明白的。」老師看她的眼神，就像是看著世間最可憐之人一般，充滿了悲憫和嘆息。

而那個所謂的「有朝一日」，一年後，來臨了。

母親告訴她，姬家有個組織叫「如意門」，每一任門主都從女兒中選出，這一代選中的人，是她。

她恍恍惚惚地聽完，渾渾噩噩地回到房間，午夜從夢中驚醒，赤裸著雙腳就衝出去。她跑到老師所在的客房，哭著問他：「為什麼？我還是不明白！老師。」

老師擦乾她的眼淚，再為她處理腳上被石子割出來的傷口，對她說：「我有答案，但我的答案未必是妳的答案。因為妳看見的也許跟我看見的不一樣，我的選擇不是妳的選擇。妳的答案是什麼，需要妳自己尋找。妳的選擇是什麼，也需要妳自己決定。」

她十分不解。那個時候的她，真的是什麼都不知道。

她在姬嬰的青團子裡藏了棋子，崩掉了他的一顆門牙，希望他能永遠記住自己。然後去琅琊房間，氣得母親心口劇痛不得不躺下；再然後，她被送上青花船，沒有跟任何人告別。

船在海上漂啊漂，擁擠的船艙每天都有孩子死掉，船夫們將死掉的孩子扔進大海裡，她在近在咫尺的距離看著，素白的臉上沒有任何笑容。

可她原本，是個多麼愛笑的人啊……

秋薑想，這個夢太長了，而且馬上就要夢見很可怕的經歷了。不行，她必須快點長大，快點把那段時光熬過去才行。

然後，夢裡的速度真的變快了，五顏六色飛快流轉，再停下來時，她被品從目牽著手，走出聖境，來到了螽斯山——如意門的大本營。

如意夫人坐在一整塊翡翠雕成的如意椅上，一身綠意，幾與翡翠混為一體。她的臉很白，頭髮很黑，五官沒有任何瑕疵，依稀間還跟自己有點像。

於是她確定了——此人，果真是她的親人，體內同樣流淌著姬氏的血。

她展齒一笑，輕盈地拜了下去。「見過姑姑！」

如意夫人久久地打量著她，半晌後，才說了第一句話：「叫我夫人。」

從那時候起，她就明白了，姑姑不怎麼喜歡她。一開始她以為那是姑姑對她寄予厚望，後來又覺得恐怕是天性涼薄，最後依稀察覺出了某種微妙。

於是她問品從目：「姑姑為何不認我？」

品從目回答：「看來只能等妳滿十八歲了。」

滿十八歲，按照族規，如意夫人就要傳位給她了。她耐心地等待著。

然後十二歲，接到一個外出的任務——去南沿謝家，竊取足鑌配方。

竊取東西有很多辦法，如意夫人讓她自行選擇。她回到自己的房間，對著有關謝繽此人的檔籍研究了整整十天後，去敲品從目的門。

她道：「我不想殺他。那麼，有什麼辦法能讓我拿到足鑌？」

品從目回答：「不，他必須死。」

「為什麼？」

「謝繽少年時在青樓認識了一名歌姬，生了個女孩，想要娶進家，二老不同意。有一天上街時，孩子被人販子抱走了。歌姬受不了打擊瘋了，然後跳河而死，此其一生之痛。」

她知道，這些在檔籍中都寫了。

「謝繽發跡後，便派人四處尋找女兒，跟南沿的青花勢成水火，常年攔截他們的船，給如意門造成不小的損失。所以，夫人才把任務目標定到他身上。她真正要的不是足鑌，而是他的命。」

她的手握緊成拳，半晌後道：「我不殺人。」

品從目走過來，將她的手指一根一根地掰開。「妳有這樣的底線很好。但這是她給妳的第一個任務，妳必須完成，且要完成得很完美，這樣，她才沒有任何藉口不把令牌交給妳。」

「我不明白，老師。我認同您說的如意門是萬惡之地，我認同您說的如意門應該毀滅。可為什麼，不能早一點兒？每一天都有新的罪惡誕生，每一天都有無辜孩童死去。早一天，就能好一點兒，為什麼要拖延？為什麼非要等我接掌如意門？」

「如意門是萬惡之地，但如意夫人不是萬惡之源。殺了她，還是有人略、有人買、有人殺人、有人作惡。沒有如意門也有別的門，沒有青花還會有紅花、綠花……沿海三十洲，無數鄉民藉此謀財，無數漁民藉此活命……所以，殺一個夫人沒有用，滅一個門也沒有用。時機尚未成熟。」

「那什麼時候才算成熟？」

「待四國國君皆勵精圖治，待唯方百姓皆齊心協力。待妳……」品從目抬手，輕輕撫摸她的頭頂，一字一字，意味深長：「長大，大到足以承受一切風雨。」

「我……」她咬著嘴唇，卻是泣不成聲：「我想回家。」

她好想回家。

她好想念那個一邊看書、一邊吃青團子的少年。

她還經常會想起那個餵酒給別的女人、把別的女人當娘親的男童。

她想念既能看日出又能看日落的朝夕巷。

她想念璧國精美的瓦舍和整潔的長街，還有那鑲著玉璧的高高城牆……

每一任如意夫人都要在傳位給下一任如意夫人後，才能回家。在那中間，她們就算是路過璧國，也絕對不能踏足姬家。

而她在離開時，還崩了大弟一顆門牙，沒有好好地跟他告別。

不知道他現在變成了什麼模樣，是不是還是那樣皺著眉、不愛笑，像是個老頭子一樣……

「等妳接掌了如意門，結束這一切後，就能回家了。」品從目輕輕地抱了抱她，說了一個字：「乖。」

十二歲時，她扮作謝柳，去了南沿。

見到謝繽，她的第一句話是：「我不是謝柳。我沒有名字。我來自如意門。夫人命我

從你這裡，拿到足鑌的配方，然後殺了你。」

謝繽聞言大駭，下意識去抓他身旁的鑌劍。

她又道：「你若殺了我，夫人還會派別的弟子來，一個又一個，層出不窮，直到你死為止。」

「妳想如何？」

她從懷中取出一塊玉珮，玉珮上雕刻著幾根垂柳，意境斐然。

謝繽看到這塊玉珮，表情頓時一緊，一把搶了過去。「這是、這是……柳兒的玉珮！妳如何得到的？」

「她在如意門中，但我不知道哪個是她，只有夫人知道，她把玉珮給了我，告訴我可以假扮成她。」

「她還活著？」

「我不知道。」

謝繽抓著那塊玉珮僵立原地，臉上的表情變了又變。

「你想找到她嗎？」

謝繽抬頭，目光犀利如電，彷彿隨時都會朝她撲過來。

「我的目標是如意夫人。我已經走了九十步，就差最後幾步。所以，需要你的幫助。」

「妳想我怎麼幫你？」

「把足鑌的配方給我，並承諾不再找青花的麻煩。如此，等我結束如意夫人之後，若謝柳還活著，把她交給你。若她死了，把她的屍體給你。」

謝繽盯著她看了半天，忽笑了。「我是傻子？」

「能從普通礦石中提煉出鑌的人，怎麼可能是傻子？」
「那麼，妳憑什麼覺得我會相信妳？又憑什麼覺得，我會用配方換一個不知死活的女兒？」
「我已經來了。這是我的第一個任務，夫人會對我稍微寬容些。」
「所以？」
「我有五年的時間可以讓你慢慢考慮。其間，暫停對青花的騷擾，你和謝家都會安然無恙。五年後，若你想清楚了，再把鑌的配方給我。」
謝縝瞇著眼睛盯了她很久很久，沒說答應，也沒說不答應。
如此過了三天，品從目出現，給了她十個人。她帶著這十個人敲開謝縝工坊的門。他看見這十個人時，面色頓變。
「你想透過他們向如意夫人告密，揭發我對她有異心。」她朝他笑了笑，而那十人已跪地不起，渾身戰慄。
他們都是青花的人。謝縝一向跟青花不對付，但打交道久了，也認識了那麼幾個組織裡的人。在她這個假謝柳出現的第二天，他就去收買青花的人，一層層地引薦上去，想要告發她。
他的目的很簡單——我不信任妳。所以，如果能用妳換我女兒的下落最好，不能，出賣一個如意門弟子也不算什麼。
可惜，整個青花都在品從目的掌控之下，因此，這十個人前腳剛被收買，後腳就被抓了。
她注視著面沉如霜的謝縝，笑了一笑。「我帶他們過來，就是告訴你——這招沒用。」

我在如意門中比你想像的厲害。如果這個世界上有能夠對付如意夫人的人，只會是我，而不是你，不是其他任何人。如果這個世界上有人能夠找到謝柳，那也是我。」

謝纘沉默，他也只能沉默。

他默許了她的提議，任由她以謝柳的身分住進謝家。

她知道他沒有放棄繼續尋找謝柳，她也知道他什麼都查不到。謝柳失蹤於品從目加入如意門之前，因此，她的檔籍在《四國譜》中。而《四國譜》的下落，只有如意夫人一個人知道。

四年裡，她扮演謝柳，度過了一段還算愜意的時光，甚至還因為要跟李家的公子聯姻，而趁機去了一趟璧國。

她的馬車在朝夕巷前停了整整一個下午，然而人來人往的身影中，沒有阿嬰。

她很想跳下車衝進去，大喊一聲：「我回來啦！」

到時候所有人臉上的表情都會很好看，尤其是娘。

可是當她想要不顧一切地任性妄為一場時，看見了路邊幾個五、六歲的小孩，正在打打鬧鬧吃著糖葫蘆、穿著花衣裳；而同樣差不多的年紀，聖境內的孩子已開始學習拿刀殺雞、殺羊、殺小狼。

孩子們打鬧著從馬車前跑過，留下一串清脆的笑聲。

緊閉的車門內，她靠著車壁長長嘆息，最後輕輕一笑，吩咐馬車繼續前行。

然而，當馬車經過另一條叫做浣溪巷的窄道前，她看見了一個極美的小姑娘。

小姑娘手捧杏花站在一家叫做「天墨齋」的字畫店前，夕陽微沉，為她鍍了一層金光，她比杏花更奪目。

小姑娘從車窗裡看見她，忽然一笑，湊上前來。「姊姊，買花嗎？」

馬車沒有停，小姑娘便一直追著車道：「姊姊，買一枝吧！」

她見小姑娘追得辛苦，便讓車夫停車，掀簾問：「這枝杏花多少錢？」

小姑娘甜甜一笑。「兩文錢。」

她不禁想：如此美貌，只是賣花，真是浪費。

車夫給了小姑娘兩文錢，小姑娘將最漂亮的一枝花遞進窗來。於是她不禁又問：「妳叫什麼名字？」

「我叫曦禾。姊姊若要買花，再來天墨齋找我呀。」

秋薑想，那真的是她人生中很微不足道的一件小事——她路過一條街，看見一個漂亮的小姑娘，花兩文錢買了一枝杏花。

彼時的她，萬萬沒想到，那個賣花的小姑娘最後成了她弟弟的劫數。

兩個弟弟共同的劫數。

當她跟李家的公子李沉相完親回南沿時，謝繽將她請進密室，告訴她，他想通了，願意把足鑌的配方給她。

她問：「是什麼讓您突然改變了主意？」

謝繽苦澀一笑，將一塊沾血的手帕遞給她。「我得了癆病。大夫說我沒幾年可活了。」

她盯著那條手帕，不說話。

謝繽又道：「妳這次議親歸來，內子在幫妳準備嫁妝。我看著那些嫁妝，就忍不住想，柳兒比妳大一歲，若她還活著，也到了嫁人的年紀了。我已經找了她十幾年，再找下去，就算能找到，也耽擱了她最好的年紀。我不僅想讓她平安歸來，更希望她此生餘年快快樂樂，像尋常人家的姑娘一樣，有家人庇護，有夫君愛憐，有兒女孝順。所以，我用足鑌，買她餘生。」

她沉默了好一會兒才道：「萬一她已經死了呢？」

謝繽的眼神尖厲了起來，沉聲道：「那麼，我用足鑌，買如意夫人的命。」

於是她在謝家又待了一年。看著謝繽的病一天天嚴重，看著嫁妝一點點備好，看著婚期一天天臨近。上婚船前夕，謝繽終於把配方告訴她。

「我只說一遍。」他當即背了一遍。「記住了？」

她默默記下，確定沒有疏漏後，反問：「為什麼？」

「什麼？」

「為何您從不問我是誰，為什麼想要對付如意夫人？」

「妳來到我家，五年了。五年裡我一直在觀察妳。」

「您認為我可信任？」

「不。」

她皺眉。

謝繽又道：「但妳有一句話說得沒有錯——如果這個世界上有能夠對付如意夫人的人，那個人，是妳，不是我。」這五年，他將她的一切都看在眼裡，時常會有一種荒謬之感。在那之前，他不認為世上有那麼聰明的人，學什麼都能學得很好，他認為上知天文、下知地理，精通五行八卦、琴棋書畫、奇門遁甲、經濟兵略的人不可能存在。可她突破了他的認知。她甚至還會武功，當她想在夜晚偷溜出去時，沒有任何家丁追得上她……

這樣的人，是不可能真的為足鑌配方而來。她所圖謀的東西，必定極大，大得常人難以想像。

所以，他決定賭一把。

「記住，我買的是……」

「謝柳的餘生，或者，如意夫人的命。」

謝繽一笑，向她伸出手掌，她以為是要跟她擊掌，剛要迎上去，那手掌卻落在她的頭上，輕輕地撫摸了一下。「什麼樣的人家才能養出妳這樣的孩子呢？既養出了妳這樣的孩子，怎麼捨得讓妳做這些事？」

她感應著那隻手，眼眸沉沉，忽然間，失去了聲音。

十二歲到十七歲。她在謝家頂著他女兒的身分長大。

那是一段跟聖境，甚至跟姬家完全不同的時光。

在姬家時，父親很疼愛她，母親雖然嚴厲，但也對她寄予了厚望，更有弟弟陪伴，任她欺負、受她捉弄。那時候她覺得自己是公主，萬千寵愛於一身。

在聖境時，每天都九死一生，接觸的全是背叛、殺戮、欺詐等人性中最陰暗的一面。那時候她覺得自己是隻禽獸，若非始終有老師在一旁牽引指導，早已迷失和沉淪。

可在謝家，謝繽從不限制她任何事，謝夫人也表現出了正妻對外室女兒的寬容，雖然疏遠，但並不使壞。至於謝家的其他人雖然背地裡議論她，偶爾玩些小把戲想欺負她，但跟聖境裡的弟子們相比，根本不值一提。

那是她最自由的一段時光。

她幾乎忘記了如意門，忘記了如意夫人，盡情地跟老師學習一切她所喜歡、所感興趣

的學問。

她知道老師經常回璧國教導阿嬰，便總問他：「我和阿嬰，孰好？」

老師笑道：「妳學得比他快，但他學得比妳精。」

她只能嘆氣。她性格跳脫，不像阿嬰那般沉得下心去鑽研，所以很多技能於她而言，學會就行。比如武功，在聖境的同批弟子中就只能算是中上。

她總是向老師打聽弟弟的消息，老師便問她：「想不想見見？我可以安排你們見一面。」

「見到後，抱頭哭一通，然後各回各家嗎？」她的神色嚴肅了起來，抿緊脣角。「不，事不成前，我不見。」

她當時想：我得等到塵埃落定，一切結束，再乾乾淨淨地回到阿嬰面前，扠腰告訴他，你知道你姊姊做了多麼了不起的事情嗎？你是不是很崇拜我、佩服我？

她想像著那樣的場景，便覺得有了盼頭，有了些許對抗絕望的力量。

然而，她萬萬沒想到的是，她再也沒能見他一面。

她的弟弟姬嬰，死在了如意夫人的陰謀下。

秋薑飛快地奔跑著，夢境回轉，她彷彿還在那輛馬車上，馬車停在了朝夕巷，她不顧一切地打開車門，衝了下去，一腳踹開姬府的大門，高聲喊：「阿嬰——阿嬰——」

門內空空，一個人也沒有。

「阿嬰！阿嬰——」她絕望地哭出聲來。「我回來了！我成功了！我從如意夫人口中得到了《四國譜》的下落，如意門的三萬弟子都可以回家了，他們都回家了，我也回家了……」

可是為什麼……你不在了呢。

父親不在了，母親病逝了，連你也不在了的這個家，我雖然回來了，又有什麼意義呢？

「你們騙我！你和老師騙我！你們擬定了這個狗屁計畫，說成功了就能回家的！你們兩個大騙子！大騙子！」她號啕大哭。

這個夢境真的很長很長。

秋薑看著自己在荒蕪一人的白澤府中嘶聲痛哭，像是要把這麼多年的委屈、痛哭、抑鬱和絕望統統哭出來。

但她心中非常清楚，回不去了。一切都回不去了。

從言睿踏足姬府，成為他們兩個的老師時起，就已註定了百年不倒的如意門，終於迎來結束它的人。

結束它的不是她，不是姬嬰，而是品從目。

言，視為三口，幻化成品。

睿，取其下半部，拆為從目。

品從目，就是言睿。

這位名斐天下的唯方第一大儒，本是閒雲野鶴、世外仙人般的存在，卻因看見民生疾

苦而入世，為了剷除如意門而來到姬府。他收姬忽和姬嬰為徒，為的就是感化二人，從源頭上結束一切。

他教了姬嬰仁善，教了姬忽百變，將大義的種子埋進兩個少年人的心中，然後再精心灌溉，耐心等待，等到他們成年。

他讓姬忽配合如意夫人執行「奏春」計畫，而他和姬嬰則在「奏春」的基礎上設計了最早的「歸程」。後來，姬嬰不幸早逝，於是薛采接替他，將這個計畫修正和完善——

「聯三國之力，想要滅掉如意門很簡單，但想妥善安置門內的三萬弟子，防止他們暴動作惡，必須得找到《四國譜》。一個人，只有有了名字，才是『人』。而一個人，有了家，才會安分。這不僅僅是公子的心願，也是皇后想要的真正的安定。」

陰暗的小屋內，薛采、品從目和風小雅一起商討著這個計畫。

「這一年來，透過紅玉和朱小招可以確認，即使親近忠誠如他們，如意夫人也毫不信任。所以，她只會將這個祕密告訴下一任繼承人。」

「可她偏偏又不服老，不到最後一刻，不會放權。」

「要讓她親口說出《四國譜》的下落，可能只有下一任繼承人將死之時。」

風小雅皺眉。「將死之時是什麼意思？」

「我認為，既然如意夫人遲遲沒有傳位給姬忽，就說明她不信任姬忽。想讓她告訴姬忽《四國譜》的下落，除非她死。」

「她不能死！」風小雅一口拒絕。

薛采盯著他的眼睛道：「她可以假死。就像當年，你『殺』她那次。」

風小雅沉默了。

品從目聽到這裡，開口：「如何殺？如何讓她剛好『死』在如意夫人面前？如何讓她『死』前來得及提問和得到答案？」

薛采的眸光閃了閃，沉聲道：「我們還需要兩個人。一個醫術很好的人，能確保假死成功和死後及時復活。一個如意夫人還算信任的弟子，頂替紅玉給她安全感，好讓她放心地待在某個地方，看完這齣戲。」

房間裡安靜了一會兒。

品從目道：「我知道有那麼一個弟子。但她不一定聽我的。」

風小雅道：「誰？」

「羅紫。老程王的妃子，頤殊繼位後她就逃了。」

薛采忽笑了起來。「很好。我正好認識一個醫術很好的朋友，而且那個朋友也認識羅紫。」

品從目眉梢微動，猜出了答案——「江晚衣？」

秋薑想，那真的是個不錯的計畫。江晚衣說服了羅紫，羅紫答應幫忙，她把如意夫人帶到她的小樓裡，那裡又隱祕又安全。只等她完成蘆灣的任務，抓了頤殊歸來，就可以借江晚衣之手假死在如意夫人面前，問出《四國譜》的下落。

只是誰也沒想到，頤殊會那麼瘋狂，會想把整個蘆灣都沉了。

也沒預料到，朱小招突然撕掉親切和善的面具，暴露出想要當程王的野心。

更沒想到，蘆灣大水會令品從目奄奄一息，落到了朱小招手中。

幸好薛采及時趕到，跟風小雅會合，然後隨機應變，讓江晚衣出面把朱小招引到羅紫

的小樓，並在馬車上替她診脈時偷偷將假死藥塞入她手中。

到小樓後，羅紫又一直擋在她身前，品從目吸引如意夫人和朱小招的注意力，讓秋薑掐著時間服了藥。

品從目自知落入如意夫人之手會生不如死，為了徹底動搖如意夫人的心志，也為了給秋薑鋪路，他結束了自己的生命。

他的死給了如意夫人巨大的打擊，再加上朱小招的死，如意夫人的精神不由自主地鬆懈了。

秋薑於那時開口問她《四國譜》，她果然告訴了自己。

但如意夫人最終還是留了個心眼——她親自動手又「殺」了秋薑一次。

這一箭可真疼啊。

秋薑在夢中看見這一箭，穿過她的身體，射中如意夫人的臉，然後，再穿過她的頭顱，射中了品從目，最後，穿透品從目射向遙遠的牆角——

那裡坐著一個白衣少年，一邊捧著書，一邊拿起青團子吃。

秋薑淚流滿面地注視著那個少年，看著箭頭最終來到他跟前。

快逃啊，阿嬰。

快逃！快逃啊！

她拚命掙扎，想要衝過去推開他，然而，身體像是被什麼東西緊緊束縛住了，完全無法動彈，只能眼睜睜地看著那支箭射進他體內。

少年手中的青團子「啪答」落地，鑲嵌在青團子裡的棋子「答答答」地滾到她腳邊。

那是一顆黑色的棋子。

再然後，無邊黑暗席捲而至，將眼前的景象連同她一起吞噬。

阿嬰……

一道霹靂劃過夜空，雷聲轟鳴，暴雨卻遲遲未下。

就像是三尺外的小樓，房門緊閉，江晚衣仍沒有出來。

頤非坐在抄手遊廊處的欄杆上，看著夜空中詭異變幻的景象，心中盼這場大雨快下，又怕這場大雨真下。

就像他既盼小樓的門快點打開，又怕打開後江晚衣告訴他不行，救不活秋薑。

秋薑的身體本就在海難中受了重傷，一直沒有好好調理，又連日奔波，還被朱小招落井下石地戳了好幾下。按照江晚衣的話說：「就算我不給她假死藥，她也能真死。」

他這才知道，江晚衣上朱小招的馬車時，這場最後的局便開始了。

而這一局的關鍵是——讓如意夫人確信秋薑會死。

雖然中途出了很多意外，但最終還是得到了《四國譜》的下落。如意夫人死了，薛采也安排人去品從目家中搜《四國譜》了。所有人都在忙碌，他本應盡快回蘆灣，那裡還有一大堆事等他處理。

可他不敢走。

不知為何，他有一種強烈的預感，他這一走，就再也再也見不到秋薑了。

頤非屈起膝蓋，將額頭抵在腿上，眉毛處到後腦杓像是有無數根鐵絲拚命箍緊，像是

蘆灣一個個衣衫襤褸的百姓、一棟棟殘破不堪的房屋，在不停地召喚他……

他突然跳起，一拳狠狠地砸在欄杆上。

欄杆「喀嚓」一聲斷了，隨即響起羅紫的驚呼聲。

「你這是幹什麼！」她衝過來，無比心疼地抓住斷裂的欄杆，淒聲道：「這可是我特地從東海運來的黃花梨啊……」

頤非覺得有些尷尬，忙落地站好，想要道歉，卻又覺得更尷尬了。

羅紫對他怒目而視。「你為何不去做你該做的事，留在此地禍害我的寶貝？」

頤非嘆了口氣。

「你還有臉嘆氣？」羅紫圍著他轉了好幾個圈，突然跳起來打他的頭。「皇位啊！皇位在等著你啊，還不走！」

頤殊仍在薛采的控制中，頤非此刻回去，正是趁機收買民心、積累功勛的絕佳時機。籌謀了那麼久、期盼了那麼久，偏偏卡在此處，連她看了都著急來氣。

頤非沒躲，生生挨了那一下，然後又嘆了口氣。

羅紫冷笑道：「虧我以往還覺得你是銘弓的孩子裡最成氣候的一個，現在看來，也不過是個感情用事的麟素。你比他還廢物，你想為了美人不要江山，也得看看那美人心裡有沒有你。人家是有主的，莫非你還想跟鶴公搶？」

頤非若有所思地注視她，神色顯得有些古怪而複雜。

羅紫便又抬手打他頭道：「看什麼？怎麼，我說不得你？名義上我可還是你的母妃呢！」

「妳會跟我回宮嗎？」

頤非輕輕一句話，令羅紫動作頓止，她臉上的表情變了又變，情不自禁地伸手去摸斷了的欄杆，最後嘆了口氣。

「白澤公子想讓如意門的可憐人們全都『歸程』，卻不知有些人，是沒法回家的。」羅紫說著，頗為諷刺地笑了一下。「他站得太高了，把世人都想得太好了。在我看來，他比頤殊可瘋狂多了。我能理解頤殊，但我理解不了他。」

頤非沉默了一會兒，才答：「我也不是很理解，但我敬佩那樣的人。」

「是啊……起碼在這個狗屎的世界裡，真的有一幫人在做一些讓它變得好一點兒的事，甚至不惜付出性命……」羅紫又摸了摸欄杆。「無論如何，這一次，我是真的自由了。可是……」

「可是，當妳有自由時，妳反而更加眷戀錢財權勢的感覺。」

羅紫抬頭朝頤非哈哈一笑。「沒辦法，小時候窮怕了嘛。其實你跟我是同一類人，小時候缺什麼，長大後就格外想要什麼。我缺錢，所以我貪財；你缺愛，所以你在這裡徘徊，不肯走。」

頤非的目光閃爍了幾下，沒有接話。

「但是小非……」羅紫伸出手，輕輕地搭在他的肩膀上。「我們跟他們不是一類人。白澤公子、品先生，還有你的美人，他們是一撥的。他們隨時可以為了大義去死，把自己折騰得多慘都無怨無悔。那樣的人，就像是滔滔江水，直奔海洋而去，不會為沿途的任何風景停留，自然也不會為岸上的誰止步。你如此缺愛，就不應該喜歡上那樣的人，因為，註定從他們身上得不到你想要的東西。」

「妳漏說了一個人。」

「什麼？」

「他們那一撥人裡，還有一個江晚衣。」

羅紫面色頓變。

頤非笑了起來。「所以妳這番話，其實是說給自己聽的。」

這下輪到羅紫沉默，她的手在欄杆上握緊鬆開，再握緊鬆開，欄杆上留了一個微溼的手印。

「你父王……雖是一國之君，卻常年處在如意夫人的淫威下，他有很大的野心，卻鬱鬱不得志，只能從別的地方發洩。頤殊所承受過的一切，我都受過。」

頤非心中一悸。

「我這樣的人，雖用最華麗的衣服和最昂貴的珠寶裝飾自己，顯得人模狗樣，其實……內裡骯髒不堪。」羅紫朝他擠出一個微笑，輕輕地說道：「我不配啊，小非。我連仰慕一個人，都不配。」

頤非的目光從她臉上轉向她身後，她身後，小樓的門不知何時開了，江晚衣顯然聽到她的話，僵立在門口。

羅紫順著頤非的視線回頭，看到他，頓時一驚，連忙岔開話題道：「那個七兒，喔不秋薑，喔不姬忽，管她是誰呢，她醒了嗎？」

江晚衣搖了搖頭。

頤非的心一下子握緊了。

「不過，她的命，算是暫時救回來了。」

話音未落，頤非已衝進去。

江晚衣看向羅紫，羅紫慌亂地縮了縮髮髻。「突然想起大家都沒吃晚餐，我去準備……」說罷忙不迭地走了。

江晚衣注視著她的背影，在心裡嘆了口氣。

秋薑躺在榻上，呼吸平穩，面容寧靜，彷彿只是睡著了。

頤非的心稍稍放下一些，然後才注意到，風小雅坐在窗邊，靜靜望著這邊。

他不禁舔了舔發乾的嘴唇，問：「如何了？」

「若今晚能醒，便無事。若不能醒……」風小雅說不下去了。

這時江晚衣回來了，替他接了下去：「若不能醒，恐怕就一直這麼睡著了。她這種情況已非藥物可控，要看她自己的意志。」

頤非敏銳地抓到重點。「你的意思是——她自己不想醒？」

江晚衣點點頭。「你看她現在面容平靜，是因為我點了佛手柑，在此之前，她一直在無意識地掙扎，應該是夢見了很可怕的事。」

頤非注視著秋薑毫無血色的臉龐，心中一片冰寒。

「請你進來，是讓你和鶴公一起想想辦法，如何喚醒她。我必須要提醒一句，她就算醒來，狀況也不會很好。五感皆有一定程度的損傷，內臟也是傷痕累累，武功是肯定沒有了，能否跟正常人一般行走也是未知數，總之……就算醒，也會活得很辛苦。」

頤非沒有表態。

風小雅也沒有。

房間裡變得很安靜，靜謐得有點可怕。

江晚衣注視著眼前的景象，不由得想起不久之前發生在璧國寶華宮的一幕。在那裡，也有一個人，這麼靜靜地躺在榻上，等待命運的抉擇。

守在她身旁的姜沉魚哭得雙目紅腫，不肯讓她就此死去，甚至不惜跟他鬧翻。可最終，薛采進去，替姜沉魚做了選擇，也替那個人做了選擇。

兩個場景在他眼前重疊，世事如此折騰人心，盡教人，兩難抉擇，生死銷魂。

於是他沒再說什麼，悄悄地退了出去。

頤非和風小雅彼此對視了很長一段時間。

頤非心想「看來我不開口，此君是不會開口了。算了，還是我先來吧」，便深吸口氣，道：「我們盡人事、聽天命吧……你先來，還是我先來？」

風小雅沉默了好一會兒，才道：「在你進來前，在神醫搶救她的這段時間裡，我一直坐在這裡，想一件事。」

「什麼事？」

「我在想，姬嬰當初上雲蒙山，見到她時，為何不喚醒她？」

頤非心中一「咯登」，薛采的那句話重新浮現在他的腦海中——

「姊姊既已前塵俱忘，就不要再打擾她。他們兩個之間，起碼有一人可以擺脫命運，是上天之慈。」

那其實不是上天的慈悲，而是姬嬰的慈悲。

姬忽此生，可以說是活得太苦。比他和風小雅還有任何一個人都要辛苦。她既背負了姬家的使命，也承受了姬家的罪孽。她既要獲得如意夫人的認可，又要堅持信念不動搖。她騙了所有人，也救了所有人。而她牽掛了十幾年的弟弟，至死也沒能再見一面。

她所經歷的一切，換了其他任何人都堅持不到最後。她雖堅持了下來，卻已遍體鱗傷。也許就此離開才是最好的解脫，可他們太貪心，拚命把她留下來，想從她身上求一個結果。

頤非的手顫抖了起來。

風小雅緩緩起身，走到榻前，注視著秋薑平靜的睡容，緩緩道：「我不打算喚醒她。我想跟她一起走。」

「什、什麼？」

「她想要的，已經得到了；她想做的，已經實現了。人世間於她而言，於我而言，都已沒有遺憾……」風小雅直視著頤非的眼睛，一字一字道：「讓我們走吧。」

頤非張了張嘴巴，卻已發不出完整的字音。

第三十三章 歸程

江晚衣再進來時，看著兩人的表情，便明白了。「你們已做好決定了？」

風小雅點點頭。「是。我們……」

在他的話語聲中，頤非什麼也沒說，扭頭離開了。

他飛快地來到馬廄開始套馬，咒罵自己浪費了那麼多寶貴的時間，最可惡的是，浪費到最後，也依然改變不了任何事情。

他心頭既憋屈又惱火，套馬的動作便有些粗魯，馬兒吃疼，不滿地叫了起來。

一聲音忽道：「拿畜生發火，你可真出息了！」

他回頭一看，又是羅紫。

頤非不答話，繼續套馬。羅紫挑了挑眉毛道：「馬上就要下暴雨了，又近子時，你非要這個時候上路？」

他將馬牽出馬廄，剛要離開，羅紫擋在前方。

頤非心中無奈嘆氣，喊了一聲：「母妃！」

這個稱呼令羅紫的表情微變，但她沒有讓路。「你真要走？你可想仔細了？這一走，再也見不到她了。」

「一刻鐘前妳還在勸我趕快離開，現在我要離開卻又攔阻，這是什麼道理？」

「我之前勸你走，是因為我覺得有鶴公在，你那小美人應該沒事。可現在，我聽說鶴公不打算喚醒她，也就是說天亮之前，她不能自己醒的話，就死了。小非，你再想一想吧。」

頤非的嘴唇動了幾下，突地扭過頭去，沉聲道：「我不配，母妃。我連挽留一個人，都不配。」

他在秋薑的人生中，出現得太遲太遲。

這一趟歸程，他更像是個看客，得以近距離地目睹一場傳奇。

而且在最後的那場大戲中，也沒能切實地幫上什麼忙。

這樣的他，這樣軟弱無力的他，這樣一無是處的他，甚至不曾從頭到尾完全信任她的他，有什麼資格決定她的結局呢？

尤其是，至親如姬嬰，至愛如鶴公，都選擇了讓她離開。

又一道霹靂劃破夜幕，這次，暴雨終於宣洩而下，瞬間打溼他的頭髮和臉頰。

他消瘦微黑的臉頰上，一片水珠。

那道閃電也再次扯開了無邊無際的黑暗。

秋薑眼前出現了一點兒微光，再然後，她發現自己可以動了。

她下意識地朝姬嬰所在的方向走過去，然而景物依舊，榻上已沒了人影。

阿嬰？她一邊喊，一邊四下尋找。去哪裡了？他去哪裡了？

然後眼前的一切快速旋轉，場景變化了。

她的前方有一條河。一條凍結成冰的河。

河上方的天空裡，飛著無數盞孔明燈。燈光繁密，宛若星光。

啊，這裡是……幸川。

河岸上全是人，忙忙碌碌，全在放燈。他們在祈禱，求上蒼垂憐宰相大人的獨子，能夠病好。

有一個小姑娘，也擠在人群中，歪歪扭扭地用木炭往燈上寫字，她寫的是「盼上青天偷靈藥，佑他此生得長寧」。

江江。

是江江。她在為風小雅祈願。

秋薑的心驟然一緊，對她喊：「快逃！快逃啊！」

妳可知災難馬上就要來臨？妳可知妳會成為那個人的一生之痛？

妳快逃！妳快逃啊！

那小姑娘似聽見她的心聲，朝她這邊轉過頭來，繼而露出歡喜之色，問：「妳有靈藥嗎？」

我、我……我沒有……

小姑娘燦爛一笑。「那我上天去啦。」說著將手一鬆，孔明燈飛了起來，她也跟著飛了起來，越飛越高、越飛越遠，逐漸變成一個小黑點。

秋薑情不自禁地想：完了。終究是欠下了這份因果。

當想到「欠」這個字時，她猛地想起了其他一些事——我還沒有拿到《四國譜》，我還沒有讓那些人真的「歸程」，我還沒有還清因果啊……

秋薑皺起眉頭，好不容易平靜下去的軀體，再次無意識地掙扎起來。

一旁的江晚衣連忙過來查看，然後對風小雅道：「她要醒了。」

風小雅臉色頓白。

大雨滂沱，將萬物遮擋，前方的道路便再也看不清晰。

頤非一瞬間就被澆透了，羅紫趕緊將他和馬都拉回馬廄，嘆了口氣道：「看來，天要你留啊。」

頤非看著這場大雨，不知為何再次想起秋薑那對流血的耳朵。

「妳走不到的。」

「誰說的？我馬上就到了。看到那煙了嗎？再走五十步就到了！」

「妳還好嗎？」

「死不了的，放心吧。」

「若有下輩子，妳希望我如何補償妳？」

「我不想要下輩子！我說這些，就是要告訴你，沒有來世，沒有再來一次的機會。不想認命，就得把這一輩子改了！」

頤非整個人突然一震，像是被雷擊中了一般。

羅紫緊張地注視著他。「你怎麼了？」

頤非臉上本就全是水珠，如今又添了兩道水痕。

他哭了？說起來，這還是羅紫第一次見他哭，心中十分震驚。下一刻，卻見他薄薄的兩片脣角往上勾起，笑得有點賤、有點壞、有點掙扎而出的灑脫。

「她不是那樣的人啊。」

「什麼？」

「她怎麼可能甘心死呢？她啊，是個無論到了什麼時候都不會放棄，咬牙拚命活下去的人。是個無法動彈、無法行走，被軟禁在雲蒙山上，明明什麼都不記得了，卻仍不服輸，耗費無數光陰重新學會走路的人。那樣的人，怎麼甘心被別人決定命運呢？姬嬰不能，風小雅也不能。」頤非仰天大笑出門，突然扔了馬韁，走進雨幕，走向風雨中的小樓。

秋薑的身體動得越發激烈了起來。

江晚衣和風小雅全都定定地看著她。江晚衣問：「要讓她再次平靜嗎？」說著，伸手去拿香爐，卻被另一隻手橫空攔截。

江晚衣扭頭，便看見了頤非，全身溼透但一雙眼睛亮如明星的頤非。

「我要喚醒她。不，是她自己想醒，我要幫她。她還沒有完成任務，她還沒有真正歸程。她，還有遺憾，不能死。因為……」頤非說著，將目光轉向風小雅，一字一字擲地有聲：「薑花還沒有開。」

風小雅的眼中一片霧色，最後慢慢地凝結成了水珠。

秋薑追著江江的孔明燈拚命奔跑，她不知道自己這樣奔跑有何意義，也不知道自己還能跑多久；而就在那時，腳下發出「喀嚓」一聲輕響，踩中了某樣東西。

她低下頭，看見了另一盞孔明燈，上面有一行歪歪扭扭的孩童筆跡。

「求讓阿弟的病快快好。」

於是她想了起來，這盞燈是真的。她在幸川並沒有真的見過江江，卻真的撿到過一盞燈。不知是誰家的女童寫了這行字、做了這盞燈，卻最終沒放上天，遺落在岸旁。

阿弟的病……

阿弟的病不用治啦，他已經飛去了天上，自此無病無痛、無傷無憾。

一個聲音突然問：「妳只有一個弟弟嗎？」

晴天霹靂，場景旋轉，她再次回到荒蕪的小院，看見了洗衣服的女人和餵酒的男童。男童展齒一笑，笑得眉眼彎彎。然後，他突然轉頭朝她看過來，喚道：「姊姊。」

她心中一緊。

下一瞬，荒蕪的小院變成了姬家的書房，少年坐在棋盤邊，同樣轉頭朝她看過來，滿臉驚喜地喚道：「姊姊？」

一時間，如夢似幻，心神俱碎。

少年款款起身，揮袖一拂，像是拂走塵埃一般拂走了射向他的那支箭，然後對她張開雙臂，微微一笑。「歡迎歸來，姊姊。」

秋薑一個驚悸，緩緩睜開眼睛。

入目處，一道晨光從半開的窗欞處照進來，照在兩個人的身上。他們坐在榻旁，一左一右地看著她。

左邊之人靜鬱，右邊之人跳脫。而此刻，兩人的表情一模一樣，齊齊開口：「歡迎歸

來。」

秋薑想起身，然後發現自己動不了，手腳全都不聽使喚。

「我怎麼了？」

兩人對視一眼，各自為難。而這時，第三人才走入她的視線，嘆了口氣道：「還是我來告訴妳吧。妳得再花一段很長的時間……學走路了。」

秋薑怔住，臉上的表情變幻不定，最後突地哭訴出聲來：「天啊，還是讓我死了吧！」

頤非和風小雅雙雙一怔，片刻後，同時輕笑了起來。

太陽正式升了起來，風小雅將秋薑抱到窗邊——就像是雲蒙山上，月婆婆和阿繡經常把無法行動的她抱到窗邊晒太陽。

溫暖的陽光照在秋薑臉上，她忍不住輕輕閉了下眼睛。光明驅散一切黑暗，那個長長的夢境在這一刻遙遠得恍如隔世。

她忽開口問：「月婆婆和阿繡還在嗎？」

「在。為何問起她們？」

「她們照顧這樣的我很有經驗，能否接來再次幫我？」

風小雅怔了怔。「來？」然後他微微一笑，將她的雙手握在掌間。「待此間事了，待妳好一些，能坐船了，我們得回家。」

秋薑凝視著他，眉睫深濃。

「別忘了，妳種的薑花，快開了。」

薑花開時，如妳所願。

那是多少年前的誓言，兜兜轉轉，再次回到了跟前。失憶時所看不懂的眼神，在這一刻，明晰如斯——

他一直一直深愛著她。

「妳說過的，我欠了十年，所以，要還妳十年。現在，既然我們都還活著，便是履諾之時了。」風小雅說著，抓起她的手放到脣邊，輕輕地吻了吻。

秋薑的眼神卻越發悲哀了起來。

「妳會好起來的，我會一直陪著妳。」風小雅說到這裡，笑了起來。「看，我們兩個都是藥罐子，正好湊一對。」

他一向鬱鬱寡歡，然而此刻這一笑，真真是明豔四射。

於是秋薑也情不自禁地跟著笑了一笑。

還能活，還能笑。

這大概便是世界上最好的事情了。最好的。

頤非在抄手遊廊裡，從這頭走到那頭，從那頭走到這頭，來來回回地走了不下二十趟。

遊廊有一排長長的欄杆，他開始數。「去，不去。不去，去……」然而數到之前被他砸斷的那根木頭時，便遲疑了。「這根到底算不算呢？」

算的話，就得去。不算的話，就不去。

他糾結半天，索性「匡噹」一下砸碎另一根木頭，道：「行了，這下子明確了，去！」

他深吸一口氣，抬步走到小樓前，敲了敲門。

「進來。」裡面傳出秋薑仍顯虛弱的聲音。

他推門走進去，卻見屋裡只有秋薑一人，不禁一怔。「他呢？」之前明明看見風小雅進來的啊，什麼時候出去的？

秋薑坐在窗邊，視線本落在窗外，有些發呆，此刻見他進來，便看著他。

不知為何，被她黑如點漆的雙瞳一注視，頤非頓覺渾身上下更不自在了。「那個……我，唔，天挺好的。我呢，也挺忙的。主要雨也停了，地也乾了……現在走，馬能跑起來……」

「你要回蘆灣了？」

頤非的聲音戛然而止，片刻後，點點頭。

他盡量讓自己笑起來，顯得不那麼扭捏和拖泥帶水。「我回去後看看宮裡頭還有沒有好東西剩下，有妳用得上的藥材立馬給妳送過來。當然，如果妳有什麼需要我幫忙的，寫封信。咱們可是一路出生入死、過命的交情，妳千萬別不好意思，儘管開口。」

秋薑靜靜地凝視著他。

頤非覺得自己說不下去了，只好清清嗓子道：「那……我走了。」他揮了揮手，轉身離去。

眼看他就要邁出門檻，秋薑忽道：「只是這樣嗎？」

頤非的腳步不由自主地停下了。「什麼？」

「沒有別的話要對我說？」

他頓覺自己的心飛快地跳了起來。「什、什麼別的話……」

「我以為你會問我……」

秋薑停下了，這一停頓讓頤非覺得魂飛魄散，某種一直壓抑著的情緒再也無法掩藏，眼看就要衝出咽喉，不顧一切地宣洩而出時，後半句話出來了。

「問我要不要跟你一起走。」

頤非的手指一下子摳緊門框，聲音更是喑啞了幾分：「一起……走？」

「薛采在老師家裡找到了《四國譜》。如意門目前有三萬弟子，分散在四國，想解散他們、安置他們，都需要一個漫長的過程。我也有一堆事情要處理，哪有時間留在此處？」

頤非一怔，若有所思地回頭看著秋薑，從她完全不能動彈的手和腿，看到她連說話都有氣無力的臉，啞然失笑。

「妳還真是……」

「什麼？」

「沒、沒什麼。」他心裡徹底服氣了。虧他剛才緊張得差點魂飛魄散，以為被她看出自己的心意，有了什麼想法，結果，果然是自作多情一場。姬忽心中只有歸程，還是歸程。

但是，如果她真的想去蘆灣主持大局，梳理後續事宜的話，也就是說……他們會有很長一段時間繼續在一起……

頤非好不容易平息些的心又「撲通撲通」跳了起來。「妳跟我走……那、那鶴公怎麼辦？」

他想他真是卑鄙，這個時候了竟還想著排擠情敵。

秋薑垂下了眼睛。

他的這個問題讓她難過了嗎？頤非頓生後悔，連忙道：「那個，我當然可以帶妳一起走，只要妳準備好了，我隨時可以！」

「他走了。」秋薑淡淡道。

「走了？這個時候？」頤非的目光再次從她的手看到她的腿，不敢相信風小雅會丟下這樣的秋薑離開。他去了哪裡？天下還有什麼事會比照顧她更重要？

「他去宜國了。」秋薑說完，抬頭忽然看向一旁的矮几。「我剛才送了他一個盒子。現在，也送你一個盒子。去看吧。」

頤非按捺心緒，走到几前，上面果然放著一個小小的盒子，打開後，裡面有三張薄薄的紙。

他一頭霧水地展開紙張，再然後，目光就釘在了上面，再也不能挪移分毫。

秋薑道：「我拜託薛采找到《四國譜》後，先把四個人的檔籍送過來。琴酒、松竹、山水，這三個是給你的。」

紙張在頤非手中顫抖了很久。

最後，他轉過頭，回視著秋薑道：「我在心中發過誓，要給他們三個各修一個很大、很漂亮的墳，在上面，刻上他們原來的名字。」

秋薑道：「所以，名字其實很重要。」

「很重要。」

秋薑笑了。「那我和老師，就沒白忙一場……」她的話沒能說完。

因為頤非已衝過去，一把將她抱起，旋轉了起來。

秋薑一驚。

「我替他們三個謝謝妳！我也替我自己謝謝妳！謝謝！謝謝……」

「我接受你的感謝。但是，可以先放下我嗎？」秋薑挑了挑眉。

頤非這才意識到自己還緊緊地抱著她，連忙將她放回榻上，頓時手足無措起來。

「抱、抱歉，一時忘形……」

秋薑見他窘迫，眼底閃過一絲笑意，道：「那麼，一起走嗎？」

「當然！我這就去套車！肯定把車布置得舒舒服服的……要是我的走屋還在就好了……」頤非一邊興奮，一邊東撞一下、西碰一下地出去了，走到門外，突又探回頭。

「妳給了我三個人名，那第四個是給鶴公了嗎？」

秋薑點點頭。

頤非便嘿嘿一笑，顛著出去了。

秋薑的笑容慢慢消失，陽光照在她臉上，看起來無比明亮，然而當睫毛覆下時，便拉出了絲絲陰影。

總有一些陰霾無法避免，無處可藏。

一盞茶前，風小雅對她說要帶她回玉京。她並沒有立刻表態，而是讓他去開案上的盒子。

那裡有兩個盒子，一個給風小雅，一個給頤非。

給頤非的是山水、松竹、琴酒三人的檔籍，裡面記載了他們出生何處、生日何時、父母是誰。

那是頤非曾經的三個貼身侍衛，為了救他，全部死在頤殊的追殺下，成了頤非心上一

道沉甸甸的傷口。
從那時起，她就想此人的心原來這般柔軟，跟外表所展現出來的卑鄙無恥一點兒都不一樣。
從那時起她便想，有一日得到《四國譜》後，就先找出那三個人的原名，送給他。
只是，這三個名字是跟另一個人的名字一起被薛采命朱龍快馬加鞭送過來的。
而第四人的名字，在給風小雅的盒中。他看見了會有什麼反應？會如何選擇？
風小雅走到案前，拿起了左邊的盒子，剛要打開，一直凝視著他的秋薑突然心中一緊。「等……」
一個「等」字都說出口了，卻又停下。
風小雅扭頭，揚了揚眉毛。「怎麼了？」
秋薑做了一個深呼吸，然後搖了搖頭，遏制了心底那個不切實際的想法。
「喀嚓」輕響，盒蓋開了，裡面的紙很薄，字很短，卻在一瞬間，灼燒了風小雅的眼睛——
「江江，燕國玉京復春堂江運之女。賜名茜色。赴宜。」
從窗外吹進來的風，吹起了秋薑的髮絲，也撩起了風小雅的衣袖。
風小雅的手指驟然一鬆，盒子「啪答」落地，那張紙卻輕飄飄地飛了出來，被風一吹，牢牢吸附在他的衣袍下襬上——宛若附骨之疽般惡毒的宿命。
秋薑心中暗嘆一聲，聲音卻越發平靜：「這個名字我有印象，在玖仙號上，胡倩娘身邊的大丫鬟，就叫茜色。」
宜國，茜色。全都對上了記號。

素來過目不忘的秋薑，甚至能想起對方穿著一身紅衣，站在胡倩娘身邊巧笑嫣然的模樣。那一日她問紅玉，如意門的釘子除了胡智仁還有誰，是誰安排紅玉上了玖仙號。紅玉當時笑而不語。此刻，答案終於浮出水面——

是茜色。

也是……真正的江江。

風小雅喃喃道：「她沒有死……」

「是啊。上天仁慈。」然而不知這樣的仁慈，對風小雅是不是另一場煎熬。

「我當時也在船上，她知，為何不與我相認？」當時胡倩娘身邊一群鶯鶯燕燕，嘰嘰喳喳，他嫌煩，甚至沒有細看一眼。可現在秋薑告訴他，江江就在那群人中？

「也許，她也失憶了。也許，她有難言的苦衷。」

風小雅只覺體內的七股內力又開始四處亂竄，以至於他不得不扶著几案才能站住。

「現在……」秋薑咬著嘴唇，輕輕地說：「你還要帶我回燕嗎？」

我啊，不是你的江江啊。你的江江沒有死，還活著。

是啊，我的江江原來沒有死。她沒有死，我應該非常非常高興才對。

既然我不是江江，真的江江在等你，你還會選擇我嗎？

既然我的江江還活著，在別處，我還能選擇妳嗎？

兩人默默對視，一時間悄寂無聲。

過了良久，風小雅像是做了某種決定，開口：「就算如此，我真正喜歡的人是——」

沒等他說完，秋薑突然打斷他的話。「我很痛苦！」

風小雅一愣。

「每次看見你，我都很痛苦……」秋薑別過臉，看向窗外的藍天白雲，緩緩道：「那時候我已滿十八歲，姑姑卻遲遲不肯把位置傳給我，偏偏你還弄出一個《四國譜》在你手裡的謊言，想要找江江。那讓姑姑更加覺得《四國譜》很重要，不能告訴任何人。我很痛苦。為了取信於她，我不得不假扮江江去見你。」

風小雅沉默了。

「如意門弟子沒有貞潔可言，為了任務隨時可以獻出身體。但我一直受到老師庇護，表面看似無所顧忌，其實並無色誘的經驗。所以嫁給你的那些天，我每天都很焦慮。有時候我會覺得沒什麼大不了，睡了就睡了。有時候我又會莫名恐懼，怕真的對你動心，到要離開時，就不能斷個乾淨。最最讓我焦慮的是……」秋薑垂下眼睛，遮住快要溢出來的情緒。「你太好了。」

風小雅沒有說話，他只是看著貼在下襬上的那張紙，紙被風吹得「嘩啦嘩啦」響，偏偏不肯飄走，就那麼一直貼著。

「你太好了。你父親也太好了。你們好得……讓我無所適從。尤其是你父，他最後猜到我不是江江，猜到我對如意門的背逆之心，為了幫我，他主動幫我設了除夕夜的局。」

那一天，風樂天寫完對聯將她叫進屋，請她喝酒、吃鹿肉，對她說：「妳是個好孩子。」他伸出手，輕輕地拍了拍她的手背，用一種說不出的慈愛眼神注視著她，然後輕輕說了一句話。

他說的是：「謝繽為妳，死得其所。」

聽到那句話後的秋薑，眼眶一下子紅了起來，一時間，手都在抖，帶著不敢置信，帶著極度惶恐。

「您、您怎麼知道……」

風樂天笑了笑。「我總不能讓一個不知底細的人，嫁給我的兒子啊。」

「那、那您還知道什麼？」

「沒了。妳被藏得很好，挖到底，也只不過挖出了加入如意門後的事。在入如意門前，妳是誰，為何落入如意門之手，實在查不到……不過我猜……」風樂天朝她眨了眨眼睛。「妳應該是主動入門的。從一開始，妳的目標就是殺了如意夫人。」

秋薑的耳朵嗡嗡作響，不知該說什麼。

「我跟謝繽一樣，活不了多久了。要不要，我也幫幫妳？」

秋薑舔了舔發乾的嘴唇。「鶴公知道此事嗎？」

風樂天呵呵笑。「他若知道又該哭哭啼啼了，看著多煩。等我走了再讓他隨便哭。」

「我……」秋薑低聲對風樂天說了一句話。一句關於她真實身分的話。

風樂天非常震驚，好半天都沒能說話，而當他能夠說話時，先長長嘆了口氣，最後又笑了起來。

「原來……是妳啊。」

是啊。那個人，才是我。

雪原之上，很容易迷失方向，必須要用一樣東西提醒自己。而她的那樣東西，是她真正的身分——無心為忽。她是姬忽。

「就按妳想做的去做吧。」風樂天走到院前，注視著他書寫的春聯，緩緩道：「不用管小雅，不用管任何人，甚至……也不用管我。你們，會贏的。」

回憶到這裡，眼中的情緒再也壓制不住，化作眼淚滑過秋薑的臉龐。她哽咽道：「我進如意門時，老師跟我說不要殺人。殺人，在如意門是很容易的一件事，一點兒都不難。但只有堅持了這個底線，才能堅持住別的一些東西。比如尊嚴，比如信念，比如……悲憫之心，所以我一直沒殺過人。」

「我用『不殺賤民』做藉口，如意門的人也都信了。你父親是我殺的第一個人，也是至今為止唯一的一個。他喝下毒藥，含笑看著我。我取出鑌絲，割下了他的頭顱。一直到我把那顆頭拿在手中時，他臉上還在笑，似乎沒有任何痛苦……」

風小雅的身子搖晃了幾下，「啪」地坐下了。他已站立不住。

「我親手殺了你父！不管出於什麼目的、什麼理由，都是我，殺了他。」秋薑說到這裡，終於再次轉過頭看向他。「所以，我很痛苦。只要見到你，我就非常非常痛苦。如此痛苦的我，怎麼能跟你……走呢？」

一切從一開始就註定是場悲劇。

老師說：「妳要做的，是一件非常艱難、孤獨，不為世人理解，而且希望渺茫的事。妳會遇到很多誘惑、困境、生死一線，而妳只能獨自面對，沒有人可以提供幫助。」

「如果妳的心有一絲軟弱，就會迷失。」

她做到了沒有迷路，卻失去了很多很多。

她的弟弟，九歲一別，此生再無法相見。

她的父母已逝，想要最終對峙都已無機會。

她的家族已經支離破碎，族中所有人都會恨她而不是讚美她。

如意門弟子也不會感激她，如意門的解散會讓其中大部分弟子失去方向，陷入迷茫。

那些丟失孩子的家庭更不會感謝她，因為她出現得太遲，動作又太慢，孩子的童年和青春都已被摧毀，再無法補償……

她在做那樣看似無意義的事情。卻要付出那麼多那麼多東西為代價。

最後的最後，她甚至為之獻祭了愛情。

「薑花開時，如我所願……薑花會開，可是……我不是秋薑。」

姬忽凝視著風小雅，每個字都很輕，但落在他耳中，每個字都很重。

風小雅伸手拈起下襬上的那張紙，注視著上面的名字，眼眸一點點變深。

姬忽咬了咬嘴唇，低聲道：「你該去找……真正的她。」

風小雅抬頭看她，風吹拂得他手中的紙張不停顫抖。姬忽覺得自己的心也跟著顫抖了起來，於是她別過臉去，不再看，狠著心道：「放過我吧。我有我的事要做，你也有你的事要做。就此別離，再不相見，便是你，對我最大的仁慈了。」

我啊，是個卑鄙的小偷呢。

我偷了江江的一切。她的出身、她的身分、她的名字，還有她的未婚夫。

我甚至還偷她的時間，讓她至今仍受控於如意門，在胡九仙家中不知遭遇著怎樣的磨難。

我給她帶去了那麼多不幸，我給你也帶去了這麼多不幸。

這樣的我，如何能再跟你在一起呢？

我得把你還給她。

所以，你該去找真正的江江了。

姬忽看著地上自己的影子，跟風小雅的影子重疊在一起。

就像是他們的人生，以為彼此交集，但其實不過是虛幻一場。

微寒的秋風呼呼地吹著。

風小雅手中的紙抖了很久，發出一連串「哧啦啦」的噪音。

最後，他伸手將紙張折起，放入懷中。那急切的壓迫聲終於停止了。

他扶著几案慢慢地站起來，站直，就像是他以往那般端正。

然後他走到秋薑面前，伸出手，掰過她的臉龐，讓她跟自己對視。

「薑花開時，如妳所願。若此生再不相見是妳的願望，那麼……」他又笑了笑，笑得依舊明豔，還多了很多溫暖、溫柔和溫存。「可以。」

姬忽怔怔地望著他。

「我父為了大義，死得其所，他沒有遺憾。我痴纏追妳，是我愚昧，既已知追錯了人，這便改正，我也沒有遺憾。所以……」風小雅的手輕輕地落在她的頭頂，用一種異常寬和的聲音緩緩道：「我寬恕妳。」

姬忽不受控制地顫抖了起來，眼眶一下子紅了。

「我寬恕妳了。」他又說了一遍，眼瞳深深，印刻著祝福——妳之罪已解，盼妳餘生再不痛苦，起碼，不必為此事痛苦。

「小雅……」姬忽情不自禁地喚了一聲——這是她第一次直呼對方的名字。

風小雅衝她笑了笑。「嗯。再見。」說罷，他抬步走了出去，脊背挺得筆直，每一步距離都一樣，他的衣襬隨風翻舞，就那樣一點點地走出姬忽的視線……

再見。

除了「盼與妳再次見面」之外，也可以解釋為「再不相見」。

而風小雅的這句，是後者。

姬忽怔怔地看著已經空了的門口，心中一遍遍地想著——

不管如何，我跟他告別了。有那麼多那麼多人，沒能好好告別。但起碼，我這個假江江，跟風小雅，說了一句再見。

願你找到真的江江，找回你們之間丟失的過往。

願她不改善良天性，能夠溫柔待你。

願你的苦痛就此結束，剩餘的全是幸福和歡喜……

願你……

「願你……忘記我。」姬忽低聲說了最後一句話，將腦袋輕輕地擱在窗檽上。

她閉上眼睛，溼潤的睫毛上凝結著一顆水珠，又在陽光下悄無聲息地蒸發了。

頤非顛著走出小樓，去管羅紫要馬車，得知秋薑決定跟他一起回蘆灣，羅紫非常震驚。

「怎、怎麼可能？她、她……」她竟然沒選風小雅，而選了頤非？吃錯藥了？

頤非卻嘿嘿直笑，將兩隻手伸到她面前，一隻手豎起三根手指，一隻手豎起一根手指，問：「知道這是什麼嗎？」

「什麼？」

「我三，他一。」

「什麼什麼？」羅紫還是沒明白。

頤非卻不打算細說，選了最好的馬，最軟的坐榻，然後備上吃食清水、書籍棋子等

物。

羅紫氣得在一旁拚命攔阻著。「不行不行，這個不能給你！不行不行，那個很貴的！」

「別小氣，回了蘆灣，我派人送十倍還妳。」

「呸！蘆灣現在根本就是一片廢墟，我才不信能有什麼好東西留下……啊呀，別再拿了！再拿我跟你拚命！」

頤非肩上扛了一包，手上提了兩包，胳膊上還掛著兩包，一臉開心地走了。

羅紫不幹，追了上去，結果路上遇到江晚衣。頤非將江晚衣往她跟前一推。「你們也告個別。我先去備車！」

羅紫腳步頓停，這才想到秋薑一走，江晚衣也要跟著走的。

江晚衣靜靜地看著她，一時間也不知該說什麼好。兩人的氣氛莫名尷尬了起來。

最後，羅紫看見江晚衣腰上的玉帶鉤歪了，便自然而然地上前為他理正，道：「此去蘆灣務必小心，聽說那邊開始有瘟疫了……」

「我正是因此而去。」照顧秋薑，只是順帶的。

羅紫聞言不禁一笑。「你可真是活成了想要的樣子。」

江晚衣也笑了起來。「嗯。」

羅紫抬頭，看見他的笑臉，心想他還真是跟小時候一樣，明明長著這麼乖的臉，卻敢忤逆他爹。

「玉倌……」她的動作慢了，心也跟著酸了。「謝謝你。」

謝謝你不計前嫌，肯原諒我。

謝謝你始終不曾對我口吐惡言。

更謝謝你，在經歷了這麼多事後，還會這樣溫柔地對我笑。

你也許並不知道，你的原諒和笑，對我來說多麼重要，是我此生得以厚著臉皮活下去的力量啊……

江晚衣看著馬上就要哭出來的羅紫，時光在這一瞬，彷彿回到了兒時。她也是這樣半蹲著替他整理衣袍，抬起頭時，這樣滿是憧憬地看他。

那時候他不理解。現在，終於知道了原因。

羅紫一怔。

「妳……」他遲疑了一下，還是開口了：「要跟我一起去嗎？」

江晚衣環視著前方的小樓和竹林，緩緩道：「雖然這裡很好，但有點小。外面雖然不太好，但很大，大到可以遇見很多很多人、很多很多事。也許有一天，妳就會覺得沒什麼大不了的。」

「沒什麼……大不了？」

「痛苦。」江晚衣衝她笑了一笑。「人類天生具備忘記痛苦的本能，在他們遇見更多更多的人和事時。」

羅紫怔住，僵立原地，大腦一片空白。

江晚衣等了一會兒。

這時，遠處傳來頤非的呼喚聲：「好啦，走啦——」

於是他又問了一遍：「要跟我，一起走嗎？」

羅紫整個人重重一震，如夢初醒，看了他一眼後，突朝頤非的方向衝去。「要去！我得看著我的那些寶貝！免得被那臭小子禍害了！」

她身後，江晚衣輕輕地笑了起來。

笑得又暖又乖。

薛采閉目坐在馬車裡，他身邊是一冊冊案卷，幾將車廂內的其他空間全部塞滿了。而這只是如意門二十年來的檔籍。還有前一百年的，因為弟子差不多都死了，也就不著急了，留在品從目家中，派人慢慢整理。

薛采此刻心情挺好。

他想起了姜沉魚寫在奏摺上的那行字。

「家失子，國失德。民之痛，君之罪。」

還有字上的淚痕。

終於，終於對她的那行字有了交代。

不管過程如何，只要結果是好的，就是好的。

他垂下眼睫，吩咐車夫再快一點兒。他想回去了。盡快回璧國，盡快回到那個人身邊。

然而就在這時，朱龍策馬急奔而來，喚道：「相爺！相爺——」

薛采吩咐車夫停下，費力地從小山般的檔籍中擠出身道：「怎麼了？」

朱龍的表情十分凝重。「頤殊逃掉了。」

薛采眼眸驟沉。

薛采在亥時，披著一身星光快步走上雀來山。

他在此處抓到頤殊後，曾對外派出好幾隊人馬，讓人以為他將女王祕密轉移去了別處，其實還囚在塔中。看守她的是白澤裡最忠誠的十名下屬，都是跟了姬嬰多年的老人。

按理說，不可能走漏風聲。頤殊是怎麼逃脫的？

當他走進塔中時，第一眼，看見了雲笛的屍體，屍體上插滿刀劍，就像是一隻刺蝟。

「雲笛犧牲自己，纏住所有人，讓頤殊趁機逃脫，並且，他以一人之力，殺了我們所有人。」

雲笛身邊橫七豎八地倒著十個人。

從每個人的死狀看，薛采腦中都能再現出當時慘烈的情形，但他並沒有忙著感傷，而是瞇了瞇眼睛道：「他們全都服了藥物，無法運功。是怎麼恢復的？」

朱龍的表情變了變，最後低下頭道：「恐怕……十人中，有人背叛。」

若非如此，無法解釋雲笛怎麼能夠以一敵十，也無法解釋頤殊怎麼有力逃走。

薛采在十具屍體中走了一圈，最後停在一具屍體前。「他是背叛者。」

「因為他是第一個死的？」

「他自知背叛難逃一死，索性先死在雲笛手中。第一個死，死得如此乾脆了斷，真是沒受什麼痛苦啊……」薛采面色深沉，索性狠狠踹了屍體一腳。「查查他的身分來歷，為何幫助頤殊。」

「是。」朱龍停一停，又問：「女王逃了，頤非那邊怎麼辦？」

「玉璽還在，袁宿還在，可以將頤殊的罪行公布天下了。民憤如雷，看她能往哪裡逃！」

薛采冷冷道。

此時的他還不是很擔心，因為大局還掌控在他這邊。

可隨著調查的深入，朱龍帶回的訊息十分不妙。「那個背叛的下屬叫元竟，根據《四國譜》記載，他是宜國人。我已派人去他的家鄉繼續追查了。此外，胡九仙之前一直在蘆灣裝病，蘆灣海難後，我們去他的住處沒有找到他。昨日，海上巡邏艦傳回消息，說有胡家的船隻從鳳縣離港。船上有胡倩娘和那個叫茜色的婢女。但有沒有胡九仙，暫不得知。」

「你的意思是……頤殊很有可能被胡九仙接走，帶去了宜國？」薛采一怔。

「鶴公已經追那條船去了。」

薛采負手在塔裡走了幾圈，最後停在雲笛的屍體前，忽然問了一個看似毫無關係的問題：「馬覆和周笑蓮呢？」

「昨日得知胡九仙可能有問題後，我第一時間派人去查他們兩個了，果然跟著胡九仙一起不見了。」

「若真是胡九仙帶走的還好，他可是四國首富，不可能躲起來，終究要出來拋頭露面，怕就怕……」

「就怕有人藏在他身後，用他遮擋了我們的眼睛。」

薛采擰眉沉思，過了好一會兒，道：「寫信給宜王。將此地發生的一切都告知於他。」

「宜王會幫忙嗎？」

「他……」薛采的神色忽然變得有些不耐煩。「他不幫，我們就不還錢了！」

之前國庫空虛，姜沉魚管宜王借了一大筆錢。當時薛采不在京城，得知後氣得不行，跟姜沉魚發了一通脾氣。因此此刻提及此事，他還是很生氣。

朱龍挑了挑眉，自以為懂了。

薛采走出古塔，望著月色山下百廢待興的大地，危機尚未真正解決，就像是人生，充滿了變數。

最終，他只說了一句話：「不管如何，先回家。」

回家了。

外界紛擾無盡時，暫放一邊先回家。

他已離開那個人太久，久到看這月光都不順眼。

來宜

姬忽坐在窗邊，艱難地伸出手，拆開一封信。

她的動作很慢，她的額頭冒出了細密的汗，但手指一點點地動了，捏住信箋，慢慢地將它展開。

她鬆了口氣，先笑了一笑。同樣的甦醒後不能動彈，這一次，可比雲蒙山那次進步得快。

信是宜國來的，右下角繪了一隻鵸餘——這是宜國國君赫奕的圖騰。

一個月前，頤非寫信給赫奕，告知他程國發生的事情和頤殊可能逃去宜國的推斷，洋洋灑灑寫了十幾張。

宜王的回信今天才到，只有五個字——

「那就……來宜呀。」

尤其最後一個「呀」字的一撇，拖得又彎又長，彷彿一個大大的笑容。

赫奕別號悅帝，據說性格風趣幽默，喜愛笑。姬忽雖沒見過他，但從這個字就可以推斷，還真是個妙人。

信是回給頤非的，頤非自然先看過了，再拿給她。

之前，他緊張地看她拆信，現在，緊張地等著她發話。

姬忽想了一會兒，看向他。「你覺得？」

「防人之心不可無。沒準這一切的主使者正是赫奕。」頤非對那位悅帝可是半點好感都沒有。「他下令給胡九仙，救走頤殊，再設局誘我們去，然後將我們一網打盡。別忘了，程國和宜國的關係可素來不好。」他父王生前，就心心念念想要吞掉宜國。

姬忽又沉吟了一會兒，點點頭。「你說的不無道理。」

「對嘛，而且我們這邊還有一堆事沒做呢，忙得不可開交，根本去不了。算了算了，頤殊之事先放一放，蘆灣重建和放歸如意門弟子才是最重要的……」頤非說著把信抽回來，一捲就要扔掉。

姬忽忽道：「但我還是決定去。」

頤非扔信的動作頓時停了下來，盯著她，神色漸漸複雜。

「我好一些了，晚衣說我可以坐船了。我想回璧國一趟……看看昭尹。」

「妳有沒有想過……璧王病重，其實是姜皇后和薛采搞的？」雖外界流傳說是曦禾夫人給昭尹下了毒，導致昭尹病重。可在他看來，此事必定是薛采在背後當推手。所以，從另一方面來說，姬忽回去看弟弟，如果她要追究此事的話，即意味著要跟姜沉魚為敵。

姬忽看到他臉上的擔憂之色，輕笑了一下。「放心，我不是去問罪的。我就只是……想看看。免得，又看不到了……」

她跟姬嬰已經錯過了告別。

不想這樣的遺憾再發生一次。

哪怕她知道現在的璧王據說形如木偶，不會動也不會笑，再不可能兩眼彎彎地衝她笑，甚至無法回應她的目光，可她還是想見一見。單方面見一次也好。

頤非不說話了，他發現自己找不出任何反對的理由。

「蘆灣港目前無法出行，想出海得去鳳縣，不途經迷津海和長刀海峽，那樣的話，我先到宜國，再從宜直接走陸路去璧，會方便一些，也安全一些。」姬忽認認真真地跟他解釋：「所以，我決定去一趟宜國。」

頤非盯著她。「妳知道我沒法陪妳去……」

「我知道。」

「妳知道我因為沒法陪妳去，而很難過。」

姬忽的目光閃了閃，低聲道：「你應該換一個詞，比如——擔心？」

「我才不擔心。因為……鶴公在宜國。」

他在那裡，他怎麼可能讓妳出事。可偏偏因為他也在宜國，才讓我更加難過。

姬忽看著這個樣子的頤非，忽然失笑。「你是在……吃醋？」

本以為他不會承認，結果頤非重重點了一下頭道：「對！」

他走過來，半蹲在她身前，平視著她的眼睛道：「我吃醋，我難過。所以，妳要向我保證一件事，我才讓妳去。」

「我保證不見風小雅。」事實上，他們已經說過此生再不相見。

頤非輕輕地哼了哼鼻子。「誰要這個？而且就算妳不見他，他也會厚著臉皮來見妳，妳又行動困難，哪裡阻止得了……我要妳保證的是……」

他停下來，伸出手指點在姬忽額頭的那朵薑花上——那朵他親手刻出的薑花。

「要歸來。」

姬忽心中一悸，眼前的一切頓時模糊了起來。

水去雲回，追月萬里，蹈鋒飲血，敗寇成王。如此九死一生地往前走、往回走，為的從來不是什麼王權霸業，而是家。

只有家。

讓每個人都能回家。

這是老師、阿嬰，和她畢生的心願。

而現在，她也有可回的地方了。

「好，我會回來的。」她很認真地說。

頤非的眉毛挑了挑，換回了嬉笑的表情，伸手入袖道：「看在妳這麼乖的分上，這個可以給妳了。」

「是什麼？」

「我可不知道。又不是給我的，哪敢擅自拆。」頤非從袖子裡取出一個長條形的匣子，放到她膝上。「妳慢慢看。我走了。」

他說罷就走了，竟是半點沒留戀。

姬忽覺得他的反應有點微妙，連忙伸手開匣。匣子很好開，手指剛放到鎖上就自動彈開了——用這個匣子的人明顯考慮到她行動艱難。

匣子裡是一副折起來的對聯。

秋薑有些吃力地將它打開，一行熟悉的字映入眼簾——

「春露不染色，秋霜不改條。」

這是……風樂天當年為她寫的對聯。

對聯下靜靜地躺著一朵薑花，薑花已經乾了，能想像之前盛開時是多麼明豔。

除此之外，再無其他。那人沒有留下隻言片語。

秋薑輕輕將盒子蓋上，對著窗外的陽光長長一嘆。

「都說了我更喜歡另一副對聯呀。」

擁篲折節無嫌猜，輸肝剖膽效英才。

行路難。歸去來。

且將白骨葬蔓草，拾帚再掃黃金臺。

來宜……呀。

【全文完】

番外

彼岸有薑

【一】

我在這個宅子裡，住了整整十年。

唯一的工作就是替主人家養花。

十年後，有人來拜訪，看著我，問：「這麼多年來，妳一直都在這裡？」

我點頭。

那人望著陽光下雲海一般的花圃，似有嘆息。「只種薑花？」

我再點頭。

「這些年……除了我，還有誰來？」

我的視線一下子模糊了。

沒有了。

除了你，再沒有人來。

那些個丰神雋秀、天神一般的男子，再也沒有回來……

只有薑花，日復一日、年復一年地生長著，開開敗敗。

那人定定地看著我，最後，說了一句話：「崔娘，妳……要不要嫁給我？」

我整個人一震，拿花鋤的手，就那樣停住了。

【二】

二十年前，我在市集賣花，經我之手的花卉總是顯得特別鮮豔，花期也比別家長遠。久而久之，大夥便都知道了北市紅磚牆下，有個賣花的崔娘擅長種花。

那一日，雨下得很大，但因為快七夕了，家家戶戶都會買花送人。學堂的先生曾說什麼「伊其相謔，贈之芍藥」，意思就是七夕節最該贈送芍藥。可芍藥一般都在五月開花，我就費盡心思地使用各種方法，將它延遲到了七月。

眼看這幾日都下雨，我的花就要被淹死了，趁著還沒敗謝趕緊賣了才是正事。因此，儘管大雨滂沱，路又難走，我還是拉了一車的芍藥出去。

集市上人不多，我撐著傘哆哆嗦嗦地縮在車後，晌午過後，正捧了個窩窩頭啃著，一輛馬車踏碎風雨，突然停在我面前。

那是一輛全身漆黑的馬車，看起來平凡無奇，拉車的馬，卻是一等一的好馬。疾奔而來，瞬息停止，絲毫不帶喘氣，一身皮毛更是油光水亮，神駿異常。

我再看向替我拉車的老驢，頓覺一個天一個地，差得也太遠了！

「妳就是那個很會種花的崔娘？」駕車的車夫問我。我點點頭。他一拉車門。「上車。」

等等，這是要幹麼？

雖然我長這麼大還沒坐過馬車，但斷斷沒有不清楚對方來歷就上人車的道理。

去哪裡啊——我比著手勢問。

「我家公子府裡的花不知怎的一夜間都死了，聽說妳種花很有一套，快上車，治好了我家公子的花，重重有賞。」

我猶豫了一下——可我的這車花怎麼辦？

車夫「啪」的將一袋錢幣丟在我面前的地上。「這車花我們全買了，妳總可以放心走了吧？」

地面有水，那錢袋便在泥地上落陷出深深一個凹印。

我默默地看了許久，才彎腰，慢慢將錢袋撿起。

「快走啊！」車夫見我撿了錢，更焦急地催我。

我把錢袋遞還給他。

他面色頓變。「妳什麼意思？」

我沒什麼意思。只不過，我種花賣錢，路人用錢買花，來往之間，講究的不過是一個公平。這種投擲到地上的錢，我是不接的。

也不希罕。

車夫看出我的拒絕，便大怒道：「不識抬舉的東西！」說著一揮馬鞭，不偏不倚地打在我身上。

自小市井長大，見慣了世情百態、地痞街霸，並不是第一回挨打，我早已習慣。因此，也不反抗，只是抱住自己，盡量用背去抵鞭子。

周圍很多人圍了上來，有勸說的，有看熱鬧的。

就在一片嘈雜的指指點點中，我聽到一記冷笑聲。

周圍有很多聲音，那記冷笑聲音並不大，卻偏偏像是針一樣刺入我耳中，聽了個真真切切。

我扭過頭，見不知何時對面又來了一輛馬車，車門半開，一個白衣的少年目光如水，比冰雪更清冽。而他，就那樣遠遠地望著我，脣角上揚，對身旁之人說了四個字——

「貴市真亂。」

他身旁之人立刻跳車。

圍觀的人群紛紛退避，讓出一條路來。

那跳車之人撐著傘大步走到跟前，冷冷道：「住手！為什麼打她？」
車夫轉頭看見他，表情大變，連忙拱手。「孔大、大、大人……」
不僅他驚，我也驚。只因為，這個身穿紫衣、年過三旬的男子，不是別人，乃是我們燕國魚麗城的城主孔三關。
我曾遠遠見他在城牆上發號施令，卻不想，有朝一日，會近在咫尺。
孔三關皺了皺眉。「你不是……那個……風府的車夫嗎？」
「是是。大人記性真好！我家公子三年前去拜訪大人時，就是小人趕的車子。」車夫見他認得自己，喜上眉梢，結果孔三關立刻沉下了臉，厲聲道：「你家公子給了你幾個膽子，居然當街毆打一個手無縛雞之力的女子？」
車夫一怔，連忙辯解：「不是的，大人，是她先挑釁我，還辱罵我家公子的……」
周圍突然起了嗤笑聲。緊跟著，變成了哄笑。
「笑什麼？你們笑什麼？我沒亂說，是這個刁婦先侮辱我家公子，我出於憤慨才忍不住打她……」車夫慌亂辯解，結果眾人全都笑了。
一人指著我道：「她是個啞巴，怎麼辱罵你？」
「撒謊也不先問問清楚，啞巴都能罵人，那天可真要塌了！」
「你這仗勢欺人的狗奴才，跑我們魚麗城來撒野，管你家主人是誰，城主大人，可一定要嚴懲他啊，不能讓咱們城的人白白挨打！」
這些人，剛才不見他們出手攔阻，如今見孔三關來了，倒各個義憤填膺起來。
孔三關問我：「妳要不要告他？」
依我朝律例，挨了打，是可以告的，然後由官府來判處，或賠錢，或坐牢。

我記得有一次，鄰街的王叔砍柴時被一惡少推下山，傷得不輕，於是這位孔大人就判惡少替王叔砍一個月的柴。那位嬌生慣養的少爺哭天喊地，家屬們去求情，孔大人說：「知人艱辛，方能憐人不易。」結果，惡少砍了一個月的柴後，性格大改，從一個囂張跋扈的紈褲子弟，變成了一個謹言慎行的大好兒郎。

那是孔三關最令百姓津津樂道的一段佳話。

如今，他這樣問我，我打量著那打我的車夫，想像著他幫我站在街角賣花的情形，不由得莞爾了。

孔三關見我這種情況下還能笑，便怔了怔。「如何？」

我搖搖頭，指指馬夫的鞭子，再摸摸我的後背，露出不疼的樣子。不過確實也不太疼，那車夫還是手下留了情的。

孔三關點頭道：「好。既然這位姑娘不追究，你走吧。」

車夫卻不肯走，表情焦躁。「大人有所不知，我家的花一夜之間全死了，公子心疼不已，我等四處尋訪會種花的奇人，聽說魚麗有個崔娘很厲害，連夜趕車來請。是我太過著急，這才得罪了姑娘，剛才揮鞭子，也只是嚇嚇她，並沒真的打……大人，請務必讓這位姑娘跟我回去看看花還有沒有救啊……我從帝都來一趟也不容易……」

原來他是從帝都來的，難怪不知道我是個啞巴。

孔三關冷冷道：「她不願，你就硬請嗎？哪天我見到鶴公，倒要好好請教一下，他是怎麼管教底下人的，竟越來越囂張了。」

車夫突地屈膝，顧不得一地泥漿，跪倒在地上，再抬起頭時，眼中便蘊滿了淚。「大人、大人您有所不知……我家公子……已經快不行了……若非他日日指著窗外的花度日，

若非那花突然枯了，我也不會如此急躁失禮……」

孔三關吃了一驚。「鶴公怎麼了？」

「我家公子病了好幾年了，一直不讓對外說……尤其這半年，更是連床都下不了了！」

車夫說著，失聲而泣。

孔三關顯得很震驚，呆立半晌後轉向他自己的馬車，朝白衣少年看去。白衣少年默默地點了點頭。

孔三關當即道：「如果真是這樣，那就另當別論。崔娘，妳若沒什麼事，就同我們走一趟如何？」

他說的是「我們」，難道他也要去？

可是我的花……

孔三關看出我的疑慮，又道：「妳的花我讓別人幫妳賣著，賣完後將驢車送回妳家，並向妳的家人報備一聲，妳看可好？」

車夫在旁邊道：「對對對，再給妳家人十金，讓他們安心。」說著，將那個被我還回去的錢袋又遞了過來。

我卻照舊不接。

旁邊有知底細的鄉鄰道：「她沒有家人的，你給也是白給。」

車夫一呆，尷尬地把錢袋收回去。

我則轉向孔三關，比了個「走吧」的手勢。

車夫忙開車門。「姑娘請上車。」

我瞅了他一眼，微微遲疑，孔三關覺察到了，道：「要不……妳坐我們的車？」

我忙不迭應了。

雖然那什麼風府的車夫是救主心切，但他畢竟打過我，我不願跟他在一輛車上待著。能跟著孔三關走，再好不過。

【三】

於是我便上了孔三關的馬車。

車上只有他和白衣少年。少年看起來很年輕，不過十五、六歲年紀，眉目深然、瞳眸漆黑，宛若冰雪鑄就，凡人若是離得近了，都會褻瀆了他一般。

我不由自主地往車角縮了縮，盡量離他遠一點兒。

而他壓根不看我，只是望著窗外風雨淒迷的街道，若有所思。

「沒想到……風小雅竟然病了……」孔三關低聲感慨。

風小雅？我怔了一下。作為燕國人，我自然是聽過這個名字的。他是前丞相風樂天的獨子，舉國皆知的風流人物。他怎麼會病的？莫怪那車夫如此著急。

白衣少年則表情淡淡。「他很久前就病了。」

「咦？我三年前見過他一面，他當時還很有精神啊。」

「融骨之症，不會表露在臉上，只會令他的骨頭越來越軟，到最後形同癱瘓。」

「融骨之症？」孔三關驚道：「這是什麼病？他怎麼會得這病的？」

「你以為他為什麼從來都是馬車出行？」

孔三關一怔。

「他天生軟骨，大夫預計活不過十歲。但風樂天真真是個人物，不但沒有放棄，反而

尋了絕頂高手來教他武功。風小雅的骨骼較一般人柔軟，劍走偏鋒，竟練就了一身好本領，也一口氣活到了現在。」說到這裡，白衣少年停了停，眼神更深。「一心要與天爭命的人，最後往往還是爭不過天……很諷刺啊……」

明明不過束髮之年年紀，卻如此老氣橫秋。而且他跟孔三關同車而坐，孔三關身為燕國第一大城——魚麗城的城主，竟對他畢恭畢敬，這個少年……究竟什麼來頭？

不過，管他是誰，跟我又有什麼關係呢？

我之前在集市上站了半天，又冷又累，如今坐進了溫暖如春的車廂裡，睏意很快襲來，便閉上眼睛睡了。

等我再醒過來時，馬車裡只有白衣少年一人，點了盞燈，捧著本書在燈旁看。孔三關卻已不在了。

見我動彈，少年瞟過來。「醒了？」

我忙掀簾子往外看，馬車是停止的，停在一個院子裡，外面樓影重重，燈火依稀。這裡……是哪裡？

「我們已到目的地了。」少年道：「孔大人見妳睡得很熟，不忍叫妳，讓妳繼續安睡。」

我心中一暖，復又慚愧。

我這個人，最見不得別人輕視我，因此那車夫只是把錢袋扔到地上，我便不願跟他走；但另一方面，別人若對我好，我便會十分不好意思。

孔三關如此人物，竟會這般體恤人，真真叫人暖到了骨子裡。

而這時，一連串腳步聲由迴廊那頭傳過來，我定睛望去，正是孔三關。

孔三關見我醒了，很是高興。「崔娘妳醒得正好，快跟我去看看那些花究竟怎麼了。」

白衣少年先行下車，然後轉身來扶我，我有點意外，但還是把手交給他。他的手，冰涼冰涼，竟似沒有溫度一般。

我心中小小地驚詫了一下。

而他很快將手收走，轉身前行。

一名管家打扮的婦人在前帶路，我們跟著她走。一路雅舍精美、深院豪宅，處處彰顯著此地主人的威儀。

等我穿過第六重拱門後，終於見到了生平首見的風景——

月夜下，深藍色的湖邊，種滿了花。

每隔十步，豎有一個雕成花瓶形狀的石柱，瓶子裡則點著燈火，遠遠望去，一盞盞，連綿成線，彙集成一朵花的樣子，極盡妍態。

我一眼認出，那是薑花。

燈柱之間，成千上萬株薑花，枝枯葉盡，死了個徹徹底底。

我連忙跑過去，翻開枯葉細看。按理說，薑花抗逆性很強，除非遭受凍害，一般不會枯萎。如此夏日，正是花開之期，此地又沒下雨，為何突然全死了呢？

管家在我身後問：「姑娘，妳看這花，還有救嗎？」

我沒有回答，只是刨出其中一株的根細看。

耳中，聽孔三關問：「這些花是一夜之間死的？」

「是的，三天前還好好的，前日一早起來就全死了。問遍了府裡的下人們，都說沒碰過。這幾日到處找巧匠來治，都束手無策……」管家說到最後，漸有哭腔。

孔三關又問：「那鶴公還好嗎？」

「公子就住那邊。」管家一指西邊的小屋。「他半年前搬至此屋，這樣每日開窗，便能看見這些花。所以，他是第一個發現花死了的。雖然公子什麼都沒說，也沒怪我們，但大夥見他身體越來越差，都疼在心中，所以到處想法子。聽說連一得罪了這位姑娘，他跟隨公子時間最久，脾氣又暴躁，我替他跟姑娘賠不是！」

管家說著過來要給我下跪，我連忙扶住她，擺擺手，表示自己不介意。

管家滿是憂愁地看著我。「姑娘可看出了緣由？」

我點點頭。

管家大喜。「真的？是怎麼回事？」

我雖然看出這些薑花是怎麼死的，但口不能言，又不識字、不能書寫，因此琢磨著該怎麼解釋才好。

這時，白衣少年突道：「妳比劃，我來幫妳說。」

咦？我怔了一下。他能看懂我的手勢？不過，試試也好。

我當即先指了指手上薑花的根莖，比了比長短、粗細，還在遲疑該怎麼表達，少年清涼冷傲的聲音，已悠悠響了起來——

「薑花的根莖本應橫向匍匐生長，但這株的根明顯過細了。是不是這意思？」

我又驚又喜。驚的是他竟然能從我這麼簡單的動作裡讀出我的意思，喜的是大千世界，竟真有人在不了解我的情況下就能解讀我的話。一時間，欣喜難言，望著白衣少年，只能用拚命點頭來表達我的激動。

少年沒太在乎我的激動，只是淡淡說了兩個字：「繼續。」

我連忙又走到湖邊，指著湖水，然後用花鋤把湖邊的土壤刨了個坑，挖出裡面的土，捧到管家眼前。

管家自然是看不明白的，忙求助地看向少年。

少年沉吟了一下，才道：「她認為，問題出在湖水上。水裡有毒，腐蝕了湖畔的土壤，然後破壞了薑花的根莖。」

我繼續激動地點頭，又打了一桶湖水，舀起一勺聞了聞，伸出手指蘸了蘸，剛要放入舌尖嘗試，手卻被孔三關一把抓住。

「既說湖水有毒，怎麼自己去嘗？」孔三關輕聲責怪。

我頓覺魯莽，羞得臉頰一片緋紅。

少年則凝望著那桶湖水，幽幽道：「是誰下的毒呢？看來，這個答案只能由風小雅，親自找出來了。」

管家忙道：「公子還在擦澡，再過一盞茶工夫就好。三位請先客廳小坐，喝杯茶，等公子好了，我就領你們去見他。」

剛說著話，薑花前方小屋的窗就開了，一人用竹鉤挑了一盞燈籠掛到簷前，於是屋前的道路就被照亮了。

管家喜道：「呀，公子已經洗完了！如此各位這邊請——」

我跟著他們走向小屋，說是小屋，其實也不小，只不過比起前院的精舍來，這間大約五丈見方的木屋顯得樸拙而簡陋。

管家通稟了一聲後，門就開了，一股溼漉漉的、好聞的香氣撲鼻而至。我又仔細辨別了下，原來是木樨香。

之前挑燈的人迎出來，剛才距離甚遠，沒有看清面容，近了一看，竟是一位身穿銀甲、眉目如畫的女子。

銀甲女子躬身行禮，我發現雖然孔三關走在少年前面，她行禮時，卻是衝著少年。

「讓各位久等了。請進。」

屋子不大，用一道錦簾隔成兩半，簾子後頭便是臥室。一張大床，正對著面向薑花的窗戶。床上躺著一個男人，穿著一件黑袍，長髮微溼，正搭在枕頭上晾著。

銀甲女子用墊子墊高他的身子，扶他稍稍坐起了些，而那麼輕易的一個動作，像是耗費了他全部的力氣。他氣息微急，閉著眼睛，顯得很是疲憊。

孔三關上前一步，握住他的手急切道：「一別三年，鶴公怎病重至此？」

這個人……就是風小雅嗎？

我在心中默唸著這個被外界傳頌成天神一般的名字，再看前方那個奄奄一息的病人，真不敢想像是同一個人。

可等他睜開眼睛，朝我這邊看過來時，我就像是被雷電擊中了一般，再不敢懷疑他的身分。

那樣清亮的、彷彿墨夜中寒星一般的目光啊……

讓人怎敢相信他是個垂死之人？

風小雅定定地看向我身旁的白衣少年，然後笑了。

他五官冷峻，本是一個看起來喜怒不形於色、頗具威儀的男子，但此刻一笑，眉目柔軟，眸光四溢，竟有無限溫柔。

「你怎的來了？」

少年答：「看看你死了沒有。」

他又笑。「你還沒死，我怎會死？」

「想我死，可不容易。」

「那我自然也是要隨著你活的。」他雖這樣說，但眉頭突然皺起，五官繃緊，難掩疲憊。

「晚衣不在這裡嗎？」少年環顧四周。

風小雅笑了笑，沒說話。倒是一旁的銀甲女子忍不住開口：「公子把江先生趕走了。」

孔三關一怔。「趕走了？為什麼？為什麼要趕走江晚衣？」

江晚衣，聽說是個周遊四方的神醫。有他在，風小雅應該會沒事吧？為什麼要趕走那麼重要的人啊？

我跟孔三關一樣納悶不已。而銀甲女子委屈地看了風小雅一眼，說道：「公子說他的病反正是治不好了的，留江先生住在這裡，是浪費江先生的寶貴時間，還不如放他出去救別人……」

少年竟然點一點頭。「也是。」

銀甲女子一愣，急了。「哎呀，薛相你不勸勸我家公子，竟還認同他！」

「薛相」二字一出口，我頓時知道了眼前這個少年的身分！

普天之下，四國之內，唯有一個丞相姓薛。

也唯有一個丞相是少年。

那便是璧國素有神童之名的冰璃公子——薛采。

原來是他！果然……是他！想來想去，如此年紀就能讓孔三關敬畏的，也只有薛采一個了。

他竟來了燕國，來做什麼？

「但你壞了我的事。」薛采對風小雅道：「我這次來燕，為的就是找晚衣，本以為在你府中，直接帶走即可，你卻偏將他趕走了。」

「有什麼關係，我又不是第一次壞你的事。」風小雅說這話時，唇邊噙著一絲雲淡風輕的笑，似戲謔又似調侃。「不過，你找他做什麼？你的女王又病了嗎？」

薛采皺了皺眉。一旁的孔三關代他做了回答：「是瘟疫。入夏之後，璧國寒渠、漢口等地突然爆發了可怕的瘟疫。所以，薛相此行，是特地來請江先生的。」

風小雅「啊」了一聲，面露愧色。「那倒真是我壞了大事……」

「無妨，我們可以再找。倒是你的花……」孔三關見話題扯遠，忙切入正題：「這位崔娘已查出了端倪，可要聽聽？」

管家忙道：「公子！崔姑娘說是湖水有毒，腐蝕了薑花，才害得它們一夜枯萎的！」

風小雅眉心微動，目光突地向一旁的銀甲女子飄了過去。「是妳，對不對？」

銀甲女子面色發白，我也沒想到他立刻就能找出元凶，不由得一怔——這也太快了吧！難道不應該把各個下人都叫進來盤問一番，然後順藤摸瓜反覆勘察，最終才能得出結論的嗎？

會不會……是弄錯了啊？

就在我心裡為那姑娘辯駁時，銀甲女子已「撲通」跪了下去，將頭貼住地面。

管家大驚之後則是大怒。「裳裳，竟然是妳！妳對湖水下毒？為什麼？為什麼要那麼做！」

銀甲女子裳裳伏在地上，身軀顫抖個不停，沒有回答。

管家抓住她的手臂，死命搖晃道：「妳到底下的是什麼毒，還能補救嗎？妳明明知道薑花是公子的心愛之物，怎下得了手……」

「正因為是他的心頭之物，所以才要毀掉！」裳裳突然尖厲地叫了起來，直起腰時，雙目赤紅。「我不要他這樣！我不要他每天都看著那些花！我不要他把那些花當作那個人的代替品！我不要他這樣日日夜夜想著那個人！」

管家更急，氣得發抖。「妳不要、妳不要，妳憑什麼替公子做決定？公子想著誰，喜歡做什麼都跟妳沒關係，妳別忘了自己的身分！」

「我沒忘！我知道自己只是個侍婢，我知道就算沒有那個人，我也不可能成為公子的什麼人，但是，我只知道一點——我要他活下去！」

裳裳「嗖」地站了起來，走到床前，雙手緊緊抱住風小雅的手，哀求道：「公子，求求您，求求您活下來！大家都以為，您看到那些花就會精神些，就能活得更長久，但我知道，只有我知道！那些花根本是催命的毒藥，蝕骨的夢魘！您看著那些花就永遠沉陷在痛苦之中，您永遠不會好！公子，求求您，我求求您！」

「妳想說妳毒死那些薑花，其實是為了救公子？」管家睜大眼睛。

「是！」裳裳毫無愧色，眼眸深深，望著風小雅一眨不眨。「公子，我知道您已經了了老爺的夙願，您覺得自己已經完成了要做的事情，您已經沒有目標了。於是，您就用您的餘生來懷念那個人，您用薑花折磨自己，每日帶著眷戀入睡，所以您的身體才越來越差的……這不是您！公子，這不是您！您不應該是這樣的！」

「您是世間最慈悲、最勇敢、最堅強的人！您忘了您曾經奔波千里，只為了幫一個漂泊在外的旅人帶信給他的雙親嗎？您忘了您曾經與人比劍，三天三夜沒有闔眼，只因為那人第四日就要遁入空門，從此再不碰兵刃嗎？您忘了您為了兒時的承諾，尋覓了整整二十年嗎……公子，那樣的公子，才是您！那樣的公子，才有活下去的資格！」

「所以，我求求您！求求您不要再看這些花了！如果您真的這麼喜歡那個人，這麼放不下，那就去找她！把她搶回來！她是您的！她本就該是您的妻子啊！憑什麼要讓給別人呢？」

她哭得聲音沙啞。

而屋子裡的其他人，全都沒了任何聲音。

我想也是，面對這樣美麗的女孩子的哭泣，聽聞她言詞中那樣繾綣深邃的愛慕，便是世間再絕情的人，都無法拒絕，更何況，是明明情深的風小雅？

雖然我不知道裳裳口中的那個「她」是誰，但想來也是個很了不起的女子，才能被如此優秀的男人，這樣深愛著吧。

過了很長一段時間，風小雅終於從她手中將手抽出去，然後，輕輕按在她頭上。「傻孩子……」

裳裳哽咽。「我不是孩子……」

「是啊，妳長大了。我竟忘了，原來，妳已經長大了……」風小雅說這話時，哀傷的眼神中帶著一絲堅決，然後抬頭，看了薛采一眼。「晚衣的去處，裳裳知道。讓她帶你去。」

薛采還沒說什麼，叫裳裳的女子已面色大變。「公、公子！您、您要打發我、我走？」

「妳去吧，然後，不用回來了。」風小雅說完這句話後，似乎已經累到了極致，便閉上眼睛。

裳裳顫顫地扶著床沿站起來，喃喃道：「不，不……我、我……我不走……」

管家立刻橫在風小雅床前。「既然如此，妳快收拾包袱吧。」

「月婆婆，不要趕我走……」原先的激動、固執，瞬間不見，轉變成了慌亂無助的表情，裳裳抓住管家的手，顫聲道：「我錯了！我知道錯了！求求您，饒了我吧。只要不趕我走！只要能讓我繼續留在公子身邊，我保證不再亂說話亂做事！」

管家輕輕一嘆。「便是公子不趕妳走，妳覺得，我們能讓一個會在湖裡下毒的人，繼續留在這府裡？」

裳裳重重一震，鬆開手，後退兩步，「啪」的跌坐在地。

管家強行將她扶起來，帶了出去。

門合上了，房內又陷入一片死寂。

過了好一會兒，先開口的人是薛采：「我可沒允許你拿我當包袱收容所。」

風小雅低聲一嘆。「她帶你找到江晚衣後，你就任她去吧。」

薛采眼底似有異光。「她若死了？」

「她的武功足以自保。」

薛采輕輕一哼，不再說什麼。

我卻聽得難過起來，看這意思，真的是放手不管了啊！此人好狠的心！不管怎麼說都是伺候了自己這麼多年的丫頭，怎麼說趕走就趕走了呢？

這時，風小雅目光虛弱地朝我看過來。「姑娘，我的花，還有救嗎？」

我先點了點頭，又搖了搖頭。本還盼著薛采再替我傳達一下意思，卻見風小雅點了點頭道：「是沒十足的把握嗎？沒關係，能救活多少，是多少。一切，就勞煩姑娘了。」

此人也看得懂我的手勢。

七竅玲瓏心的人，以往一個都遇不著，而這會兒，一遇好幾個。我看看風小雅，看看薛采，再看看孔三關，不知怎的，忽然有些歡喜。

為了天外飛來的這段奇遇，更為了，這些能夠懂我的人。

【四】

我就這樣留在風小雅府中。

雖然對他趕走裳裳一事稍有不滿，但後來管家曾告訴我，裳裳喜歡了風小雅很多年，所以風小雅必須趕她走。因為，只要繼續留在他身邊，裳裳便不會真正長大，擁有自己真正的幸福。

也是啊……風小雅病成這樣，就算能娶她，又如何呢？恐怕沒幾年就要當寡婦了。與其來日痛苦，不如快刀斬亂麻。

想明白了這點後，我便釋懷了，開始專心致志地救花。

我讓人先把薑花全部挖出來，用軟泥裹住根莖，先栽到盆裡；再將湖水抽乾，把湖邊的土壤翻新，重新引入乾淨的、清潔的水源；最後，將盆裡重新生根的薑花種回地裡。

這段過程足足耗費了三個月。

每日裡，風小雅都從窗邊默默地看著我們行動，一看就是一天。

他真的是個很寂寞也很絕望的人。

一個人如果不寂寞，是不會閒得把每株花長著幾片葉子都數了的。

一個人如果不絕望，是不會只敢用借物思人的方式去愛著別人的。

我聽說，他思念的那個人，那個連名字都成了忌諱、不得在這個府內提及的人，是他曾經的侍妾。後來，因為一些事情，離開了他。

誰都不肯細說那段過往。那大概，真的是，傷到極處的瘡疤，不敢揭開，更無法直視。

十一月初一的早晨，我看到其中一株上面，重新綻出了花朵。

開花了！我好是欣喜，正想去稟報風小雅這個好消息時，卻見另一人，竟也蹲在花前，望著花朵若有所思。

此人是什麼時候來到我身邊的？我吃了一驚，等再看到他的面容時，心中則是一喜——薛采！

他怎麼又來了？

對了，他上次帶著裳裳走後，有找到江晚衣嗎？璧國的瘟疫治好了嗎？一連串問題在我腦中升起，我「咿咿呀呀」比著手勢，他果然一一看懂。

「嗯，找到了。嗯，差不多了。我來找風小雅，他死了嗎？」

怎麼一開口就咒人家死呀。我不滿地瞪了他一眼，卻還是開開心心地替他去通稟了。因為我成功救回這批薑花，所以府裡頭上上下下都把我視為大恩人，風小雅也對我格外客氣。我把薛采帶到他面前，他也不讓我迴避，望著薛采，也是滿臉驚訝。「你怎麼又來了？」

他來看你死沒死。我在心裡替薛采答。

結果，薛采說的是：「有件事情，想來想去，只能求你。」

風小雅卻像是聽見了世間最震驚的話一般，整個人一震。「你……求……我？」

「嗯。」

風小雅嘴唇一彎，笑了起來。「冰璃公子，這是你第幾次求人？」

薛采想了想，才回答：「八歲之後，尚屬首次。」

八歲，就是他成為丞相的年紀吧？也是，當了丞相，自然是不需要再求人了的。我自以為是地那麼想著，後來才知道我錯了，錯得多麼離譜……

因為，薛采其實從來沒求過人。

他七歲前，要風得風、要雨得雨。所有人，包括我們的陛下，都眼巴巴地把世界上最好的東西捧到他面前，只為了盼他高興。

而他七歲時，全家滅門之際，亦不曾求人憐憫。

後被賞賜給淇奧侯為僕，雖自雲端墜入深谷，但還是不卑不亢，傲氣十足。

薛采他……從不求人。

而他唯一一次相求，便是那一年的那個初冬，他來風府，求風小雅，幫他找一個人。

他要找的人，是姬忽。

【五】

那是我最後一次見薛采。

薛采求風小雅幫他找一個叫姬忽的女人。聽說是璧國前朝非常有名的一個妃子。

風小雅沉默了許久，最終允了他。

他匆匆來，又匆匆走，未作停留。

只在臨走前，又看了外面的薑花一眼，道：「薑花開了。」

風小雅微笑。「是的。我已看見了。」停一停，問：「你喜歡嗎？要不要帶一株走？」

「不用了。我不喜歡薑花。」

「我知道，你喜歡的是梨花。」

薛采面色微變，似乎想要否認，但最終變成了冷笑。「我不像你，如此懦弱。」

風小雅則還是笑，笑容裡，卻有什麼東西凝結了，變得雪一般冰涼。「你不是我。你們不曾陰錯陽差，不曾欠過因果。」

我聽不懂他們話中的玄機，他們都說得太深奧了。我只看見他們的表情，截然不同的兩張臉，卻有著一模一樣的表情，那是——

一種隱忍到了極致，因而顯得淡漠無情的牽掛。

薑花一朵朵地開了。

又一朵朵地敗了。

其間風小雅出了一趟門，當然還是坐著他的馬車去的，等他回來時，身體就徹底垮了，連抬頭向窗外看的力氣都沒有了。

管家抱怨為何要不顧身體地出門，風小雅的回答只有一句話：「薛采來求我。」

是啊，薛采來求他，所以，他拚著死，也要幫薛采把事辦了。

這是他們兩人的友情。

也是他們之間的承諾。

風小雅有沒有幫薛采找到那個叫做姬忽的女人，我不知道。我只知道，當最後一朵薑花凋謝的時候，一個震驚四國的消息漂洋過海從璧國傳了過來——

他們的丞相薛采……死了。

府裡的下人偷偷告訴我，他們從宮人那裡聽說，我們的陛下聽聞此訊，手中的酒頓時灑了，三天三夜沒吃下飯。

我想我能理解陛下，因為我聽了這個消息，也是三天三夜吃不下飯。

雖然我一共只見過薛采兩次，但我永遠記得他坐在馬車中，遠遠看著我的樣子，以及他跳下車，轉身來扶我。

他的手是那麼涼。當時我沒察覺，現在想來，他是不是，也身體不太好呢？

管家顫顫地走進小屋，把這個消息告訴風小雅，風小雅躺在床上一動不動，連眼睛也沒睜開。

管家出來後一直躲在牆角哭。我遞帕子給她，她擦了擦紅通通的眼睛，對我道：「崔娘，妳說，公子會不會也跟薛相一樣，就這麼去了啊……」

我連忙「咿咿呀呀」地安慰。

管家凝望著遠處的天空，喃喃了一句：「若是秋薑能來看看公子，就好了……」停一停，又搖頭。「算了，她還是別來了。」

秋薑。

我終於聽到了那個連名字都不能提的人的名字。

原來她叫薑。

莫怪這府裡，種滿了薑花。

我萬萬沒想到，管家一語成讖。

第二日，我捧著一盆偷偷種在溫室中、將花期整整延續了一個月的薑花，興致勃勃地推開木門，準備告訴風小雅這個好消息時，就見管家站在床頭，將一張白毯慢慢蓋住風小雅的臉。

「公子……去了……」

管家對我說。

我手中的花，就那樣「啪」的落到地上，砸了個粉碎。

【六】

我在這個宅子裡，住了整整十年。

十年裡，我住在風小雅曾經住過的木屋裡，繼續照護著那些薑花，沒有人來趕我走，於是我便一直一直住著。

十年來無人拜訪。

只有一日，我晨起梳頭時從窗戶看到花海中間，似乎有個人影，娉娉婷婷，像是個女子。

我連忙跑出去，那人卻又不見了。

我想，這大概是我的幻覺。誰會來拜訪一個主人已經去世、下人們也各自散離、荒廢了大半的宅子呢。

直到這一日——

孔三關來了，定定地看著那燦爛如雪的花海，再看看我，問我：「崔娘，妳……要不

要嫁給我？」

我眼中忽然有淚。

像是回到了那個暴雨傾盆的七月，他撐著傘走過來，問車夫，為什麼要打我。

直到過了這麼這麼久之後，我才發現——其實，我的人生，是從那一天開始，絢爛起來的。

「我、我是覺得，我、我們挺有緣的。十年了，妳還在這裡，而我哪裡也沒去，偏偏來了這裡。我們都老了，所以，要不要考慮看看，在一起？」孔三關如此問我。

當然要在一起！

我守著這片薑花，便是因為曾經親眼見證過，那些人是如何不能在一起。

無論多麼優秀，無論多麼有權勢，他們，風小雅和薛采，都不能跟自己喜歡的人在一起。所以一個只能睹花思人，一個鞠躬盡瘁還搭上了自己的性命。

我不要跟他們一樣！

我要跟你在一起。

【七】

彼岸有薑。而薑，永在彼岸。

後記

二〇一〇年，寫完《圖璧》後，我寫了很多番外，其中一篇是關於姬忽的。在那個番外裡，姬忽跟言睿來了一場師生戀。當時我所認識的編劇朋友郭寶賢看完番外後，很認真地告訴我：「我一點兒都不喜歡這個番外，妳毀了我心目中的姬忽。」

我非常震驚，且疑惑。

在我的設定裡，姬忽就是在言睿的引領下，雖然成了《四國譜》的主人，但是心懷大義想要改變世界……挺中二的設定，但挺帶感的，對不對？

然後過去了好幾年，當我開始寫《歸程》時，我終於明白了郭寶賢為什麼那麼說。姬忽的確不應該是那篇番外裡的那個樣子，她應該更叛逆、更大膽，也更痛苦、更孤獨。她是一個被遺忘在戰場邊緣處的鬥士，當她醒來時，戰友全死了，而戰鬥還在繼續。

所以，《歸程》一直寫得我很鬱卒，很心力交瘁，寫寫停停，拖了好多年。

但幸運的是，我終於邁過了那道坎。

我停下它，先去寫《式燕》，而當《式燕》完成後，姬忽的面容在我心中已經很清晰了。

我看得見她的一顰一笑，也看得見她笑容下的傷痕，從不呻吟，從不傾訴，笑著把祕

密藏到了最後。

我終於完成了《歸程》。

寫到第五卷時，其實還有好多好多故事。我發現越寫越長，長得無法收尾，正頭疼時，編輯暖暖對我說：「《禍國》系列一共幾本呀？」

「寫完《歸程》就沒啦。」

「什麼？只有三本嗎？怎麼也要湊『沉魚落雁閉月羞花』四本吧？四個國家，妳怎麼能厚此薄彼？一個國家一本啊！」

「啊？可是宜國……我從沒想過它的故事啊！」

「那妳現在開始想啊！」

我想啊想，發現，確實有很多情節可以挪到宜國去寫。而且《圖璧》當年寫得太草率，關於赫奕很多都是一筆帶過，甚至關於薛采，也只細寫了他八年後的結局。

而在八年中，其實有那麼多事情發生，真相被層層掩藏。

既然還不到別離之時，何不盡情地煮茶聽雨，聊聊生平？

關於這些人，我還有很多很多細節可以說。

來宜，適時而來，充滿玄機的兩個字。若八年前我真的寫完了《歸程》，想必，也就沒有它了。

它來得很晚，但是，來得很合適。

所以，《歸程》就到這裡了，敬請期待明年的《來宜》。此間，我的另一個大坑《不逢不若》（原雜誌連載名《煙色空城》）即將上市。）

「不逢不若」出自《左傳》，意指魑魅魍魎之物，說的是看見不祥的東西時，要躲開，免得跟它相遇。然而對男女主角而言，遇見彼此，卻是此生最幸運的事。希望你們喜歡。
（是的！所有的舊坑我都慢慢填上了！）

十四闕於三月空寂無人的海邊

禍國 歸程 下

作　　者／十四闕
榮譽發行人／黃鎮隆
總 經 理／陳君平
協　　理／洪琇菁
總 編 輯／呂尚燁
執行編輯／陳昭燕
美術監製／沙雲佩
美術編輯／陳聖義
國際版權／黃令歡、梁名儀
企劃宣傳／楊玉如、洪國瑋
文字校對／朱瑩倫、施亞蒨
內文排版／謝青秀

國家圖書館出版品預行編目資料

禍國：歸程 / 十四闕作. -- 1版. -- 臺北市：城邦文化事業股份有限公司尖端出版：英屬蓋曼群島商家庭傳媒股份有限公司城邦分公司尖端出版發行, 2021.12
冊；　公分
ISBN 978-626-316-271-6（下冊：平裝）

857.7　　　　110017046

出版／城邦文化事業股份有限公司　尖端出版
台北市 104 中山區民生東路二段 141 號 10 樓
電話：（02）2500-7600　傳真：（02）2500-2683
讀者服務信箱：7novels@mail2.spp.com.tw
發行／英屬蓋曼群島商家庭傳媒股份有限公司城邦分公司　尖端出版
台北市 104 中山區民生東路二段 141 號 10 樓
電話：（02）2500-7600　傳真：（02）2500-1979
劃撥專線：（03）312-4212
戶名：英屬蓋曼群島商家庭傳媒（股）公司城邦分公司
劃撥帳號：50003021
※ 劃撥金額未滿 500 元，請加付掛號郵資 50 元
法律顧問／王子文律師　元禾法律事務所　台北市羅斯福路三段三十七號十五樓

台灣地區總經銷／中彰投以北（含宜花東）　楨彥有限公司
電話：（02）8919-3369　　傳真：（02）8914-5524
雲嘉以南　威信圖書有限公司
（嘉義公司）電話：0800-028-028　　傳真：（05）233-3863
（高雄公司）電話：0800-028-028　　傳真：（07）373-0087
馬新地區總經銷／城邦（馬新）出版集團 Cite（M）Sdn Bhd
電話：603-9057-8822　　傳真：603-9057-6622
E-mail：cite@cite.com.my
香港地區總經銷／城邦（香港）出版集團 Cite（H.K.）Publishing Group Limited
電話：852-2508-6231　　傳真：852-2578-9337
E-mail：hkcite@biznetvigator.com

版　次／2021 年 12 月 1 版 1 刷　Printed in Taiwan